시와 동요의 표현세계

마도 미치오의 삶과 작품세계 **표현세계**

시와 동요의 표현세계 마도 미치오의 삶과 작품세계

초판인쇄 2020년 1월 25일 **초판발행** 2020년 2월 5일
지은이 장성희 **옮긴이** 박종진 **펴낸이** 박성모 **펴낸곳** 소명출판 **출판등록** 제13-522호
주소 서울시 서초구 서초중앙로6길 15, 1층
전화 02-585-7840 **팩스** 02-585-7848 **전자우편** somyungbooks@daum.net

값 28,000원   ⓒ 소명출판, 2020
ISBN 979-11-5905-501-0 93830

방정환 총서 02

마도 미치오의 삶과 작품세계

시와 동요의 표현세계

장성희 지음 | 박종진 옮김

The World of Expressions in Poems and Children's Songs
Focus on Michio Mado's Life and Works

소명출판

일본 동요사에 새로운 변화를 가져온 동요시인 마도 미치오

이 책은 저자의 박사논문을 정리한 단행본 『마도 미치오 시와 동요의 표현세계まど・みちお　詩と童謡の表現世界』의 번역본이다.

마도 미치오(1909~2014, 이하 마도)는 일본의 동요 작가이자 시인이다. 2020년에 시인 탄생 111주년을 맞이해서, 시인의 인생과 예술 세계를 탐구한 연구서를 번역한 것은 매우 의미있는 작업이었다. 마도는 25세 때 아동 잡지에 동요가 당선되면서 작품 활동을 시작, 75년에 이르는 창작 활동을 통해 시, 동요, 수필, 회화 등에서 약 2,000여 편 이상의 작품을 남겼다. 100세가 되어서도 시집과 저서를 발표했다고 하니 그 창작 에너지에 놀랄 뿐이다. 대표작인 동요 「코끼리」를 비롯한 수많은 동요는 현재까지 변함없는 사랑을 받고 있으며, 생애의 업적을 평가받아 1994년 국제 안데르센상을 수상하는 등 일본 국내뿐 아니라 세계적으로도 높은 평가를 받고 있다.

책은 서장과 종장을 두고, 총 5장으로 구성되어 있다.

제1장과 제2장에서는 마도의 생애를 따라가면서 창작 활동에 대한 구체적인 정보를 배치했다. 여기에서는 동요 투고로 데뷔한 뒤 작품 활동과 점차 동요에서 시로 이행하는 작품세계를 마도의 개인사와 함께 차근차근 살펴보고 있어 작품세계 이해에 큰 바탕을 이룬다. 저자는 마도의 창작 활동을 전체적으로 개관하면서 ① 대만 시기, ② 출판사 근무 시기, ③ 동요 중심 시기, ④ 시 중심 시기, ⑤ 시 시기로 나누어 고찰했다. 이를 통해 각 시기별 대표작과 함께 마도의 창작 중심이 동요에서 천천히 시로 이행해가는 흐름을 잡을 수 있다.

제3장은 마도가 외부세계를 어떻게 느끼고 그것이 어떻게 작품에 표현되었는가를 시각·청각·기타 감각 같은 신체 감각별 시점에서 분석했다. 시각 세계는 영상적 표현이 드러난 작품을 중심으로 작가의 '자기 표출도'를 8가지 유형으로 나누어 검토했다. 청각 세계는 오노마토페 표현을 분석 대상으로 해서, 단어의 의미보다는 음音에 따른 표현에 중점을 두고 분석했다. 오노마토페는 마도 동요에서 중요한 표현기법의 하나이다. 우리말이나 일본어는 의성어·의태어 표현이 풍부한 언어에 속하기 때문에, 박자와 뜻을 살리면서 충분히 번역할 수 있는 부분도 있지만, 여기에서는 소릿값과 박자, 음감을 살리기 위해서 가능하면 일본어 발음 그대로 한글 표기했다.

제4장에서는 동물과 식물, 그리고 무생물 등 인식 대상에 따른 차이를 탐색한다. 동물에 대해서 마도는 서로 바라보고 동화하며 한정된 생명을 나누려는 동족의식을 드러낸다. 이는 동물을 따뜻한 시선으로 감싸안는 사랑의 마음이기도 하다. 반면 식물(무생물)은 영원성을 지닌 큰 자연의 일부이며, 위대한 자연의 섭리를 상징하는 존재로 보았다.

마도는 이들 존재에 '온몸을 던져 큰 포옹 속에 있고 싶다'는 자세를 보인다. 동물은 '사랑을 주고 싶은' 대상이라면, 무생물(식물 포함)은 '사랑을 받고 싶은' 대상이라는 것이다. 이런 차이가 실제 작품에 어떻게 표현되어 있는가, 구체적인 예시를 들어 입증해 보이고 있다.

그리고 마지막 제5장은 마도의 작품론과 관련해서 아동관과 동요관을 다루었다. 일본에서 동요의 의미는 시대에 따라 변천을 겪어왔는데, 여기에서는 '어른이 어린이를 위해 창작한 예술성 풍부한 가요'라는 의미로 사용되었다. 일본 아동문학의 시대상과 '동요' 의미의 변천을 살펴보면서 기타하라 하쿠슈의 동요론도 개관한다. 하쿠슈는 '동요는 동심 동어의 가요'라고 주장, '동심'을 통해 자신의 예술경에 도달하고자 했다. 한편 마도는 동요에 대해서 '동요의 평이함'을 이야기한다. 여기서 말하는 '평이'는 단순히 쉬운 것이 아니라, 아이들이 '자력으로 소화하는 기쁨을 느낄 정도로 다소 난해한 부분이 섞여 있어야 진정한 의미에서의 평이'이다. 이런 '평이함'을 갖춘 동요야말로 아이들에게 재미있고 도움이 되며, 동요의 사명으로 다하는 것이 되며, 이를 완수하기 위해서는 '아동성의 성질을 정확하게 체득한 작가의 개성적인 작품'이라야 한다는 것이다.

또한 여기에서는 우리나라 동요시인 윤석중과 동요 세계 및 동요관의 비교 분석을 시도해서 눈길을 끈다. 저자가 마도 미치오의 작품세계를 연구하게 된 계기도 마도와 거의 비슷한 시기에 작품활동을 한 윤석중과 많은 공통점을 느껴서였다고 한다. 두 나라를 대표하는 동요시인 윤석중과 마도의 동요는 현재까지도 많은 이들의 사랑을 받고 있다. 이런 동요의 힘과 매력, 그리고 본질에 대한 흥미가 마도와 윤석중의 비교

연구로 이어진 것이다. 이 책에서는 마도의 작품세계 연구를 통한 새로운 연구 과제의 발견이라는 측면이 강하다. 오늘날까지 많은 어린이들에게 사랑받고 있는 마도 미치오와 윤석중의 동요에 대한 비교연구는 저자가 계속해서 심화·확대시켜 나갈 연구분야이기도 하다.

우리나라에 번역된 마도의 작품은 현재까지 『엄마가 좋아』(마지마 세스코 그림, 이영준 역, 한림, 2007), 『염소 아저씨의 편지』(와타나베 유이치 그림, 푸름이닷컴, 2009), 『영차영차』(기타다 다쿠시 그림, 한국슈타이너, 2011) 정도가 확인될 뿐이고, 마도의 생애나 작품세계에 대해 알려진 것이 거의 없다. 이 책 간행을 계기로 해서 아동문학 교류의 일환으로 한일 동요 포럼도 예정되어 있어, 이 번역이 한일 간의 보다 활발한 문화교류에 조금이나마 도움이 되기를 기대한다.

2020. 1. 15
박종진

한국의 독자들에게

2020년도는 제가 한국을 떠나 일본에 온 지 꼭 20년째가 되는 해입니다. 또한 마도 미치오(1909~2014) 탄생 111주년을 맞아 『마도 미치오 시와 동요의 표현세계まど・みちお 詩と童謡の表現世界』(風間書房, 2017)가 『시와 동요의 표현세계─마도 미치오의 삶과 작품세계』로 한국의 독자들과 만나게 된 것을 진심으로 감사하고 기쁘게 생각합니다. 지금 하늘에 계신 마도 미치오 씨도 한국 독자들과의 만남을 기뻐하고 계시겠지요.

마도 미치오 씨는 아시아의 첫 국제 안데르센상 작가상 수상자(1994)이자, 전후 일본 동요의 새로운 세계를 연 시인입니다. 이 책은 마도 미치오의 전 작품을 개관하고 마도의 생애와 시와 동요에 대해 연구한 것입니다. 하지만 이 책 연구의 출발점은 한국을 대표하는 동요시인 윤석중과의 동요 비교를 통해서였습니다. 두 시인의 동요를 비교하면 많은 공통점을 발견할 수 있습니다.

현재 마도 미치오를 동요시인이라고 부르는 사람은 없습니다. 시인 마도 미치오입니다. 그러나 마도의 시는 모두 어린이 말로 쓰여집니다.

그 시는 간단명료해서 어린이도 이해할 수 있는 마치 어린이를 위한 시인 것처럼 보이지만 보편적 진리를 요구하는 심오함이 있습니다. 그 깊이에 어른들도 감동하며 공감하는 것입니다. 마도의 시가 점점 주목을 받아 넓은 독자층을 형성해 가고 대만과 중국 등 아시아에도 소개되고 있는 것은 마도의 작품이 시공간을 넘은 보편적 요소를 지니기 때문일 것입니다. 보편성은 시대나 장소에 좌우되지 않는 진리이며, 마도의 시와 동요는 시대와 나라와 문화를 넘어선 세계입니다. 한국의 윤석중과 마도의 동요를 비교하면 많은 공통점(본서 제5장)을 찾을 수 있는 것도 두 시인의 동요가 보편적 요소를 지니기 때문이겠지요. 오랫동안 불리어 온 동요의 특성을 파악하는 데 마도와 윤석중의 대비는 매우 중요하다고 생각합니다. 현재 그 과제를 안고 일본문부성 「헤세이平成 29~31년도 과학연구비지원사업－신진 연구(B)」의 지원을 받아 「마도 미치오와 윤석중의 동요 비교－불려지는 동요에 대해서」로 연구 중이며, 이 연구의 마무리와 한일동요 교류를 위해 기획된 '한일 동요 국제포럼 : 동요를 어린이의 품에－한일을 대표하는 동요시인 윤석중(한)과 마도 미치오(일)의 동요 세계'(2020.1.31)에 맞춰 이 책이 간행되게 된 것은 참으로 뜻 깊고 의의가 큽니다.

'자신은 우주인'이라고 말한 마도 미치오의 시와 동요는 다양한 매력을 가지고 있습니다. 하지만 그러한 작품들이 아직 한국에는 거의 알려져 있지 않습니다. 마도의 매력 있는 많은 작품들이 한국 어린이들에게도 어른들에게도 가까워지고 친숙한 흥미로운 세계가 되기 위해서 이 책이 마도 미치오 소개의 단서가 되기를 진심으로 바랍니다.

『주간 독서인週刊讀書人』에서 스즈무라 유스케鈴村裕輔 씨는, "장성희 『마도 미치오 시와 동요의 표현세계』는 우리에게 가장 잘 알려진 동요 〈코끼리〉의 작사자인 마도 미치오의 창작 과정과 표현의 면모를 면밀히 검토 분석하여 실증적으로 마도의 작품 전모를 밝히려 하였고, 그와 동시에 마도와 한국을 대표하는 동요시인 윤석중과의 비교라는 새로운 시점을 구하여 두 나라의 동요 연구 발전에 기여하는 의의 깊은 한 권을 남겼다"라는 서평을 기고해 주셨습니다.

이 책의 한국에서의 간행은 윤석중 동요에 대한 새로운 연구에도 도움이 될 것으로 믿습니다. 아직 많은 숙제와 과제를 남긴 책이기는 하나 이 책이 한국 독자들과의 만남을 통해 더욱 의미 있고 가치를 발하여 한국 아동문학의 발전에 조금이라도 도움이 되기를 간절히 바라며 앞으로 남은 과제들을 성실히 풀어나가도록 노력하겠습니다.

사실 이 책이 한국에서 간행되리라고는 생각하지 못했습니다. 방정환연구소 장정희 소장님과의 소중한 만남과 인연으로 방정환총서로서 이 책을 간행하게 되어 참으로 가슴이 벅차며, 일본 유학 시절에 만난 박종진 선배님께서 흔쾌히 번역을 맡아 주셔서 정말 행운이었습니다. 두 분께 진심으로 감사드립니다. 또한 이 책이 한국 독자들과 만날 수 있도록 책의 출간을 허락해 주신 소명출판에 깊이 감사드립니다.

아시아 아동문학대회를 통해 만난 인연으로 아낌없는 격려와 사랑을 보내 주신 신현득 선생님, 김종헌, 김용희, 박상재 선생님께도 감사드립니다. 한국 방문 때마다 오피스텔 숙소를 제공해 주시고 언제나 따뜻한 사랑으로 맞아주시는 정선혜 선생님 진심으로 감사드립니다. 감사해야 할 분들이 너무 많습니다. 여기에 이름을 다 거론할 수는 없지만 방정환연구소 회원님들과의 소중한 만남들도 모두 감사드립니다.

그리고 한국어판을 내면서 꼭 감사 인사를 올리고 싶은 분들이 있습니다. 제가 몸이 아파 학교 생활을 제대로 하지 못하고 많이 힘들어했던 중고등학교 시절, 학교를 졸업할 수 있도록 힘써주시고 정성으로 돌보아 주셨던 담임 선생님들, 그리고 교장·교감 선생님, 성일여자고등학교 선생님들께 이 자리를 빌어 진심으로 감사의 뜻을 전합니다. 그 시절 선생님들의 따뜻한 손길과 배려와 도움이 없었더라면 지금의 저는 없었을지도 모르겠습니다.

마지막으로, 저의 일본 유학생활을 아낌없이 지원해 주시고 사랑을 보내오신 부산 어머니, 그리고 가족들에게 감사의 마음을 전합니다.

여러분 모두에게 축복이 있으시길 소망합니다.

2020.1.5

도쿄에서 장성희 드림

차례

서장

1. 선행연구와 연구과제

마도 미치오^{まど みちお}(본명 이시다 미치오^{石田道雄})[1]는 1909년 11월 16일,
도쿠야마 시^{德山市}(현 슈난시^{周南市})에서 태어나, 2014년 2월 28일에 영면
했다. 104년의 인생이었다. 25세 때 일본 아동그림잡지『고도모노쿠니
^{コドモノクニ}』의 기타하라 하쿠슈^{北原白秋}가 선정을 담당했던 동요모집에
'마도 미치오^{まど みちを}'라는 이름으로 투고, 「란타나 울타리^{ランタナの籬}」,
「비 내리면^{雨ふれば}」 2편이 특선으로 뽑혔다. 이후, 마도의 시 창작은
100세 무렵까지 이어졌다. 82세 때『마도 미치오 전 시집』[2](이하,『전 시
집』)을 발간하고, 100세가 되어 마지막 시집『100세 시집 도망의 한 수
^{100歳 詩集逃げの一手}』를 냈다. 아직 미 발굴 작품이 남아있을 것이나, 우리
는 지금 마도 창작의 거의 모든 전모를 개관할 수 있는 지점에 서있다.

---

1 경칭 생략. 이하, 작품명이나 인용 이외 모두 '마도'로 약칭한다.
2 이토 에이지(伊藤英治) 편,『마도 미치오 전 시집(まど・みちお 全詩集)』, 理論社,
   1992. 이 책에서 사용한 책은 신정판 제3쇄(理論社, 2002)이다. 인용 작품에 출처
   표기가 없는 것은 모두 이『마도 미치오 전 시집』 신정판에서 인용했다.

이 책은 '마도의 전모 파악'을 최종 목표로 하고 이 목표에 얼마나 가까이 갈 수 있는가 하는 시도이다.

1) 선행연구

마도에 대한 평론은 1979년 요시노 히로시의 「마도 미치오의 시」[3]가 있다. 그 후, 사카타 히로오가 1982년『신초新潮』7월호에 「원근법」[4]을 실었다. 이어서 사카타 히로오는 마도 평전이라고도 할 수 있는 『마도 씨』[5]를 썼다. 『마도 씨』는 이후 다른 연구자들의 본격적인 마도 연구의 기초가 되어 귀한 개인사적 자료를 제공하고 있다. 사카타 히로오의 두 논고 사이에 다니 에쓰코가 「마도 미치오-동시사를 바꾸는 코스몰로지」[6]를 1983년에 발표, 학문적 연구의 단서가 되었다. 다니 에쓰코는 계속해서 마도에 관한 논문을 발표, 이를 『마도 미치오 시와 동요』[7]로 정리했다. 그 후에도 다니 에쓰코는 1995년에 『마도 미치오 연구와 자

---

3   요시노 히로시(吉野弘), 「마도 미치오의 시(まど・みちおの詩)」, 『현대시입문(現代詩入門)(신장판)』, 青土社, 2007, 199~209쪽.(초출 『들불(野火)』 83, 野火の会, 1979.9)

4   사카타 히로오(阪田寛夫), 「원근법(遠近法)」, 『전우 노래로 이어지는 10의 단편(戦友歌につながる十の短編)』, 文芸春秋, 1986, 6~35쪽.(초출 『신초(新潮)』, 1982.7)

5   사카타 히로오 『마도 씨(まどさん)』, 新潮社, 1985.11. 『신초』 1985년 6월호에 발표된 것이 단행본으로 나온 것이다. 1993년 4월에 筑摩書房에서 문고판으로 복간했다. 여기에서는 문고판 제3쇄 2009년 2월판을 사용했다.

6   다니 에쓰코(谷悦子), 「마도 미치오-동시사를 바꾸는 코스몰로지(まど・みちお-童詩史を変えるコスモロジー)」, 『日本文学』 32, 일본문학협회(日本文学協会), 1983, 73~84쪽.

7   다니 에쓰코, 『마도 미치오 시와 동요(まど・みちお 詩と童謡)』, 創元社, 1988.

료』,[8] 2013년『마도 미치오 그립고도 신비로운 세계』[9]를 저술, 마도 연구의 중심적 존재가 되었다. 다니 에쓰코의 논고를 전후해서 아다치 에쓰오『일상의 사냥꾼—마도 미치오론』,[10] 요코야마 아키마사『무지개의 성모자—마도 미치오 시의 이코놀로지』[11]가 나왔다. 1990년대는 이 밖에도, 천시우평『마도 미치오 시 작품연구—대만과의 관련을 중심으로』,[12] 사토 미치마사『시인 마도 미치오』,[13] 유페이윤「동요시인 마도 미치오의 대만시대」[14]가 있어, 마도 연구가 본격화되었다. 천시우평과 유페이윤은 대만에 친숙한 마도의 모습에 착안했다. 특히 천시우평의 논문에는 대만 시기 작품에 대한 정밀한 조사 목록이 있어 앞으로의 마도 연구에 있어서 귀중한 자료이다.

2000년대에 들어서는 구스노키 시게노리楠茂宣, 후쿠다 이치요福田壱千代 등의 논고가 있다. 2010년에 나카지마 도시오의「잊혀진 '전쟁협력 시' 마도 미치오와 대만」[15]이 발표되어, 마도와 전쟁과의 관계에서 새

---

8   다니 에쓰코,『마도 미치오 연구와 자료(まど・みちお 研究と資料)』, 和泉書院, 1995.

9   다니 에쓰코,『마도 미치오 그립고도 신비로운 세계(まど・みちお 懐かしく不思議な世界)』, 和泉書院, 2013.

10 아다치 에쓰오(足立悦男),「일상의 사냥꾼—마도 미치오론(日常の狩人—まど・みちお論)」,『(現代少年詩論)』재판(再販版), 明治図書出版, 1991, 30~44쪽.

11 요코야마 아키마사(横山昭正),「무지개의 성모자—마도 미치오 시의 이코놀로지(虹の聖母子—まど・みちおの詩のイコノロジー)」,『히로시마여학원대학논집(広島女学院大学論集)』44, 広島女学院大学, 1994, 125~158쪽.

12 천수이평(陳秀鳳),「마도 미치오의 시 작품연구—대만과의 관련을 중심으로(まど・みちおの詩作品研究—臺灣との関わりを中心に)」, 大阪教育大学 석사논문, 1996.

13 사토 미치마사(佐藤通雅),『시인 마도 미치오(詩人まど・みちお)』, 北冬舎, 1998.

14 유페이윤(游珮芸),「동요시인 마도 미치오의 대만 시기(童謡詩人まど・みちおの臺灣時代)」,『식민지 대만의 아동문화(植民地臺灣の児童文化)』, 明石書店, 1999, 214~241쪽.

15 나카지마 도시오(中島利郎),「잊혀진 '전쟁협력 시' 마도 미치오와 대만(忘れられた「戰爭協力詩」まど・みちおと臺灣)」,『포스트 콜로니얼의 모습들(ポスト／コロ

로운 전쟁협력 시에 대한 지적이 있었다. 2012년 오쿠마 아키노부『무심의 시학―오하시 마사토, 다니카와 슌타로, 마도 미치오와 문학 인류학적 비평』[16]은 존재론적인 고찰을 전개하고 있다. 이들 선행연구는 많은 시사점을 던져주고 있다. 대부분이 마도의 작품은 '마도 미치오의 세계'로 불리는 특징적인 표현세계라고 평한다. 이는 다음과 같은 말로 표현된다.

> 아이덴티티(내가 나인 기쁨), 타자와의 공생, 존재론(존재와 비 존재), 코스몰로지, 철학성, 오락성, 난센스, 언어유희, 스카톨로지, 사회·문명 비판

그리고, 이들은 마도의 '독자적, 독특한, 고유의, 특이한' 세계로 받아들여지고, 그 원천은 마도의 '자질·특질·감성'에 있다고 한다. 선행연구들은 마도의 독자성·고유성을 강조하는 방향으로 논고가 진행되어 왔다. 개별적인 시점에서의 고찰로는, 다니 에쓰코의 '웃음의 세계'에 대한 마도와 사카타 히로오·다니카와 슌타로와의 비교, 또한「존재론」에 대해서는 오쿠마 아키노부의 마도와 오하시 마사토·다니카와 슌타로와의 비교가 있다.

ニアルの諸相)』, 彩流社, 2010, 14~47쪽.
16 오쿠마 아키노부(大熊昭信),『무심의 시학―오하시 마사토, 다니카와 슌타로, 마도 미치오와 문학 인류학적 비평(無心の詩學―大橋政人、谷川俊太郎、まど・みちおと文學人類学的批評)』, 風間書房, 2012.

2) 연구과제

이와 같은 선행연구를 바탕으로 이 책의 목표를 생각하면 연구의 기본 과제는 마도의 독자성이라는 개념에서 일단 벗어나서 작품 전체를 대상으로 마도의 표현세계를 탐구하는 것으로 집약된다. 그 세계는 다양한 분석시점을 통해 결과적으로 얻을 수 있는 마도의 세계이다. 그런 수법으로 시인의 또 다른 세계를 발견할 수 있다면, 이들을 비교·검토하는 것으로 각각의 독자성이 검증될 수 있을 것이다.

마도에 대해 논할 때 종종 '마도 미치오의 세계'라고 표현된다. 그 배후에는 마도의 작품은 마도만의 독특한 혹은 독자적인 세계가 있다는 의미가 담겨있다. 이 책 제목에도 『시와 동요의 표현세계』라고 '세계'라는 표현을 사용했는데, 연구의 기본자세도 마도의 작품 전체의 분석에서 이끌어낸 '마도의 세계'이다. 또한, '시와 동요'를 같이 쓴 것도, 마도 연구에서 시와 동요의 관계를 해명하는 일은 매우 중요하다고 생각했기 때문이다. 이런 의미도 포함해서 이 책의 중심적 과제는 다음 세 가지가 되었다.

I. 작품의 배경이 되는 마도의 인생과 창작의 역사는 어떤 것이었는가.
II. 마도는 외부 세계와 자기를 어떻게 느꼈으며 그것을 작품에 어떻게 표현했는가.
III. 마도의 창작의식에서 시와 동요는 어떤 관계에 있는가.

이들은 연구과제의 기둥이 되는 것이지만, 이 책 전체를 관통하는 과제로서 마도의 자기 존재의식 형성에 대만에서의 체험이 어떤 영향을 미쳤는가가 저류에 있다. 9세부터 33세까지 살았던 대만이라는 땅에 대해 마도는 어떻게 느끼고 그것을 어떻게 작품에 표현했는가 하는 점이다.

이하, 과제 I, II, III을 정리하면 다음과 같다.

I. 마도는 9세에 대만에 있는 가족에게 갔지만, 5세부터 9세까지 조부와 지냈던 4년간은 외롭고 쓸쓸한 기간이었다. 그리고, 전쟁터에 가게 되는 33세까지 24년간의 대만생활이 있다. 타이페이공업학교台北工業学校를 졸업하고, 타이페이총독부台北総督府 도로항만과道路港湾課에 취직했다. 『고도모노쿠니』에 처음으로 동요를 투고한 것은 5년 뒤의 일이다. 대만 시기에는 동요·시·산문시·수필처럼 전후戰後에는 볼 수 없는 폭넓은 작품을 남겼다. 대만 시기의 창작 가운데 동요에 대한 의식은 어떤 것인가. 이 문제는 과제 III과 연결되어 있다. 동요잡지의 동인同人이 되고, 동요에 대한 열의와 의식의 높이가 평범하지 않았다는 것을 엿볼 수 있다. 이들은 일본 잡지였지만, 한편으로『대만일일신보臺灣日日新報』와『문예대만文藝臺灣』등 대만 매체에도 '이시다 미치오石田道雄'라는 이름으로 투고했다. 일본과 대만의 잡지·신문에 투고할 때, 어떤 의식의 차이는 있었을까. 마도에게 대만은 어떤 의미를 지닐까, 이것이 또 하나의 과제이다.

II. 마도 작품에는 인간사회 속에서 살아갈 때 발생하는 다양한 갈등과 감정이 개입되는 일은 드물다. 마도의 표현세계는 어린 시절부터 친숙해 온 주변의 동식물이며, 사물, 그리고 그것을 인식하는 자기 자신이다. 마도는 자신의 시 작품의 원풍경은 유소년기에 있다고 말한다. 마도는 자연 속에서 식물이나 벌레 등을 보면서 지내는 시간이 많았다. 그런 어린 시절도 포함해서 일생을 거쳐 마도가 외부 세계와 자기 자신을 어떻게 인식하고 그것을 작품에 어떻게 표현했는가 고찰하는 것이 과제 II이다.

III. 마도의 연구나 평론·해설에서 작품에 대해서 논할 때, '동요와 시'의 구별은 애매함을 동반한다. 양자의 선긋기가 곤란한 경우가 있기 때문에 '동요와 시'라는 표현이 사용된다고 할 수 있다. '마도의 시'라고 하며 동요를 포함하고, 어떤 경우에는 '마도의 동요'라고 해도 시가 포함되기도 한다. 창작의 출발은 동요 투고였지만, 거기에도 '동요와 시'의 경계는 모호하다. 전후가 되어 「코끼리ぞうさん」로 대표되는 어린이가 애창하는 수많은 동요가 창작되었다. 이들은 분명 동요였지만, 과연 마도의 시 창작 속에서 분리된 것이었을까. 또한, 60세를 전후해서 동요 창작은 줄어들고 시가 중심이 되어갔는데, 마도의 마음 속에서 동요는 어떤 존재가 되었는가, 이것이 과제 III이다.

2. 연구방법과 책 구성

1) 연구방법

이 책의 기본적 연구방법은 다른 시인과의 비교가 아니라, 통시적 혹은 작품의 분석 시점별로 마도의 작품전체를 아우르는 횡단적 분석을 목표로 한다.

I은 마도가 했던 말들, 인터뷰, 취재를 실은 책이나 기사화된 문헌, 그리고『전 시집』의 연보를 바탕으로 마도의 발자취를 짚어나간다. 그러나 그저 따라가는 것이 아니라 그 흐름 속에서 마도의 의식형성을 살펴보고자 한다. 대만 시기의 작품에 대해서는 천시우핑의 논문에 있는 작품 목록에 근거해서 마도의 투고 추이를 검토한다. 목록에는『전 시집』에 실리지 않은 작품이 동요도 포함해서 90편 이상 있다. 또 마도는 『전 시집』을 발간하면서 손질한 작품도 많기 때문에 원자료의 입수에 힘을 쏟았다. 대만 시기에는 일본과 대만, 두 나라 잡지・신문에 투고했는데, 마도의 창작의식을 알 수 있는 단서로서 투고 추이를 본다. 전후에는, 동요를 집중적으로 창작하던 시기에 이어, 창작의 중심은 점차 시로 옮겨간다. 그 의식의 변화도 창작 추이를 단서로 해서 고찰한다.

II의 외부세계를 어떻게 받아들이고 표현했는가 하는 과제는, 작품을 어떤 분석시점에서 살펴보는가가 중요하다. 이 책에서는 시각세계와 청각세계에 초점을 맞추어 분석한다. 시각세계의 단서는 영화다. 영화에서 장면 장면이 연결되어 가듯이 마도는 영상적 공간을 말의 연속으로 정경과 정감을 엮어나갔다. 그런 작품을 골라내서 영상적 시로서 분류를 시도한다.

청각세계를 시로 표현하는 것은 의성어나 형용사지만 이 책에서는 표현에 있어서의 청각세계라는 의미로, 의태어도 포함하는 오노마토페onomatopoeia(의음어, 실제 소리를 흉내 내어 언어로 삼은 말, 넓은 의미로는 의태어도 포함−역주) 전체를 검토한다. 오노마토페는 어수語数 등의 수량적인 취급도 가능하기 때문에 이를 분석에 도입한다. 또한 표현 대상별로 살펴보는 분석시점에서는, 마도에게 동물과 식물이 어떻게 인식되고 표현되고 있는가 하는 점도 생각해보고 싶다. 동물에 관해서는 동물을 상대하는 자기 자신이라는 시점, 식물에 대해서는 식물과의 거리에 따른 인식법을 고찰한다.

Ⅲ의 시와 동요에 대해서는, 마도의 동요론과 창작의식을 마도가 쓴 문장이나 말을 통해 고찰한다. 마도의 시와 동요는 마도의 창작 활동 가운데 어떤 위치를 차지하고 있는가에 대해서 창작의식을 단서로 검토한다. 동요에 대한 마도의 생각을 보다 구체적으로 파악하기 위해서 동요를 창작한 기타하라 하쿠슈의 동요론도 인용하고자 한다. 또 동요 작품의 고찰에는 한국의 대표 동요시인 윤석중의 작품도 참조한다.

2) 책 구성

이 책은 제1장부터 제5장, 그리고 마지막 종장으로 구성되어 있다.

제1장 마도 미치오의 인생과 시 창작−대만 시기

'마도의 유년기부터 대만으로 건너간 후 청년기에 이르는 의식형성'과 '대만 시기의 창작동향'을 테마로 한다. 마도 작품에는 유년기의 씻어낼 수 없는 소외감이 배경으로 느껴지는 작품이 있는데, 9세에 대만에 있는 가족에게 간 이후의 체험도 작품 배후에 있다. 대만에 대한 생각이 어떻게 형성되어 갔는가, 그것은 어떤 것이었는가 하는 시점도 더해서 고찰해 간다.

창작의 발자취에 대해서는, 잡지나 신문의 투고 추이를 살펴보려고 한다. 작품에 표현된 대만색, 또한 일본 잡지와 대만 잡지 간의 재 투고 경향도 고찰한다. 요다 준이치与田準一로부터 일본으로 오라는 권유를 받았을 때 마도의 심경 등 대만에 대한 의식도 생각해 보고 싶다. 필명과 지구인 의식도 흥미롭다. 마지막으로 마도의 군대출정에서 일본귀환까지의 체험도 작품 이해를 위해 살펴보기로 하겠다.

제2장 마도 미치오의 생애와 시 창작−전후

전쟁터에서 돌아온 후 생활고 가운데에서 동요 「코끼리」가 탄생했다. 전전戰前 대만 시기에 대만이라고 하는 토지와의 관계에 있어서는 아이덴티티를 묻는 일이 없었던 마도가, 자기 존재 그 자체의 의미를 동요라는 형태로 「코끼리」에 표현했다. 그 경과와 의미를 고찰한다.

10년간 출판사에서 근무한 후 창작에 전념하기 위해 회사를 그만두면서 마도는 처음으로 창작의 자유를 얻는다. 출판사 일은 아동서 편집이고 그간의 작품은 동요이다. 작품 수는 보육가保育歌를 제외하고도 400편 이상이 된다. 첫 번째 시집『덴뿌라 삐리삐리てんぷらぴりぴり』를 계기로 이후 창작은 시로 옮겨갔다. 그 추이를 시간순으로 따라가며 고찰한다. 그밖에 마도에게 있어서 동요와 곡,『전 시집』발간 후의 시 창작, 마도의 추상화도 살펴본다.

제3장 마도 미치오의 인식과 표현세계

시각 · 청각 · 기타 감각이라고 하는 감각별 분석시점으로 마도의 작품을 분석한다. 자기를 둘러싼 외계를 어떻게 인식하고 표현했는가가 테마이다. 시각세계는 영상적 표현을 다루고자 한다. 마도는 '응시하는 사람'이라는 평을 듣기도 했다.[17] 그것은 영화의 카메라와 공통된 부분이 있으며 영화의 필름 편집은 마도의 시 표현에 해당한다. 정확하게 말하면 인식뿐 아니라 시로서의 표현 연구이기도 하다. 청각세계는 오노마토페 표현을 분석한다. 단어의 음音에 의한 표현으로서 의성어에 의태어도 포함, 오노마토페 전체를 다룰 것이다. 마지막으로, 인식의 흐름을 중심으로, 보는 세계 · 음의 세계 · 기타 감각세계 · 시공간 의식 등의 감각과 인식세계를 개관한다.

---

17 아다치 에쓰오, 앞의 책, 36쪽 등.

제4장 마도 미치오의 표현대상—동물·식물

제3장은 감각별 분석시점에서 봤다면, 제4장에서는 인식 대상별 고찰이다. 동물·식물에 대한 인식과 표현이라는 관점에서 고찰한다. 동물에 대해서는 창작초기에 동물을 주제로 한 작품발표를 목적으로 잡지『동물문학動物文学』에 투고한 것이 있으므로, 그 작품을 중심으로 살펴나간다. 그 가운데 수필「동물을 사랑하는 마음動物を愛する心」은 이후 마도의 사상과 시 창작의 방향을 보여주고 있어, 작품전체의 고찰에 시사를 던져주는 것이다. 식물은 동물과 달리 정지된 집합체로서 마도를 둘러싸고 있는 장場의 한 요소가 될 수 있는 것이 특징이다. 시간의 길이나 흐름, 고요함도 표현한다. 그런 표현대상인 식물과 마도의 시점과의 원근 차이를 살펴보았다.

제5장 마도 미치오의 시와 동요

먼저 시인이 동요를 지을 때의 창작의식을 고찰한다. 여기에는 시인의 아동관과 동요관이 관여한다. 그 내적 의식에 대해서 기타하라 하쿠슈의 동요론을 검토하고, 이어서 마도의 동요론에 대한 고찰을 진행한다. 마도는『곤충열차昆虫列車』에「동요의 평이함에 대해서童謡の平易さについて」,「동요권—동요수론(1)童謡圏—童謡随論(一)」,「동요권—동요 수론(2)童謡圏—童謡随論(二)」를 발표, 동요에 대한 기본 생각을 밝혔다. 여기에는 '저널리즘 동요[18]가 아동을 매혹하는 본질'이 드러나 있고, 다른 시인의 동요론에서는 볼 수 없는 관점이 나타나있다. 선행연구에서도 그

---

18 쇼와(1925년~)에 들어서 대중 사이에 유행한 대중적인 레코드 동요를 가리킨다.

중요성을 지적하고 있지만, 이 책에서는 마도의 「동요의 평이함에 대해서」의 주지를 검토한 후, 마도의 저널리즘 동요관을 위치 짓고자 한다. 그리고, 한국의 윤석중과 마도의 동요와의 대조도 시도한다. 두 사람의 동요에는 많은 공통성을 찾아볼 수 있다. 마지막으로, 마도의 창작의식을 마도의 언급을 근거로 해서 시와 동요의 수법의 차이와 연속성이라는 관점에서 고찰한다.

제1장
마도 미치오의 생애와 시 창작[1]
대만 시기

1. 마도 미치오와 대만

1) 외로운 도쿠야마 시절, 대만의 소학 · 고등소학교 시절

마도 미치오(이하, 마도)는, 1909년 야마구치현山口縣 도쿠야마시德山市
에서 태어났다. 아버지는 전화공사관계 기술자였다. 형제로는 세 살

---

1 제1장과 제2장은 마도 미치오의 개인적인 경력이나 경험을 따라가기 위해 주로 사카타
   히로오의 『마도 씨』와 이토 에이지 편, 『마도 미치오 전 시집』의 연보를 참조했다.
   또한 다니 에쓰코, 「마도 미치오 씨에게 듣는다」와, 마도의 발언을 편집한 『모든 시간을
   꽃다발로 해서─마도 씨가 말하는 마도 씨』, 『말할 수밖에 없어진다』도 참고로 했다.
   인용 저본은 다음과 같다. 사카타 히로오(阪田寛夫), 『마도 씨(まどさん)』, 筑摩書房,
   1993, ちくま文庫; 이토 에이지(伊藤英治編), 『마도 전 시집(まど・みちお 全詩
   集)』(신정판), 理論社, 2001; 다니 에쓰코(谷悦子), 「마도 미치오 씨에게 듣는다(ま
   ど・みちお氏に聞く)」, 『마도 미치오 연구와 자료(まど・みちお 研究と資料)』, 和泉
   書院, 1995, 171~236쪽; 마도 미치오・가시와라 레이코(まど・みちお・柏原怜子),
   『모든 시간을 꽃다발로 해서 마도 씨가 말하는 마도 씨(すべての時間(とき)を花束に
   して まどさんが語るまどさん)』, 佼成出版社, 2002; 마도 미치오『말할 수밖에 없어진
   다(いわずにおれない)』, 集英社, 2005.(이하 저자와 제목, 쪽수만 표기한다─역주)
   또한, 인용 문헌 및 인용 원작품은 대부분 세로쓰기지만 이 책에서는 가로로 통일했다.
   일본어 표기 중 구 자체 한자는 신 자체로 고치고, 구 가나 사용은 원작 그대로 따랐다.

많은 형과 두 살 아래 여동생이 있었다. 마도가 다섯 살 때, 어느 날 갑자기 어머니가 형과 여동생을 데리고 대만에서 일하고 있는 아버지에게 가버리고 말았다.

어느 날 아침, 마도 씨가 일어나보니 집안이 조용했다. 어머니가 안 보였다. 형도 여동생도 없었다. 찬장 안에 파랗고 붉은 가루를 묻힌 만주 (화과자의 일종, 팥소를 반죽으로 감싸 찐 과자—역주)가 접시에 담겨 있고, 이거 미치오에게 먹이세요, 라고 쓰인 종이가 놓여있었다. 글을 읽을 수 있었던 건 아닌데도, 나무 그릇 가게 앞 만주가게에서 팔던 쌀가루로 만든 반투명 만주의 색이나 모양과 함께 기억하고 있다. 잠시 후 할아버지의 적당히 얼버무린 말을 통해 자기만 혼자 남겨졌다는 사실을 알고,
"울었습니다."
마도 씨는 말했다.[2]

2년 전 경찰전화의 공사인부로 대만에 가있던 아버지가 어느 정도 생활이 안정되자 가족들을 대만으로 부른 것이다. 1915년 4월의 일이었다. 마도는 혼자 조부모에게 남겨졌다. 이는 아버지가 조부모에게 보내던 생활비가 끊이지 않게 하려는 말하자면 인질 같은 것이었다. 당시, 내대內台(일본—대만)연락항로 고베神戸—지룽基隆에서, 도중 모지門司부터 배를 탄다 해도 꼬박 이틀은 걸렸다. 영대領台(1895년에 청조가 일본제국에 대만을 할양하면서, 대만은 일본제국의 외지로 대만총독부의 통치를 받게

---

2   사카타 히로오, 『마도 씨』, 40쪽.

되었다-역주) 20년이 지나서, 초기의 풍토병이나 항일의 움직임 등은 감소했다고는 하나, 그 무렵 내지內地(일본)의 대만에 대한 이미지는 머나먼 이국땅이었으니 불안도 있었을 것이다. 마도의 아버지가 대만으로 건너갈 결심을 한 것은 무엇보다도 경제적인 이유였다. 단신부임기간은 2년을 넘어서고 있었다. 그간 도쿠야마의 가족들에게 대만의 생활모습은 전해지고 있었을 것이다. 그러나 어린 마도에게 있어서 그것은 얼마만큼 현실적인 의미가 있었을까. 5세라는 나이로 보아서 마도의 의식세계는 어머니와 형제가 함께하는 생활이었다. 그런 가족이 어느 날 갑자기 말도 없이 자기만 남기고 떠나버린 일은 대만이라는 거리이상으로 가족을 잃은 고아와 비슷한 강한 고독감을 마도의 마음에 새겼을 것이다.

눈물이 펑펑 쏟아졌습니다. 너무나 슬픈 나머지 2, 3일은 울고 있었을 겁니다. (…중략…) 할아버지는 나를 눈에 넣어도 아프지 않을 정도로 예뻐해 주셨지만, 친구 중에는 있어야 할 부모가 없다는 것을 놀려대는 녀석도 있었습니다. (…중략…) 그때는 외로웠지요. 친구들은 다 어머니가 있는데 나만 없다는 것은 정말 슬픈 일이었습니다.[3]

마도가 100세 때 남긴 말이다. 100세가 되어도 그때의 일은 잊혀지지 않았다. 반년 후에 할머니가 돌아가시고 때때로 숙모가 돌보아 주기도 했지만 술을 좋아하고 집을 비우기 일쑤였던 할아버지와의 생활은 외

3　마도 미치오, 『백세일기(百歲日記)』, NHK出版, 2010, 112쪽.

로운 것이었다. 그런 외로움 속에서 마도는 혼자 작은 것을 들여다보는 일을 좋아했다.[4] 할아버지와 4년을 보내고, 1919년 4월, 마도는 9살이 되어서 숙모를 따라 대만으로 건너갔다.[5] 여객선은 '시나노마루'였다고 마도는 기억한다.[6] 당시에 분명 시나노마루信濃丸는 고베 – 지롱 간 항로에 취항하고 있었으니 마도의 기억에 틀림은 없었다. 6,000톤이 넘는 배에는 마도가 넓은 운동장이라고 느낄 정도의 공간이 있었다. 마도는 거기에 있던 철봉을 잡고 빙글빙글 돌다가 어지럼증을 느끼기도 했다. 도쿠야마역까지 배웅 나온 할아버지를 혼자 남겨두고 고향을 떠나온 후의 나날들, 마도에게 있어서 대만 이주는 모든 면에서 눈이 돌아가는 경험이었을 것이다. "보는 것 듣는 것 모두 신선했고, 뭐든지 신기했다. 말도 달랐고, 음식들, 장사꾼들 소리, 새와 꽃. 나가야長屋식 건물이 있고……"라고, 노년의 마도에게도 그때 기억들은 선명하게 남아있다. 타이페이에서 마도가 처음에 살았던 집 근처인 완화역万華駅 옆 호수에 핀 연자색의 부레옥잠. 호수 전체를 빽빽이 뒤덮은 부레옥잠을 타고 놀았던 일. 일본의 노란색과는 달리 연보라색으로 피는 대만 개나리. 그 가지로 정신없이 놀았던 일. 그 꽃에 모여드는 하늘소인가 뭔가를 넣을 놓고 바라본 일. 가까운 풀숲에 야생 돼지나 멧돼지가 잔가지로 둥지를 만들고 있던 일. 일본 진자神社와는 다른 마쭈사당媽祖廟(마쭈：중국·대만

---

4 마도 미치오·가시와라 레이코, 『모든 시간을 꽃다발로 해서 마도 씨가 말하는 마도 씨』, 24쪽. 이 밖에도 기회가 있을 때마다 마도는 그 일에 대해 종종 말했다.
5 대만 부모 품으로 가게 된 이유에 대해서, 사카타 히로오는 앞의 책 『마도 씨』, 57쪽에서, "아들 사랑이 지극했던 어머니가 아들과 떨어져 지내는 것을 더 이상 참을 수 없게 된 것이다"라고 추측한다.
6 이하, 벌새의 박제, 동물원의 온실까지의 추억은, 『모든 시간을 꽃다발로 해서 마도 씨가 말하는 마도 씨』, 36~43쪽에서 마도가 말한 체험이다.

에서 바다를 지키는 신, 풍어와 안전한 항해를 기원하는 대상—역주)의 적색, 황금색 색채과 종교적 분위기. 키다리인형背高人形과 난쟁이인형背低人形도 참가한 기나긴 축제 행렬 등. 타이페이 신 공원 안에 있는 박물관에서 본 벌새의 박제. 식물원의 온실…… 등등.

80년 전의 추억은 마도의 인생과 시를 생각하는데 있어 **빼놓**을 수 없다. 뒤에서 언급하겠지만, 사카타 히로오는 "대만에 이주하고 나서 적응하기까지 시간이 걸렸을 것"이라고 한다. 이런 판단은 마도가 정신적인 여유를 갖기 힘든 상황을 배경으로 하고 있다. 그러나 위에 적은 마도의 추억으로 회상되는 체험은, 90세가 지나도 잊을 수 없는 기억으로 새겨져 있고, 오히려 그런 힘든 시기에 마도 소년의 마음을 달래준 것은 대만의 새나 부레옥잠이나 하늘소였을 것이다. 힘든 상황이었던 만큼 동식물 등에 대한 마음은 보통 아이들 이상으로 깊었을 것이다. 그 깊이는 마도의 성격과 성장 양면이 관계하고 있고, 이는 도쿠야마에서의 외로운 유년 체험에 대해서도 그렇다고 할 수 있다. 마도가 아래 문장에서 말하는 '아이 나름대로 그 외로움을 한편으로는 즐겼다'의 즐김은 마도의 동식물과의 교류의 깊이를 말해 준다.

특히, 할아버지와 둘이 살게 되면서, 외롭다면 외로운 유년 시기였을지 모르지만, 돌이켜 생각해 보면 단순히 외로운 것과는 조금 달랐던 것 같습니다. 그립다는 마음이 들어가서 그런지, 아이 나름대로 그 외로움을 한편으로는 즐기는듯한 기분이 있었습니다.[7]

---

7   마도 미치오·가시와라 레이코, 『모든 시간을 꽃다발로 해서 마도 씨가 말하는 마도 씨』, 22쪽.

9세 때 마도는 다시 가족과 함께 생활할 수 있게 되었다. 그러나 이것으로 마도의 고독감이 치유된 것은 아니다. 사카타는 이렇게 해설했다.

그때까지 희미하게 숨쉬던 '혼자'만의 감수성을 지켜온 4학년생 마도 씨가 타이페이에 와서 실제로 직면한 것은 좀 더 거칠고 무자비하고 제대로 받아들이기 힘든 나날이었다.[8]

일찍이 도쿠야마번(德山藩)의 영주님을 모신 유스이샤(祐綏社) 벗나무 아래나 후쿠다테라(福田寺)강변 논두렁에서 자신과 타인을 보는 눈을 키워온 아이가, 철들 무렵인 다섯 살부터 아홉 살이 될 때까지 부재였던 가정에 장기 결석 학생처럼 돌아왔다. 어색한 마음의 장벽이 그렇게 쉽게 사라질 리 없었다.[9]

그 요인으로는 아들에 대한 부모의 과도한 기대, 아버지의 엄격함, 뛰어난 형과의 비교, 어머니의 오랜 질환과 간병, 마도 자신의 병약한 신체, 기타 가정의 빈곤함에서 오는 열등감, 타이페이일중台北一中, 타이페이 사범台北師範에 이르는 2년 연속 입시 불합격 등이 있다. 사카타는 마도 어머니의 결벽증에 대해 언급한 후 다음과 같이 적었다. "이래서는 나중에 온 마도 씨가 '대만'에 익숙하기까지 상당한 시간이 걸린다. 무엇보다 이때의 마도 씨는 주위의 일보다 자기 마음 속에 어느새 생겨버린 장벽에 대한 대응에 쫓기고 있었다." 매사에 걱정이 많은 어머니

---

8   사카타 히로오, 『마도 씨』, 60쪽.
9   위의 책, 63쪽.

의 성격도 있어서, 마도는 대만에 와서 4년 동안 두 번 이사를 경험하면서 세 개의 집에 살았다. 이 시기 마도의 가정은 경제적으로 어려운 상황에 있었고, 살았던 집은 모두 가난한 환경이었다.

영대 20년을 지나 일본통치도 어느 정도 기반이 다져졌다고는 하나, 유페이윈의 사료[10]에 따르면, 마도 가족들이 대만으로 들어간 1915년에도 대만의 전출입 비율은 전입이 27,626명, 전출이 23,265명으로 실제 정착율은 16%에 못 미쳤다. 재대在台 일본인보다 대만인[11]의 경제성장이 뚜렷해지고 있던 것도 하나의 이유였다. 다케나카 노부코竹中信子가 "정부관리나 대기업 직원도 아닌 민간 내지인의 생존 전략이 대만 통치 30년부터 이미 논의되기 시작하고 있었다"[12]라고 지적하는 시기였다. 마도의 가정이 경제적으로 안정되기 전까지는, 대만에 정착한다는 확실한 근거가 보이지 않는다는 불안이 가족 한 사람 한 사람에게 있었을 것이다. 자녀가 좋은 학교에 들어가는 것은 일본인 가족에게는 미래의 활로였다. 그런 상황에서 마도가 중학교와 사범 학교 입시에 연달아 실패한 것은 얼마나 부모를 실망시키는 일이었을까. "소학교를

10　유페이윈(游珮芸),「동요시인 마도 미치오의 대만시대(童謡詩人まど・みちおの臺灣時代)」,『식민지 대만의 아동문화(植民地臺灣の児童文化)』, 明石書店, 1999, 171쪽.
11　대만인 : 1895년~1945년 일본통치기에는 대만인도 일본인으로 간주, 황민화라는 미명 아래 일본인이 되도록 강요 받았다. 한편, 대만주재 일본인과 구별하기 위해서, 대만 원주민에게는 번인(蕃人)・생번(生蕃)이라는 멸시적인 호칭, 혹은 고사족(高砂族)이 사용되었다. 재대 일본인은 내지인(內地人)이라고 했다. 그러나 내지는 외지인 조선(朝鮮), 만주(滿州), 대만(臺灣) 등과 구별하기 위한 일본 본토인 내지이며, 대만에서 태어난 만생(湾生)으로 불리는 일본인과 대만인에게는 복잡한 호칭이다. 이 책에서는 인용 이외에는 원주민, 본도(本島)인을 대만인이라고 한다.
12　다케나카 노부코(竹中信子),『식민지대만의 일본여성생활사(植民地臺灣の日本女性生活史)』2(다이쇼편(大正編)), 田畑書店, 1996, 313쪽.

졸업하고 타이페이 제1중학교에 응시했지만 실패합니다. 점점 내 자신의 한계가 보이는데도 어머니는 여전히 나를 믿고 있어서 때로는 숨이 막힐 지경이었습니다."[13] 이런 부모의 기대는 섬세한 마도에게 상당한 정신적 중압이 되었음을 상상할 수 있다. 그런 가운데 마도는 주위의 자연을 바라보는 것으로 마음이 해방되는 시간을 가진 것이다. 앞서 소개한 대만 식물 등을 추억하는 마도의 서술어가 '신선했다 / 재미있고 아름다웠다 / 정신 없이 **빠졌다** / 정신 없이 바라 보았다 / 질리지도 않고 보고 있었다'였다는 점에서도 이를 짐작할 수 있다.

유페이윤은 "마도 미치오의 대만 시기는 이상 본 바와 같이, 10세 때 대만으로 건너가 34세로 군대에 갈 때까지 24년간이다. 그도 또한 '자귀나무 어린이 낙원ねむの木子供楽園' 회원들처럼 대만에서 자란 '만생湾生'이었다고 할 수 있다"[14]고 했다. 그러나 일본내지의 생활 경험이 없이 대만에서 태어난 일본인이나 마도의 여동생처럼 2, 3세 때 대만으로 건너온 '만생'과 9세[15]에 건너온 마도는 같은 '만생'이라고 해도 어딘가에 차이가 있을 것으로 보인다. 그리고 연수年數의 차이뿐만 아니라, 마도의 본다는 행위에 의해 받아들여진 대만은, 다른 '만생'과는 또 다른 것이었으리라 여겨진다. 아래의 말은 1975년 잡지의 설문 조사 '시적 원체험은 무엇인가'라는 물음에 대한 마도의 대답이다.

---

13 마도 미치오·가시와라 레이코, 『모든 시간을 꽃다발로 해서 마도 씨가 말하는 마도 씨』, 44쪽.
14 유페이윤, 앞의 글, 218쪽.
15 유페이윤의 기술에는 10세라고 되어 있지만, 마도는 11월생으로 대만으로 건너갈 당시는 4월 시점에서 9세이다.

현재 내 시 창작은 유년기 총 체험의 원격 조작에 의해 이루어지고 있는지도 모른다……고 생각합니다. 그런 이유로 어린 시절을 회상할 때 시적 원 체험이 아닌 것을 찾기가 어려울 정도입니다.[16]

이것은 대만으로 건너갈 때까지 10년간을 보낸 도쿠야마에서의 체험이 중심일 것이다. 일반적으로 고향이란 어린 시절을 함께 보낸 가족, 가까운 사람들과 공유하는 시공간과 그 연장으로서의 마을, 도시, 사회, 그것을 둘러싼 자연이 뒤섞여 있는 것이다. 그러나 도쿠야마의 원 풍경에는 5세부터 9세까지 가족과의 공유 시공간이 빠져있다. 그것은 살아가는 장場으로 마음에 친숙해진 원풍경으로서의 도쿠야마가 아니라, 마도 가까이에 있던 동식물 등의 자연이다. 그리고 대만으로 건너가서도 삶의 장소를 가족과 공유한다고 하는 가장 중요한 정신적 부분에서의 대지인 대만이 아니라 마도가 동식물이나 풍경·풍속을 목격하는 장소로서의 대만이었다.

2) 공업학교와 시 창작의 시작, 그리고 취직

1924년, 마도는 세 번째 도전 끝에 간신히 타이페이공업학교 토목과에 입학할 수 있었다. 마도는 14세가 되어 있었다. 아버지의 영전으로

---

16 『에너지 대화 제1호 시의 탄생 오오카 노부＋다니가와 슌타로(エナジー対話・第1号・詩の誕生　大岡信＋谷川俊太郎)』, エッソ・スタンダード石油株式会社広報部, 1975.5, 120쪽.

가족 모두가 신주新竹의 셋집에 살게 될 때까지는, 중간에 아버지가 펑후다오澎湖島로 전근가기도 해서 기숙사 생활이나 형제들과의 자취 생활이 있었다. 아버지의 수입이 늘어난 덕분에 마도가 공업학교 3학년부터 경제적으로 안정되고 5학년 때 타이베이시 남쪽에 위치한 신주에서의 새로운 생활이 시작되었다. 그것은 마도에게 마음의 여유를 가져왔을 것이다. 그러나 타이페이공업학교를 택한 것은 학자금을 내는 아버지의 뜻을 따른 것으로 관청에 취직하기를 바라는 아버지의 요구는 엄격했다. 실제로 마도는 원하지 않던 진로에 대해서 졸업직전에, 토목과는 자신의 성격에 맞지 않아서 의전医專으로 진학하고 싶다고 어머니에게 털어놓기도 했다.[17] 그런 마도 내부에 감추어진 일종의 굴절된 마음은 전후에 50세로 출판사를 그만두고 자유롭게 창작에 전념할 수 있게 될 때까지 계속된 것으로 보인다. 마도의 마음에 어딘가 굴절된 것이 있었다 해도, 신주에서의 새로운 생활은 타이페이까지 편도 한 시간 가까이 되는 기차 통학이라는 변화를 가져와서, 여러 가지 면에서 마도의 마음을 해방시키는데 도움이 되었다. 하나는 기차 통학하는 친구들과 주로 시를 실었던 동인지 『아유미あゆみ』라는 등사판 인쇄물을 만든 일이었다. 마도가 등사판 글씨부터 인쇄까지 맡고 삽화도 직접 그려 시를 실었다. 음악과 그림이 자신 있다는 자각이 있었던 마도가 왜 시에 관심이 쏠렸는지 흥미로운 부분이다. 공업학교 1학년 때 교우회지에 실린 문장으로 국어 선생님의 칭찬을 받았다. 그런 사소한 계기가 마도를 문학으로 향하게 한 것일까.[18] 3학년부터는 전문 과정의

---

17 사카타 히로오, 『마도 씨』, 88쪽.
18 마도는 그 가능성을 추억을 통해 말했다. "공업학교에 들어가 쓴 글쓰기, 지금으로

수업과 실습을 받기 시작해서, 측량기로 달표면의 요철을 관측하는 등 사카타 히로오가 쓴 마도의 공업학교 시절의 체험에서는 마도가 그 시기를 즐겼다는 분위기가 전해져 온다. 우수한 성적으로 졸업해서 관청에 일자리를 얻어야 한다는 정신적 중압이 없었다면, 이 시기에 좀 더 많은 작품이 창작되었을지도 모른다. 당시 잡지 『약초若草』에 투고했다고 마도가 회상[19]한 것으로 보아 이 무렵에는 창작 의욕이 대단히 높았던 것 같다. 사카타의 계산으로는 마도가 매료된 오가타 가메노스케尾形亀之助의 산문시가 실린 『시신詩神』이라는 동인지를 읽은 것도 공업학교 졸업 전 또는 직후의 일이다.[20]

1929년, 19세에 마도는 공업학교를 이등으로 졸업하고 아버지의 기대대로 대만총독부 도로항만과에 취직했다. 타이베이台北에서 가오슝高雄에 이르는 '종관도로縱貫道路' 공사가 시작되었을 무렵으로, 사카타 히로오에 따르면, 마도의 작업개요는 다음과 같다고 한다.

8년 동안 서쪽 해안가 마을들을 잇는 선상을 천천히 이동하는 현장사무소와 본청 사이를 반년마다[21] 왕복하며, 도로와 교량 및 암거(暗渠)공사의 측량·설계·시공을 이 순서대로 몇 번이나 반복하면서 대만을 남쪽으로 남쪽으로 내려 갔다. 출장 사무소로 말하면, 신주를 출발점으로,

---

말하는 작문이 우연히 학교 잡지에 실리게 되었어요. 그게 용기를 주었겠지요. 시는 짧아도 된다는 생각에 쓰기 시작했어요. 도저히 시라고는 부를 수 없는 그저 흉내 내는 정도에 불과했지만요."(마도 미치오, 『말할 수밖에 없어진다』, 85쪽).

19　마도 미치오·가시와라 레이코, 『모든 시간을 꽃다발로 해서 마도 씨가 말하는 마도 씨』, 54쪽.

20　사카타 히로오, 『마도 씨』, 100쪽.

21　마도는 '1년마다 왕복'이라는 말도 했다.(마도 미치오·가시와라 레이코 『모든 시간을 꽃다발로 해서 마도 씨가 말하는 마도 씨』, 53쪽).

고난甲南 · 사루沙鹿 · 자이嘉義 · 강산 岡山 · 가오슝 등이다.[22]

　　이런 생활은 27세에 희망퇴직으로 회사를 그만둘 때까지 7년간 이어
졌다. 타이페이에서 2년간은 시 창작과 독서에 몰두한다. 그 후, 29세
에 재취업한 타이페이주청 토목과의 일은 타이베이주에 한정되었을
것이며, 또한 그것이 군입대 때까지 이어진 것을 생각하면, 도로항만
과에서 7년간 현장을 따라 이동한 경험은 마도가 대만을 피부로 느낀
가장 귀중한 기회였다. 각 현장에 설치된 출장 사무소에서의 생활, 공
사 현장에서 본 대만인들의 인간군상, 도로 부설 및 교량 공사 현장에
서 체험하는 대만의 자연 등은 그저 스쳐 지나가거나 생활 속에서 엿보
는 대만이 아니었다. 만약 대만에 뿌리를 둔 문학을 목표로 했다면 이
런 마도의 체험은 일본인 작가로서는 얻기 힘든 문학적 소재를 얻을 수
있는 계기가 되었을 것이다. 하지만 그런 소재, 예를 들면, 자신이 대만
땅에서 품었던 '기쁨, 갈등, 고뇌, 불안, 정체성의 모색, 일본내지에 대
한 향수, 일본인끼리 또는 대만인과의 알력과 우정, 식민지 지배라는
사회나 대만 문화에 대한 생각' 등은 마도의 작품에는 전개되지 않았
다. 대만과 관련된 작품에서도 어린이나 인형극 등, 친밀감을 담아 가
까운 시점으로 쓴 작품은 있지만, 그것들은 시점이 대상에 가까웠던 만
큼 대만이라는 땅의 특정성特定性은 나오지 않는다. 소설이든 영화든
이야기에는 시간과 장소의 제한이 있는 것이 보통이지만, 마도의 시계
視界는 종종 좁혀져서 대상에 근접한다. 이에 따라 장소가 보다 명확해

22　사카타 히로오, 『마도 씨』, 91쪽.

지느냐 하면 오히려 위치는 보이지 않고 장소가 불특정하게 되기도 한다. 이런 현상은 반대로 시야의 확대에도 해당된다. 마도 시에 작은 것에 대한 응시와 코스몰로지cosmology 세계가 혼재하는 이유는, 자신이 선 위치와 주위 세계와의 공간인식에 선 시계視界, 즉 보통의 적당한 줌zoom으로 삶과 사회를 파악하는 것에서 벗어나, 자신의 위치를 불특정화해 버리는 시점視点을 갖는 경향이 있기 때문이다. 도쿠야마에서 나를 잊고 작은 것들을 들여다 보던 시점, 공업학교 측량기로 달의 울퉁불퉁한 표면을 본 시점, 그런 시점을 마도는 함께 갖추고 있다. 이런 특성이 마도의 본래적 자질인 것은 틀림 없다 해도, 지금까지 보아온 마도의 생애, 자신이 설 확실한 자리를 찾지 못했다는 체험도 관련되었을 가능성도 느껴진다.

또한 청년기의 마도에게서 빼놓을 수 없는 체험이 두 가지 있다. 도로항만과에서 친구가 된 다카하라 가쓰미高原勝巳와의 만남, 그리고 다카하라에 이끌려 가게 된 교회에서 기독교와 만난 일이다. "다카하라와는 '어떻게 살아야 하는가' 같은 이야기를 곧잘 하게 되면서 조금은 생각이라는 것을 하게 되었습니다. 그와 친구가 되지 않았다면 어쩌면 시를 쓰거나 하는 일도 없었을지 모릅니다"[23]라고 마도는 말한다. 또한 다카하라도 시를 썼기 때문에 마도의 시 창작에 자극을 준 것으로 보인다. 한편, 기독교에 대해서는 교회에서 세례도 받고 한때 열심히 활동도 했지만, 이내 교회의 현실에 실망하면서 거리를 두게 되었다. 그러나 마도에게 기독교는 마도 나름대로 인간 존재를 넘어선 신을 느낄 수

---

23 마도 미치오 · 가시와라 레이코, 『모든 시간을 꽃다발로 해서 마도 씨가 말하는 마도 씨』, 54쪽.

있었다는 점, 또한 기독교는 너무 인간 중심이 아닐까[24] 생각했다는 점에서 무시할 수 없다. 『동물문학』에 실린 「동물을 사랑하는 마음」이라는 글에서

길가의 돌멩이는 돌멩이로서의 사명을 지니고, 들의 풀은 풀로서의 사명을 갖는다. 돌멩이 이외에 그 어떤 것도 돌멩이가 될 수는 없다. 풀을 제외하고는 다른 어떤 것도 풀이 될 수 없다. 그래서 세상의 모든 것은 가치적으로 모두 평등하다. 모두가 모두 각자가 귀하다. 모두가 모두, 마음껏 존재해도 된다.[25]

라고 주장한 것은 교회에서 멀어진 2년 후이다. 그것은 기독교에서 느낀 인간 중심에서 자신을 해방시키려고 한 마도의 대답이며, 평생을 통해 마도 작품의 저변에 흐르는 생각이 된 것이다.

---

24 사카타 히로오, 『마도 씨』, 160쪽. 전후(戰後)에 마도가 스고우 히로시(周郷博)에게 물었다.
25 마도 미치오, 「동물을 사랑하는 마음(動物を愛する心)」, 『동물문학(動物文学)』 제8집, 白日莊, 1935.8, 8쪽. 이 책의 『동물문학』은 모두 『동물문학 복각판』 제1권(동물문학회(動物文学会), 築地書館, 1994.6)을 저본으로 했다.

2. 본격적인 창작과 그 동향

1) 작품 수

마도가 27세 때 도로항만과를 그만둔 데에는 다음과 같은 경위가 있다. 어느 날 갑자기 요다 준이치与田準一에게서 도쿄東京로 오라고 권하는 편지가 왔다. 이는 일 년 전인 1934년, 그림잡지 『고도모노쿠니』에 마도가 투고한 동요 2편이 기타하라 하쿠슈北原白秋 선정으로 특선에 뽑혀 요다 준이치가 이를 읽었기 때문이다. 사카타에 따르면 편지내용은 "일은 보장할 테니 도쿄에 나오지 않겠는가"[26]라는 권유였다. 일이라면 아동문학 또는 시와 관련된 출판일이었을 것이다. 그것이 1935년 몇 월이었는지 분명치 않지만, 가령 그것이 연말이고 요다가 『고도모노쿠니』와 기타 4개 잡지에 실린 마도의 모든 작품을 보았다고 해도 그 수는 24편에 불과하다. 그것만 가지고 요다가 마도에게 도쿄행을 권했다는 것은 요다가 마도의 실력을 얼마나 높이 평가했는지를 보여준다.

이듬해인 1936년 6월, 마도는 상사의 만류를 뿌리치고 도로항만과를 그만둔다. 요다의 권유에서 퇴직결정까지 마도의 마음이 어떻게 움직였는가는 사카타의 문장에서 대략 추측할 수 있다. 마도는 요다의 편지를 받고 서둘러 와세다早稲田 강의록을 주문했다. 바로 마음이 움직인 것이다. 마도를 주저시킨 요인이 있었다면 그것은 시인으로서, 또

---

26 사카타 히로오, 『마도 씨』, 159쪽.

한 일이라는 측면에서 과연 도쿄에서 잘 해 나갈 수 있을까 하는 점에
있었다. 그 후, 눈이 나빠져서 도쿄행을 포기하자 마음이 가벼워지고
어깨의 짐이 내렸다[27]라는 마음은 이를 말해 준다. 대만에서 경제적으
로 안정된 직업도, 부모의 기대도, 대만이라는 땅도, 마도를 잡아둘 힘
은 되지 못했다. 도로항만과의 일은 원래부터 마음에 없던 취직이었고,
실제로 업무상 접대 등으로 그만두고 싶은 생각이 있었던 듯하다. 그
리고 무엇보다 시 창작 의욕이 이를 넘어서고 있었다. 그런 마도에게
대만이라는 땅이 자기 존재와의 관계에서 어느 정도의 의미가 있었을
까. "요다 씨에게서 다시 한번 일본행을 재촉하는 권유가 있어서, 타이
페이주청台北州庁을 그만둘까 생각하던 중에 군 소집영장이 왔다"[28]라는
말이 있으니 두 번째 초대는 7년 정도 지나서였다. 그때 근무하던 타이
페이주청 토목과에서는 현장감독을 하지 않는다는 약속이었기 때문에
마음의 부담은 덜했을 것이다. 또한 그 무렵 도쿄의 상황은 전쟁 목적
을 추진하기 위한 출판 정리통합이 이루어지고 있던 시기로, 정보국의
단속이 강화되고 종이배급에서 내용통제까지 출판 자체가 어려운 국
면을 맞이하고 있었다.[29] 마도에게 가장 가까운 존재였던 동인지『곤충
열차』의 분량감소[30] 등에서도 그런 일본의 상황을 마도는 짐작했을 것

---

27 위의 책, 173쪽.
28 사카타 히로오, 『마도 씨』, 188쪽.
29 『차일드본사 50년사(チャイルド本社五十年史)』, チャイルド本社, 1984. 1984년 1
　 월 10일 좌담회 '제교출판부 시절 이야기(帝教出版部時代を語る)'(36쪽)에서 나온
　 세키 히데오(関英雄)의 발언. 세키 히데오는 요다 준이치의 뒤를 이어『고도모노히
　 카리(コドモノヒカリ)』편집을 담당했다. '제교출판'이라는 것은 '제국교육회 출판
　 부(帝国教育会出版部)'를 말하며, 1944년 출판기업정비통합으로 '국민도서간행회
　 (国民図書刊行会)'가 창립되었다. 전후 1960년에 차일드본사가 되었다.
30 제1집(1937.3)~제12책(1939.5)까지는 20~36쪽(평균 25.7쪽)이었던 것이, 제
　 13호(1939.6)~제19호(1939.12)까지는 4~8쪽(평균 4.9쪽)으로 감소했다.

이며, 도쿄에서 직업(일)에 대한 불안은 한층 더했을 것이다. 그래도 마도의 마음이 움직여 타이페이주청을 그만두려고 했다. 대만에 마도를 붙잡을 힘은 없었다고 할 수 있다.

1936년 6월에 도로항만과를 그만두고 1938년 가을 타이베이주청 토목과에 재취직할 때까지 2년 몇 개월의 기간은 마도 창작에서 매우 중요한 시기이다. 이 시기에 마도는 상경上京 준비를 위해 작업실을 빌리고 독서와 창작에 전념했다. 거의 1년 후 담낭염을 앓게 되고 시력도 저하되면서 도쿄행을 포기했지만 재취직까지 왕성한 투고 활동을 했다.

〈표 1〉 마도 미치오 대만 시기의 주요 투고 잡지와 작품 분포

잡지명 / 연도	1934	1935	1936	1937	1938	1939	1940	1941	1942	1943	1944
『어린이시 · 연구(子供の詩 · 研究)』	2										
『고도모노쿠니(コドモノクニ)』	2	2									
『동화시대(童話時代)』		7	2								
『동어(童魚)』		4	9	3							
『동물문학(動物文學)』31		7	26								
『철자법 클럽(綴り方倶樂部)』			2	2	3						
『비누방울(シャボン玉)』			4	1							
『곤충열차(昆虫列車)』				21	34	29					
『이야기나무(お話の木)』				6							
『대만일일신보(台湾日日新報)』					35	20	2	1			
『어린이 문고(子供の文庫)』						1	5	2			
『문예대만(文芸台湾)』							9	5			
『대만시보(台湾時報)』									11		2
『대동아전쟁시(大東亞戰爭詩)』											2

---

31 1936년의 『동물문학』은 『물고기의 꽃』이 단편 17편을 포함하기 때문에 많아졌다.

〈표1〉은 주요 잡지당 투고 편수를 연대별로 정리한 것이다. 이 표는 천수이평이 정리한 대만 시기의 마도 시 및 그 밖의 작품을 포함한 전 작품 투고 목록[32]을 중심으로 해서, 새로이 나카지마 도시오가 확인한 14편[33]과 저자가 찾아낸 15편[34]도 추가해서 만들었다. 숫자들은 초출만을 집계한 것으로, 퇴직 후 창작에 완전히 몰두했던 모습이 분명하게 드러나 있다. 우선 투고 잡지의 증가이다. 이 기간에『비누방울』,『곤충열차』,『이야기나무』,『대만일일신보』등이 더해졌다. 특히『곤충열차』와『대만일일신보』는 투고 수가 특별히 많다.『곤충열차』는『동어』발행에 차질이 생기기 시작한 시기에 마도와 미즈가미 후지水上不二 등이 중심이 되어 발간했기 때문에 마도는 특별히 더 정성을 쏟았다. 마도는『붕이점적鳳梨点滴』이라는 등사판 개인통신을『곤충열차』동인들에게 보내서 자신을 포함한 동인의 시 비평과 제안을 했다고 한다.[35] 다음으로 투고 편수를 보면 잡지 투고 시기와 발행 시기가 일치하지 않

또한,『』는 연시·단시 등 복수 작품의 총 타이틀을 나타낸다.「」는 개별 작품명을 표시한다.

32 천수이평(陳秀鳳),「마도 미치오의 시 작품연구 — 대만과의 관련을 중심으로(まど・みちおの詩作品研究 — 臺灣との関わりを中心に)」, 大阪教育大学 석사논문, 1996, 90~124쪽. 41쪽에서는 전체 작품 수에 대해서 다음과 같은 수치를 들었다. 전전 발표 작품 수: 연 307편, 중복을 제외한 작품 수: 254편, 시 작품으로 한정: 233편.

33 나카지마 도시오(中島利郎),「잊혀진 '전쟁협력 시' 마도 미치오와 대만(忘れられた「戦争協力詩」まど・みちおと臺灣),『포스트 콜로니얼의 모습들(ポスト／コロニアルの諸相)』, 彩流社, 2010, 14~47쪽에서 새로이 존재를 확인한 작품이 소개되었다. 대만시보(臺灣時報)에 실린「花礁陣抄」(단가4수)와「礁画箋抄」(하이쿠8구)는 두 작품으로 헤아렸다.

34 『동물문학』제13집에 실린『물고기의 꽃』단편 13편과,『동물문학』제15집의「맹목(盲目)」. 이밖에『철자법클럽』제6권 제6호의「하얀 토끼(白いうさぎ)」.

35 미즈우치 기쿠오(水内喜久雄),「마도 미치오가 아닌 시를 포엠 라이브러리 꿈포켓(まど・みちおではない詩をポエム・ライブラリー夢ぽけっと)」,『어린이도서관(こどもの図書館)』56-10, 児童図書館研究会, 2009.10, 3쪽.

는 것도 있지만, 대만 시기 투고 작품 수 326편의 약 40 %가 퇴직 중의
작업이다.

2) 재수록

〈표 1〉에는 복수 잡지에 게재한 중복은 들어있지 않다. 마도는 많은
작품을 다른 잡지에 재 투고했다. 그 형태는 ① 일본 잡지 → 일본 잡
지, ② 일본 잡지→ 대만 잡지, ③ 대만 잡지→ 일본 잡지, ④ 대만 잡
지→ 대만 잡지, 그리고 그것을 합한 ⑤ 재 중복 게재가 있다.

각 케이스에 따라 그 예[36]를 조금씩 보기로 한다.

「작품명」, 연월일(일은 신문만 병기), 『잡지명』(숫자는 '권-호'를 나타냄)
필명 : ㉤→마도 미치오(まど・みちを), ㉠→마도 미치오(マド・ミチヲ),
　　　 ㉥→이시다 미치오(石田道雄), ㉭→하나 우시로(はな・うしろ)

① 일본지 → 일본지

「란타나 울타리」, 『고도모노쿠니』 13-13, 1934.11 ㉤

→『곤충열차』 2, 1937.5 ㉤

기타 5작품. 모두 『곤충열차』에 재게재. 필명은 모두 마도 미치오(まど
みちを).

36　작품 예는, 천수이평의 작품 투고 목록을 기본으로 저자가 보충한 것이다. 그 가운
　　데에서 『동물문학』, 『철자법클럽』 제4권 10호, 『동어』, 『곤충열차』, 『대만일일신
　　보』, 『대만문학집』에 대해서는 필명도 포함해서 저자가 확인했다.

② 일본지 → 대만지

「구름 낀 날」, 『철자법클럽』 4-11, 1937.2 ⑧

→『대만일일신보』, 1938.12 ⑥

기타 12작품. 반수 이상이 『곤충열차』에서의 재게재. 필명은 마도 미치오(マド ミチヲ)에서 이시다 미치오(石田道雄)로 바꾸었다. 재게재 잡지는 『대만일일신보』 10예, 『문예대만』, 『화려도華麗島』, 『손쉽게 할 수 있는 청소년극 각본집手軽に出来る青少年劇脚本集』이 각 1예씩이다.

③ 대만지 → 일본지

「복숭아나무에 기대서」, 『대만일일신보』, 1938.2 ⑪

→『곤충열차』 7, 1938.3 ⑧

기타 18작품. 모두 『대만일일신보』에서 『곤충열차』로 재게재, 필명은 이시다 미치오(石田道雄)에서 마도 미치오(まど・みちを), 마도 미치오(マド・ミチヲ)로 바꾸었다.

④ 대만지 → 대만지

「유년지일초(幼年遅日抄)」, 「이네짱(いねちゃん)」, 『대만일일신보』, 1938.5 ⑥

→『문예대만』 2-2, 1941.5 ⑥

기타 4작품. 필명은 모두 이시다 미치오(石田道雄).

⑤ 재 재게재

「유년의 날・여자아이」, 『곤충열차』 6, 1938.1 ⑧

→『대만일일신보』, 1938.4.1 ⑥

→ 1940.7.10, 『문예대만』 1-4 ㉣

1938.2.1 『대만일일신보』 ㉢ → 『곤충열차』 8, 1938.5.20 ㉤

→ 『문예대만』 4-5, 1942.8.20 ㉣

기타 4작품.

　이들 50편이 재게재된 작품인데, 두 번째 재게재 6회를 포함하면 총 56편의 재게재가 있다. ①~④의 연대별 추이를 〈표 2〉로 정리했다. 38년~40년이 재게재의 정점을 이룬다. 1937년 많지 않았던 일본지간의 재게재는, 38년에 『대만일일신보』로의 투고가 시작되고 나서 그 작품 가운데 『곤충열차』로 재게재하는 경우가 많아졌다. 그 수는 23작품으로 전체 41%에 해당한다. 반대로 『곤충열차』에서 『대만일일신보』로는 2작품으로 16 %, 즉 두 잡지 간의 상호 재게재가 전체 60 % 가까이를 차지한다. 두 잡지는 대만 시기 마도에게 있어 가장 중요한 투고처였다.

〈표 2〉 연도별 재게재 수

연도	1937	1938	1939	1940	1941	1942
① 일본지 → 일본지	3	3	0	0	0	0
② 일본지 → 대만지	0	9	4	5	1	0
③ 대만지 → 일본지	0	8	15	0	0	0
④ 대만지 → 대만지	0	0	0	1	2	5

　재게재에 나타난 마도의 의식은 어떤 것이었을까. 많은 작품 중에서 어떤 것을 선택하고 또한 투고처도 골라서 재게재한다는 것에는 어떤 의식이 작용했다고 볼 수 있다. 재게재지의 가장 특징적인 점은, 일본지의 경우, 즉 ①, ②의 경우에서는 1예를 제외한 27편 모두가 『곤충열

차』라는 점이다. 『곤충열차』 이외의 1예도 『대만일일신보』에 실린 「무말리기大根干し」를 『곤충열차』와 동시에 『철자법클럽』에 실은 것이다. 여기서 생각할 수 있는 것은, 잡지동인으로 편집자였던 미즈가미 후지에게서 일정수 이상의 작품을 투고해달라는 요청이 있었거나 혹은 작품에 대한 애착이 있어 보다 널리 알리고 싶다는 마도의 의식이 작용했을 것이다. 『곤충열차』는 제13호(1939.6) 이후 갑자기 면수가 20% 이하인 4~8쪽이 되고, 작품 게재수가 제한되는 상황이 되었음에도 불구하고 재게재가 10편이라는 점을 생각해보면 마도가 작품에 특히 애착을 느꼈을 가능성이 크다. 즉, 재게재 작품은 마도에게 특별한 의미가 있는 작품이다.

3) 투고 경향

「란타나 울타리」, 「비 내리면」이 기타하라 하쿠슈 선정으로 특선이 되고 나서 마도의 왕성한 창작 의욕은 앞서 투고 작품 수에서 확인한 바와 같다. 그러나 『곤충열차』 창간 이전에는 발표의 장이 충분하지 않아서 투고처를 찾아 다닌 느낌이 있지만, 작품 성격에 따라 투고처를 바꾸는 경향은 느껴지지 않았다. 단 『동물문학』만은 잡지 특성상 내용이 동물에 관한 것이 대부분이고, 또한 어린이에 한정되지 않는 자유로움이 있다. 마도의 기본적 생각을 읽을 수 있는 「동물을 사랑하는 마음」, 「물고기를 먹는다」 같은 수필은 아동 잡지 『고도모노쿠니』 『철자법클럽』 『이야기 나무』 같은 곳에 실을 만한 내용이 아니었다. 중간 위

『동어』1~9호(1935.4~1937.9. 사진에는 3호 없음).[37]
마도는 제3호부터 투고를 시작, 4호를 제외하고 9호까지 적극적으로 투고했다. 제7호에서 동인이 되었다.

치에 있는 것이 '요謠와 곡曲과 용踊'을 부제목으로 단『동어』이며, 하쿠
슈의 동요 정신에서 출발한다고 주장한『곤충열차』이다. 둘 다 아동
예술 운동을 목적으로 한 동인지이다.

　마도가『동어』에 게재한 작품을 보면 '요와 곡과 용'의 일체화라는
측면과 '동요는 일 인당 세 편 이내. 우수작품에는 동인이 곡을 붙여 발
표할 수 있습니다'라는 기고규정 등이 지니는 엄격함이 영향을 주고 있
는 듯하다. 마도가『동어』에 낸 유일한 산문「과자お菓子」의 첫머리에
"이 책이 노래책인 것에 들떠서 과자에 대해서 쓰거나 하면 혼납니다"
(제9호, 20쪽)에도 그 분위기가 나타나있다. 발간이 점차 늦어지고, 종간
이 되는 제9호는 제8호가 나온 지 1년 1개월 뒤에 발간되었다. 이를 기
다리지 않고 마도는 미즈가미 후지, 요네야마 아이시米山愛紫, 스다 이와
호須田いはほ 등과『곤충열차』를 창간했다.

───────────

37　책에 실린 사진은『문예대만』(호세대학(法政大学)도서관 소장) 이외는 저자 소유
　　로, 촬영은 저자가 했다.

『곤충열차』 제1집~제19호(1937.3~1939.12) 가운데, 사진은 제1집~제8책, 제12책

마도가 "나에게는 『곤충열차』가 목숨입니다"(제1집 뒷표지)라고 말한 흥분을 이해할 수 있다. 자신들의 잡지라는 자유로움은 마도의 투고 작품에도 자유로움을 가져왔다. 마도는 '동요론'이라고 할 수 있는 수 필이나 『대만일일신보』의 작품도 자유롭게 재게재할 수 있었다. 『곤충열차』가 그런 동인지가 될 수 있었던 것은 『동어』가 개척한 기초가 있었기 때문일 것이다. 미즈가미 후지는 폐간된 『동어』에 대해 이렇게 말한다. "말하자면 동요운동의 제2의 행보를 의욕하면서 과감히 도전한 것이다. 상아탑에서 나와서 적어도 동인지에 있어서 미답의 땅에 첫 삽을 뜬 것이다."(『곤충열차』 제1집, 13쪽). 『곤충열차』 이후, 마도가 동인이 된 것은 대만의 『문예대만』뿐이며, 그것도 동인으로 이름은 올렸지만 투고만 했을 뿐[38] 적극적으로 관여하지 않다가 도중에 빠져 나왔다. 이런 점을 감안하면 『곤충열차』가 마도의 창작에 가져온 활력은

---

[38] 천수이핑은 앞의 글, 85쪽에서, 니시카와 미쓰루에게 받은 편지를 소개했다. "마도 미치오씨는, 내 심우(心友)로 대만 시기에는 측량관리로 현장을 다녔기 때문에 그 다지 모임에도 출석하지 않았지만, 동인으로 언제나 원고만은 가장 먼저 보내주었 습니다.(1996년 2월 15일)".

매우 컸다고 할 수 있다.

대만지에 첫번째 투고는『대만일일신보』의 1938년 2월 16일이다.[39] 마도가 투고한 이 신문의 문예란은 니시카와 미쓰루西川満가 담당하고 4년전부터 운영되고 있었는데, 마도는 왜 이때까지 투고하지 않았을까. 같은 해 4월 1일에는『곤충열차』의 작품을『대만일일신보』에 재게재했기 때문에 보다 빨리 할 수도 있었을 것이다. 또한『곤충열차』창간 이전에 투고할 곳을 찾았다면『대만일일신보』의 문예란은 쉽게 찾을 수 있는 투고처였을 것이다. 그러나 마도는 그것을 하지 않았다. 투고할 당시 마도의 그때까지의 의식은 일본내지를 향하고 있었을 가능성도 부정할 수 없다. 그렇게 보는 이유 중 하나는『곤충열차』에서 보는 것 같은 마도의 동요에 대한 의식을 공유할 수 있는 동료가 대만에는 없었다는 것이다. 또한 잡지도 없었다.[40]『대만일일신보』에 투고를 시작한 1938년 2월이라는 시기는, 전년에 담낭염을 앓고 시력이 떨어져 도쿄행을 포기하고 얼마 지나지 않은 시기에 해당한다. 6월에는 모교인 타이페이공업학교에서 교편을 잡았다가 가을에 타이페이주청 토목과에 재 취직했다. 이듬해 1939년 가을에 결혼, 대만 시인협회에도 참여했다. 같은 해 연말에『곤충열차』가 폐간되고, 다음 해 1940년에는『문예대만』이 창간되었다. 이런 흐름이나 마도의 삶의 변화를 보면, 작품

---

39 천수이평 논문의 작품리스트에 의함. 기타 대만지에 이외의 투고가 있을 가능성은 남아있다.

40 유페이윤은 앞의 글, 182쪽에서, 시바야마 세키야(柴山関也)가 1938년 12월에 창간한 동요잡지『자귀나무(ねむの木)』에 마도의「사과(林檎)」가 실렸다는 것을 지적했는데, 이 잡지는 단 1호만을 내고 폐간되었다.「사과」는 마도의 시집『그리고나서……(それから……)』(童話屋, 1994)에 재수록되었다.(『철자법클럽』1936년 4월호에 실린 작품의 재게재로 생각됨) 또한 유페이윤은 대만의 아동잡지는 종류도 적은 데다가 거의 단명이었다고 지적했다.

의 투고처가 일본에서 대만으로 옮겨간 것은 자연스러운 일이다. 『대만일일신보』는 그런 흐름 속에서 가장 큰 역할을 했다. 투고 작품을 보면 작품 내용의 풍부함이나 작품 수에 있어서도 『곤충열차』와 마찬가지로 대만 시기의 마도에게 가장 중요한 투고처가 되었다. 마도에게 있어서 『대만일일신보』의 의미에 대해 천수이핑은 다음과 같이 말한다.

> 『곤충열차』가 동요 동인지라는 성격이기 때문에 이에 따라 발표 형식도 제한된다. 한편 『대만일일신보』는 동요에 한정되지 않고 폭넓은 창작 공간을 제공했다.
> 다시 말해 『대만일일신보』는 동요만으로는 모든 것을 표현할 수 없는 마도 미치오의 당시 심경과 왕성한 창작의욕을 위해 적절한 발표의 장을 마련해준 것이다.[41]

이미 그 무렵의 시국은 긴박함을 더해 가고 있었다. 마도의 창작은 1938년을 정점으로 해마다 창작수가 줄어든다. 게재 작품 수를 따라가 보면, 81편(1938) → 62편(1939) → 16편(1940) → 8편(1941) → 1편(1942) → 0편(1943)이 된다. 그리고 군소집은 1943년 1월이다. 전쟁 협력시라고 하는 2편이 실린 『소국민을 위한 대동아 전쟁시 少国民のための 大東亜戦争詩』가 출판된 것은 1944년이다. 창작의 감소는 시국에 의한 잡지 출판 사정의 악화뿐만 아니다. 『대만일일신보』도 『문예대만』도 폐간은 1944년에 이르러서이며, 마도도 동인이었던 『문예대만』에는 군 입대

---

41 천수이핑, 앞의 글, 42쪽.

전까지 투고하려고 했으면 할 수 있었다. 그것을 하지 않았다는 것은 시국의 흐름, 즉 전쟁에 매진하는 국책협력으로서의 창작은 하고 싶지 않다는 생각이 있었기 때문일 것이다. 『소국민을 위한 대동아 전쟁시』에 실린 전쟁 협력시로 불리는 「아침朝」, 「머나먼 메아리はるかなこだま」 이외에도 나카지마 도시오가 지적[42]한 것처럼, 전쟁협력시로 간주되는 작품은 있었겠지만, 기본적으로는 점차 거리를 두려는 자세가

---

[42] 나카지마 도시오, 앞의 글, 14~47쪽.
　　이 두 편의 시는 『마도 미치오 전 시집』에 수록되어 있다. 마도는 『전 시집』 발간을 맞아 「후기를 대신해서」의 거의 전부를 사용해서 전쟁 협력시를 쓴 것에 대한 심경을 밝혔다. 『전 시집』은 1992년 9월에 출판되었는데, 마도는 출간 일년 반 전에 다니 에쓰코 씨에게서 「머나먼 메아리」를 게재한 간행물(복사본)을 받았다. "틀림없는 내 작품으로, 큰 충격을 받았다"고 마도는 고백한다. 석 달 후에 다시 다니 에쓰코 씨에게 원본의 복사를 받았는데, 거기에는 「아침」도 들어있어서 마도는 다시 한 번 놀란다. 마도는 이 두 편의 시를 썼다는 것을 기억하지 못하고 있었기 때문이다. 그리고 「후기를 대신해서」에서 "참회가 되지 않을 참회를 하고 싶다"고 쓰기 시작한다.
　　글의 요점은 다음 두 가지이다. 하나는 왜 전쟁 협력시를 썼는가이고, 또 하나는 그것이 왜 기억에 없었는가 하는 것이다. 우선 왜 썼는가에 대해서 마도는 "아마도 (당시) 나는 매우 흥분상태에 있었으리라 생각된다"고 말한다. 그 요인으로 일본의 진주만 공격과 선전 포고, 기타하라 하쿠슈의 타계, 군입대영장, 입대를 들면서, "전선으로 향하는 겁 많은 나를 겁 많은 내가 위로하고 설득하고 격려하려고 한 것이 아닐까 생각합니다"라고 자기 분석을 하고 있다. 이 두 편이 실렸던 『소국민을 위한 '대동아 전쟁시' 기타하라 하쿠슈 씨에게 바친다(少国民のための「大東亜戦争詩」北原白秋氏に捧ぐ)는 하쿠슈가 세상을 떠나고 마도의 입대까지 두 달 사이에 쓰여진 것으로 보인다.
　　다음으로 기억에 없었던 점에 대해서는 "이렇듯 극도로 격앙된 가운데 시를 쓴다고 하는 것은 아마도 즉흥으로 갈겨 썼을 것이고, 때문에 썼다는 인상이 희박했던 것이 아닐까 하는 것이 하나입니다"라고 말하고, 그 위에 자기의 기억력이 형편없다는 것과, 전쟁터에 있어서 출판된 책을 본 적이 없다는 점을 이유로 들고 있다.
　　「후기를 대신해서」 전체에 마도의 황망스러움과 당황이 흐르고 있는데, 이는, "……나는 전전부터 인간에 국한되지 않고 살아 있는 생물의 목숨은 그 무엇보다 우선해서 지켜지지 않으면 안되다고 생각하고 있었습니다. 전후에도 전쟁에 대한 반성은 커녕 극심한 피해를 입혔던 이웃 나라들에 대해 참회도 배상도 하지 않는 정부에 대해 진심으로 분노를 느껴왔습니다"라는 자기 인식과, 전쟁 협력시를 자신이 썼다는 사실의 격차가 매우 컸기 때문이라고 할 수 있다.

『문예대만』창간호   『대만문학집』   『소국민을 위한 대동아전쟁시』
(「조수」게재)   (「콧물그림(洟の絵)」재수록)   (「아침」,「머나먼 메아리」게재)

『문예대만』에서 느껴지고, 같은 생각이 작품 전체의 수를 감소시킨 요
인 중 하나로 생각된다.

　　마지막으로 투고 경향을 작품과 대만과의 관계에서 보고 싶다. 대만
시기의 동화·수필을 포함한 전 작품 274편[43] 가운데, 식물 등 대만과
관련이 있는 작품은 58편이다. 마도는 작품 투고 시, 일본 잡지와 대만
잡지 선택에 어떤 의식의 차이가 있었을까. 전체 비율은 일본 잡지에
투고한 것은 26편, 대만지에 35편이 된다. 『곤충열차』게재『기나 씨
앨범ギナさんアルバム』과『대만그림엽서台湾ゑはがき』는 일본 국내용으로 대
만 관련 작품을 모은 것으로, 일본용이라는 의식이 다소 느껴지지 않는
것은 아니지만, 그래도 그중 4편은『대만일일신보』에서의 재게재이다.
또한 1939년 2월『대만풍토기台湾風土記』에 수록된 「화전花箋」(대만 꽃에
대한 13편) 등은 대만색을 강조하고 싶다면 일본 잡지에 실어도 좋았겠

43　이 수치는『전 시집』136편에 천수이핑이 목록에 새로 추가한 105편, 여기에 앞에
　　서 정리한 나카지마 도시오와 저자가 확인한 새 작품을 더한 것이다.

지만 재게재는 하지 않았다. 투고 경향으로 볼 때 마도의 대만 관련 작품에 나타난 대만색은 특별히 일본을 의식한 것은 아니었다고 생각할 수 있다.

4) 필명

일본지·대만지에서 차이를 보인 필명에 대해 살펴보기로 하자. 천수이펑의 작품 목록에서도 면밀하게 지적하고 있는데, 마도는 투고할 때 일본 잡지에는 마도 미치오^{まど・みちを} 또는 マド・ミチヲ를 사용하고, 대만 투고 시에는 본명인 이시다 미치오^{石田道雄}로 투고했다. 『대만일일신보』에 한때 하나 우시로^{はな・うしろ}라는 필명을 사용하기도 했다. 또한 나카지마 도시오에 의하면 몇 작품에 불과하지만, 대만지에도 마도 미치오^{まど・みちを}를 사용한 경우도 있다.[44]

마도 미치오^{まど・みちを}

오(を)의 표기를 전후에 오(お)로 바꾸었지만 처녀작부터 전 생애에 걸쳐 사용한 필명이다.

| 내 몸의 | わたしの からだの |
| 조그만 두 개의 창에 | ちいさな ふたつの まどに |

---

44 나카지마 도시오, 앞의 글, 17쪽.

가만히	しずかに
블라인드가 내려오는 밤	ブラインドが おりる よる

―「잠(ねむり)」

이것은 전후 가장 이른 시기의 시이다. 마도에게 창窓은 자기 자신의 눈이다. 자기가 외부 세계를 지각·인식하는 가장 기본적인 접점이다. 마도에게 창은 근대 건축의 유리가 끼워진 파노라마 공간이 아니라 한정된 공간이며 자신의 힘을 아는 겸허함의 표현이라고도 볼 수 있다. 공간이 한정된 창은 지향성도 나타내서 마도의 자의식이 매우 강하다는 것이 느껴진다. 한편, 외계의 빛을 내부에 들이는 유일한 공간이기도 하다.

투명한 창이 달린 어두운 방,	すかしお窓の くらい土間、
(내가 밝게 하고 있잖아)	(わしが明るう してるんじゃ)
햇볕이 삽을 밝게 비추고 있다.	お陽が 鋤など 浮かせてる。

―「기나의 집(ギナの家)」 제2연, 『곤충열차』 제7책

대만 시기에 봤던 대만 아이의 가난한 집 창문이 빛을 방안으로 들이고 있는 점에 관심을 두고 있다. 거기에는 자기와 외계와의 조심스러운 교류가 있다.

〈그림 1〉은 처녀작에서 거의 2년 후 『동어』 제8호(36쪽)에 실린 시다. 약간의 머뭇거림을 동반하면서 자기와 외계와의 교류를 표현하고 있다. 시의 내용처럼 이 한 편은 잡지 36쪽의 한구석에 초보チョボ(、ゝ・ヘ

등 점의 형태를 한 기호–역주)처럼 실려있다. 게다가 제목은 고딕체 「창(마도窓)」이고, 작가명은 '미치오みちを'라고 되어 있어, 시의 제목도 겸해서 '마도 미치오'라고 읽을 수 있다. 창문의 수직단면인 'ㅣ' 에 살짝 찍은 점(丶)에 불과한 자신이 '토(ㅏ)'라는 글자처럼 창문 밖으로 얼굴을 내민다. '미치오는 여기에 있어요'라고 누군가에게 말하고 싶어져서 얼굴을 내밀지 않을 수 없었다. 여기에 마도 시 창작의 원동력이 있다.

창(窓) **미치오**

창 밖으로 얼굴을 내밀어도
괜찮을까,
ㅏ라는 글자처럼.
창 밖으로 얼굴을 내밀면,
나는 외롭다.
ㅏ라는 글자에 찍힌 점처럼.
그러나 아무리 해도
"미치오는 여기에 있어요."
라고 누군가에게 말하고 싶어져
얼굴을 내밀지 않을 수 없다.

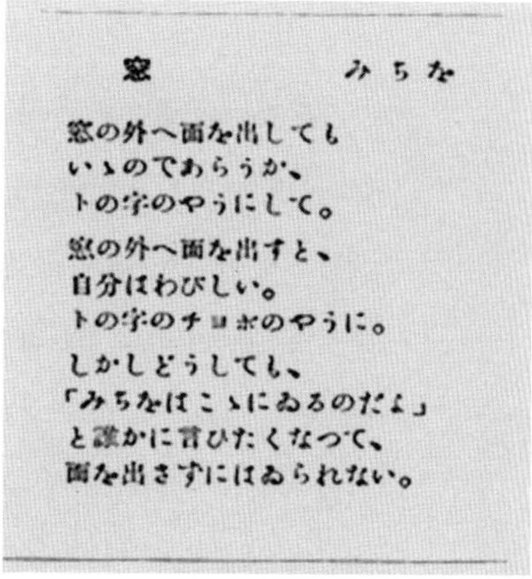

窓　　　みちを

窓の外へ面を出しても
いゝのであらうか、
トの字のやうにして。
窓の外へ面を出すと、
自分はわびしい。
トの字のチョボのやうに。
しかしどうしても、
「みちをはこゝにゐるのだよ」
と誰かに言ひたくなつて、
面を出さずにはゐられない。

〈그림 1〉

마도 미치오マド・ミチヲ

가타카나로 표기한 마도 미치오는 『곤충열차』 제8권부터 사용하고, 이후 대체로 가타카나 표기 작품에 사용하고 있다. 그 이전의 가타카나 표기 작품에서는 '마도 미치오まど・みちを'를 사용했기 때문에, 『곤충

열차』 제4집에서 가타카나 표기를 사용하던 요네야마 아이시, 사나다 기쿠요真田亀久代, 제7권부터 가타카나를 사용한 미즈가미 후지의 영향을 받았을지도 모른다.

하나 우시로はな·うしろ

이 표기는 『대만일일신보』에서 1938년 2월 16일부터 4월 1일까지 불과 6회 10작품에 사용되었을 뿐이다. 게다가 이들은 대만지에 보낸 첫 투고이며, 4월 9일 투고부터는 이시다 미치오石田道雄로 바꾸었다. 추측의 영역을 벗어나지 않지만, '하나鼻'는 '코', '우시로後ろ'는 '뒤'가 아닐까 생각한다. 마도는 코에 대해 다음과 같이 말한다.[45]

인간뿐 아니라 모든 생물에서 가장 중요한 것은 얼굴로, 그 중앙에 돌출되어있는 것이 코이다. 포유류는 대부분 그렇지만, 이것은 여러 가지를 생각하게 합니다. 개도 고양이도 발자국 소리와 냄새로 다가오는 동물이 적인지 동료인지, 위험한지 안전한지 멀리서도 판단할 수 있을 것입니다. (…중략…) 코와 귀라는 것은 모두 평면이 아니라 튀어나와 있습니다. 그것이 무슨 의미인가 하면 자신에게 다가오는 상대가 남자인가 여자인가, 적인가 아군인가, 가까이 와서 판단하면 너무 늦기 때문에 눈으로 보기 전에 코로 냄새를 맡고 귀로 발소리를 들어서 판단하는 것이지요. 이를 위한 기관으로서의 흔적일 것이라고 생각합니다. 하지만 아직 기관으로는 건재해서 지금도 살아 있는 것은 아닐까요. 어쨌든 우리 인간이 느끼

---

45 마도 미치오 · 가시와라 레이코, 『모든 시간을 꽃다발로 해서 마도 씨가 말하는 마도 씨』, 146쪽.

는 오감이라는 것은 생활과 밀접한 관계가 있습니다.

　내 생각에는 언젠가 인간이 적과 아군을 구분할 필요도, 남자와 여자를 느낄 필요도 없게 되면 코와 귀 같은 건 쑥 들어가 버리지 않을까요.

　'마도'라는 명명命名도 그렇지만, 마도의 의식세계에는, 자기라는 존재와 외계를 감지하는 오감, 그리고 오감에 의해 감지되는 마도를 둘러싼 삼라만상이 있다. 마도는 자신이 이들을 어떻게 감지할 지에 관심이 있었다. 코는 얼굴 정면에 붙어 있지만, 뒤에 있다면 어떨까. 보통과는 다른 감지 세계가 펼쳐질 것이다. '메(눈)·우시로(뒤)'라도 좋았겠지만, '마도 미치오'의 모음 / a, o, i, i, o / 와 '하나 우시로'의 모음 / a, a, u, i, o / 는 느낌이 비슷해서 리듬감이 좋다. 그러나 자신이 없었는지 몇 번 만에 이시다 미치오로 돌아온다. 대만에 거주하는 가족이나 지인에게 '미치오는 여기에 있어요'라고 주장하고 싶은 마음도 있었을지 모른다.[46] 참고로 사카타는 또 다른 필명을 소개하고 있다. 총독부에 근무하던 시절, 자유율自由律 하이쿠잡지 『층운層雲』에 투고했을 때의 아호가 '이시다 미치오石田路汚'였다.[47] 이런 자조적인 이름도, '마도 미치오'나, '하나 우시로' 같은 장난스러운 필명도, 시인으로서의 이시다 미치오를 나타내는 무게가 있다.

46 　천수이평은 앞의 글에서 "본명 그대로 대만 엘리트층이 읽는 신문 『대만일일신보』에 작품을 발표하는 것은, '마도 미치오(まど·みちを)'라는 필명으로, 일본내지의 동요동인지 『곤충열차』에 기고하는 것과는 또 다른 의의를 갖고 있었다고 여겨진다"(42쪽)고 평했다

47 　사카타 히로오, 『마도 씨』, 99쪽.

3. 마도 미치오에게 있어서의 대만

마도가 대만에서 보낸 사적인 날들 가운데에서 어떤 창작 활동을 했으며, 그 배후에 어떤 생각이 있었는지는 얼마 되지 않는 단서를 갖고 상상할 수밖에 없다. 그래도, 필명 '마도 미치오' 항목에서도 언급했지만, 적어도 '미치오는 여기 있어요'라고 할 때의 '여기'는 어디인가, '미치오みちを'라고 하는 '자기 자신'은 마도에게 있어 어떤 자신인가, 하는 것을 작품은 어떤 형태로든 말하고 있다.

1) 조수鳥愁

『문예대만』 창간호(1940.1)에 실린 마도의 시는 「조수」이다.

사람 있어, 하늘가는 새에게, 여행의 슬픔을 느껴, 그림엽서 적어 멀리 있는 친구에게 보낸다. 그럴 경우 사람은 손을 꼽아 손을 꼽아 슬픔을 헤아린다.

一、저 새는 무엇일까. 수억조 분의 한 마리가 아닌가.

一、물론, 수억 명 분의, 한 사람인 나와 함께.

一、이 때는 무엇일까. 영겁 분의 한 순간이 아닐까.

一、어떤 날은 또한 일평생 분의 한 때가 아닐까. 저 새에게, 나 자신에게.

一、이 장소는 무엇일까. 대 우주 분의 한 지구가 아닌가.

一、혹은, 지구 분의, 1 대만의, 1 대만 분의, 1 수향이 아닌가.

一、 저 새와 나 자신과. 이 시간에, 이 곳에서, 도대체 이것은 무슨 일인가.

一、——모르기 때문에, 애써 적은 그림엽서도, 호——, 저 새에게, 무단일 수밖에 없는 일이 아닌가.

一、벗은 읽을 것이다. 저 새의 뽑혀나간, 단 한 조각의 역사를.

一、그것은 시작도 없고, 끝도 없는, 파닥파닥, 파닥파닥, 끝없는 날개짓일까. 벗의 가슴에.

一、그것은, 어떤 날은 그렇겠지. 그러나 마침내 그림엽서는, 버려지지 않는다고 잘라 말할 수 없다. 버려지겠지. 날이 따스한, 어떤 날이라고도 말하고 싶은 머나먼 날에.

一、아마도 잊어버리겠지. 나조차도, 언젠가. 저 새도, 이 시간도, 이 장소도, 그리고 나 자신도.

一、그럴 때, 또한 누군가 알고 있다, 이 일들을. 그것은 알고 있어야만 한다고, 말하지 않기로, 말하지 않기로.

一、어쨌든 손가락도 모자란다. 이제 됐다고, 이제 됐다고.

사람 있어, 하늘가는 새에게, 여행의 슬픔을 느껴, 그림엽서 써서 멀리 있는 친구에게 보낸다. 그럴 경우 사람은 손을 꼽아 손을 꼽아 슬픔을 헤아린다.

人あつて、空ゆく鳥に、旅の愁ひを覚え、ヱハガキしたためて遠い友へおくる。その場合、人は、指をり指をり、かなしみを数へる。

一、あの鳥は、なんであらう。何億鳥分の、一鳥ではないか。

一、全く、何億人分の、一人である自分と共に。

一、この時は、なんであらう。永劫分の、一瞬ではないか。

一、あるひは又、一生涯分の、一時ではないか。あの鳥に、この自分に。

一、この処は、なんであらう。大宇宙分の、一地球ではないか。

一、あるひは又、地球分の、一台湾の、一台湾分の、一水郷ではないか。

一、あの鳥と、この自分と。この時に、この処に、そもそもこれは、なんといふ事なのか。

一、──解らないからこそ、したためたヱハガキも、吁──、あの鳥に、無断であるほかない ではないか。

一、友は読むであらう。あの鳥の切抜かれた、ただ一片の歴史を。

一、それは、はじめもなく、をわりもなく、はたはた、はたはた、際限のない羽ばたきであらうか。友の胸に。

一、それは、あるひはさうであらう。が、つひにヱハガキは、捨てられとも限るまい。捨てられよう。日のぬくい、或日とでもいひたげな遠い日に。

一、おそらくは、忘れてしまふであらう。自分さへ、いつか。あの鳥も、この時も、この処も、この自分も。

一、さうした時、なほ誰か知つてゐる、これらの事を。それは知つてゐて貰はるべきであると、言はない事に、言はない事に。

一、とにかく、指も足りない。もういい事に、もういい事に。

人あつて、空ゆく鳥に、旅の愁ひを覚え、ヱハガキしたためて遠い友へおくる。その場合、人は指をり指をり、かなしみを数へる。

'우울', '슬픔'의 세계는 마도 작품에서는 이색적이다. 「공원 사요나

라公園サヨナラ」,⁴⁸나 「달아나는 연逃凧」,⁴⁹에서 볼 수 있는 고독감·슬픔은 유년기의 원체험에서 나왔다. 반면, 「조수」의 '우울', '슬픔'은 과거로부터 지금까지라는 시간을 초월한 연장선상에 있는 것이며, 어른이 되어 더욱 깊어지는 세계이다. "사람 있어", 사람이 있다. 즉 마도 미치오라는 한 사람이 태어나서 지금에 이르기까지 살고, 현실로 존재하고, 앞으로 얼마 동안은 계속 있을 자신이라는 존재이다. 시간을 초월한 존재가 아니라 시간과 장소의 제한을 받는 존재이다. 탄생과 죽음을 짊어진 존재이기 때문에 그것은 여행이 되며 시름도 생긴다. "사람 있어"라고 자신을 일반화한 것 같은 표현을 썼지만, 그것은 시로서의 기법이다. "그럴 경우 사람은 손을 꼽아 손을 꼽아 슬픔을 헤아린다"의 "그럴 경우 사람은"이 『전 시집』에서는 삭제되었다. 보다 일인칭에 가까워지고, 후반부에 "나 자신도"는 "지금의 나 자신도"로 변경되었다. 시선은 현재의 자신에 다가서게 되고, 다른 표현도 직접적인 것으로 고쳐졌다.⁵⁰ 그것이 마도의 솔직한 심정이었을 것이다. 눈으로 본 '하늘 가는 새'에 마도는 한정된 생명을 가진 자신의 여행을 비춰보면서 슬픔을 느끼고 엽서를 적어 멀리 있는 친구에게 보냈다. 그리고 단 한 조각의 역사, 영겁 분의 한 순간에 지나지 않는 '하늘 가는 새를 담은 그림엽서'에 그 친구는 '시작도 없고, 끝도 없는, 파닥파닥, 파닥파닥, 끝없는 날개

---

48 『곤충열차』 제6책, 1938.1, 20쪽. "어머니가 없어"라고 되풀이해서 외친다. 마도 미치오의 이 작품에 대해서는 제2장 제3절에서 다룬다.

49 마도 미치오, 「유년지일초 달아나는 연(幼年遲日抄 逃凧)」, 『문예대만(文芸臺灣)』 제1권 5호, 1940.10. 날아서 달아나는 연을 쫓아가려고 하지만 바다를 건너서 연은 멀리로 멀리로 희미해져 간다. 제2장 제2절에서 다시 보기로 한다.

50 마도는 원고에 많은 손질을 했다. 『전 시집』도 초판, 개정판을 낼 때마다 원고를 고쳤다. 제2장 제3절 제5항 '『마도 미치오 전 시집』 발간 후'를 참조.

짓'을 가슴으로 느낄까, 하고 마도는 생각한다. '저 새와, 나 자신과. 이 시간에, 이 곳에서' 영겁 분의 한 순간에 불과한 지금이라는 시간에, 여기에서 저 새와 내가 서로 만났다는 것은 무슨 일인가. 더구나 새는 나를 모른다. 어린 시절 가족이 없는 외톨이 마도는 연꽃밭에서 하늘의 종달새 소리를 듣고 있던 때가 있었다. 주위는 조용했다.[51] 그때 마도는 어렸고 그 체험을 그림 엽서에 그려낼 재주는 없었지만, 서른이 되어 물이 풍부한 대만의 수향水鄉에 홀로 섰을 때, 마도는 유년기의 고독감에 성인으로서의 인생의 우수憂愁를 가미해서 엽서를 썼다.

우리는 시간과 공간 속에 존재하고 있는 셈이지만, 눈에 보이는 것은 공간뿐 시간은 눈에 보이지 않는다. 아니 정확히 말하면, '지금'이라는 순간 순간이 보이고 있는 것이지만, 무한으로 이어지는 '지금'의 총수인 시간이라는 것을 흐름 속에서 자각적으로 볼 수는 없지요. 그렇기 때문에 시간은 우리를 슬프게도 하고 기쁘게도 하고 그리운 생각에 잠기게도 하고…… 그렇게 마음을 깊이 흔드는 것입니다.[52]

공간, 자신이 존재하는 곳은 눈에 보인다고 마도는 말하지만, 보이는 것은 "대우주 분의 1 지구, 1 지구 분의 1 대만, 1 대만 분의 1 수향"으로, 마도의 원근법으로 불리는 공간인식이다. 마도의 원근법은 그 반대인 '근近 → 원遠'도 있다. 이는 시간에 대해서도 말할 수 있어서, '순간

---

51 마도 미치오·가시와라 레이코, 『모든 시간을 꽃다발로 해서 마도 씨가 말하는 마도 씨』, 22쪽.
52 마도 미치오, 『말할 수밖에 없어진다』, 100쪽.

에서 영원으로, 그리고 영원에서 현재의 한 순간으로'라고 하는 시간 인식이다. 또한 시공간의 '원↔근'은 거기에 존재하는 만물에도 해당된다. "그 새는 수억조 분의 한 마리가 아닌가. 나 자신은 수억 명 분의 한 사람이 아닌가"라고. 그리고 그 속에서 자기 존재와 타자인 생물과 사물의 존재 관계를 묻는다. "저 새와 나 자신과. 이 시간에, 이 곳에서, 도대체 이것은 무슨 일인가" 하고.

  그런 것을 생각할수록 감동할 수밖에 없는 것은 한정된 생명인 우리의
  만남입니다. 무한한 공간과 영원한 시간 속에서, 미세한 한 톨이 또 다른
  한 톨과 같은 장소, 같은 시간에 함께 있다니, 정말 기적 같은 일이지요.[53]

이것은 마도가 96세가 되어서 한 말이다. 그 생각은 마도의 생애를 관통하는 하나의 주제였다. 「조수」의 "도대체 이것은 무슨 일인가"는 『전 시집』에서는 "도대체 이것은 얼마나 힘든 일인가"로 바뀌었다. 나이가 들어가면서 그 생각이 강해진 것을 엿볼 수 있다. "모르기 때문에, 애써 적었던 그림엽서", 그 심오한 질문을 마도는 오랜 세월 끊임없이 생각했는데, 나이가 들어서도 자신을 호기심투성이라고 칭했다.[54] 그 물음은 마도 시 세계의 하나이다. 마도의 시는 그림엽서다. 그 시는 편지도 아니고 엽서도 아니고 그림엽서다. 그것은 말로 하는 설명을 싫

---

53 위의 책, 104쪽.
54 "나는 내가 신기해서 견딜 수 없는 일에는 그게 무엇이든 무작정 달려들어서, 거기
    에서 납득할 수 있을 때까지 신기해합니다."(「시작하는 말」, 『마도 미치오 소년시
    집 콩알노래(まど・みちお少年詩集　まめつぶうた)』(신장판),　理論社,　1997).
    NHK스페셜, 〈호기심투성이－마도 미치오 백세의 시(ふしぎがり－まど・みちお
    百歳の詩)〉, 2009.1.3 등.

어하는 마도의 표현 방법이며 한 컷의 영상이다. 그 한정된 한 순간의, 어느 지점에서의, 어떤 것이 존재하는 한 장면을 그린 그림엽서에서 마도는 시공간의 무한성을 친구가 느껴 주었으면 했다. 그러나 그림엽서도 "버려지지 않는다고 할 수 없다. 버려지겠지"(『전 시집』에서는 "잃어버리겠지"로 수정)하는 생각과, "아마도 잊어버리겠지. 나 조차도 언젠가. 저 새도 이 시간도 이 장소도, 나 자신도"라는 슬픔이 있다. 그러나 마도에게 있어 그림엽서에 담았던 마음은 "알고 있어야 할" 일이었다. "말하지 않기로, 이제 됐다고" 생각하면서도, 창문으로 수줍게 얼굴을 내민 마도 미치오는 그림엽서를 계속 보낸다.

2) 지구인

이러한 시공간 의식에서 자신이 선 자리와 자기존재를 물으면 "대우주 분의 1 지구, 1 지구 분의 1 대만, 1 대만 분의 1 수향"인 '대만'은 '대우주 안의 지구라는 한 혹성, 지구 안의 대만이라는 한 나라, 대만 안의 한 지역인 수향'이라는 의식의 흐름 속에서 고유 명사가 추상화된 하나의 장소이며, 그것마저도 넘어서서 공간은 극미화極微化되어 간다. 그 의식을 반전시키면 극대화가 되어, "어디에 가든 나는 지구인", [55] "'지구인'이라기보다 '우주인'"[56]이라는 마도의 의식이 된다.

---

55 「좌담회 문예대만 외지의 일본문학(外地に於ける日本文學)」, (『안드로메다(アンドロメダ)』, 1974.9월호, 人間の星社, 1974.7, 11쪽)에서 나온 마도의 발언. 제2장 제1절 제2항에서 검토한다.
56 이치가와 노리코(市河紀子) 인터뷰, 「인터뷰—마도 미치오 작은 창에서 바라보았다

(1) 마도 미치오와 『문예대만』

『문예대만』이 창간된 시기에 대만문학의 상황은 하시모토 교코橋本
恭子의 「재대 일본인의 향토주의―시마다 긴지島田謹二와 니시카와 미쓰
루가 목표로 한 것」의 요약에 잘 나타나있다.

시인 니시카와 미쓰루와 비교문학자 시마다 긴지는, 1933년대 말 대만
독자적인 「지역주의 문학」(향토주의, Regionalism)을 육성하려고 노력
했다. 1939년 말에는 대만 문예협회가 결성되고, 이듬해 1월에는 『문예
대만』이 창간된다. 원래 1930년대라는 시기는 일본내지와 대만 관계없이
'향토'에 관심이 쏠리던 때이며, 일본내지에서는 농본주의나 일본 낭만파
같은 일본주의적 향토주의가 대두하고 대만에서는 향토 문학 논쟁과 대
만 화문話文 운동이 전개되고 있었다. 재대 일본인 사이에도 향토 의식과
대만 의식이 싹터 시마다와 니시카와도 남프랑스 프로방스의 언어와 문
학의 부흥운동을 모델로 중앙 문단에서 자립한 문학의 방향을 모색한다.
때를 같이 한 남진(南進) 붐을 타고 두 사람은 남방문화정책의 일환으로
서의 '향토주의'를 지향하지만, 그것은 내지 일본주의적 향토주의와는 일
선을 긋는 '반 중앙적인 재대 일본인 민족주의'의 표현이기도 했다.[57]

장아지 누름돌과 모기와 샛별(インタヴューまど・みちお 小さな窓からみつめたつ
けもののおもしと蚊といちばん星と)」, 『마도 미치오(まど・みちお)』(『KAWADE
유메무크(夢ムック)』 문예별책(文芸別冊)), 河出書房新社, 2000, 87쪽.(초출『나의
지구 야마구치(私の地球やまぐち)』1호, 1999)
57 하시모토 교코(橋本恭子), 「재대일본인의 향토주의―시마다 긴지와 니시카와 미쓰
루가 목표로 한 것(在台日本人の郷土主義―島田謹二と西川満の目指したもの)」,
『일본대만학회보(日本臺灣学会報)』제9호, 日本臺灣学会, 2007.5, 231쪽.

당시 재대일본인의 문예는 니시카와 미쓰루가 주도하고 있었다. 『대만일일신보』 문예부장이라는 니시카와의 위치와 함께, 화려한 시와 소설 작품은 대만에서 니시카와의 영향력을 강화시켰다. 그 배후에는 니시카와의 '리저널리즘'을 목표로 하는 강한 개성과 행동이 있었다. 이 때문에 '이그조티시즘exoticism(이국 취향—역주)'을 그려서 중앙 문단 진출을 노린다는 비판도 받았다. 이 비판에 대해 나카지마 도시오는 "니시카와 미쓰루는 자기가 출판·발행한 시집이나 잡지의 내용 및 외형의 예술성을, 먼저 '내지' 문예가에게 인지시킨 후, 이후 대만문예가를 규합한 '협회' 및 기관지 『문예대만』까지도 인지시키려고 한 것이다"[58]라고, 자기 현시顯示로도 보이는 니시카와의 행동을 해명하고 있다.[59] 니시카와의 의지는 『문예대만』 제6호(1940.12)에 "삼대 서원誓願·우리는 대만 문화의 기둥이 된다.·우리는 대만 문화의 중심이 된다.·우리는 대만 문화의 큰 배가 된다"라고 문예대만사文芸台湾社 동인의 이름으로 표명하고 있다. 한편, 두 달 뒤 『문예대만』 제7호에는 니시카와가 그때까지 일본내지의 저명한 문학가에게 보낸 『문예대만』과, 니시카와 개인에 대한 찬사로 가득 찬 많은 반향反響을 게재했다. 제11호[60](1941.8)에는, 니시카와의 이름이 들어간 일본 시인 협회편

---

58 나카지마 도시오(中島利郎), 「일본통치기 대만문학연구 '대만문예가협회' 성립과 『문예대만』—니시카와 미쓰루 「남방의 봉화」에서(日本統治期臺灣文学研究 「臺灣文芸家協会」の成立と『文芸臺灣』—西川満「南方の烽火」から)」, 『기후쇼토쿠학원대학기요(岐阜聖徳学園大学紀要)—외국어학부 편』 45집, 岐阜聖徳学園大学 外国語学部紀要委員会, 2000, 96쪽.

59 나카지마 도시오, 「일본통치기 대만문학연구 니시카와 미쓰루론(日本統治期臺灣文学研究 西川満論)」, 『기후쇼토쿠학원대학기요—외국어학부 편』 46집, 岐阜聖徳学園大学 外国語学部紀要委員会, 2007, 59~64쪽.

60 제2권 제5호로, 판권장에는 통권번호가 '제10호'라고 잘못 기재되어 있다. 『현대

『현대시現代詩』광고를 싣기도 했다. 광고에는 "일본 시단의 중견을 이루는 각파各派 시인의 (…중략…) 시단 미증유의 시화집詩華集!" 이라고 되어 있다. 이들을 보면 나카지마의 말대로 니시카와는 의지달성을 위한 전략이 있었으며, 인지시킨다라는 의식은 대만과 일본 양쪽에서 강하게 작용하고 있었다고 느껴진다.

니시카와는 대만에 뜻을 두고 있었다. 그의 발언에는 대만·화려도가 넘치고 있다. 많은 부분에서 마도는 니시카와와 대극에 있었다고도 생각되는데, 마도는 그래도『문예대만』의 전신前身『화려도華麗島』창간호(1939.12)부터 작품을 실었다.『화려도』에서『문예대만』으로 이어지는 흐름을 전후해서 니시카와는 대만의 문예가를 규합한 '협회'를 설립하고 기관지를 발행한다는 계획이 있었다. 니시카와가 최초로 착수한 것은 '대만 시인 협회' 결성(1939.9)이었다. 나카지마가 제시한 그 명부[61]에는 33인의 이름이 있고, 마도도 이시다 미치오石田道雄이라는 이름으로 들어있다. 그리고『화려도』창간 시에 '대만 시인 협회'는 '대만 문예 협회'로 개편되고,『화려도』제2호라고도 할 수 있는『문예대만』창간호에 마도의「조수」가 실렸다. 니시카와의 취향이 강하게 느껴지는 창간호에서 마도의「조수」는 홀로 별세계라는 인상이 있다. 니시카와와 마도의 의지의 차이이다. 니시카와는 대만을 화려도라고 부르며 마음을 쏟았다.『문예대만』제6호(1940.12)의 '『문예대만』동인' 명부에 마도

시』의 광고는 속표지에 있다.

61　나카지마 도시오,「일본통치기 대만문학연구-일본인작가의 대두-니시카와 미쓰루와 '대만시인협회'의 성립(日本人作家の台頭-西川満と「臺灣詩人協会」の成立)」『기후쇼토쿠학원대학기요-외국어학부 편』44집, 岐阜聖徳学園大学 外国語学部紀要委員会, 2005, 45쪽.

는 위원으로 이름을 올렸지만, 그 이후 6편의 작품들과 동인 소식에 간 간이 이름이 보일 뿐, 1942년 8월 제4권 제5호(통권 23호)의 2편을 마지막으로 이시다 미치오의 이름은 사라졌다. 그 호는 '현대 대만 시집'이라는 제목이 붙었고, 마도도 기존 작품을 실었는데, 형식적인 참여라는 느낌은 부정할 수 없다. 앞서 「정화가仟苑歌」를 실은 제2권 제3호(통권 9호)와는 14개월의 시간간격이 있다.

마도가 이처럼 『문예대만』에서 몸을 뺀 이유는 여러 가지로 생각할 수 있겠지만, 하나는 시국하의 보국報國적인 색채 강화를 생각할 수 있다. 제2권 제1호(통권 7호, 1940.3) 동인 소식란에 '이시다 미치오 씨 도쿄부 정보부에서 아동극 집필을 의뢰받다'라고 쓰여 있고, 2개월 후 제2권 제2호에는 마도의 「우사키치와 가메키치兎吉と亀吉」가 수록된 『청소년극 각본집青少年劇脚本集』 광고가 실렸다. 광고문에는 '황민皇民 연성軟性 운동'이라고 붙이고, "대만의 생활을 순화醇化(가르치고 이끄는 일 – 역주)하고 그 안에서 훌륭한 일본인적 성격을 키울 수 있는 연극각본을 수집 기록한 것이다"라고 맺고 있다. 마도의 「우사키치와 가메키치」에 대해서는 천수이펑이 내용까지 언급하면서 "정체성을 상실한 곳에 황민의 자격이 주어지는 것이다. 마도 미치오가 이러한 목적을 지닌 각본집에 내가 나인 것이야말로 행복이라고 노래하는 작품을 실은 것은, 필사적으로 대만인을 일본인으로 동화시키고자 했던 총독부의 정책에 대한 큰 반발로 보인다"[62]고 언급, 마도의 당국에 대한 자세를 지적하고 있다.

---

62 천수이펑, 앞의 글, 35~36쪽.

(2) 군대소집까지의 마도 미치오

『문예대만』은 마도의 마지막 투고가 된 제4권 제5호(통권 23호) 이후
에도 1944년 1월 종간호(통권 38호)까지 계속 발간되었다. 마지막 호는
'대만 결전 문학회의호'라는 부제가 붙었다. 그리고 편집 후기에 해당
하는 「단월소식端月消息」의 마지막은 "대동아 만세!"로 맺고 있다. 마도
의 군대소집은 1943년 1월, 전년도 1년간의 창작은 『문예대만』과 『문
예문학집』에 몇 편의 재게재를 제외하면 나카지마 도시오가 「잊혀진
'전쟁 협력시' 마도 미치오와 대만」,[63]에서 언급한 『대만지방행정』과
『대만시보』에 작품이 있는 것으로 확인되고 있을 뿐이다. 전쟁 협력시
라고 하는 「아침」, 「머나먼 메아리」 2편이 실린 『소국민을 위한 대동아
전쟁시』의 발간은 1944년 9월로, 마도가 전쟁터에 나간 이후였다.[64] 군
대소집까지의 마도의 심정을 다소나마 엿볼 수 있는 것은 나카지마가
같은 논문에서 문제로 삼은 『대만시보』 1942년 12월 5일에 게재된 「아
내妻」와 「근감잡기近感雜記」이다. 「근감잡기」는 "기타하라 하쿠슈 선생
님이 결국 세상을 떠나셨다"로 시작해서, 하쿠슈에 대한 생각과 하쿠
슈 사망 후 일본 동요계를 우려하고 있다. "이런 국가 초비상시에 올바
른 신 동요로의 발족은 실로 중요한 앞으로의 일이다. (…중략…) 일본
어린이들에게 새 노래를, 새로운 힘을, 끝없이 쏟아 넣지 않으면 안 되
는 일이었던 것이다. 그러나 선생님은 떠나셨다. 끝내 가버리셨다"[65]고
말한 후, 이어서 대만 소국민 문화의 창조와 추진을 언급하고 있다. 나

---

63 나카지마 도시오, 앞의 글, 24・29・44쪽.
64 요다 준이치 등의 연명에 의한 「편집후기」 날짜는 출판일보다 1년 이상 이전인
    1943년 8월 10일로 되어 있다.
65 『대만시보』, 1942.12.5.

카지마는 이를 마도가 대만 소국민의 '황민화'를 의도하고 있다고 읽고, 전쟁 협력시라는 「아침」, 「머나먼 메아리」는 이 「근감잡기」의 연장선상에 위치한다고 판단했다. 그리고 자신을 '지구인'라고 칭하는 마도와의 사이에 큰 위화감을 느낀다고 말한다.[66] 여기에서는 「근감잡기」의 글에서 하쿠슈에 관한 문장을 보고자 한다.

생존해 계실 때 한번도 직접 찾아 뵙지 못한 나지만, 오랜 세월 동요에 대해 가르침을 받고 있었기 때문에 다소나마 내 나름의 추억은 말할 수 있다. 가장 잊을 수 없는 것은 재작년이었던가, 제1회 아동문화상(동요)이 요다 준이치 씨로 결정 난 후 그 일로 요다 씨가 선생님을 찾아 뵈었을 때 특별히 나에게 전해달라고 부탁하셨다는 격려의 말씀이다. 그러나 그 해 가을까지는 내라는 권유를 받고 있던 동요집도 결국 내지 못 했을 뿐 아니라, 이런 저런 이유가 있었다고는 하나, 2년이 지난 오늘날 일다운 일을 정리하지 못하고 있을 정도이니 한심하다. 어리석게도 이제서야 후회하고 한탄하며 죄송함에 눈물이 흐르는 것을 느끼지만 이제 와서 어찌 할 바를 모르고 가슴만 먹먹해질 뿐이다.

---

66 저자도 「근감잡기」를 읽고, 처음에는 마도의 언급에서 나카지마와 같은 위화감을 느꼈다. 그러나 연구 과정에서 마도의 동요론을 알게 되었을 때, 어쩌면 마도가 말했던 '새로운 노래'라는 것은, '어린이의 마음을 진정으로 해방시키고 기쁘게 할, 마도가 그리는 이상적인 동요'일 가능성이 있는 것은 아닐까 생각하게 되었다. 마도의 글 중에 "내지의 현 상황을 볼 것도 없이"라고 되어 있는데, 이는 "저널리즘동요가 밤낮으로 아동대중을 타락시키고 있다"(「동요권―동요수론(2)」, 『곤충열차』 제9책)라는 마도의 위기감을 나타낸 것이라고도 읽을 수 있다. 『대만일일신보』에도 거의 비슷한 취지의 단문 「하나의 긴요한 일」(1941.6.11.석간)을 실었는데, 그 글에서도 "진정으로 그들 영혼에 가까이 있는 학교에서 가정으로의 문화', '대만독자의 아동문화확립'이라는 표현도 있다. 이 글들에 담긴 마도의 진의를 조사하는 것은 앞으로의 과제이다.

하쿠슈가 세상을 떠난 것은 1942년 11월 2일이다. 「근감잡기」의 『대만 시보』 게재는 12월 5일이므로 한 달 정도가 지난 시기였다. 하쿠슈 사망 소식을 듣고 바로 썼던 이 문장에는 하쿠슈에 대한 마음이 넘치고 고양된 느낌이 있다.

여기에서 다른 시인들이 마도에게 어떤 존재였는지를 조금 언급해 두고자 한다. 우선 인간적인 의미에서는, 도쿄로 취직할 것을 두 번이나 권했던 요다 준이치가 가장 클 것이다. 요다는 전후에 마도의 취직을 주선해주기도 했다. 다음으로 『곤충열차』를 함께 창간한 미즈가미 후지는 『동물문학』, 『동화시대』, 『동어』 등에서 서로 이름을 알고 편지를 주고받기 시작한 것으로 보인다. 두 사람은 이들 잡지에 거의 같은 시기에 투고를 시작했다. 전후의 교류와 미즈가미 후지가 세상을 떠난 지 40년후 『미즈가미 후지 씨의 시』 간행에 힘을 쏟은[67] 것을 보면 미즈가미에 대한 친밀함을 느낀다. 다음으로 대만의 니시카와 미쓰루인데, 니시카와와의 관계는 앞서 본 바와 같이 마도에게 가까운 존재라는 느낌은 들지 않는다.

이상이 인간적인 측면이지만, 창작면에서 마도는 미즈가미의 작품을 '신비한 미학'이라고 하며 "나에게 없는 것이 있다"[68]고 했지만, 창작상의 영향이라고는 할 수 없다. 그것은 『곤충열차』의 사나다 기쿠요真田亀久代에 대해서도 그렇다고 할 수 있다. 마도가 좋아했던 오가타 가메노스케의 세계에 대해 마도는 "능청스러운 부분이 있고, 무의미한

---

67 「후기」, 미즈우치 기쿠오(水内喜久雄) 편, 『미즈가미 후지 씨의 시(水上不二さんの 詩)』, ポエム・ライブラリー 夢ぽけっと, 2005, 343~346쪽.
68 위의 책, 345쪽.

일을 하고 있는, 세상 일은 아무 것도 느끼지 않고 오직 자기 안에 틀어박혀 있는, 놀이 같은 시[69]를 느끼고 자신의 공감을 표명했다. 다니 에쓰코는 그것을 "의식 아래 블랙홀 같은 구멍을 배후로 갖는 난센스적인 웃음"[70] "상황에 좌우되지 않고 자신에 맞게 살아가는 존재 본연의 모습"[71]이라고 분석, 마도의 난센스성을 띤 작품 「독가스毒ガス」, 「퐁 박사ポン博士」 창작의 공통토양으로 본다. 하지만 그조차도 영향이라고 보기는 어렵다.

그런 가운데, 하쿠슈에 대해서는 "하쿠슈 선생님에 대해서는, 의성어에 있어서, 나는 그 작품에서 대단히 감동하고 또한 배울 수 있었다"[72]라고 의성어에 대한 하쿠슈의 영향에 대해 말하고 있다. "하쿠슈는 아주 큰 존재였기 때문에, 의식하지 않더라도 알게 모르게 그런 것이 나온다는 것은 다들 있다고 생각하기 때문에 제 경우도 있을지도 모르겠지만, 의식적으로는 많지 않을 것입니다. (…중략…)『달과 호두月と胡桃』는 읽었지만, 그 이외는 별로 읽지 않았습니다"[73]라는 발언도 있으므로, 의성어 이외는 전체적으로 하쿠슈의 영향도 직접 의식되는 것은 없었다고 할 수 있다. 단, 인간적으로 처음 인정해준 은인이라는 의식은 갖고 있었을 것이고, 1929년 7~8월 하쿠슈가 대만을 방문했을 때 하쿠슈의 강연을 맨 앞에서 들은 경험도 있다.[74] 또한 자신의 '마도'라

69　사카타 히로오, 『마도 씨』, 100쪽.
70　다니 에쓰코, 『마도 미치오 시와 동요』, 創元社, 1988, 49쪽.
71　위의 책, 50쪽.
72　마도 미치오·가시와라 레이코, 『모든 시간을 꽃다발로 해서 마도 씨가 말하는 마도 씨』, 123쪽.
73　다니 에쓰코, 『마도 미치오 연구와 자료』, 198쪽.
74　마도 미치오·가시와라 레이코, 『모든 시간을 꽃다발로 해서 마도 씨가 말하는 마도 씨』, 56쪽. 하쿠슈가 대만에 머문 기간은 1934년 7월 2일~8월 10일이었다.(기타하

는 이름이 다방이나 신문 칼럼에 너무 많아서 바꾸려고 할 때, 하쿠슈가 '좋은 이름'이라고 말했기 때문에 '마도'를 계속 썼다는 일화도 있다.[75] 그리고 마지막으로 요다 준이치를 통해 하쿠슈의 격려의 말을 들었다. 그 해 말에는 시집을 꼭 내라는 말이었던 듯하다. 마도 글 속에 있는 제1회 아동문화상을 요다가 받은 것은 1940년 1월이기 때문에, 마침 『곤충열차』가 종간했을 무렵이고, 『문예대만』의 작품을 제외하면 마도의 대만 시기의 작품은 거의 갖추어져서 동요집을 내지 못할 이유는 없었을 것이다. 그러나 마도는 "결국 내지 못 했을 뿐 아니라, 이런 저런 이유가 있었다고는 하나, 2년이 지난 오늘날 일다운 일을 정리하지 못하고 있을 정도이니 한심하다"라고 후회하고 있다. 그 사이, 작품 발표수가 점차 줄어들고 있어서, 뭔가 개인적인 사정이 있었을지도 모른다.

대만 시기에 마도는 『동어』, 『곤충열차』의 동인이 되고, 『문예대만』에서도 짧은 기간이었지만 동인이었다. 그러나 이 외에 니시카와 미쓰루같은 일본내지 시단과의 교류는 없었다. 「근감잡기」에서도 자신을 '동요시인'이라고 불렀듯이, 시인으로서의 자각이 충분히 확립되지 않았기 때문일 것이다. "대만에 있을 때 중앙에서 출판하던 시 잡지 같은 것을 본 적은 있었습니다. 그렇지만 정말 진심으로, 예를 들어 개

라 하쿠슈(北原白秋), 『화려도풍물지(華麗島風物誌)』, 弥生書房, 1960). 이토 에이지는 "먼 자리에서 보았을 뿐"이라고 전한다.(「마도 씨의 눈과 마음(まどさんの眼と心)」, 『계간 은화(季刊 銀花)』 136(겨울호), 文化出版局, 2003, 68쪽).

75 이 필명에 대한 마도의 말이 있다. "잘 기억나진 않지만 창문이라는 걸 좋아해서 그런 이름을 붙였다고 생각합니다. 그런데 다방이나 신문 칼럼 같은 데 똑같은 이름이 엄청 많아서 바로 싫증이 나버렸지요. 다른 걸로 바꿀까 싶었는데, 하쿠슈 선생님이 '좋은 이름이다'라고 하셨다길래 그걸 계속 썼지요."(마도 미치오, 『말할 수밖에 없어진다』, 120쪽).

인시집을 진지하게 끝까지 읽은 일은 별로 없었습니다."[76] 이 말은 다른 시인의 세계를 낯설다고 느끼고 있었기 때문이다. 그것은 전후까지 이어져 어느 정도 읽었다고 한다면 무라노 시로村野四郎이고, 현대시 중에서는 『노櫂』의 동인 다니카와 슌타로, 이바라기 노리코茨木のり子, 요시노 히로시吉野弘 등에 공감을 느꼈다고 한다.[77] 또한 근대시인의 작품은 그다지 좋아하지 않는다고 말하며 『동어』, 『곤충열차』, 『문예대만』이외는 평생 어디에도 속하지 않았다.

본 절 「마도 미치오에게 있어서의 대만」을 끝내기에 앞서, 마도의 말을 적어두고 싶다. 마도의 솔직한 심정이며, 대만에 있어서 마도의 창작의 자세를 보여준다. 이것은 전후에도 변하지 않았고, 전후에 대만 관련 작품이 전혀 없는 것도 여기서 기인하고 있다.

대만이면 대만의 이국적인 풍물을 아무리 많이 써도, 철저히 쓴다면 나는 지구적이 된다고 생각합니다. 어디에서 쓰더라도 진심으로 쓴다면 그것은 지구적인 것이며, 즉 거기까지 추구하지 않으면 진짜가 아니라는 느낌이 나에게 있습니다.

게다가 난 아주 태평스럽고 정치에는 무관심해서, 지금도 그렇지만 아무 생각도 없었습니다. 대만에 있어서 대만의 풍물을 본다고 해 봤자 완전히 표면적이고 여러 가지 식물과 동물과 토속적인 것을 단지 그림을 보듯이 바라볼 뿐이지요. 그 뒤에 있는 것, 예를 들어, 일본인이 대만을 통치하고 있었기 때문에 당연히 차별과 불평등이 있었는데도 그 정치의 횡

---

76 다니 에쓰코, 『마도 미치오 연구와 자료』, 194쪽.
77 위의 책, 194~195쪽.

포가 보이지 않았어요. 눈앞에서 일본인 순사가 저쪽 사람을 때리는 현장에 있을 때는, 그에 대해서는 분개했지만요. 그래서 십오년 전쟁 당시 대만이 처해있는 지리적, 풍토적, 경제적 특수상황 속에서 어떻게 변모 당하고 있는가 하는 것도 전혀 보이지 않았던 것 같습니다. 어쨌든, 신문도 제대로 읽지를 않았으니까. 대만에 살았다고 적극적으로 저쪽 사람으로 변하거나 하는 일은 그다지 없고, 소극적으로 밖에 없다고 생각합니다. 앞에서도 말했듯 일본과 대만이 다르다는 것을 강조하는 것이 아니라, 내 작품에는 오히려 같은 자연이다, 같은 인간이다라는 것을 강조하는 부분이 있었다고 생각합니다.[78]

(3) 마도 미치오의 전쟁체험

마도는 1943년 1월 21일에 군에 소집되어 타이난台南 안핑安平에서 선박공병대에 입대했다. 안핑에서 2개월의 훈련을 마치고 다카오항에서 남쪽으로 향했다. 마닐라, 싱가폴 등에서 훈련을 받고 마지막으로 알루 제도로 갔다. 마도는 멀미가 심해 무선 업무로 돌려지기도 했다. 또한 알루 제도에서는 위궤양과 각기병을 앓아 입원해서 마닐라로 보내졌다. 마도의 체험담[79]에서는 3년 반의 병역 기간 중 5분의 1 정도는 병을 앓고 있던 것으로 보인다. 퇴원하고 일단 레이테섬으로 향하지만, 위험해서 접근할 수 없어 마닐라로 돌아가 그곳에서 사이공, 태국, 말레이 반도, 싱가폴로 이동하다가 거기서 패전을 맞았다. 마도에게 있어 직접 총탄이 오가는 전쟁 체험은, 마닐라 등에서 공습을 당한 일 이

---

78 다니 에쓰코, 『마도 미치오 연구와 자료』, 172~173쪽.
79 위의 책, 174~175쪽.

외에, 레이테섬으로 가는 도중에 맹그로브 숲 양쪽 기슭에서 총격을 당한 정도이다.

마도는 "실제로 총을 들고 적과 대치하는 일은 거의 없었습니다. 그러니까 이른바 죽고 사는 문제에 대해서 고민할 그런 상황은 아니었습니다"[80]라고 했지만, 마도 군입대 당시의 나이와 건강상태, 성격 등을 고려하면 군 생활 자체가 마도에게 크나큰 경험이었다고 상상할 수 있다. 대만 시대에 '아주 태평스럽고 정치에 무관심'하다고 자인하던 마도라도 많은 것을 배웠을 것이다. 그 중에는 시인으로 표현할 수 있는 생각도 있겠지만, 그것들을 전후에도 작품화하지 않았다. "나라와 나라가 전쟁을 하지만 진짜 적은 상대국이 아니라 '전쟁' 그 자체이다"라는 취지의 「적敵」[81]이나, 「일본일본日本日本」[82] 속에서 "그 아름다운 일본의 / 깃발이 노래가 옛날에는 / 전쟁에 사용되었지만"이라는 표현을 볼 수는 있어도, 마도의 전쟁 체험이 직접 살아있는 작품이라고 할 수 없다. 그러나 마도는 개인적인 생각을 전중 일지에 남겼다. 사카타 히로오는 『마도 씨』에서 전쟁터에서 마도가 글을 써서 남기는 일에 얼마나 힘을 쏟고 있었는가를 전하고 있다. 사카타의 요점을 정리해 올린다.

· 남방의 섬을 전전했던 병역 중에 일개 병사의 몸이면서 일지만은 상사의 눈을 피하면서까지 계속해서 썼다. 기적적으로 소형 노트 두 권만이 현존하고 있다.(190쪽)

---

80 위의 책, 174쪽.
81 마도 미치오, 『마도 미치오 소년시집 좋은 경치(まど・みちお少年詩集 いいけしき)』, 理論社, 1981.
82 마도 미치오, 『우후후시집(うふふ詩集)』, 理論社, 2009.

· 마닐라에 있는 동안 무지개 같은 '본가비리야'라는 꽃 이름을 제목으로 한 동요를 작사 작곡해서 부인에게 보냈다.(201쪽)

· 패전을 맞이하여 햇수로 삼 년간 고생하며 기록해 온 일지와 더욱 애착이 있는 「식물기」를 영국군의 접수에 앞서 모두 소각 당하고 만다.(213쪽)

· 포로 수용소에 들어간 후 일지를 겸한 단가를 쓰기 시작했다. 이듬해 6월 복원선을 타면서 검열을 예상해서 빈 노트로 보이도록 고안,[83] 약 칠백 수를 엽서 크기의 종이 네 장 앞 뒤에 써넣어 무사히 일본까지 갖고 돌아왔다.(214쪽)

이런 행동의 배후에는 마도 일지에 나타난 기분, "어차피 일지를 써봐야 못 가지고 갈 거라고 전우는 말한다. 그것을 생각해서 가급적 군기軍機에 관한 것은 쓰지 않았지만, 만일 승리했을 경우 이 한 권을 가지고 돌아갈 수 없다면 슬픈 일이다. 어차피 생환은 기대하기 힘든 몸이기는 하지만, 군대에서의 자신의 생애를 공백으로 하고 싶지 않았다"[84]는 간절함이 있었다. 실제로 마도의 필사적인 노력에도 불구하고, 불과 몇 편 이외는 몰수나 소각당하고 말았다. 특히 자기 손으로 태워버릴 수밖에 없었던 3년간의 일지와 식물기에 대한 아쉬움은 큰 것이었다.

인간은 왜 시를 쓰는가. 인간은 왜 숨을 쉬는가? 숨을 쉬지 않으면 죽어버립니다. 나는 시를 쓰지 않으면 죽는다, 정도는 아니지만, 호흡 다음으

---

83 쇼난시미술박물관(周南市美術博物館) 편, 『마도 미치오 그림 전시회 도록(まど·みちおえてん図録)』, 周南市美術博物館, 2009, 135쪽의 〈사진 7〉의 설명.

84 사카타 히로오, 『마도 씨』, 203쪽에 게재된 1943년 4월 10일 자 마도의 일지.

로 중요한 것이 있습니다. 말(言)입니다.[85]

특별히 전쟁터에서 글로 남기는 일은 마도에게는 호흡, 즉 생명 다음으로 소중한 것이었다. 마도의 일지에서 느껴지는 특징은 식물에 대한 남다른 관심이다. 이는 평생 변하지 않고 모든 시대의 작품에 반영되어 있다.

---

85 마도 미치오, 『백세일기』, NHK出版, 2010, 43쪽.

제2장
마도 미치오의 생애와 시 창작
전후

1. 일본에서 새 출발

1) 출판사 근무와 냉엄한 현실

    마도는 1946년 6월, 귀향선을 타고 히로시마현広島県 오타케항大竹港으로 무사히 돌아와 어릴 때 살던 고향 도쿠야마德山에 정착했다. 가나가와 현神奈川県 가와사키川崎의 아지노모토味の素 공장 경비원으로 일자리를 얻고, 아내와 아이들도 같이 살 수 있게 된 것은 반년 정도가 지나서였다.

    대만 시절, 직장이나 교회에서 인간들의 추악한 면에 실망하고 혐오감과 피로를 느꼈던 마도는 전시 중 군대에서도 마찬가지였다. 그 실망을 일지日誌에 "손목시계가 '인치키 인치키(사기! 사기!)'라고 하루종일 울고 있는 것이 그저 고통거리다"라고 썼다.[1] 그리고 전후戰後(1945년 이후) 경비원으로 일하면서도 그 결벽증은 변함이 없었다. 아지노모토 공장에서 일하기 시작했을 때는 모두 먹고 살기도 힘들던 시절이었다.
같은 공장 동료가 공장에서 물건을 빼돌리는 일은 일상적인 것이었다.
마도는 그런 부정에 대한 분노와 함께 현실적으로 궁핍한 생활로 인해
건강도 나빠졌다. 글 쓰는 일이 숨쉬기 다음으로 중요했던 마도에게
경비원으로 근무한 2년 가까이는 일지조차 쓰기 힘든 괴로운 시간들이
었다. 게다가, 당시는 전시 중에 쓴 일지와 식물기植物記를 잃은 상실감
도 컸다. 그런 때 요다 준이치与田準一로부터 제안이 왔다. 복간을 앞둔
아동잡지 『고도모노쿠니コドモノクニ』의 편집 일이었다. 마도는 1948년
10월 아지노모토 가와사키 공장에서 도쿄 부인화보사婦人画報社로 회사
를 옮겼다.

　　나는 편집이라는 일에 대해서나 아동문화나 유아교육에 대해서도 아무
　　것도 몰랐고, 물론 복간잡지에 대한 포부 같은 것은 없었습니다. 단지 그
　　투고란에 원고를 보내 기타하라 하쿠슈에게 뽑혔다는 것으로 평생 동요
　　를 써서 먹고 살게 된 잡지 『고도모노쿠니』 그 자체와 얕지 않은 인연에
　　감격해서 들어갔습니다.[2]

이후 10년에 이르는 마도의 출판사 근무에 대해서 『차일드본사 50년
사チャイルド本社五十年史』를 참조해서 살펴보고자 한다. 마도가 취직한 출
판사명과 잡지명에는 여러 가지 이유로 혼란스런 점이 있다. 먼저 부

1　사카타 히로오, 『마도 씨』, 195쪽.
2　이시다 미치오(石田道雄), 「기억나는 대로(思い出すままに)」, 『차일드본사 50년사
　　(チャイルド本社五十年史)』, チャイルド本社, 1984, 116쪽.

인화보사에 대해서 보면, 전전戰前(1945 이전)에 『고도모노쿠니コドモノクニ』를 발간하고 있을 때는 도쿄사東京社였다가 마도가 취직한 1948년에 회사명이 부인화보사로 바뀌었다. 또한, 예정하고 있던 잡지명도 변경되었다. 여러 경위에서 잡지명 『고도모노쿠니』는 『칠드렌チルドレン』으로, 다시 『차일드북チャイルドブック』으로 달라졌다. 창간호는 예정대로 이듬해 1949년 3월, 4월호(입원호入園号)로 간행되었다. 마도는 『차일드북』의 편집장이었다. 그런데 창간호가 나온 그 해 가을에 국민도서간행회 国民図書刊行会가 『차일드북』 간행을 맡게 되면서, 같은 회사에서 나오던 『일본의 어린이日本のこども』와 합병해서 『차일드북』이라는 잡지명을 계승해서 발행하게 되었다.[3] 국민도서간행회[4]는 1944년의 출판기업 정리통합에 따라 제국교육출판부帝国教育出版部에서 바뀐 것으로, 요다 준이치와의 인연이 깊다. 『차일드북』과 합병한 국민도서간행회의 『일본의 어린이』도 시작을 거슬러 올라가면 『고도모노히카리コドモノヒカリ』이고, 그 뒤에 『일본의 어린이日本ノコドモ』에서 『일본의 어린이日本のこども』로 바뀌었다. 『고도모노히카리』는, 『고도모노쿠니』 편집을 하던 나마치 사부로奈街三郎가 독립해서 세운 어린이연구사子供研究社에서 창간한 잡지로, 나중에 나마치는 오가와 미메이小川未明 주재의 『이야기 나무お話の木』도 내놓았다. 그러나 『이야기 나무』는 일년 만에 경영난으로 폐간되고 『고도모노쿠니』도 제국교육 출판부에서 맡아 속간하게 되었다. 그 편집자로 요다가 들어가게 된 것이다. 『차일드본사 50년사』를 통독하고 느낀 것은 요다의 존재감이 얼마나 큰가 하는 것이었

---

3   위의 책, 111쪽.
4   1960년에 차일드본사로 바뀌었다.

다. 요다가 전전·전후를 통해 세 번이나 마도에게 도쿄에서의 일자리를 제안할 수 있었던 배경에는 이런 아동도서 출판계에서의 요다의 힘이 있었다.

국민도서간행회로 옮기고 나서『차일드북』편집은『일본의 어린이』편집자였던 시로타니 하나코城谷花子가 전담하게 되고, 마도는 기타 다양한 업무에 쫓기게 되었다.

> 그래서 나는 요다 씨와 고문인 야마시타 도시로(山下俊郎) 선생님,『부인화보』편집장 구마이도 다쓰오(熊井戸立雄) 씨 등의 조언을 얻어가며 내 식으로 그저 앞 뒤 가리지 않고 출발한 것 같습니다. (…중략…)
>
> 그런데 국민도서로 옮긴 나는 그때까지처럼 혼자서 맘대로 할 수 없게 되었습니다. 이번에는 시로타니 씨, 고마쓰 아야코(小松アヤ子) 씨와 같이 일했습니다. 일은 물론 편집이지만, 합병한「차일드북」뿐 아니라 다양한 서적류에도 관여했습니다.[5]

마도가 말한 다양한 서적류는 다음과 같은 것이다.『차일드북』,『보육노트保育ノート』,『신아동문화新児童文化』,『보육강좌保育講座』,『아메리카교육 사절단 보고서 요해アメリカ教育使節団報告書要解』,『노래와 리듬うたとリズム』,『고도모노쿠니 명작선こどものくに名作選』,『유아극幼児げき』, 교과서, 슬라이드. 그리고 각각의 작업에 대해 다음과 같은 추억을 쓰고 있다.[6]

---

5   『차일드본사 50년사』, チャイルド本社, 1984, 116~118쪽.
6   위의 책, 118~120쪽.

· 『차일드북』: 가장 괴로웠던 것은 원고료 재촉을 받고도 확실한 지급일을 대답하지 못했던 일이다.

· 『보육노트』: 「신기한 주머니」[7]를 1954년 9월호에 실었다.

· 『고도모노쿠니 명작선』[8] 편집 시 마도는 편집자로 자신의 작품 수록은 사양했다.

· 교과서: 편집부 전원에 사장까지 가세해서 철야로 과학 또는 수학의 가로쓰기 교과서 원본을 정리한 적도 있었다.

특히 교과서 작업이 힘들었던 것은 문부성의 검정을 거쳐야 한다는 절대 조건이 있었기 때문이다. 1947년에 검정제도가 시행되자 국민도서간행회도 1950년도용부터 검정교과서를 만들기 시작했다. 출판목록[9]에 의하면, 첫해에 로마자와 고등 음악 교과서 두 종류였던 것이, 1951년도용으로 새로 아홉 과목이 늘었다. 시류라고는 해도 출판사로서는 부담스러운 일이었다. 가시와라 요시카즈柏原芳一의 「교과서 발행 당시」에도 "일단 원고 완성 단계에서 회사로 원고가 넘어오면, 급히 담당자를 정해 제작을 맡겼던 모양이다. 그리고 원고 신청 제출마감일에 맞춰 도와줄 수 있는 사람은 업무 사이사이 시간을 이용하여 모두 달려들어 진행시켜 제출용 원고를 완성한 기억이 있다. (…중략…) 작업이 심야까지 이어지는 경우도 있어서 집이 멀어 돌아갈 수 없는 사람은 사

---

7 주머니 속의 비스킷이 두드릴 때마다 늘어나는 신기한 주머니가 있었으면 좋겠다는 내용의 동요이다. 어딘가 마도의 궁핍했던 당시 상황을 방불케 한다.
8 『고도모노쿠니 명작선(コドモノクニ名作選)』 하, アシェット婦人画報社, 2010, 214쪽에는 마도의 「비내리면(雨ふれば)」이 실려있다.
9 『차일드본사 50년사』, チャイルド本社, 1984, 268~269쪽.

무실에서 잠을 해결하는 경우도 있었다"[10]고 한다. 당시의 상황을 마도 일지에서 찾아보면 다음과 같다.

1951년 2월 25일 일요일

큰 맘먹고 노트, 원고용지를 조금 샀다. 이 노트도 그것이다. 일지를 쓰는 것이 몇 년, 몇십 년 만이라는 기분이 든다. 맞선이 끝나고 드디어 결혼이 정해진 아내에게 건넨 그 대학노트 대형 십수 권에 써왔던 일지. 생각할수록 아깝다. 전쟁터에서 쓴 것까지 아무 것도 없다. 더 이상 말하지 말아야지. 작품도 아무것도 일체 없으니. 그렇다 치더라도 귀환 후 과연 얼마나 많은 일을 했을까. 전혀 없지 않은가.[11]

5월 25일

철야에 잔업에 일요일 공휴일도 없는 데다, 음악, 쓰기 교과서 일에 쫓겨 기진맥진. 일기도 전혀. (…중략…) 사카타 도미지(酒田冨治) 씨 방문. 「유아의 노래」[12]에 노래를 써달라고.

---

10 위의 책, 167쪽.

11 사카타 히로오, 『마도 씨』, 223쪽.

12 사토 모토코(佐藤宗子), 「사카타 도미지 곡보 「코끼리」의 의미―또 하나의 수용상과 동요의 교육적 활용(酒田冨治曲譜 「ぞうさん」の意味―もう一つの享受相と童謡の教育的活用)」, 『아동문학연구(児童文学研究)』 44, 日本児童文学学会, 2011.12, 32쪽. 이 논문에서 사토는 면밀한 조사를 실시한 결과 다음과 같은 결론을 도출했다. "「코끼리」의 초출은 1951년 여름에 白眉音楽出版社에서 간행된 것으로 추정되는 사카타 도미지(酒田冨治) 편, 『새로운 유아의 노래(新しい幼児のうた)』라고 본다.」

6월 10일

오래간만에 일찍 집에 와서, 일지라는 것, 책상이라는 것을 향해본다. 사카타 씨에게 보낼 유아동요 6편 즉흥으로 엽서에 써서…… 내일 우체통.[13]

국민도서간행회의 출판목록에 있는 새로운 9과목에 '소학생 글쓰기'와 '즐거운 음악 1~3학년' 등이 들어 있어, 5월 25일 마도의 일지와 들어맞는다. 또한 6월 10일 부분에는 "한 장의 엽서에 써 넣은 여섯 편 속에 분명 「코끼리」가 포함되어 있었을 것이다"라는 사카타의 추측이 있어, 「코끼리」 탄생일화로 자주 인용된다.

사카타는 이 같은 마도의 발자취를 추적하면서 "여기까지 소개한 마도 씨의 동요는, 자아의 흔적을 남기지 않는, 이음새 하나 없는, 유머로 가득 찬 작품 대부분이 이 '분노'와 '초조'를 원액으로 해서, 구토·미열·두통·궤양潰瘍·침윤浸潤이 끊임없이 함께 배어 나와서 전후 십여 년간에 집중적으로 작품화되었다. ― 분노, 초조라고 썼지만, 이는 또한 '사랑'과 '아픔'이라고 해도 마찬가지였을 것이다"[14]라고 했다. 또한, 다니 에쓰코谷悦子도 이런 마도의 상황을 '자기 상실의 위기'로 보고 「코끼리」 탄생을 "무의식층에서 꿈틀대고 있던 나라는 것에 대한 신념은, 고뇌에 찬 현실의 시간 속에서 여과되면서 별안간 간결하고 환한 빛을 가득 채운 형상이 되어 출현했다고 할 수 있다"고 분석했다.[15]

---

13 사카타 히로오, 『마도 씨』, 224쪽.
14 위의 책, 228쪽.
15 다니 에쓰코 『마도 미치오 시와 동요』, 創元社, 1988, 61~63쪽.

2) 마도 미치오의 자기존재

제1장에서 여기까지, 마도가 도쿠야마에서 보낸 어린 시절과 대만에서의 생활, 전쟁을 거쳐 귀향 후 몇 년간의 행보를 살폈다. 다니 에쓰코가 자기 상실의 위기로 파악한 당시 마도의 심정은 앞서 인용한 1951년 2월 25일 일지에 단적으로 드러나 있다. 소중하게 써 둔 것들이 잿더미로 변했다는 허무감과, 일본에 돌아오고 나서 자기 존재를 증명하는 글을 쓴다는 행위, 즉 마도에게 있어 진정한 일을 전혀 하지 않는다는 조바심이 자기 상실의 위기가 되었다. 전쟁터에서의 일지에도 그것을 쓰는 동기로 "군생활 중의 자신의 생애를 공백으로 만들고 싶지 않다는 간절함이 있었다"고 표현한 마도였다. 자기 존재로서 쓴다는 행위, 그 자체만이 중요했다면, 종이에 쓰여진 것이 재로 변해도 안타까운 마음은 없을 것이다. 그러나 마도에게는 글쓰기를 통해 보고 발견하는 자기뿐만 아니라, 글로 써서 남겨진 것은 그 이상으로 중요했다. "내 일지는 말하자면 '작품'이다. 그의 일지는 이른바 '소재'다."[16] "지금은 이 뒤의 속표지조차 공백으로 두는 것이 아까울 정도이다. 기도의 방에라도 들어간 듯한 느낌을 이 지질紙質은 나에게 던져준다"[17]라고 일지에 적었다. 창작에 전념하기 위해 국민도서간행회를 퇴사하고 몇 년 뒤인 1963년 이후에도 노트로 10권을 남겼다.[18]

노년이 되어 병원에서 혼자 생활하게 되고 나서 일기에는 검은색과

---

16 사카타 히로오, 『마도 씨』, 204쪽.
17 위의 책, 209쪽.
18 다니 에쓰코『마도 미치오 시와 동요』, 創元社, 1988, 61쪽.

빨간색 두 가지 색을 써서, 검은 글씨는 머리, 빨간 글씨는 마음으로, 혼자서 대화를 주고 받는다.[19]

그러자 '이렇다'고 하는 검은 펜의 자신에게, 빨간색은 찬성하거나 반대하거나 격려해 주거나 '맞아 맞아'라고 해 주거나, '좀 더 기운 내'라고 말하기도 합니다.

글쓰기 작업은 마도 내부에서 자기 자신과의 대화이며, 말이 되기 이전의 혼돈으로부터의 의식화이고, 그 위에 시인으로서의 작품화 의식도 작동한다. 그리고 그 결과 남겨진 글은 나중에 그것을 읽는 자신과의 대화가 되어 자기 존재의 확인이 된다. 그것은 대만 시기에 창작을 통해 길러진 것이리라. 마도는 종종 '시는 내 안의 나 자신. 동요는 내 안의 모든 이'라고 했는데, 그런 의미에서 개인적인 일지는 자신 안의 자신이며, 자신 안의 모든 이의 방향에, 산문시, 시, 동요가 위치한다. 이들 표현 형태의 차이와 마도의 창작 행보의 변천과의 관계는 흥미롭다.

마도의 자기 존재라는 관점에서 대만과의 관계도 확인해 두고자 한다. 요점은 귀향 후 일지조차 쓰지 못할 정도의 생활고를 가져온 냉엄한 상황, 또한 그 후 동요시인으로서의 성공과 말년에 세상에서 인정받는 시인의 궤적 속에서 마도에게 대만은 어떤 의미를 지니고 있었는가이다. 일본에 돌아와서 마도의 초기생활은 대만을 기억할 여유조차 주

---

19 마도 미치오, 『백세일기』, NHK出版, 2010, 28쪽.

지 않았을 것으로 추측된다. 동시에 마도의 경우 대만과 일본 사이에 3년여간 남방 전쟁터에서의 체험이 있어서, 대만에서 직접 귀향한 것이 아니라 전쟁터에서 돌아온 것이라는 점도 귀향 후 마도의 대만 의식을 희석시킨 요인으로 여겨진다. 그러나 이런 요인은 별도로 하더라도 전후 작품에 대만과 관련된 것이 전혀 없었다는 것은 무언가를 말하고 있다. 대만 시기의 동창회에 참석하거나 대만을 그리워하는 발언은 있지만, 자기 존재를 묻는 마도 의식에서 대만이라는 땅은 그다지 큰 의미를 갖지 못 했다고 할 수 있다. 마도가 "내 경우에는 옛날 내 작품을 읽어봐도 내지에 돌아온 뒤에도 전혀 위화감은 없었습니다. 대만뿐 아니라 어딜 가더라도 나는 지구인이라는 인식에 서서 쓰고 있었기 때문이지요."[20]라고 한 말도 그것을 나타내고 있다. 이것은 『문예대만』 동인이었던 7명이 1974년 6월에 모였을 때의 발언이다. 마도 이외의 참석자는 기타하라 마사요시北原政吉, 시마다 긴지島田謹二, 다케우치 사네지竹内実次, 다테이시 나오코立石尚子, 나가사키 히로시長崎浩, 니시카와 미쓰루西川満였다. 좌담회에서는 니시카와 미쓰루의 업적과 대만의 추억이 나왔고, 화제는 대만에서 귀향한 사람들의 의식으로 옮겨갔다. 좌담회의 요점을 적어보면 다음과 같다.

나가사키 　대만에서 돌아오자 후유증이 나타났습니다. 그것도 아주 강합니다.

기타하라 　외지 귀향자에게는 공통되는 무언가가 나온다고 할 수 있지

---

20 「좌담회 문예대만 외지의 일본문학(外地に於ける日本文学)」,(『안드로메다(アンドロメダ)』, 1974.9월호, 人間の星社, 1974.7, 11쪽.

요. 전후 니시카와 씨도 귀향자가 아니면 쓸 수 없는 애절함이 넘치는 작품이 있어, 높이 평가 받아 마땅하지요. (…중략…) 아직 『문예대만』은 끝나지 않았다는 생각과 늦기 전에 더 대만을 써야 한다는 생각이 있습니다.

시마다   대만에서 일본인의 문학활동을 연대적으로 서서히 정리해서 책을 쓰고 싶다는 생각을 하고 있습니다. (…중략…) 처음에는 『화려도 문학지(華麗島文学誌)』라고 제목을 정했지만 『대만의 일본문학(台湾に於ける日本文学)』이라고 할 생각입니다."

이 뒤에 마도의 '지구인' 발언이 나왔다. 이 말을 받아서 다케우치는 "분명히 최종적으로는 지구인이라는 입장이 아니면 문학은 성립되지 않습니다. 그러나 관념적이지요. 구체적으로는 우리는 일본인이라고 느끼지 않습니까"라고 감상을 적었다. 그러나 마도의 세계는 다케우치가 생각하는 관념적인 세계와는 다르다. 제1장 제3절 1항에서 본 「조수」(『문예대만』 창간호)에서 마도가 선 땅은 '지구분의, 1 대만의, 1 대만분의, 1 수향'이거나, '지구분의, 1 일본의, 1 일본 분의, 1 도쿠야마'라 해도 지구인으로서 「조수」의 자기 존재를 묻는 본질은 변하지 않는다.

2. 「코끼리」에 나타난 아이덴티티[21]

아이덴티티라는 단어를 일본어 사전 『고지엔[広辞苑]』에서 찾아보면 다음과 같이 나와 있다.[22]

① 인격의 존재증명 또는 동일성. 어떤 사람이 하나의 인격으로 시간적·공간적으로 일관되게 존재하는 인식을 지니고, 그것이 타자나 공동체에서도 인정받고 있는 것. 자기 동일성. 동일성

② 어떤 사람이나 조직이 갖고 있는, 타자와 구별되는 고유의 성질이나 특징. '기업의 ──를 명확하게 한다.'

아이덴티티는 'ego identity'(self identity)의 약자로, 자기동일 혹은 자아동일로 번역된다. 그 내용은 다음과 같은 자기 감각이라고 생각된다.

a. 자신이라는 존재의 인식, 타자가 아닌 자기라는 자각.

b. 타자와의 동이(同異)인식.

c. 자신을 좋다고 하는 자기 긍정.

d. 타자와의 관계에서 자신의 존재 의미의 자각.

---

21 이 절 「「코끼리」에 나타난 아이덴티티」는 저자의 논문 「「코끼리」와 마도 미치오의 사상─「코끼리」는 조롱하는 노래?(〈ぞうさん〉とまど・みちおの思い ─〈ぞうさん〉は悪口の歌?)」,(『이문화 논문편(異文化 論文編)』제14호, 法政大学 国際 文化学部, 2013.4)을 손질한 것이다.

22 신무라 이즈루(新村出), 『고지엔(広辞苑)』(제6판), 岩波書店, 2008. 표제어는 「아이덴티티(アイデンティティー)」로 끝이 장음화되어 있다.

이것은 자기인식의 발달적 관점이라고 할 수 있지만, 아이덴티티의 내용 이해에는 도움이 된다. 위에서 본 고지엔의 정의라면, ①의 후반 '그것이 타자나 공동체에서도 인정받고 있는 것'은 d '타자와의 관계에서 자신의 존재 의미의 자각'에 적용된다. 즉, ①은 a '자신이라는 존재의 인식, 타자가 아닌 자기라는 자각'에 d '타자와의 관계'가 혼합된 정의이다. 또한 ②는 좁은 의미에서는 b지만 '자기다움'이라는 뉘앙스로는 b, c, d에 걸쳐있다. 앞 절에서 '자기 존재'라는 표현을 사용했다. 그것은 마도의 a에 중점을 두었기 때문이다. 마도가 글을 쓴다는 것을 통해 자각하는 a이다. 그렇다면 다니 에쓰코가 말하는 마도의 '자기 상실의 위기'란 a~d 가운데 어떤 영역에서의 자기 상실이었을까.

1)「코끼리」는 어떻게 불리고 있는가.

코끼리야	ぞうさん
코끼리야	ぞうさん
네 코는 길구나	おはなが　ながいのね
그래요	そうよ
우리 엄마도 길답니다	かあさんも　ながいのよ
코끼리야	ぞうさん
코끼리야	ぞうさん
누가 제일 좋니	だれが　すきなの

나는요	あのね
우리 엄마가 제일 좋아요	かあさんが　すきなのよ

「코끼리」에 대한 작가의 생각을 창작에서 거의 30년이 지나서 처음 이끌어낸 것은 사카다 히로오다. 그때 마도가 한 말은 다음과 같다.

> 동요는 어떤 식으로 즐겨도 좋지만, 그 노래가 원하고 있는 방식으로 즐겨주길 바랍니다.
> 분명 이런 식으로 받아들였으면 좋겠다, 라는 것은 있습니다.
> 시인 요시노 히로시 씨의 해석이 그것에 가장 가까웠습니다. 요시노씨는 "코가 길구나"를 놀리는 뜻으로 말하고 있다고 해석하셨습니다.
> 나는 좀 더 적극적으로 코끼리가 그것을 '조롱하는 소리'로 받는 것이 당연하다고 생각합니다.
> 만약 세상에 코끼리가 홀로 있는데, 넌 기형이라는 말을 들었다면 기가 죽었을 것입니다. 하지만 가장 사랑하는 엄마도 길다고 자부심을 갖고 말할 수 있는 것은, 코끼리가 코끼리로 살 수 있다는 것이 멋지다고 생각하고 있기 때문이니까.[23]

사카타는 그런 마도의 말에 매우 놀라고 아무래도 납득할 수 없었다. 사실 저자도 처음에는 이 말을 이해할 수 없었다. 「코끼리」는 일본 동요에 흥미를 느끼게 해준 노래였다. 그렇다면 일반적으로 사람들은 어

---

23 사카타 히로오, 『마도 씨』, 27쪽.

떤 인상을 갖고 있는 것일까, 궁금했다. 만약 실제로 아이들이 「코끼리」를 부를 때 나쁜 뜻이 전혀 없다고 생각한다면, 작사가와 그것을 노래하는 어린이의 의식이 동떨어진 동요라고 할 것이다. 실제 어떻게 불리고 있는지 살펴 보자.

낙엽에 파묻힌 산길을 걷고 있을 때입니다. 내 조금 앞으로 어머니가 아이 둘을 데리고 같은 방향으로 가는 것이 보였습니다. 다가가서 길을 물어보려고 한 순간, 깜짝 놀라 걸음을 늦추었습니다.

셋은 걸어가며 즐겁게 노래를 부르고 있었습니다. 「코끼리」 노래였습니다. 처음에는 합창이었지만, 어느새 가사 뒷부분의 "그래요 / 우리 엄마도 길답니다", "나는요 / 우리 엄마가 제일 좋아요" 부분은 아이 둘만 부르기 시작했습니다.(…중략…) 어머니와 함께 아주 즐거운 듯이 되풀이해서 부르는 「코끼리」 노래. 그것은 어떤 이유나 변명도 필요 없이 무의식에 녹아 들어있는 동요의 풍경이었습니다.[24](쓰루미 마사오(鶴見正夫))

얼마나 이 노래를 불렀을까. "그래요"라는 부분에서 가끔 음정이 이탈해버리는 내 노래를 부모님도 질리지 않고 (아니, 실은 질렸을지 모르지만 그래도 웃는 얼굴로) 들어 주셨다. 아버지를 위해 '아버지 버전'을 멋대로 만들기도 했다. 즉, 어머니 부분을 아버지로 바꾼 것이다. (…중략…) 이 노래의 대화 스타일이 자연스럽게 몸에 스며 들어, 나는 코끼리

---

24 쓰루미 마사오(鶴見正夫), 「어떤 날 쓰가루에서(あるとき津軽で)」, 일본아동문예가협회(日本児童文芸家協会), 『아동문예(児童文芸)』 '82추계임시증간호・증간 12, ぎょうせい, 1982.9, 103쪽.

에게 말을 걸고 있었다. 「코끼리」라는 시의 말은 작가의 것인 동시에 내 것이기도 했다.[25] (다와라 마치(俵万智))

위 두 예는 「코끼리」가 아이들에게 어떻게 불리고 있는가 하는 전형이라고 봐도 좋을 것이다. 그리고 이런 향유방식에는 '코가 길구나'라는 말이 조롱이라거나, '코가 긴 것은 장애'라는 해석은 느껴지지 않는다. 순수 그 자체이며 말 그대로 악의가 없다.

그러나 한편으로는 마도의 설명과 같은 놀림·조롱으로 받아들이는 어린이의 예도 없지는 않다. 마도의 해설이 알려지기 전의 것으로, 인용하는 문장은 사카다 히로오의 실제 경험담이라고 보아도 좋을 것이다.

강의를 마치고 돌아오는 길, 산 기슭의 역부터 같은 기차를 탄 서른이 지난 여자가 자기도 어린 시절 「코끼리」는 놀리는 노래로 생각했다는 믿을 수 없는 말을 했다. (…중략…) 그 사람이 말하기를, 초등학교에 막 들어가서는 아이들에게 머리카락이 빨갛다, 말하는 게 이상하다는 이유로 심하게 놀림을 받았다. 그때 아기 「코끼리」식으로── 어머니도 역시 괴짜로 불리던 사람이었기 때문에 '그 어머니에 그 딸이니까'라며 자신을 격려했다. 「코끼리」를 자신의 노래로 생각하고 있었다.[26]

---

25 다와라 마치(俵万智), 「「코끼리」와 나(「ぞうさん」と私)」, 『하늘을 나는 교실(飛ぶ 教室)』 45, 楡出版, 1993.2, 50쪽.
26 사카타 히로오, 「원근법」, 『전우 노래로 이어지는 10의 단편』, 22~23쪽.

이 예처럼 아이가 자신을 위로하는 노래로 부르고 있었다는 사실은 「코끼리」가 폭넓게 수용되고 있다는 것을 보여주고 있다.

여기서 「코끼리」의 가능성에 대해 좀 더 생각해보고 싶다. "코가 길구나"라는 말을 아기 코끼리가 받아들이는 방식은, 표현의도에 대한 오해까지 고려하면, 감탄이나 놀라움으로 말했는데 놀림으로 받아들이는 경우도 있고, 반대로 놀림이나 조롱으로 말했는데 아기 코끼리는 어려서 그것을 모르는 경우도 있을 수 있다. 또한 「코끼리」를 어린이가 노래할 때 아기 코끼리에게 말을 거는 사람의 입장인가, 대답하는 아기 코끼리의 입장인가 하는 고정된 의식에서 노래하는 경우, 혹은 두 의식을 오가는 경우, 또 그런 의식이 명확하지 않은 경우 등이 있을 것이다. 쓰루미 마사오가 산길에서 만난 아이들은 어머니와 셋이 걸으면서 노래하고 있었다. "그래요/ 우리 엄마도 길답니다" 부분은 아이들만 불렀다. 처음 부분도 어머니와 같이 부르기는 했지만 말을 거는 역할은 어머니에게 다소 맡겨졌다. 이 경우 아기코끼리로서의 의식이 높고, 어머니와의 일체감을 느끼는 기쁨이 있다. 다와라 마치가 어릴 때 부른 「코끼리」(아마 '아버지 버전'도)는 일인이역으로 노래하면서 부모님과의 시간을 즐기는 노래였다. "어머니가 정말 좋아요// 아버지가 정말 좋아요"를 실제로 부모 앞에서 말하고 싶다, 그 기뻐하는 얼굴을 보고 싶다는 생각에서이다. 다와라 마치는 마도의 자작 해설을 알고 나서의 기분도 쓰고 있다.

단순해 보이는 대화 속에 이렇게 깊은 것이 담겨 있었나, 생각했다. 단순하게 받아들이고 있던 자신이 조금 부끄러웠다. '조금'이라고 한 것은 자신이라고 봐주려는 것이 아니다. 단순한 그대로 마음에 쏙 스며들어가는, 그런 읽기도 한편으로는 괜찮다고 생각하기 때문이다.[27]

단순한 그대로 좋다. '단순한 그대로 마음에 쏙 스며들어가는' 모습이야말로 바로 아이들의 모습이며, 중요한 동요 본연의 모습이기 때문이다.

마지막으로 아이들이 부르는 것은 아니지만, 놀림이라고 받아들인 시인의 해석도 적어둔다. 하나는 마도가 인용한 요시노 히로시吉野弘의 예이다.

많은 사람들에게 애창되고 있는, 이 걸작 중에서 내가 감탄하는 부분은 "그래요 / 우리 엄마도 길답니다"라는 부분이다. 이 시에 대해 다소 색다른 읽기를 허락한다면 시작 부분의 "코끼리야 / 코끼리야 / 코가 정말 길구나"는 코끼리의 코가 너무 길다는 것을 다소 조롱을 담은 이의 심술로 읽히지 않을 것도 없다. 그런데 그런 심술조차 "그래요 / 우리 엄마도 길답니다"가 보기 좋게 한방 먹이고 있다. 의기양양하게 대답하는 아기 코끼리 앞에서 심술궂은 조롱도 미소로 동조하지 않을 수 없게 된다.[28]

다음은 쓰루미 마사오鶴見正夫의 「코끼리」에 대한 감상이다.

자연이나 사람이나 동물이나 모든 사물을 통해서, 거기에 있는 영원불

---

27 다와라 마치, 「「코끼리」와 나」, 『하늘을 나는 교실』 45, 51~52쪽.
28 요시노 히로시, 「마도 미치오의 시」, 『현대시입문』, 208쪽.

변의 근원적인 소리가 들린다. 당연한 것이 당연한 것이 아니게 되어 있다는 것에 나는 감동하는 것이다. 게다가 감동하면서 그만 나도 모르게 웃음짓게 된다.

어렸을 때 살찐 아이가 친구들에게 '뚱보, 뚱보, 백관돼지(百貫でぶ : 살찐사람을 조롱하거나 야유하는 말—역주)'라고 놀림 받던 모습을 떠올리고, "그래, 우리 엄마도"라고 가슴을 쫙 펴고 말하게 하고 싶어진다.[29]

요시노의 '다소 색다른 읽기를 허락한다면'이라는 표현에서 "코가 정말 길구나"를 놀림으로 받아들이는 것이 일반적이지 않다는 요시노의 판단을 엿볼 수 있다. 사카타나 저자가 다수파였다는 것을 알 수 있는데, 세 번째 아이의 예처럼 소수파라 해도 놀림으로 받아들이는 시인도 있다는 것은, 「코끼리」 제1연의 대화 속에 다양성이 숨겨져 있다는 것을 보여준다. 대화의 구조를 보면 요시노가 한방 먹였다고 표현했듯이, 대답에 논리의 비약이 있고 거기에서 깊이와 맛이 생겨난다. 그리고 비약의 귀착이 쓰루미가 말하는 근원적인 소리인 '어머니'이기 때문에, 시작이 놀림이든 아니든 아이들의 마음을 사로잡는 노래가 되고 있다.

이상의 검토를 거치면, 사카타나 저자가 느낀 최초의 놀라움은 다소 극단적이 아닌가 싶기도 하지만, 마도의 말 속에서 "나는 더 적극적으로 코끼리가 그것을 '조롱하는 말'로 받아들이는 것이 당연하다고 생각합니다"는 일반적인 영역을 넘어선 마도의 세계라는 인상이 남는다.

마도는 30년 가까이 자신의 생각을 입에 올리지 않았다. 「코끼리」에

---

29 쓰루미 마사오(鶴見正夫), 『동요가 있는 풍경(童謡のある風景)』, 小学館, 1984, 170쪽.

관한 아사히 신문朝日新聞의 잘못된 기사[30]에 대해서도 침묵하고 사카타의 집요한 질문에도 좀처럼 진의를 밝히지 않았던 마도이고 보면, 만약 사카타가 공표하지 않았다면 「코끼리」에 대해 끝까지 입을 다물고 있었을 가능성도 부정할 수 없다. 그러나 마도는 그 뒤로도 반복해서 「코끼리」는 조롱하는 노래라고 설명했고 그 생각은 일반화되었다.

2) 「코끼리」의 아이덴티티

일본국제아동도서평의회(JBBY)가 1990년도 국제 안데르센상 작가상에 마도를 추천할 때 다니 에쓰코는 마도의 소개문을 썼다. 그 속에서 「코끼리」에 대해 간결하게 작품론을 정리했다. "다른 사람과는 이질적인 자기를, 어머니라는 근원적인 것에 대한 사랑을 통해 긍정하고 있는 내용이 깊은 무의식에서 우리를 사로잡기 때문이다."[31] 이것은 「코끼리」가 마도 동요 가운데에서 일본인에게 가장 사랑받고 있는 이유를 설명한 문장이다. 다니 에쓰코는 또한 "노구치 우조, 사이조 야소, 기타하라 하쿠슈 등의 코끼리 작품은 코·입·눈·거대한 몸집 등 외형 묘사에 그치고 있는 반면, 마도의 「코끼리」는 말을 거는 이와 대답하는

---

30 1968년 4월 21일 『아사히신문(朝日新聞)』 '도쿄의 노래(東京のうた)' 란에 실린 기사. 장남의 생일에 장난감 기차를 사달라고 아들이 졸라댔지만, 극심한 가난에 시달리던 마도는 그것을 사주지 못하고 장남을 데리고 우에노 동물원에 갔다. 코끼리 우리는 텅 비어 있었고, 전쟁으로 검게 그을린 자국만 있었다. 쓸쓸한 코끼리 우리 앞에서 이 시가 태어났다고 하는 내용이다. 그러나 그것은 기자의 창작이었다. 마도는 동물원에 가지 않았다.
31 다니 에쓰코, 『마도 미치오 연구와 자료』, 134쪽.

이의 뚜렷한 대립이 있어 존재의 본질을 파고 드는 대화가 되어 있다"[32]
고 지적했다. 그 차이는 명확하게 드러나 있어서, 다니 에쓰코의 지적
처럼 유일하게 대화형식으로 되어있는 기타하라 하쿠슈의 「코끼리」[33]
에서도 형태적인 특징과 코의 특수한 기능에 주목하고 있는 것에 지나
지 않는다. 제5연에서 "심심하겠네"라고 동정적인 기분을 희미하게 드
러내기는 하지만, 그밖에 내면적인 것은 드러나 있지 않다. 제3연 "빨
아올려라, 빨아올려라 / 코끼리야, 그 바닥 어떻게 할래 / ─먼지 청소,
스뿌뿌"는 코의 기능에 흥미를 느낀 어린이의 접근을 느끼게는 하지만,
교감과는 거리가 있다. 다음으로 한국의 「코끼리 아저씨」는 대화 형태
로 되어있지 않지만, 코끼리 코의 다양한 기능을 친숙한 사물에 빗대고
있어 아이의 마음은 보다 가까워진다.

　　　코끼리 아저씨는 코가 손이래
　　　과자를 주면은 코로 받지요

　　　코끼리 아저씨는 소방수래요
　　　불 나면 빨리 와 모셔가지요

　　이 동요는 마도의 「코끼리」처럼 한국에서는 어린이들에게 오랜 세
월 사랑받고 있는 노래이다. 이 노래를 아이들이 즐겨 부르는 이유는

32　다니 에쓰코, 『마도 미치오 시와 동요』, 創元社, 1988, 76쪽.
33　기타하라 하쿠슈(北原白秋), 「코끼리(象さん)」, 『아카이토리(赤い鳥)』, 赤い鳥社,
　　1931.4월호, 74쪽.

충분히 이해할 수 있다. 그러나 이것도 코끼리 코의 형태와 기능에 주목한 것으로 마도의 「코끼리」와는 근본적인 차이가 두드러진다. 「코끼리」 이외의 동요는 다니 에쓰코가 말하는 타자와 자기 세계에는 전혀 발을 들이지 않은 것이다. 타자와 이질적인 자기는, 관점을 바꾸면 자기와는 이질적인 타자라는 의식을 동반한다. 그리고 타자가 당신·그·그녀라는 개체個體로서의 아이덴티티를 서로 인정한 타자인가, 아니면 모두·보통으로 표현되는 몰개성沒個性의 타자인가에 따라 의미가 달라진다. 조롱과 놀림은 '모두와 다르다', '보통과 다르다'는 의식에서 생기는 경우가 많을 것이다. 그리고 거기에 열등감 등의 의식이 잠재적으로 동반된다면 '놀리는 말이라고 받아들이는 것이 당연'하다는 마도의 말과 연결된다.

제1장에서 언급한 마도 유년기의 고독한 경험은 마도의 작품에도 투영되어 있다.

> 그러나 별안간 우리는 손댈 수 없는 장애를 만났다. 그 장애는 무엇이었을까. 나에게는 슬픈 바다와 같은 것 앞에 서서, 멀리 낮게 희미해져 가는 연을 지켜본 기억이 선명하다. 연과 함께 하늘마저 멀어져 가는 듯 했다. 우리만 내버려두고 온 세계가 흘러 사라져가는 것만 같았다. 우리는 가슴에 뜨거운 것을 억누르고 그저 먼 하늘로 고개를 기웃거리고 있었다.[34] (중간부)

---

34 마도 미치오, 「유년지일초 달아나는 연(幼年遲日抄 逃凧)」, 『문예대만(文芸台湾)』 1-5, 1940.10, 396쪽.

9세 때 마도가 대만의 가족에게 갈 때까지의 4년간의 체험은 지우기 힘든 소외감을 마도에 안겨주었다. "엄마가 어업써"가 기적汽笛 소리처럼 반복해서 울려 퍼지는 「공원 사요나라公園サヨナラ」는 어린아이에게 모든 것의 근원에 어머니가 있다는 것, 또한 어머니 없는 사물은 허무하다는 것을 외치고 있다. 이처럼 마음속 깊이 각인된 기분은 「코끼리」와 무관하지는 않을 것이다. 「코끼리」 창작 시기의 곤궁困窮, 다망多忙, 과로過勞 등은 자기를 잃을 것 같은 심리 상태로 몰아넣고, 또한 소중한 어머니와의 사소한 일에서 생긴 오해[35]는, 복원復員 후 마도의 마음에 큰 고통을 안겨주고 있었다. 사카타의 추측에 따르면, 어머니와의 관계에 있어서 다소나마 개선의 조짐이 보이기 시작한 시기에 「코끼리」는 만들어졌다. 이는 마도 일지를 통한 추측으로, 1951년 6월 10일의 일이었다. 격무로 몹시 지친 상태에서 작곡가 사카타 도미지의 의뢰를 받아 엽서에 써내려 간 6편의 유아동요 중 하나가 「코끼리」였다. 원고를 고칠 여유도 없이 마음에 있는 절규가 그대로 시가 되었을 것이다. 어머니에 대한 당시 심정의 토로吐露라기보다는 오랫동안 마음에 품어 왔던 어머니였다.

『전 시집』 작품 중 「코끼리」 이전의 시에서 어머니를 나타내는 단어가 나오는 작품은 동물에 대한 의인적인 사용을 제외하면 16편 있다. 그 중 대만 시기의 작품이 15편이다. 그 중에서 어머니에 대한 정감이 분명하게 드러나있는 것은 「비 내리면雨ふれば」, 「태어났을 때生まれて来た時」, 「일학년생의 병一ネンセイノビョウキ」, 「공원 사요나라」, 「비와びわ」이

---

35 사카타 히로오, 『마도 씨』, 215쪽.

다. 「비 내리면」은, 비 오는 날 방에서 바느질을 하는 다정한 어머니의 모습을 묘사하며 생활 속에서 어머니의 존재를 통해 얻는 마음의 평화를 노래했다. 「태어났을 때」는 자기 존재의 원시적 향수를 어머니에게서 보고 있다. 「일학년생의 병」은 열에 들떠 몽롱한 꿈 같은 상태에서 깨어나보니 곁에 앉아 간병하는 엄마가 있었다는 내용이다. 어머니의 애정과 이를 통해 얻는 안심을 표현하고 있지만, 그 배후에는 어머니가 없는 꿈속의 불안도 나타나있다. 그리고 「공원 사요나라」는 앞에서도 언급했듯이 자기 존재의 원시를 어머니에 두고 어머니 부재不在에 대한 허무와 불안을 외치고 있다. 어린이에게 친근하고 즐거운 공원도 미끄럼틀도 따뜻한 햇살까지도 모든 것이 무無가 된다. 「비와」는 시에 사용된 어휘 '다정한, 포옹, 잘 익은, 조용한, 따듯한, 엄마, 젖, 달콤한'이 나타내듯이 달콤하게 배어 나오는 어머니의 다정함을 추상적으로 느끼게 한다.

이상, 「코끼리」까지의 마도의 어머니상이라고도 할 수 있는 작품을 봤는데, 마도에게는 유년기에 겪은 소외감이 있어 다정하고 따뜻한 어머니가 그려져 있어도 그 배후에는 언제나 마음 속에 품고 있던 어머니상과 겹치는 부분이 있다.

　　일본인은 자아를 형성해갈 때, 서양인과 달리, 자신을 타인에 대해서 분명하게 홀로 설 수 있는 형태로 만드는 것이 아니라, 오히려 자신을 다른 존재 속에 숨기고 타인을 받아들이며, 그러면서도 자신의 존재를 잃어버리지 않도록 하는 복잡한 과정을 거치지 않으면 안 된다.[36]

이것은 임상심리학자 가와이 하야오^{河合隼雄}의 말이다. 저자는 이 책 66쪽에서 "자기에 대한 타자는, 개인으로서의 아이덴티티를 서로 인정한 타자인가, 아니면 모두·보통으로 표현되는 몰개성의 타자인가에 따라 의미가 달라진다"고 지적 했다. 조롱이나 놀림은 말하는 쪽이나 듣는 쪽에게 있어서 '모두와 다르다' '보통과 다르다'라는 의식에서 발생한다. 사카타에게 자신의 경험을 말했던 여자처럼 "아이들에게 머리카락이 빨갛다, 말하는 게 이상하다는 이유로 심하게 놀림을 받았다. 그때 아기 「코끼리」식으로 ─ 어머니도 역시 괴짜로 불리던 사람이었기 때문에 '그 어머니에 그 딸이니까'라며 자신을 격려했다"는 경우가 그 좋은 예이다. 가와이 하야오의 말을 빌리면 "자신을 어머니라는 존재 속에 숨기고, 타인을 수용하면서 그 위에 자신의 존재를 잃어 버리지 않도록 하는 복잡한 과정을 거친 어머니"와 공유하는 아이덴티티이다. 「코끼리」도 기본적으로는 마찬가지지만, 어머니와의 공통점으로 위로 받는 것이 아니라 그것을 자랑한다는 점에 큰 차이가 있다. "돌연, 간결하고 밝은 빛이 가득한 형상이 되어 출현했다"고 다니 에쓰코가 말하는 것도 그 점에 있다. 그러나 어머니에 의존한 아이덴티티임에는 변함이 없다. 마도는 가와이가 지적한 복잡한 과정을 거쳐야만 했던 것이다.

---

36 가와이 하야오(河合隼雄), 『어른이 되는 어려움(신장판)─어린이와 교육(大人になることのむずかしさ(新裝版)─子どもと教育)』, 岩波書店, 1996, 138쪽.

3) 「코가 정말 길구나」의 'の'의 문제

사카타 도미지酒田富治가 작곡한 후, 「코끼리」는 사토 요시미佐藤義美에 의해 NHK에 소개되고, 단 이쿠마團伊久磨의 곡을 받아 모두에게 사랑받는 노래가 되었다. 이때, 사토 요시미는 "おはなが ながいね(코가 정말 길구나)"에 무단으로 'の(노)'를 집어넣었다. 사토 미치마사는 이에 대해 'の'를 넣음으로 해서 '어린 아이의 말'이 되었다, 뛰어난 개작이라고 평했다.[37] 그런 면도 분명 있겠지만, 'の'가 들어가서 생기는 의미 변화에도 주의를 기울일 필요가 있다.

'の'는 몇 개의 선택지 가운데에서 하나를 강조하는 의식이 작용할 때 나온다. 무언가 가능성이라는 문맥의 전제가 필요하다. 「코끼리」에서 보자면 아기코끼리의 코를 보고 느닷없이 "ながいのね(길구나)" 하고 말을 꺼내는 것은 부자연스럽다. 즉, 이것은 어조의 문제가 아니라 그 장면에서의 자연적인 말로 마도는 'の'를 넣지 않았던 것이 아닐까. 노래 전체로서는 "かあさんも ながいのよ(엄마도 길어요)"로 처음 'の'가 나타남으로 해서, 어머니와 자신의 아이덴티티를 자기 판단으로 발견하고, 그것을 자랑스럽게 선언하는 강도는 보다 효과적인 것이 된다.

다니 에쓰코는 "원작의 "ながいね(길구나)"가 보다 담백하고 "그래요"라는 명확한 표현과 잘 맞아 들어가며, 발화 주체의 다양한 이미지를 가능케 하는 것으로 보인다"[38]고 한다. 또한 사토 모토코佐藤宗子는 "시에 있어서 "ながいね" 하고 인간이 소박하게 지적하든 혹은 깜짝 놀라

---

37 사토 미치마사, 『시인 마도 미치오(詩人まど・みちお)』, 北冬舍, 1998, 227쪽.
38 다니 에쓰코, 『마도 미치오 시와 동요』, 創元社, 1988, 82쪽.

든, "ながいのね"하고 약간 야유 내지는 비판 같은 말을 하든, '자부심을 지닌 아기 코끼리의 마음'에 흔들림은 없다"[39]고 보고 있다. 이러한 'の'에 대한 서로 다른 해석에 'の'의 의미가 숨겨져 있다.

일본어는 서로가 양해한 사항은 가능하면 표현하지 않는 언어이다. 발화가 성립하는 배경인 '장場'과 '컨텍스트(context)'를 통해 언어 외의 것을 말하게 한다. 그 특징이 'の'에도 나타나있다. 어린이의 말에 '노(の)'나 '응(ん)'이 많은 것은, 언어 이외, 즉 미발달로 표현할 수 없는 것들이 많기 때문이다. 문체 습득의 미숙함과도 무관하다고 단언할 수 없지만, 'の'는 어린이 말의 본질은 아니다. 다니 에쓰코가 "ながいのね"에서 꾸미는 듯한 느낌을 받고, 사토 모토코가 "ながいね"에서 소박함을, "ながいのね"에서 약간의 조롱과 비판을 느낀 것도 납득할 수 있다. 'の'는 자연적인 컨텍스트의 흐름이 아니라 뭔가 교차된 문맥에서 사용되기 때문이다.

4) 자기 상실의 극복

이 절의 키워드는 '아이덴티티'와 '놀리는 말로 받아들이는 것이 당연하다'이다. 여기에서 처음에 나온 아이덴티티의 내용으로 돌아가 보면, a~d의 4가지를 생각할 수 있었다. 'a. 자신이라는 존재의 인식, 타자가 아닌 자기라는 자각. b. 타자와의 동이同異 인식. c. 자신을 좋다고

---

39 사토 모토코, 앞의 글, 38쪽.

하는 자기 긍정감. d. 타자와의 관계에서 자신의 존재 의미의 자각'이다. '놀리는 말로 받아들이는 것이 당연'은 b, c, d와 관련된 것으로, 특히 d에 따라서 c의 자기 긍정이 가능한가 불가능한가가 결정된다. d의 '자신의 존재 의미'는 타자로부터의 평가에 의존하기 쉽다. 타자로부터 부정적인 평가를 받으면 자기 존재의 부정으로 이어지고, 긍정적인 평가를 받으면 자기긍정으로 연결된다. 다시 말해 플러스(+)는 '타자에 대한 상대적 우월감'이며, 마이너스(−)는 '타자에 대한 상대적인 열등감'이다. 마도의 발언 속에는 어릴 때부터의 열등감이 잠재되어 있었다는 것을 엿볼 수 있다. '놀리는 말로 받아들이는 것이 당연'은 타자에 의존한 아이덴티티라는 측면이 있다. 게다가 거기에서의 자기 해방이 어머니와의 공통성에 의존한 아이덴티티라면 가와이 하야오가 말한 '자신을 타인에 대해서 분명하게 홀로 설 수 있는 형태로 만든 자아'가 아니다. 제1장에서 인용했지만, 이미 1935년에 마도는 「동물을 사랑하는 마음」에서 훗날 아이덴티티를 주제로 한 작품과 비슷한 생각을 나타내고 있다. "돌멩이는 돌멩이, 들판의 잔디는 잔디로서의 사명을 지니고, 세상의 모든 것은 가치적으로 모두 평등하며 모두 각각 귀하다"라고. 그것은 위의 a, b 단계에서 아이덴티티의 확립을 의미하고 있다. 그러나 전후의 어려운 상황 속에서 일지를 작성하는 일조차 힘들었던 고뇌에 찬 현실 속에서는 c. 자립적인 아이덴티티의 확립은 어려웠을 것이다. 「코끼리」는 「동물을 사랑하는 마음」에서 밝힌 '모든 것이 각각 귀하다'라는 마도의 이상을, 현실에서 자신에게 구현하는 과도기의 작품이라고 할 수 있다.

「코끼리」는 마도 자신에게 변화를 가져왔다. 그것은 「코끼리」의 성

공이다. 속된 말이기는 하지만 「코끼리」는 이후 동요시인으로서의 평가와 그에 따른 다소의 경제적 호전을 가져왔을 것이다. 그리고 마도는 순수하게 자기가 자기로 존재하는 기쁨을 노래한 동요를 만들 수 있게 되었다. 그런 작품은 대만 시기에는 없었다. 「코끼리」이후에 조짐이 보이기 시작한 것은 「밥그릇おちゃわん」이다. 이것은 『전 시집』에서 「코끼리」다음에 게재되어 있지만 색인에 의하면 초출은 마도가 근무한 국민도서간행위원회의 『노래와 리듬』(1952.6.15), 「코끼리」를 만든 1년 후이다.

너는   あなたは

누구니   だあれ

    가만히   そっと

    두드리며   たたいて

    물었습니다   ききました

나는   あたしは

짜왕(밥그릇—역주)   ちゃわん

    귀여운   かわいい

    대답   おへんじ

    말했습니다   いいました

3. 동요에서 시로의 추이[40]

1) 창작의 개시

마도가 전후 발표한 작품으로 『전 시집』 첫머리를 장식한 시는 「방금 온 1948년^{今きた一九四八年}」이다.

헬로 지로	ハーロー　二郎
나는 방금 온 1948년	ぼくは　今きた一九四八年
앞으로 일 년	これから一年
딱 일 년뿐이야	ほんとに　一年きっかりだよ
나는 날마다 너와 함께다	ぼくは　まいにち　きみと一しょだ
뭐든 좋아하는 일을	なんでもすきなことを
거침없이 너는 하는 게 좋겠다	どしどし　きみはやるがいい
하지만 일 년 지나 내가 돌아갈 때	だが一年たって　ぼくがかえってい
	くときに

---

40 본 절 「동요에서 시로의 추이」는 저자의 논문 「마도 미치오 동요에서 시로의 추이(まど・みちおの童謡から詩への推移)」(『이문화 논문편(異文化 論文編)』 제13호, 法政大学国際文化学部, 2012.4)을 부분적으로 손질한 내용을 포함한다.

잠깐 기다려 주지 않을래	ちょっと　まってくれないか
내가 종종 멍하니 지내느라	ぼくはしょうしょうねぼけていて
자라는 걸 잊어버렸다고 해도	大きくなるのを　わすれていた　なんて
나는 모른다 굿 바이	ぼくは　知らない　グッバイ
앞으로 십 년	十年さき
앞으로 이십 년	二十年さき
오래 오래 더 시간이 흘러	もっともっと　さきになって
야아 옛날 그 시절의	おーい　むかしのあのころの
어머니와 강아지 내놔 이런 말	お母さんとぽちを出してくれ　なんて
나는 모른다 굿 바이	ぼくは　知らない　グッバイ
헬로 지로	ハーロー　二郎
나는 방금 온 1948년이다	ぼくは　今きた一九四八年だ

이 시가 만들어진 것은 1947년 10월 11일로 추측된다.[41] 제1절 2에서 본 전후 초기 마도의 행보와 대조하면, 이 시기는 아지노모토 가와사키 공장에서 근무한 2년 반의 중반이며, 정확히는 부인화보 입사 1년 전이

<hr>

41 쇼난시미술박물관(周南市美術博物館) 편, 『마도 미치오 그림 전시회 도록(まど・みちおえてん図録)』, 周南市美術博物館, 2009, 135쪽 〈사진 8〉의 설명. 「방금 온 1948년」의 시에 날짜 '10월 11일'이라고 군사우편엽서를 이용해서 만든 창작 노트에 기록되어 있다고 한다.

다. 노트에 단시短詩를 메모식으로 간신히 몇 자 적는 것이 고작이었던 상황에서 이듬해 1948년『어린이마을』1월호에 발표되었다. 좋아하는 것을 거침없이 할 수 없는 상황에 놓였던 마도가 현실을 극복하고 싶은 꿈을 시에 담았다. 그리고 1948년이 지나갈 때, 마도는 출판사에 근무하게 되고, 십 년이 지나서 출판사를 그만두고 창작에 전념할 수 있는 몸이 되었다.

비록 출판사 근무 시기에 고생을 했어도, 이 시에 담았던 꿈이 실제 마도의 발걸음으로 실현되어 갔음을 알 수 있다.

「방금 온 1948년」이 만들어진 1947년 10월과, 엽서에 쓰인 「코끼리」가 우체통에 들어간 1956년 6월까지의 9년 사이에『전 시집』에 게재된 작품은 다음 7편밖에 없다.[42] 「개가 걷는다イヌが歩く」(『어린이클럽こどもクラブ』), 「기차 차창에서でんしゃのまどから」(『유년북幼年ブック』), 「민민 민들레たんたん たんぽぽ」(백미사 출판물白眉社出版物), 「나무쌓기つみき」(NHK), 「기린キリン」(『은하銀河』), 「양파タマネギ」(『은하』), 「손톱만 한 노래けしつぶうた」(사토 하치로サトウ・ハチロー 선정『세계의 그림책 소년 시가집世界の絵本・少年詩歌集』)이다. 그러나, 실제로는『전 시집』의「편집을 마치며」에서 이토 에이지伊藤栄治가 말했듯이[43] 「코끼리」를 전후해서 유아용 동요가 조금 더 있었

---

42 초출은『전 시집』색인을 따랐다.
43 "'보육노래', '유희노래' 등 응용문학이라고 할 만한 것들을, 마도 씨는 여기에 수록하는 것을 부끄럽게 생각하셨습니다. 그러나 어떤 시기의 마도 씨가 이것을 창작하신 것은 틀림없는 사실이므로 전량의 절반 정도를 여기에 수록하는 것을 동의해주셨습니다."(『전 시집』, 706쪽)

을 것이다. 예를 들면 앞에 나온 사진 『유아의 즐거운 리듬놀이幼児の楽しいリズム遊び』[44]의 발간 연도는 조금 뒤가 되지만, 이 책에 수록된 마도 동요는 「민민 민들레」, 「악어의 아이わにのこ」,[45] 「간식おやつ」, 「가시와 모치놀이かしわもちごっこ」, 「폰폰 달리아ポンポンダリア」, 「백조의 배スワンのおふね」, 「코끼리」,[46] 「기차놀이きしゃごっこ」, 「나무쌓기」이다. 모두 사카타 도미지의 곡보와, 「민민 민들레」와 「백조의 배」 2곡 이외에는 후쿠시마의 안무가 붙어있다.[47] 이 가운데 「민민 민들레」, 「코끼리」, 「나무쌓기」 이외에는 『전 시집』에 수록되어 있지 않다.[48] 이들은 '훈육노래', '놀이노래' 종류로, 『전 시집』 미수록 동요가 존재한다는 것을 알 수 있다. 미수록 동요 일부는 「코끼리」 전후에 창작되었을 것이다.

〈표3〉은 「코끼리」 이후에 마도가 주요 잡지에 발표한 1952년부터 1970년까지의 연도별 작품 수이다. 집계는 『전 시집』의 색인을 참조했다. 1971년 이후에도 작품은 있지만 몇 편에 불과하다. 이것으로 알 수 있는 것은 마도가 근무하면서 편집을 담당했던 『차일드북』에는 평균적으로 발표를 계속했고, 그것은 1959년 국민도서간행위원회 퇴사 후에도 이어졌다. 반면 타사의 잡지에는 퇴사 후 게재로 되어있다. 잡지 이외의 작품 발표도 있지만, 앞에 썼듯이 '훈육노래', '유희노래' 창작이 중심이었을 것이다. 그것은 마도의 본의가 아닌 업무상 필요에 의한 것으로 짐작된다.

44　후쿠시마 하마(副島ハマ) 편저, 『유아의 즐거운 리듬놀이(幼児の楽しいリズム遊び)』, 白眉社, 1957.

45　『곤충열차(昆虫列車)』 제19호 「악어의 아이(ワニノコ)」의 개작.

46　단 이쿠마의 곡으로 NHK에서 처음 방송 되고 나서 4년 후에 "코가 길구나(おはなが ながいのね)"로 "の"가 들어가 있다.

47　「코끼리」의 안무에 대해서는 사토 모토코의 「사카타 도미지 곡보 「코끼리」의 의미 ―또 하나의 수용상과 동요의 교육적 활용」, 36~37쪽에서 자세히 다루었다.

48　「폰폰 달리아(ポンポンダリア)」는 『전 시집』에 수록된 것과는 다른 작품.

〈표 3〉 주요 잡지의 연도별작품 게재수(1952년~1970년 『전 시집』 색인)

연도	『차일드북』	『유아의 지도』	『보육수첩』	『일본아동문학』	『킨더북』	『유아와 보육』	『어린이의 세계』
1952	1						
1953	2						
1954							
1955	2						
1956	1			15			
1957	4			1			
1958	4						
1959	1						
1960		5	14		1		
1961	2	20	10				
1962	1	5	3				
1963	4				1		
1964			2				
1965	2		2				
1966	2		1		3	1	1
1967						3	2
1968	1					7	4
1969	4			2		7	1
1970	1					2	3
계	32	30	32	18	5	20	11

* 『차일드북』은 『차일드북골드』도 포함.
* 『일본아동문학』1956년은 단시 14편을 두 차례로 나누어 게재하여 작품 수가 많다. 1970년대 이후에 13편이 있다.

2) 마도 미치오의 동요와 시의 창작 편수의 시대적 추이

마도의 동요와 시의 창작 추이를 창작 편수를 단서로 고찰하고자 한다. 자료는『전 시집』을 따랐다.

『전 시집』에 수록된 산문시 이외의 작품은 1934년부터 1989년까지 1,156편[49]이 있다. 그리고 이 중 작곡된 것[50]은 440편이다. 그러나 작곡된 작품 수는 마도의 동요 수를 정확히 반영한 것은 아니다. 작곡되지 않은 작품 가운데서도 동요라고 할 수 있는 것이 있기 때문이다. 또한 동요라고 해도 가요적인 운율의 시 등 넓은 개념도 있어 반드시 작곡을 전제로 하지 않는 호칭도 있으므로, 어떤 작품을 동요로 보는가는 그리 쉬운 일이 아니다. 따라서 여기서 말하는 동요는, 동요 창작 수의 시대적 추이를 보는 하나의 기준으로서 작곡된 작품 수를 사용했다. 이 수치는 작곡되지 않은 동요를 포함한 수치보다 당연히 적지만, 마도 작품 안에서 동요 증감 경향은 살펴볼 수 있을 것이다.

마도의 창작을 전체적으로 개관하면 다음 다섯 기간으로 크게 나눌 수 있다.

① 대만 시기
② 출판사 근무 시기
③ 동요 중심 시기

---

49 단시는 각 한 편으로 헤아렸다.
50 시의 초출 연도와 작곡 시기는 동일하다고 한정할 수 없지만, 여기에서는 시의 초출 연도로 시대구분을 했다. 예를 들면 대만 시기의「비와」는 전후에 작곡되었다.

④ 시 중심 시기

⑤ 시 시기

① **대만 시기 : 1934(24세)~1942(32세)**

『고도모노쿠니』에 투고한 「란타나 울타리ランタナの籬」, 「비 내리면」
이 기타하라 하쿠슈北原白秋에게 인정받아 동요를 창작하기 시작하고
나서 군에 입대할 때까지의 기간으로 이 흐름은 제1장에서 보았다. 시
작의 계기가 동요 투고였기 때문인지, 이 시기의 시에는 음률을 맞춘
것이 많다. 그러나 동요의 모색 시대라는 인상이 있고, 내용적으로는
전후 작품에서 볼 수 있는 동요의 모습을 갖춘 작품은 그리 많지 않다.
작곡된 것 중에는 「두 개ふたあつ」처럼 마도도 모르는 사이에 레코드화
된 것도 있지만, 이 기간 마도 작품의 작곡 수가 5편[51]이라고 하는 것은
매우 적다는 인상을 받는다.

② **출판사 근무 시기 : 1948(38세)~1959(49세)**

1946년 복원해서 얼마 동안은 생활에 쫓겨 거의 창작이 불가능한 상
황이었다. 1948년에 부인화보, 이듬해에 국민도서출판협회에 취직해
서, 1959년 퇴사까지 10년간 편집 일을 했다. 『전 시집』에 수록된 이 기
간의 작품 수는 82편, 그 중 작곡된 것은 58편으로 작곡된 작품비율은
70%로 상당히 높은 편이다. 이 시기 작품 수는 후반에는 10편을 넘는

---

51 「두 개」, 「토마토(トマト)」, 「대만의 지도(台湾の地図)」(『전 시집』의 색인에는 기재
되어 있지 않지만, 『곤충열차』 제6책에 곡보가 있다), 「비와」(전후 작곡). 또한 『전
시집』 미수록의 「한약방 선생님(漢方薬の薬やさん)」에도 곡보가 있다. 자세한 것은
본 책 제5장 제1절 제2항 (1) 「마도 미치오의 동요 창작의 발걸음」 참조.

해도 있지만, 전반기의 작품 편수는 그가 얼마나 바빴는지를 엿볼 수 있게 해준다. 그런 속에서 「코끼리」를 비롯해 「나무쌓기」, 「원숭이가 배를 그렸습니다おさるがふねをかきました」처럼 걸작으로 꼽히는 동요가 나왔다. 작품 속에 동요 비율이 높은 이유는 어린이를 위한 잡지 편집 일을 했기 때문으로 생각된다. 19작품이 국민도서출판위원회와 관련된 잡지에서 발표된 것이다. 그리고 '새로운 어린이의 노래あたらしい子どものうた' 운동의 중심적인 역할을 한 작곡가 모임 '당나귀회ろばの会'의 협력과 NHK 등 방송 미디어의 발전도 마도의 동요 창작 의식과 관련이 있었을 것이다.

③ 동요 중심 시기 : 1960(50세)~1967(57세)

1959년 국민도서출판위원회를 퇴사하고 창작에 전념하게 되고 나서 첫 시집을 내기까지의 기간이다. 『전 시집』에 나타난 작품의 초판 연도는 실제 창작 연도와 다를 것으로 예상되어, 1년마다 나누어 보는 것은 큰 의미가 없는 일이지만, 10년단위로 보면 그 경향을 알 수 있을 것이다. 이 기간의 작품 수는 315편으로 작곡된 것은 278편이다. 일년에 40편 가까운 창작이다. 게다가 작곡된 작품비율은 90%에 가깝다. 마도의 동요 창작에서 가장 충실한 기간이며 뛰어난 작품이 많이 만들어졌다.

④ 시 중심 시기 : 1968(58세)~1986(76세)

1968년에 첫 시집 『덴뿌라 삐리삐리』[52]를 출판했다. 그때부터 동요

---

52   마도 미치오, 『덴뿌라 삐리삐리(てんぷらぴりぴり)』, 大日本図書, 1968.

를 거의 창작하지 않게 된 시기까지의 기간이다. 작품은 553편으로 그 가운데 작곡된 작품은 100편이다. 1971년, 1977년은 보육을 위한 곡집이 출판되었기 때문에 작곡된 수가 25편, 12편으로 많아졌지만, 다른 해에는 10편 이하로, 이 2년을 제외한 기간 동안에 작곡된 작품비율을 보면 13%이다. 그리고 『전 시집』 발간 시기가 가까워지면 거의 0에 가까워진다.

⑤ 시 시기 : 1987(77세)~100세 무렵

동요는 전혀 쓰지 않고 시만을 창작했다. 마도는 2011년 5월 잡지[53] 인터뷰에서 이제 시는 쓰지 않는다고 말했지만, 그 몇 년 전인 100세 무렵까지는 시 창작을 계속했다. 100세를 기념한 시집 『오르막길 내리막길のぼりくだりの…』,[54] 『100세 시집 도망의 한 수 100歳詩集逃げの一手』[55]를 출판했다.

3) 『덴뿌라 삐리삐리』가 가져온 전기轉機

"전반에 동요가 많고, 1968년경부터 시로 옮겨간 것 같은데요"라는 다니 에쓰코의 질문에 대해 마도는 다음과 같이 대답했다.

---

53 「시인 마도 미치오 101년의 사색(詩人 まど・みちお 101年の思索)」, 『부인화보(婦人画報)』, アシェット婦人画報社, 2011, 329쪽.
54 마도 미치오, 이치가와 노리코(市河紀子) 편, 『오르막길내리막길(のぼりくだりの…)』, 理論社, 2009. 띠지에는 '100세 시집 최신 창작판'이라고 쓰여 있다.
55 마도 미치오, 『100세 시집 도망의 한 수(100歳詩集 逃げの一手)』, 小学館, 2009.

그 말씀대로입니다. 왜냐하면 지금 말했듯이 동요집을 내라고 해서『덴뿌라 삐리삐리』라는 시집을 냈습니다. 그랬더니 어쩌다 그것이 인정받았습니다. 그래서 아, 뭐야, 나도 시를 쓰면 쓸 수 있구나 싶어서 적극적으로 시를 쓰기 시작했습니다.[56]

이 말은 위에서 본 시와 동요의 창작수 변화 시기와 맞아떨어진다. 그러나 동요에 대한 시의 비율이 증가하는 것은 당연하다고 해도, 왜 동요 창작은 감소일로를 걷다가 결국 쓰지 않게 되어 버린 것일까.

이에 대해서는 사토 미치마사^{佐藤通雅}의 논고가 있다. "이 전기에는 연령의 문제도 개입되어 있다"고 한 후 다음과 같이 말하고 있다.

노래한다는 것은 문자를 갖기 이전의 신체에서 흘러 넘치는 운(韻)과 율(律)에 감응하는 일이었다. 거기에는 인식 이전의 자연성이 주된 요소로 있었다.

그러나 마도는 그 대극(對極)에 인식자의 요소도 진하게 갖고 있었다.『덴뿌라 삐리삐리』가 계기가 되어 시 쪽으로 기울어간 것은, 다름아닌 자연성이 쇠퇴하면서 대신 묻혀 있던 인식의 눈이 전면에 나온 것이다.[57]

노래한다는 신체성이나 동적인 것에서, 보다 정적인 것·침잠하는 것·투명도가 있는 것으로 기호가 바뀌어가도 이상할 것 없다. 점차 그것들은 소리 없이 다가와, 축적되고 어느 틈에 만수 상태가 되었다.『덴뿌라 삐리삐리』의 이야기는 그런 시기에 찾아왔다.[58]

---

56 다니 에쓰코,『마도 미치오 연구와 자료』, 186쪽
57 사토 미치마사, 앞의 책, 236쪽.

사토가 이렇게 결론 내린 배경에는 '소리문화'와 '문자문화'의 개념이 있다. "소리문화는 공유적·집단적이다. 그러나 인간은 그것만으로 사는 존재가 아니라 보다 고도의 자기의식과 내면을 획득하려고 한다. 그것이 문자문화이다."[59] 그리고 동요는 '소리문화', 시는 '문자문화'· '의미'라는 특성을 갖는다고 말하고, 마도의 창작경향이 동요에서 시로 이행해간 이유를 다음과 같이 결론짓는다. "마도는 노래한다는 것에 대한 보기 드문 자질을 가짐과 동시에 대상을 응시·인식하는 자질도 품고 있기 때문에 그들을 균열龜裂로서 내부에 끌어안고 있었다. 그것이 『덴뿌라 삐리삐리』를 전기로 해서 연령 문제도 개입되면서 동요에서 시로 기울어 갔다."[60]

이런 사토의 논고는 시와 동요를 생각하는 데 있어서 깊은 시사를 준다. 다니 에쓰코는 마도에게 다음과 같은 질문을 했다. "마도 선생님의 원점은 동요에 있고, 특히 「코끼리」에 있다는 식으로 말들을 하지만, 나는 오히려 원점은 동요보다 시라는 느낌이 듭니다. 원래가 시였는데, 어쩌다 보니 동요도 쓸 수 있었다는 생각이 드는데요."[61] 여기에 대해 마도는 "나도 그렇게 생각한다"고 대답했다.

마도에게 동요는 어떤 것이었을까. 정말 어쩌다 동요를 쓴 것 일까. 제5장에서 인용하겠지만, 마도는 "내가 시라고 이름 붙인 시의 세계는 어른의 언어로는 도저히 구축 할 수 없는 것이 많기 때문에 어린이의 언어로 쓴다"[62]고 말했다. 이것은 마도의 시와 동요의 창작의식에서는 떼

---

58 위의 책, 238쪽.
59 위의 책, 179~187쪽의 '소리문화'와 '문자문화'에 대한 요점.
60 위의 책, 237쪽 전후의 논지.
61 다니 에쓰코, 『마도 미치오 연구와 자료』, 187쪽.

어낼 수 없는 무언가가 감추어져 있다는 것을 암시하고 있는 것 같다.

4) 마도 미치오에게 있어서 동요와 곡

『계간 동요^{季刊どうよう}』 31호에서, 사카다 히로오가 '마도 씨 82세의
여름^{まどさん八十二歳の夏}'이라는 제목으로 마도의 이야기를 정리했는데,
그 속에서 마도는 동요에 대해 다음과 같이 말했다.

> 지금은 더 이상 동요는 쓰지 않습니다. 원래 작곡을 위한 동요에는 애
> 매 모호함이 있었습니다. 음악으로 완성된 노래를 보면 작사가의 역할은
> 그저 힌트를 주는 것뿐이고 그 시의 의미에 대해서도 엄밀하게 말하면 그
> 야말로 작곡가의 지배에 속한다는 느낌입니다. 그 증거로, 만약 일본어
> 의미를 모르고 발음만 할 수 있는 사람이 「코끼리」를 작곡한다면 전혀 다
> 른 것이 되겠지요.
> ─반대로 생각하면, 작곡가는 생각하지 말고 시인은 자기 마음대로 시
> 를 쓰면 되겠다는 생각이 듭니다.⁶³

이 마도의 발언은 체념의 울림이 있다. 체념 뒤에는 동요 창작에 대
한 진지함이 있다. 마도가 82세가 된 것은 1991년이다. 『전 시집』 발간

---

62 이 마도의 언급에 대해서는 제5장 3절에서 소개했다.
63 사카타 히로오, 「마도 씨 82세의 여름(まどさん八十二歳の夏)」, 『계간 동요(季刊
    どうよう)』 31호 특집 「동요의 원천─마도 미치오의 세계(童謡の源─まど・みち
    おの世界)」, 1992.10, 15쪽.

1년 전이었다.『전 시집』에 수록된 마지막 3년간의 작품 수가 극단적으로 적은 것도『전 시집』발간을 위해서였다고 추측할 수 있다.『전 시집』발간에 따른 검토 작업에서 마도는 지금까지의 작품을 모두 훑어보았을 것이다. 동요 창작에 대한 감회가 있었을 것이다. 위에 작곡가에 대해 쓴 말은 상당한 냉엄함이 포함되어 있다. 또한 다음 마도의 말에서 오래 전부터 일종의 안타까움이 있었다는 것을 알 수 있다. 이것도 작곡가에 대해서이며, 동요를 어린이에게 제공하는 저널리즘의 사람들에 대한 낙담이기도 할 것이다. 이것은 마도 54세 때의 언급이다.

　그런데 시시한 동요는 지금도 시시하지 않은 동요보다 훨씬 많이 유통되고 있지 않나요. 여기서 말하는 동요는 곡이 아니라 가사 쪽을 말하는 것이지만, 시시한 동요란 그 가사가 정신의 고도 연소에 따른 산물이라고는 할 수 없는 동요, 즉 시가 아닌 작품을 말합니다.
　내가 실제로 써보고 알게 된 것은 가사가 다소라도 시에 가까워진 작품은 의외로 저널리즘 담당자나 작곡가가 좋아하지 않고 오히려 뻔한 상식으로 떨어진 실패작이 종종 좋은 작품으로 환영받고 훌륭한 곡이 붙어버리는 일입니다.[64]

　동요곡집『코끼리 마도 미치오 어린이노래 100곡집ぞうさん まど・みちお 子どもの歌100曲集』의「들어가며」에서 예전의 이른바 레코드 동요를 시시한 동요라고 한 뒤에 나온 말이다. 마도의 말은 동요에 대한 높은 기준

64　마도 미치오,『코끼리 마도 미치오 어린이 노래 100곡집(ぞうさん まど・みちお 子どもの歌100曲集)』, フレーベル館, 1963.

에서 자신에 대해서나 타인에 대해서도, 개인의 이름을 직접 언급하지는 않았지만, 매우 엄정하다. 1963년의 이 발언은 마도가 동요를 가장 적극적으로 창작하고 있던 시기의 말이다.

이상, 마도의 말에서 동요가 만들어져 아이들에게 불린다고 하는 현실에 대해서 마도는 시간이 지남에 따라 어떤 의미에서의 깨달음을 얻게 되었음을 알 수 있다. 사토 미치마사의 날카로운 지적과 함께, 곡에 대한 체념도, 노래하는 동요에서 마도를 멀어지게 한 하나의 요인이 되었다. 마도는 작곡가나 저널리즘 사람들은 좋은 동요를 구별하는 능력이 없다는 혹독한 평가도 했지만, 한편, "원래 작곡을 위한 동요라는 것에는 애매 모호함이 있었다. 작곡가는 생각하지 말고 시인은 자기 마음대로 시를 쓰면 된다"라고도 했다. 마도의 동요는 말의 소리(음)와 표현세계가 중요했다. "시의 의미에 대해서도 엄밀히 말하면 이제는 작곡가의 지배에 속한다"고까지 말한 마도의 기분은, 곡이 붙으면 더 이상 시의 의미를 충분히 드러낼 수 없다는 말이다.

마도 자신은 자기 작품을 어떻게 생각하고 있었을까. 『코끼리 마도 미치오 어린이노래 100곡집』(이하 『100곡집』)에 대한 마음을 이렇게 말한다.

국토사(国土社)의 시의 책[65]은, 그것은 동요집 같은 것으로, 내 경우는 프뢰벨관(フレーベル館)에서 발행된 『코끼리』라는 곡집을 바탕으로 엮은 것입니다. 그리고 그 곡집은 어느 정도 널리 불리고 있는 노래를 모아

---

65 마도 미치오, 『코끼리(ぞうさん)』, 国土社, 1975.

서 엮은 것입니다. 내가 시로서 좋다고 생각해서 고른 것이 아닙니다. 그래서인지 거기에 들어가지 못한 작품 중에 오히려 좋은 것이 남아있는 것 같은 생각이 아무래도 드는 것입니다. 말하자면 놓친 고기가 큰 것 같은 느낌이 항상 있지요.[66]

마도의 말을 단서로 하면 『100곡집』에도 있고 국토사의 『코끼리』에도 실은 것은 마도가 특별히 인정한 동요라는 것이 된다. 또한 『100곡집』에 없는 작품은 놓친 대어가 되어, 어찌되었던 국토사의 『코끼리』는 마도의 '동요관'을 알 수 있는 중요한 작품이다. 그리고 곡집이라고 하지 않고 시詩로서의 동요를 주장한다. 또한 몇 편인가는 작곡되지 않은 것도 실었다. 이것은 어느 정도는 작곡가나 동요에 관계된 어른들에게 자신의 동요에 대한 생각을 보여주는 메시지이기도 할 것이다.

끝으로 『100곡집』에는 없지만, 국토사의 『코끼리』에 실린 「샛별ㅡ_{ばん}星」(곡은 없음)을 들고 싶다. 초출은 시집 『텐뿌라 삐리삐리』이며, 동요집 『코끼리』에 실렸다. 마도에게 있어서 시와 동요의 근접성을 보여주는 예라고 할 수 있다.

넓고 넓은 하늘 안	広い　広い　空の　なか
샛별은 어디 있을까	一ばん星は　どこかしら
샛별은 벌써부터	一ばん星は　もう　とうに

---

66 다니 에쓰코 『마도 미치오 연구와 자료』, 202쪽.

나를 찾아서 기다리고 있는데	あたしを　見つけて　まってるのに

샛별의 속눈썹은 벌써	一ばん星の　まつげは　もう
내 볼을 스치는데	あたしの　ほほに　さわるのに

넓고 넓은 하늘 안	広い　広い　空の　なか
샛별은 어디 있을까	一ばん星は　どこかしら

―『덴뿌라 삐리삐리』

마도 동요의 진수는 영혼의 떨림이다. 그리고 그 떨림은 아이들 속에야말로 있다고 마도는 느끼고 있다. 어린 날 해질 무렵의 하늘에서 찾아 헤매던 샛별을 발견했을 때의 감격을 마도는 잊지 않는다.

5) 『마도 미치오 전 시집』 발간 이후

『전 시집』 발간은 1992년 9월이었다. 「조수鳥愁」에서 보았듯이, 마도는 발간 시 원작을 상당히 손질했다. 80세를 넘어서 원고를 손질하는 것은 아주 힘든 일이다. 『전 시집』에 실린 마지막 창작이 1989년으로, 그 몇 년 전은 창작수가 많지 않다. 최초의 시집 『덴뿌라 삐리삐리』이후 『전 시집』 발간까지 10권의 시집을 내고, 왕성한 창작을 계속하고 있던 마도이지만, 『전 시집』 발간 시에 300편[67] 가까운 작품을 어떤 식으로든 손질을 했기 때문에 이 기간 동안 창작 수는 당연히 감소했다.

마도는 1994년 10월 증보 신장판 때에도 200편을 다시 손보고, 2001년 5월 신정판에서도 50편을 고쳤다고 한다.[68] 마도의 교정에 대한 고집은 보통이 아니었다. "보통 전집에는 그 시대 시대에 쓴 것을 그대로 넣는 것이 당연하고, 고치면 의미가 없다는 것은 알고 있지만, 도저히 고치지 않고는 견딜 수 없었습니다"[69]라고 마도는 술회한다.

『전 시집』발간 후에도 시집은 13권을 헤아린다. 마지막 시집『오르막길 내리막길』,『도망의 한 수』는 마도가 100세를 맞이한 2009년 간행되었다. 13권에 게재된 작품 수는 450편을 넘는다. 교정벽과 만년까지의 창작 의욕은, 마도가 65세 때 쓴「말할 수밖에 없어진다いわずに　おれなくなる」가 말해주고 있다.

말할 수밖에 없어진다　　　　　いわずに　おれなくなる

말로밖에 할 수 없기 때문이다　ことばでしか　いえないからだ

말할 수밖에 없어진다　　　　　いわずに　おれなくなる

말로는 다 할 수 없기 때문이다　ことばでは　いいきれないからだ

말할 수밖에 없어진다　　　　　いわずに　おれなくなる

혼자서는 살 수 없기 때문이다　ひとりでは　生きられないからだ

67　『전 시집』색인에 표시된 개고 표시 참조.
68　마도 미치오,『말할 수밖에 없어진다(いわずにおれない)』, 集英社, 2010, 174쪽.
69　마도 미치오『말할 수밖에 없어진다』, 173쪽.

말할 수밖에 없어진다　　　　いわずに　おれなくなる

혼자서밖에 살 수 없기 때문이다 ひとりでしか　生きられないからだ

　　　　—『마도 미치오 시집⑤ 말의 노래(まど·みちお詩集⑤ことばのうた)』

　마도가 마음으로 느끼는 세계는 쉽게 말로 다 표현할 수 없다. 하지만 말하지 않을 수 없다. 여기에는 한정된 말로 할 수밖에 없는 안타까움이 떠돈다. 하나의 시에 퇴고를 거듭한다. 또한 하나의 주제나 소재를 끝없이 추구한다. 모기를 소재로 한 시는 놀랄 정도로 많다. 제목에 등장하는 것만으로도『전 시집』에 5편, 뒤에 나온 시집에 16편이나 있다. "호—이 관처럼 조용한 페이지에 / 눌린 꽃잎처럼 보이기도 하는 소리 없는 모기다"(「노트에 끼어 죽은 모기ノートに挟まれて死んだ蚊」마지막 부분.『동물문학』9, 1935)가 모기에 대한 첫 번째 작품으로, 이 모티브는 몇 번인가 반복된다. 말년에 가까워지면서 소재는 한정되고 시도 짧고 재치를 띠게 되지만, 어릴 때 마음에 품었던 세계는 나이를 먹어도 되살아난다. TV에서 본 학이 하늘을 쳐다보고 있는 것을 본 순간 마도는 눈물이 날 것 같았다. 아마도 마도가 80세를 넘었을 때의 작품일 것이다.

　내가 학이고, 저기 서서

　혼자서

　하늘을

　쳐다 보고 있나 하고……

　　　　—「학(ツル)」의 후반부(『그리고 나서……』, 1994)

위 시는 도쿠야마의 논에서 혼자 있을 때 목격한 학을 함께 떠올리고 있다. 『문예대만』에 실린 「학의 잡기장鶴の雑記帳」도 동요 「외발의 학かたあしつるさん」도 그렇다. 작은 생명에 대한 감동이나 경외심, 어린 시절의 고독한 세계, 꽃의 아름다움이나 자연의 심원, 존재의 신비로움과 재미, 그 안에 있으면서 혼자서는 살 수 없는 자신을 느끼지만 또한 혼자서 살 수밖에 없는 자기를 마도는 알고 있다. 아이덴티티도 공생관도 거기에서 생겨난다. 말로는 다할 수 없는 마음의 세계를 마도는 자신의 시의 세계로 해서 시 창작의 발걸음을 계속해나갔다.

6) 추상화

마도는 추상화에 몰두한 적이 있다. 창작에 전념하기 위해 국민도서간행회를 그만두고 2년 정도 지난 1961년 봄 무렵부터이다. 약 3년간이었지만, 구상에서 추상세계로 자신을 해방하는 행위였다. 말로는 표현 불가능한 심상세계로의 개방이다. 마도는 추상화에 대한 생각을 다음과 같은 말로 단적으로 나타냈다.

요컨대 시각은, 어떻게 느껴야 하는가를 미리 규정 당하고 있다.

뿐만 아니라 시각은, 어떻게 느끼건 간에, 느끼기 위해서는 그 전에 먼저 보지 않으면 안 되는데, 그 본다는 자유조차 인간은 자기 손으로 내던지려고 하고 있다. 내가 시각에서 구하고 있는 것도 그 보는 자유이며, 과장일지도 모르지만, 그것을 지키는 최후의 보루가 추상화라는 식으로 나는 생각하고 있는 것 같다. (…중략…) 우리의 생활은 모든 사물에 이름을 붙이는 것으로 성립된다. 뭔가를 본다는 것은 사물의 본질과 관계없는 이름이라는 **부호로 읽게 되는 일**이며, 따라서 생활의 편의를 위해 정해놓은 의미밖에 알 수 없어져 버렸다. (…중략…)

그리고 말로 명명되거나 왜곡당하거나 단절당하거나 모호하게 되기 이전의 세계가 그대로 순수하게 시각적인 구축을 얻은 것이 추상화이며, 그것은 나에게는 이 세상에서 시각이 '이름'과 '읽기'와 '의미'에서 자유로워질 수 있는 유일한 세계처럼 느껴진다.[70] (강조는 인용자)

마도가 원하는 자유, 즉 의미라는 읽혀지는 부호로부터의 자유는, 그것이 시각적인 표현이라면 추상화가 된다. 그리고 그것이 시에 의한 표현이라면 말로는 전부 담아낼 수 없는 세계가 되는 것이다. 마도가 느끼는 안타까움은 말이 지닌 한계에 있었을 것이다. 다른 관점에서 보면, 그렇기 때문에 마도는 시 창작을 100세 가까이까지 계속할 수 있었고, 놀이정신도 가미된 말년의 작풍도 탄생했다. 반면 추상화는 안타까움에서의 해방이 되어, 상당한 자유로움을 마도에게 안겨주었으리라 생각된다.[71]

마도는 2009년 9월부터 자택 근처의 요양병원에 들어갔다. 병원에 들어가서도 많은 그림을 그렸다.

1936년, 26세 때 『동물문학』에 실은 「물고기를 먹는다^{魚を食べる}」에서

---

70 마도 미치오, 「나의 한 장 세르주 폴리아코프(私の一枚・セルゲ・ポリアコフ)「무제(無題)」」, 『미즈에(みずゑ)』 788호, 美術出版社, 1970년 9월호, 46・49쪽.
71 마도의 추상화에는 제목이 없는 작품이 많고, 제목이 있는 것도 훗날에 붙여진 것이 많다.

마도는 생애 시 창작의 원천이라고 할 수 있는 말을 남겼다.

인간은 사물의 형태를 접하는 경우, 미리 하나의 예상 또는 희망을 준비하고 있어서 그 희망이 긍정되거나 부정되거나에 따라서 밖으로 그 감정은 다양하게 나타난다. (…중략…) 인간은 반원적인 것에 대해서는 완전 원형인 것을, 선 또는 유한 파선 등에 대해서는 각각 무한 직선과 무한 파선을, 또 제한된 면적에 대해서는 무제한의 면적을 무의식적으로 희망하고 있는 것이다. 그래서 선분적인 굴뚝의 꼭대기에는 설명하기 어려운 외로움이 있고, 한계를 지닌 모든 사물의 형태에는 감정의 헐떡임이 있는 것이다. 더 나아가 이것은 사물의 형태뿐 아니라 우주 인생의 모든 현상에도 적용된다. 하이카이(俳諧)에서 말하는 사비(さび)의 세계도 그 요소의 대부분이 이 '한없이 살고 싶은 인간의 한정된 인생에 대한 의식적 무의식적인 마음의 떨림'에 다름 아니라고 생각한다.[72]

마도 미치오(본명 이시다 미치오)는 이 떨림을 느끼면서 시 창작의 행보를 계속해나가다, 2014년 2월 28일, 104년 인생의 여정을 마쳤다.

---

[72] 『동물문학』 제19집, 白日荘, 1936년 7월, 6쪽.

제3장
마도 미치오의 인식과 표현세계

1. 영상적 표현[1]

　마도의 시에는 영상적 표현이라고 할 수 있는 기법의 시가 있다. 물론 영상적이라는 의미가 가장 강하지만, 뿐만 아니라 시에 나타난 소리에 관한 표현도 같이 본다면 영화적이라고도 할 수 있다. 또한 영화에서 말하는 쇼트shot의 조각, 즉 컷cut이 어떻게 다음 쇼트로 연결되어 가는가하는 구성의 의미도 포함할 수 있다. 쇼트가 이어져 씬scene이 되고, 시퀀스sequence, 스토리story로 발전한다. 단지 영화적이라고 하면 스토리성이라는 뉘앙스가 강하기 때문에, 이 절에서는 영화적이라 할 수 있는 특징을 포함, 영상적이라는 표현을 사용하기로 한다.

1　본 절 「영상적 표현」은 저자의 논문 「마도 미치오의 시에 나타난 영상적 표현(まど・みちおの詩に見る映像的表現)」(『호세대학대학원기요(法政大学大学院紀要)』 제71호, 대학원기요편집위원회(大学院紀要編集委員会), 法政大学大学院, 2013)을 부분적으로 고쳐쓴 것이다.

야간행군	夜行軍
얼어붙는다, 얼어붙는다, 얼어붙는다.	こゞる、こゞる、こゞる。
별이, 철모가, 귀가.	星が、兜^{かぶと}が、耳が。

별이, 철모가, 귀가.　　星が、兜が、耳が。

무거워진다, 무거워진다, 무거워진다.　　おもる、おもる、おもる。

총이, 배낭이, 군화가.　　銃が、背嚢が、靴が。

걷는다, 걷는다, 걷는다.　　あるく、あるく、あるく。

다리가, 총검이, 중대가.　　脚が、劍が、中隊が。

이어진다, 이어진다, 이어진다.　　つゞく、つゞく、つゞく。

어둠이, 숨이, 지면이.　　闇が、息が、地面が。

없다, 없다, 없다.　　ない、ない、ない。

소리도, 불빛도, 나 자신도.　　声も、灯も、自分も。

보인다, 보인다, 보인다.　　みえる、みえる、みえる。

고향이, 어머니가, 깃발이.　　古里が、母が、旗が。

전진한다, 전진한다, 전진한다.　　すゝむ、すゝむ、すゝむ。

앞으로, 어둠으로, 적에게로.　　前へ、闇へ、敵へ。

—『곤충열차』제8책

이 시는 1938년 5월 『곤충열차^{昆虫列車}』 제8책에 실린 것이다. 마도의 군입대는 1943년이므로 시 내용이 마도 자신의 경험은 아니지만, 시국은 중일전쟁이 악화일로로 치닫고 있을 무렵으로, 일본군의 상황은 마도에게 어느 정도 전해졌을 것이다. 일본군 병사의 행군 모습이 묘사되고, 한 연 한 연이 마치 영화 장면이 이어지는 것 같다. 도치법으로 각 연의 첫머리에 이어지는 동사가, 병사들이 묵묵히 전진하는 리듬처럼 반복된다. 이 정경은 1939년 공개된 다사카 도모타가^{田坂具隆} 감독의 영화 〈흙과 군인^{土と兵隊}〉[2]에 나오는 행군 장면을 연상시킨다. 총을 매고 질퍽거리는 들판을 행군하는 대열의 롱 쇼트^{long shot}와 군인들 다리만 찍은 클로즈업^{close up}, 화면을 차례로 지나가는 얼굴들의 업^{up}, 다시 대열의 롱 쇼트라는 컷인^{cut-in}과 컷어웨이^{cut away}[3]로 구성된 장면이다. 이 장면은 이마이즈미 요코^{今泉容子}가 지적[4]하다시피, 특히 전쟁으로 인해 개성이 말살된 병사의 익명성이 강조되고 있다. 이에 비해 마도의 「야간행군」은 배경이 밤이라는 점도 있어 시각적이라기보다는 감각적이다. 그리고 '얼어붙는다 · 무거워진다 · 보인다' 같은 감각은 개인적인 것이니만큼 시의 심상도 병사 개인에게 접근한다. '보인다'는 시각 표현도 개인적인 마음의 이미지이다. 즉 〈흙과 군인〉과 「야간행군」에는 문체 차이는 있지만 전체적인 주제와 리듬은 공통되어 있다. 또한

---

2   히노 아시헤이(火野葦平)의 소설 『흙과 군인(土と兵隊)』(改造社, 1938)을 영화화한 것.

3   컷인이란, 피사체의 일부분을 근접촬영(클로즈업이나 이와 유사)으로 바꾸는 것. 컷아웃이란, 반대로 근접촬영에서 원거리 장면으로 장면을 전환하는 것을 말한다. 이상, 이마이즈미 요코(今泉容子), 『영화의 문법-일본 영화의 쇼트분석(映画の文法-日本映画のショット分析)』, 彩流社, 2004, 55쪽의 설명 참조.

4   이마이즈미 요코, 『영화의 문법-일본 영화의 쇼트분석』, 58쪽.

「야간행군」에서도 볼 수 있는 '별 → 철모 → 귀', '다리 → 총검 → 중대', '고향 → 어머니 → 깃발'은 〈흙과 군인〉의 컷인 · 컷어웨이를 연상시키는 표현이다.

이 밖에도 '총 → 배낭 → 군화', '어둠 → 숨 → 지면', '앞 → 어둠 → 적'은 영화의 카메라 앵글[5]기법이며, 특히 이 시에 전혀 문자적 설명이 없다는 점은 가장 중요한 영상적 특징이다.

이 절에서는 마도의 영상적 표현의 시를 살펴보고 그 특징 분석을 시도한다.

1) 「달팽이 뿔 내밀면かたつむり角出せば」

달팽이	かたつむり
뿔 내밀면	角出せば、
뿔 언저리 환하고	角のへん明るくて
저녁매미 울고 있다.	ひぐらし啼いている。

달팽이	かたつむり
뿔 내밀면	角出せば、
뿔도 가늘고	角も細くて
마당에 물방울 떨어진다	庭はしずくしている。

---

5 카메라의 높이에 따라 피사체에 대한 카메라 각도가 변한다. 위의 책, 4쪽.

달팽이	かたつむり
뿔 내밀면	角出せば、
뿔의 끝 동그랗고	角の先まるくて
파파야 꽃 피어 있다.	木瓜の花咲いている。

달팽이	かたつむり
뿔 내밀면	角出せば、
서쪽에도 향해서	西にも向いて
저녁놀이 번쩍번쩍 빛나고 있다.	夕焼がきんきらしている。

실로 영상적이다. 각 연은 세 장면으로 구성되어 있다. ① 달팽이의 클로즈업이 먼저 있고 뿔을 내미는 시간경과가 있다. ② 다음 장면은 카메라 위치는 변하지 않고 그저 초점이 뿔로 좁혀진다. ③ 마지막 장면에서 카메라는 크게 물러나면서(컷어웨이) 달팽이를 둘러싸고 있는 자연을 비춘다. 이 ①·②·③의 리듬을 제1연에서 제4연까지 반복한다. 만약 영화라면, 영상정보량은 몇 마디 말로 표현되는 시에 비하면 비교가 안 될 정도로 많다. 말로는 표현할 길 없는 강렬한 영상이 마음에 깊이 새겨지는 경우도 분명 있다. 그러나 영상으로서의 정보가 아무리 많아도 거기에 설명은 없다. 반대로 말에는 영상이 가질 수 없는 힘이 있다. 그 말을 가지고 마도는 영상적인 세계를 표현했다. 게다가 말의 힘인 요설성饒舌性에 의해서가 아닌, 시라고 하는 한정된 말의 쇼트 연결로, 쇼트와 쇼트의 행간에 자신의 세계를 표현했다.

「달팽이 뿔 내밀면」에서도 마도는 영화처럼 잘라낼 수 있는 최대한

설명을 깎아내버렸다. 단지 "뿔 내밀면"의 '면(～ば)'과 "뿔 언저리 밝고"의 '고(～て)'에 영화 컷과의 차이가 있다. 시의 내용에서 보면 동작 주체는 달팽이이며, 문체로서의 나는 표면상 어디에도 나타나 있지 않다. 그러나 '면(～ば)'이나 '고(～て)'에 미묘하게 작가의 존재가 느껴진다. 각 연의 후반 두 줄은 '고(～て)'로 연결되어, ① "뿔 언저리 환하고" → "저녁매미 울고 있다", ② "뿔도 가늘고" → "마당에 물방울 떨어진다", ③ "뿔의 끝 동그랗고" → "파파야 꽃 피어 있다", ④ "서쪽으로 향해서" → "저녁놀이 번쩍번쩍 빛나고 있다"로 두개 항이 연결된다. 이들은 컷어웨이 방식을 사용한 이미지의 전이轉移이다. 또한 달팽이의 클로즈업에서 전체의 정경으로 끌고 가는 컷어웨이는 일종의 도치법倒置法으로, 롱 쇼트로 제시되는 환경에 자신이 둘러싸여 있다는 것을 보여준다. 좀 더 세부로 눈을 돌려보면, 형용사 '환하다, 가늘다, 둥글다', 그리고 동사라도 "마당에 물방울 떨어진다, 저녁놀이 번쩍번쩍 빛나고 있다"는 "저녁매미 울고 있다, 파파야 꽃 피어 있다"와 달리, 저자가 느끼는 감각이 다소라도 들어가 있는 형용사적 표현이다.

　비교를 위해 정경묘사 가운데 달팽이를 소재로 한 기타하라 하쿠슈北原白秋의 「아침朝」을 보기로 하자.

달팽이 뿔 흔들어라,	蝸牛^{かたつむり}角振れ、
들장미가 작은 바람에 흔들렸다.	野茨^{のいばら}が小風に揺れ出した。
참새도 짹짹 울고 있다.	雀もちゅんちゅく鳴いてゐる。
젖짜는 이도 일어났다.	お乳しぼりも起きて来た。
숫소도 파란 풀 먹기 시작했다.	牝牛も青草食べ出した。

이것도 영상적이라고 할 수 있다. 처음 "뿔 흔들어라"라는 명령을 제외하고는 완전히 영화적인 쇼트를 4개 이었을 뿐이다. 단, 여기에는 마도의 「달팽이 뿔 내밀면」에 표현되어 있는 작가의 미묘한 감각은 없다. 마도는 정적이고 시각적이다. 같은 영상 쇼트의 연결이라도 하쿠슈의 시는 생활에 뿌리내린 약동감이 느껴진다. 생활이라는 장場이 있고 아침이 왔다는 시간의 경과가 있다. 그 속에서 자신도 살고 달팽이도 사는 그런 세상이다. 이에 비해서 마도는 자신을 둘러싼 모든 것이 어떻게 자신을 감싸고 있는가, 그에 대해 자신은 어떻게 존재하고 있는가 하는 표현세계를 가지고 있다. 그런 마도의 시 창작의 흐름에서 보면 가장 초기 작품인 「달팽이 뿔 내밀면」은 상징적이다. 초기에 많이 볼 수 있는 이런 영상적인 시는 어린이의 세계와는 다른 방향성이 느껴진다.

달팽이는 아이들의 관심을 끄는 특성이 있다. 형태, 감촉, 그리고 무엇보다 뿔의 움직임, 서두르지 않는 움직임, 뜻하지 않은 곳에 존재하는 의외성 등. 동요는 그런 점에 착안한다. 사이조 야소西條八十와 노구치 우조野口雨情의 달팽이 시도 보기로 하자.

달팽이의 노래(사이조 야소)	蝸牛の唄
느으릿 느으릿 달팽이	のォろり、のォろり蝸牛
해가 온종일 떠오르며	日がな一日のォぼつて
떡갈나무에서 무얼 봤지	檞の木で何見た

첫번째 가지에서　　　　　　一本目の枝で

보이는 것은 송아지 옆집 송아지　見えたは牛の子　隣の牛の子

엄마에게 안겨 짚풀 위에서　　母さんに抱かれて藁の上

(…중략…)

네번째 가지에서　　　　　　四本目の枝で

그만 날이 저물었다　　　　つい日が暮れた

금화 같은 달님　　　　　　金貨のやうなお月さま

나뭇잎 그늘에서 안녕.　　　葉つぱのかげから今晩は。

―『사이조 야소 동요전집(西條八十童謠全集)』

달팽이의 뿔(노구치 우조)　　　**でんでん虫の角**

소의 뿔　　　　　　　　　　牛の角

두꺼운 뿔　　　　　　　　　太い角

뒤로 굽은　　　　　　　　　うしろへ曲つた

염소 뿔　　　　　　　　　　山羊の角

오힝요　　　　　　　　　　オーヒンヨ

오힝요　　　　　　　　　　オヒンヨ

사슴 뿔　　　　　　　　　　鹿の角

오니의 뿔　　　　　　　　　鬼の角

오니의 뿔	鬼の角
무서운 뿔	こわい角
달팽이팽이	でんでん虫虫
뿔을 보여라	角お見せ

—『정본 노구치 우조(定本野口雨情)』제4권

　이 시들은 모두 앞에 적은 달팽이의 매력적인 특징에 주목한 작품이다. 그리고 대상인 달팽이에게 질문하고, 말하고, 요구한다. 거기에는 작가와 대상이 되는 달팽이가 놓인 장을 묻고, 존재를 질문하는 요소는 없다. 그러나 마도의 경우 「달팽이 뿔 내밀면」에 싹을 보이던 그 시선은 나중에 좀 더 분명한 형태가 되어 시에 나타난다.

달팽이	デンデンムシ
너는 달팽이	きみは　デンデンムシ
조심스럽게	ひっそりと
덧문을 건너가고 있다	雨戸をわたっている
어딘가의 쓸쓸한 나라로	どこかの淋しい国へ
도망쳐 가기라도 하듯이	逃げてでも行くように
허나 너는 지금	だが　きみはいま
필사적으로 건너는 중이다	必死で横断中なのだ

잎새 한 장	はっぱ　一まい
이슬 한 방울 없이	つゆ　一しずくない
이 수직의 사막을	この垂直の砂ばくを
안테나 높이 치켜세우고	アンテナ高くおしたてて
새로운 오아시스의 탐험 찾아	新しいオアシスの探検へと
전속력으로 천천히 천천히	フルスピードで　のろのろと

지금 네 속에서	いま　きみの中で
너의 사회와 이과와	きみの社会と理科と
산수와 공작과 체육들이	算数と図工と体育たちが
얼마나 정신없이	どんなに目まぐるしく
바쁘게 움직이고 있을까	立働いていることだろう

알려다오	教えてくれ
미스터 풀스피드 슬로	ミスター・フルスピード・ノロ
네가 도착점에 가까이 가면 갈수록	きみの行手が近づくだけずつ
네 뒤로 길게 뻗어가는	きみの後へのびていく
너의 길의 눈부심을	きみの道のまぶしさを

네 용기의 빛일까	きみの勇気の光なのか
하늘이 내린 훈장일까	天からのくんしょうなのか

—『마도 미치오 소년시집 콩알 노래(まど・みちお少年詩集 まめつぶうた)』

1934년의 「달팽이 뿔 내밀면」에서 거의 40년 후의 시다. 더 이상 영상적 표현만으로는 모두 담아낼 수 없다. 「달팽이 뿔 내밀면」에서 달팽이의 움직임은 그저 뿔을 내밀었을 뿐이었다. 그래도 마도는 그 뿔에서 빛을 느꼈다. 40년후, 마도는 계속해서 전진하는 달팽이의 의지를 느끼고, 노력과 용기를 느끼고, 그리고 빛은 하늘에서 내린 훈장勳章이 되었다. 달팽이라는 존재의 배후에 작가 자신의 존재를 계속해서 묻고 있는 시선이 느껴진다.

　마도는 위의 「달팽이」에서 몇 년 후에 같은 달팽이라는 제목으로 시를 썼다. 6월 어느 비오는 날 도쿄 한복판의 12층 창문에서 달팽이를 발견했다는 내용이다. 모두가 창문으로 달려가서는, 그리고,

갑자기 조용해졌습니다.	しーんと　なりました
눈 앞에	目のまえに
무지개가 한 점 떠올라서	虹が一つぶ　うかびでて
점점 퍼지고 있는 것 같았습니다	みるみる　ひろがっていくかの
	ようでした
그 무지개의 눈부심으로 거기가 지금	その虹のまぶしさで　そこがいま
감옥처럼 느껴지기 시작했습니다	ろうやのように思われだした
그 감옥 한 가득!	その　ろうやの中　いっぱいに!
그리고 각자의 마음 속에도	そして　めいめいの胸の中にも
순식간에 순식간에 한 가득!	みるみる　みるみる　いっぱいに!

—「달팽이」 후반,

『마도 미치오 시집 ② 동물의 노래(まど・みちお詩集② 動物の歌)』

　　자그마한 달팽이가 내뿜는 무지개 빛이 건물 속 사람들의 마음을 가
득 채운다. 빌딩의 방은 감옥이라고 마도는 말하는 것이다. 이 시나 앞
에서 본 「달팽이」도 영상적 표현의 범주를 넘어섰지만, 시각적이라는
것은 변함이 없다. 마도는 어린 시절, 혼자서 식물과 곤충 등을 지켜 보
는 일이 많았다. 그것은 응시凝視라고 해도 좋은 것이었다. 마도는 남보
다 훨씬 더 빛나는 것에 민감한 듯하다.[6]

2) 마도 미치오의 영상적 시의 유형

(1) 유형의 단서

　　앞에서는 「달팽이 뿔 내밀면」을 둘러싸고 영화 기법을 힌트로 해서
마도의 영상적인 표현에 대해, 또 그 배후에 있는 것에 대해 고찰했다.

6　『전 시집』에서 빛에 관한 단어의 사용빈도는 다음과 같다. '빛(ひかり)・빛나다(ひ
かる)' : 77, '무지개(にじ)' : 70, '눈부시다(まぶしい)' : 26, '반짝반짝(きらきら)'
: 26, '번쩍번쩍(ぴかぴか)' : 12. 위의 시 이외에도 달팽이나 민달팽이의 끈끈한
풀처럼 남는 흔적을 무지개로 비유한 작품은 "달팽이는 무지개를 갖고 있다(でで虫
は虹をもってる) / 달팽이는 무지개 길을 만들며 간다(でで虫は虹の道をつくって
いく)"(「달팽이(でで虫)」), "끝없이 이어진(どこまでもつづいた) / 무지개 길의
(にじのみちの)"(「달팽이(デンデンムシ)」), "민달팽이가 그림을 그렸다(なめくじ
ちゃんが えを かいた(/ 창문에 올라가 끈적끈적끈적(まどに のぼって ぬるぬる
ぬる) / 무지개가 체조하고 있는 그림인데(にじが たいそう してる えなのに)"(「비
가 오는 날에(あめのふるひに)」), "민달팽이가 지나간 뒤 아름다운 무지개(蛞蝓の
通つた跡の美しい虹)"(「병인(病人)」)이 있다.

여기에서는 마도의 시 가운데 영상적 표현으로 보이는 것을 개관하고 그 속에서 어떤 유형을 찾을 수 있을지 분류해보고자 한다.

「달팽이 뿔 내밀면」의 저본으로 사용한『전 시집』에는 1,156편의 시 (14편의 산문시 제외)가 실렸는데, 그 가운데 저자가 영상적인 표현의 시로 고른 것은 55편[7] 있다. 고르는 기준에 따라서 그 범위는 당연히 달라지겠지만, 나름의 판단 기준을 설정했다. 이에 대해서는 뒤에서 다시 논하기로 한다.

아침해에	朝日に[8]
아침해에 울었던	朝日に　鳴いた
고양이 입,	猫の　口、
입김을 남기고	湯気を　残して
량,	リヤン、
닫혔다.	閉ぢた。
아침해에 피었던	朝日に　咲いた
하얀 입김,	白い　湯気、
수염만 남기고	おヒゲ　残して
흉	ヒユン、
사라졌다.	消えた。

7　작품인용은 가능한 초출자료를 저본으로 했다.
8　이 작품은『곤충열차』제2편에 실린 동명 작품의 개작이다. 이에 대해서는 이 장 제2절 제3항 '마도 미치오의 시에 나타난 오노마토페'에서 다루었다.

아침해에 울었던	朝日に　鳴いた
고양이 얼굴	猫の　顔、
아침해 남기고	朝日　残して
푸이,	プイ、
도망갔다.	逃げた。

—『곤충열차』 3

　이 시도 영상적이다. 「달팽이 뿔 내밀면」과 비교해도 작가의 감각·주관이 들어갈 여지가 있는 형용사는 '하얀'뿐이고, 술어는 모두 동사로 이루어졌다. 각 연이 원 쇼트고, 그것이 연결되어 고양이가 한번 야옹하고 울고 떠날 때까지의 장면이 된다. 각 연에서 7·5, 7·5의 리듬을 철저히 지키고 있다. 와카和歌나 하이쿠俳句 같은 일본어의 단시형短詩型 리듬을 기본적으로 갖고 있는 일본인이라면, "／아침해에 울었던 고양이 입／"이라고 여기에서 반드시 한박자 쉬어갈 것이다. 그러면 '닫는다'는 동사의 주어로서의 고양이 입이라는 의식은 희미해지고 '고양이 입이 닫혔다'라는 명확한 주술 관계의 의식을 벗어나, '아침 햇살 속에서 고양이가 입을 크게 벌려 울었던' 이미지와 '그 입이 입김을 남기고 량하고 닫힌' 이미지로 나누어진다. 그것은 마치 제1연과 같은 카메라 위치에서 원쇼트로 비추는 듯하지만, 먼저 고양이의 입에 초점을 맞추고, 다음으로 입김으로 초점이 옮겨가는 것과 비슷하다. 영화에서 컷에는 언어적 문법은 없고 쇼트와 쇼트 사이의 여백읽기는 독자에게 맡겨진다. 거기에 영탄詠嘆이나 심상心象이 생겨난다. 제2연이 되어 '아침해에 피어난 하얀 입김'은 제1연보다 더 인상적인 영상을 보여주며,

입김이 하얗게 나오는 새벽 냉기와 아침햇살의 눈부심이 부각된다. 그리고 차례로 사라져가는 것 '고양이입'→'입김'→'수염'이 제시되고 마지막에 아침해가 남았다고 표현한다. 실제 장면이나 필름에 의한 영상은 언어로는 표현할 수 없는 정보를 전하지만, 한편 영상만으로는 다 전할 수 없는 작가의 심상세계는 수사학적인 말로 표현하고 있다. '아침해에 → 피었던, 울었던'의 조합, '숨 → 입김', '수염(ヒゲ) → 수염(おヒゲ)' 같은 단어 교체, '량, 흉, 푸이' 같은 의태어, '남기고, 사라졌다, 도망갔다'라는 일종의 평가적 뉘앙스를 포함한 동사 사용 등이 그 예이다. 이 점을 고려하면 작가의 주관이 표출되어 있으며, 유형으로 보면 「달팽이 뿔 내밀면」과는 다른 수사적인 형태라고 예상할 수 있다.

그럼 다음 시는 어떤가.

저녁노을에　　　　　　　**夕焼へ**

저녁 노을에　　　　　　　夕焼へ

황금색　　　　　　　　　金色の

오줌을 누었다　　　　　　小便した

공기조차　　　　　　　　空気さへ

밝고　　　　　　　　　　明るくて

눈부셨다　　　　　　　　まばゆかつた

추운　　　　　　　　　　寒い

수험공부를 하다　　　　　受験準備の

돌아오는 길이었다　　　　　かへりだつた。

—『동화시대(童話時代)』 22

이 시에 '나'라는 주어는 사용되지 않았지만, 소변을 본 것은 나이고, 공기가 밝고 눈부시다고 느낀 것도 나다. 「달팽이 뿔 내면」이나 「아침 해에」와는 달리 명확하게 화자로서 내가 있다. 풍경으로 누군가가 소변을 보고 있는 것이 아니다. 영화 문법을 따르자면 우선 나를 클로즈업해서 주어를 제시할 것이다. 내가 행위를 하고 그 때 뭔가를 느꼈다. 그게 무엇인지 시를 읽는 사람에 따라 다소 차이는 있겠지만, 말로는 표현하기 힘든 어떤 종류의 확실한 감각과 심상이 떠오른다. "수험공부를 하다 돌아오는 길"이라는 상황 설명을 제외하면 역시 영상적 쇼트의 연결방식에 숨은 의미와 확장이 있다.

나카이 마사카즈中井正一는 『영화의 문법』에서 영화의 컷에 대해 다음과 같이 말한다.

중요한 것은, 이 영화의 시간은, 화면과 화면이 바뀌어가는 추이, 컷과 컷의 연속으로 그려져 있는 것이다. 언어의 세계에서 표상과 표상을 연결하기 위해서는 '~이다' '~가 아니다'라는 계사(copula)로 잇는다. 문학자는 이 계사를 가지고 자신의 의지를 발표하고, 그것을 관조자에게 주장하고, 허락을 구한다.

그러나 영화는 컷과 컷 사이에 계사를 끼워넣지 않고 연결해서 보는 이 앞에 그저 놓아둘 뿐이다.[9]

이 말은 영화의 사상성까지 포함한 넓은 의미를 담고 있는데, 위와 같은 한 장면에도 적용된다. 거기에서 발생하는 어떤 의미를 마도는 노리고 있다. 그래도 「아침해에」에 비하면 「저녁노을에」는 감각적인 심상 세계지만 생활에 뿌리를 내리고 있는 것으로, 작가의 존재는 보다 전면에 드러나 있다.

아기	あかちゃん
아기가	あかちゃんが
신문 찢는다	しんぶん　やぶっている
찌익 찌익	べりっ　べりっ
찌이익	べりべり
아기가	あかちゃんが
신문 찢는다	しんぶん　やぶっている
찌익 찌익	べりっ　べりっ
찌이익	べりべり
아기가	あかちゃんが
신문 찢는다	しんぶん　やぶっている
찌익 찌익	べりっ　べりっ

---

9 나카이 마사카즈(中井正一), 「영화의 문법(映画のもつ文法)」, 『나카이 마사카즈 전집(中井正一全集) 제3권 현대예술의 공간(現代芸術の空間)』, 美術出版社, 1964, 207쪽. 초출 『독서춘추(読書春秋)』, 1950년 9월.

찌이익	べりべり
하늘님이	かみさまが
하늘님 하고 있다	かみさま　している
찌익 찌익	べりっ　べりっ
찌이익	べりべり

이 구절은 어떻게 볼 수 있을까. 어떤 의미에서는 「아침해에」보다 영상적이다. 제1연에서 4연까지 열중해서 신문을 찢고 있는 아기의 모습이 각 연에서 똑같은 표현으로 반복되고, 연과 연 사이의 공간으로 인해 침묵과 시간 경과가 드러난다. 마지막 제4연을 제외하면 완전한 영상신이다. 마도의 눈은 카메라처럼 오로지 아기의 모습을 말없이 찍고 있다. 물론 카메라를 들이대고 계속 찍는 배후에는 촬영 의도가 숨겨져 있지만, 만약 마지막 제4연이 없다고 한다면 시로서 성립되지 않을 것이다. 그러나 제4연 "하늘님이 하늘님 하고 있다"라는 한마디로, 마도의 심상 세계가 명확히 드러나 있다. 영화로는 표현할 수 없다. 이 시는 영상적 시와 그 이외의 것들과의 경계 선상에 있는 작품이다.

이렇게 몇 가지를 보면서 영상적인 마도의 시를 유형화할 하나의 단서를 찾아 낼 수 있었다. 그것은 시에 자기 표출이 어느 정도 들어있는가 하는 점이다. 일반적으로 자기 표출이라는 말은 요시모토 다카아키吉本隆明의 『언어에서 미美란 무엇인가言語にとって美とは何か』[10]에서 지시표

10　요시모토 다사아키(吉本隆明), 『정본 언어에서 미란 무엇인가(定本言語にとって美とはなにか)』1, 角川学芸出版, 2001년 9월. 『정본 언어에서 미란 무엇인가(定本言

출指示表出에 대립되는 개념으로 거론되는 경우가 많지만, 그것은 언어의 발생, 인류 언어에서 미의식의 축적, 그리고 개별 작품의 문학성이라는 본질론까지 포함하는 것이다. 그러나 여기에서는 더 깊이 들어가지 않고 각 작품에 드러난 작가의 정감과 생각의 자기 표현성이라는 정도의 의미로 사용한다. 그런 의미에서 어느 정도의 자기 표출이 있는지를 자기 표출도自己表出度라고 부르기로 한다. 또한 여기에서 시도하는 마도의 영상적 시의 유형화는, 단서로서 자기 표출도 이외에도 소위 영화 문법이라는 카메라 워크와 쇼트의 편집 기법같은 관점도 있지만, 여기서는 자기 표출도를 단서로 한 유형화만을 시도하고 영화적 표현 기법에 대해서는 필요에 따라 참고하는 정도에 그치기로 한다.

3) 자기 표출도

여기까지 「야간행군」를 비롯해서 몇 개의 시를 살펴보았다. 이 시들을 자기 표출도의 관점에서 비교해서 표출도가 낮은 순으로 나열해 보면 「달팽이 뿔 내면」, 「아침해에」, 「석양에」, 「아기」가 된다. 「아기」는 표면적으로는 어법상 가장 자기 표출성이 없는 것이지만, 제4연 "하늘님이 하늘님 하고 있다"라는 특수한 표현을 통해 유아의 일체의 사념 없는 경지에서 신을 본다는 마도의 판단, 즉 나카이 마사카즈식으로 말하면 계사(코퓰러)[11]가 드러나 있다. 이는 사건에 대한 판단 작용이며,

---

語にとって美とはなにか)』2, 角川学芸出版, 2001년 10월.

11 Copula. 서양 논리학 용어. 일본어로는 계사繋辞로 번역된다. 명제의 주어(S)와 술어

눈으로 본 현상을 묘사하는 영역을 넘어선 자기 표출이다.

이들 예를 개관하면 자기 표출도가 매우 낮은 작품부터 매우 높은 작품이 상정되어 마도의 영상적 시를 일직선상에 표시할 수 있다.

펑크	パンク
산 속의 햇볕 좋은 곳에서	お山の中の日溜りで、
승합 버스가 펑크났다	乗合バスがパンクした。
버스에서 나온 손님	バスから出てきたお客さん、
"눈부신 하늘과 산이로구나."	「まぶしいお空と、山だこと。」
땅바닥에 쪼그려 앉은 기사아저씨	地べたにかがんで運転手さん、
이따금씩 소리를 냈다, 콩콩콩	時々させてた、こんことん。
펑크난 주위, 그림자,	パンクの周囲、影法師、
멀리서 닭이 울고 있다.	遠くで鶏、啼いていた。

순수한 정경 묘사에 가까운 이 시에서 작가는 자신을 말하지 않는다. 자기 표출도는 매우 낮다고 할 수있다. 수사적 표현도 없이 컷으로 연결된 시간 경과뿐이다. 그런 의미에서 이것은 자기 표출도 가장 낮은 곳에

(P)를 연결해서, S is P의 영어의 be동사 등의 관계사를 가리킨다. 일본어의 경우 '이다(である)'가 이에 해당된다고 하는데, 조사 'は'도 포함해서 'S는 P이다'로 간주하는 편이 보다 정확하다. '아기'의 경우, Copula는 제4연 전후의 행간에 표시된다.

위치한다고 할 수 있을 것이다. 그렇다면 가장 높은 대극은 어떨까.

깊은 밤	深い夜
갈비뼈에 손을 올리면	あばらに手を置けば
깊은 밤이다	深い夜である
살아서	生きて
나이를 갖고 모습을 갖고	年齢をもち形をもち血さへ流れ
	てゐる
피까지 흐르고 있는 나 자신이다	自分である
갈비뼈의 수는	あばらの数は
하나 하나 깊은 밤이다	ひとつひとつ深い夜である
살아서	生きて
진실로 여자가 아닌 나 자신이다	しみじみ女でない自分である
갈비뼈 속의 적막함은	あばらの中のかそけさは
깊은 밤이다	深い夜である
살아서	生きて
한없이 다른 사람이 아닌 나 자신이다	限りなく他の人でない自分である

　　　　　　　　　　　　　　　　　―『동물문학』 8

이 시를 영상으로 나타내려고 하면 어떻게 될까. 분명 밤에 홀로 누워 갈비뼈에 손을 올리고 생각에 잠겨 있는 정경은 보여줄 수 있겠지만, 마도의 내성적인 감회를 표현하는 것은 불가능하다. 말이 지닌 힘과 영상의 한계를 잘 보여주고 있다. 영상적 표현의 틀에서 벗어나 있다.

이상으로 자기 표출도를 측정하는 대강의 기준을 확보했다. 또한 부수적으로 영상적 표현 시의 큰 틀 또한 파악할 수 있었다. 즉, 「펑크」－「아기」의 범위이다. 「깊은 밤」은 범위에서 제외한다. 그러면 다음으로 이 선상에 있는 유형을 살펴보면서 저자가 선택한 영상적인 표현의 시 55편을 표시해보기로 하자.

4) 자기 표출도에 따른 영상적 시의 유형

자기 표출도가 낮은 것부터 점차 높은 것으로 표시했다.

A. 「펑크」형 6예－실사
「뿌다이시」, 「종이태우기」, 「벌거숭이 기나」, 「겨울날 오후」, 「불꽃놀이」

B. 「개미」형 10예－감각적 표현
「달팽이 뿔 내밀면」, 「어둠 속의 마당」, 「야간행군」, 「새벽녘」, 「무우 샤부샤부」, 「김이김이 모락모락」, 「사이 좋은 슬리퍼」, 「사쿠라의 노래」, 「빠삐뿌뻬뽀쓴」

C. 「아침해에」형 16예－비유를 포함한 정경묘사

「정크선」, 「빗방울 작은이」, 「산사의 아침」, 「동물원의 학」, 「무 말리기」, 「한낮」, 「눈이 녹는다」, 「쿵닥쿵」, 「작은 눈」, 「사다리타기」, 「불꽃놀이」, 「진눈깨비가 내렸다」, 「작은 새가 운다」, 「떡」, 「인간의 집」

D. 「손 안의 반딧불」형 3예－시점교차, 동화

「대나무 숲」, 「한 마리 기린」

E. 「란타나 울타리」형 13예－생활의 한 모습에 나타난 자기 의식

「비 내리면」, 「구아바 열매가 떨어지는 것이다」, 「아버지의 귀가」, 「백목련」, 「숙제」, 「기나 씨」, 「저녁밥」, 「우리들의 학교」, 「석양 속 거리」, 「쓴쓴쓰루데」, 「축제의 노래가락」

F. 「저녁노을에」형 3예－행동주체로서의 자기 자신

「축제가 가까운날」, 「자전거」

G. 「산사의 밤」형 2예－자기 존재의식

「공원 사요나라」

H. 「아기」형 2예－인식판단, 사물의 존재론

「이 땅의 사람들」

유형의 타당성

우선 마도의 영상적 시와 비영상적 시, 두 분류 작업에 대해 검토하고 싶다. 서두에서 언급했듯이 저자가 상정한 영상적이라는 것은 영화적인 이미지이다. 이는 소리도 포함하며 영화적 표현기법이라는 뜻도 포함하고 있다. 마도의 시에서 우선 영화적 기법으로는 표현하기 힘든 시를 추출해내고, 그 작품들은 비영상적 시로서 제외되었다. 그리고 남은 것이 결과적으로 영상적인 시라는 것이 되었다.[12]

그러면 우선 비영상적 시의 추출에 대한 몇 가지 예를 보기로 하자.

a. 오감 중 촉각·미각·후각 세계는 영화적 수법으로는 표현할 수 없다.

　　　지각적 세계 : 「숙제」, 「비누」

　　　체감적인 세계 : 「비가 비가 오는날」, 「달리자」 등.

b. 감각의 영역을 넘어선 감정 및 생각, 생각과 상상 등 다양한 사유 작용은 영화의 화자로는 표현 불가능하다.

　　　심정 토로 : 「창문」, 「설날 참 좋다」

　　　내성(內省)적 세계 : 「깊은 밤」

　　　희망·원망(願望) : 「소의 옆」, 「물고기처럼」, 「흐린 날」

　　　의문·추량·연역·판단 : 「장아찌의 누름돌」, 「나무」, 「조개껍질 씨」,

12　단, 지나치게 유아적인 "가탄 코톤 삐 뽓포 커다란 기차가 이쪽에서 달려나와(がったん ごっとん ぴいぽっぽ 大きな きしゃが こっちから やってきて)"(「큰 터널 작은 터널(大きなトンネル 小さなトンネル)」) 같은 것은 영상적 시에서 제외했다. 이런 종류는 이밖에 「자동차 빵빵빵(じどうしゃ ぷぶぶ)」 등 몇 편에 불과하다.

「집」

  가정(假定) :「머리 위에는」

  공상·이야기·연상·비유 :「비오는 날」,「사탕의 노래」,「나비」,「무지개」,「회중시계」

  아이러니 :「송충이」,「이도 아니고 저도 아닌 노래」

  단어·소리·리듬 :「튤립이 필 때」,「외래어사전」,「캥거루」등.

c. 작품 중의 대화, 예를 들어 「코끼리」는 대화만으로 시 프레임이 이루어져 있어 비영상적이다. 하지만 영상적 시의 유형 A의 「펑크」에 나오는 대화는 정경의 하나이며, 작가의 말이 아니기 때문에 영상적 시에 넣는다.

  작용·명령 :「토마토」,「기린」, 말걸기 :「물소 할아버지」, 대화 :「두개」,「코끼리」등.

이렇게 비영상적 시의 추출 작업부터 시작했지만, 실제 영상적 시와 비영상적 시로 나누는 것은 간단하지 않았다. 자기 표출도가 가장 낮은 A는 큰 문제가 없지만, B, C⋯⋯H로 자기 표출도가 높아짐에 따라 레토릭으로서의 비유과 사유작용이 어느 정도는 들어오기 때문이다. 그것이 가장 강하게 나타난 것이 H의 「아기」형으로, 경계를 어디에 두느냐에 따라서 비영상적 시에 들어가는 것이다. 그러나 비유와 사유성의 혼입은 순수 영상과 비교했을 때 오히려 시가 지닌 특성으로 떠오를 가능성을 예상하여, 여기에서는 영상적 시의 범위를 영상적 요소를 많이 포함하고 있는 것으로 정했다. 반대로 말하면, 비영상적 시에도 부분적으로는 영상적인 표현이 다소는 들어간다는 말이 된다.

다음으로 영상적 시의 유형 A~H의 타당성이다. 각 형의 독립성은 시 유형화 작업 단계에서 시를 비교하면서 검토했기 때문에 적어도 두 개의 형이 포섭 관계가 되는 일은 없다.[13] 단지 하나의 시에서 복수형이 발견되는 경우가 있고, 시의 부분 부분에서 검토할 필요가 있는 경우도 있다. 또한 두 형의 중간적인 것도 있었다.

5) 각 형태에 대한 검토

A. 「펑크」형―실사實寫

이 형의 6예는 하나의 장면을 실사한 것으로 거의 영상적 표현이라고 할 수 있다. 「펑크」에 대해서는 앞에서 보았다. 시작 부분의 "산 속 양지 바른 곳에"와 마지막 부분인 "멀리서 닭이 울고 있다"가 따스함과 음향효과도 더해서 버스 타이어의 펑크장면에 대한 배경으로서 장을 설정했다.

---

13 각각의 형에서는 분별 가능한 의미있는 차이가 인정되는 경우에 별도 형태로 보았다. 유형의 타당성을 위한 또 하나의 지표로 유형에 들어가는 작품 수가 있다. 예를 들면, 위에서 분류한 유형 D·F·G·H는 해당 작품이 2~3예밖에 없어서 과연 각각 1유형으로 분류할 수 있는가 하는 문제가 있었다. 이들을 모두 '기타'로 해서 묶어버릴 수도 있지만, 그럴 경우 마도의 '시점교착' 등의 특징을 놓쳐버리게 된다. 이런 유형화는 목적론적 유효성도 타당성의 지표가 되며, 향후 연구의 보정을 통해 그 타당성은 높아질 것이다.

- 「뿌다이시布袋戲」

대만 인형극으로, 달빛 내리는 야외에서 아세틸렌의 빛을 받아가며 펼쳐지는 극의 모습과 주위의 정경을, 마도는 시나리오의 연출지시문처럼 단어를 늘어놓아 묘사했다. 각 연의 마지막에는 후렴구처럼 "차이누 콧코, 차이누 콧코チャーイヌ コッコ、チャーイヌ コッコ"를 울린다. 유일하게, 각 연에 하나뿐인 동사에 종조사 '요ᅸ'를 붙여서

아세틸렌을 붙였어요.	アセチリンを つけてるよ。
뿌다이시를 둘러싸고 있어요,	布袋戲を かこんでるよ、
용이 오온 하고 쓰러졌어요,	龍が オオンとたふれたよ、
하한 아한하고 보고 있어요.	ハハン アハンと 見てゐるよ

―『곤충열차』5

라고, 화자의 존재를 명시했다는 점은 영상과의 차이를 보여준다.

- 「종이태우기燒金」

대만어린이('기나'라고 불린다)가 할머니와 함께 신불神佛에 바치는 황금 종이를 태우는 모습을 그렸다. "나비 같은 / 종이의 재"와 "기나는 응석부리며"에서, '같은'이라는 직유와 '응석부리며'의 두 단어 이외 화자의 생각은 들어가지 않는다. 이 두 단어도 주관성은 약할 것이다. 「벌거숭이 기나」에서도 어린 기나가 벌거벗은 채로 "뒤뚱뒤뚱 달렸다 / 거위처럼"이라는 직유가 사용되었다.

- 「겨울날 오후 冬の午後」

으슬으슬 추운 오후 처마 밑에서 어머니가 맷돌을 돌리고 있다. 옆에서 아이가 숯불을 담은 그릇을 안고 어머니를 보고있다. 그런 정경 묘사이다. 「핑크」처럼, 제1연에서 "정원과 구름", 4연에서 "탁상시계가 조용히 두 시를 쳤다"라는 장場을 제시한다. 영화로 말하면 설정쇼트 Establishing Shot와 엔딩 쇼트다. 그러나 주의할 점은 제 2, 3연에서는 주어가 주격을 나타내는 '가'가 아니라, 이른바 주제제시의 '는(은)'으로 되어 있다는 것이다.

미오 이사고三尾砂는 장소와의 상관 관계에 따른 언어 분류를 시도했다. 이를 통해 일본어조사 '가(か)'와 '는(は)'이 지닌 특질의 큰 틀을 설명한다.[14] 화자의 주관을 벗어나서 눈 앞의 사상을 표현하는 문장을 현상문이라고 하며, 형태상으로는 '체언＋이(か)＋동사진행형, 혹은 과거형'이 많다고 한다. 이는 마치 시나리오의 연출지시문처럼 장소 자체를 나타낸다. 그것은 '지금 바로 이 부근'이라는 시공간의 제약을 갖는다. 그러나 미오가 판단문이라고 부르는 '과제-해결' 문장은 'A는 B다'라는 문형으로, 주어-목적어 등의 격의 관계를 초월한, 진리 판단과 가치 판단의 논리를 갖는다. 그 판단의 책임은 화자가 진다.

이런 '가'와 '은'에 대한 기본적인 이해를 바탕으로 하면, 마도의 A형 시는 사생·실사라고해도 모든 것이 현상문은 아니라는 점을 알게된다. 조사 '가'가 사용되는 현상문은 시에 의해 발탁된 배경인 장으로서

---

14 미오 이사고(三尾砂), 『국어법 문장론(国語法文章論)』, 三省堂, 1948, 58~108쪽. 일반적으로 '주제'라고 하는 것을 미사고는 여기에서 '해결'과의 호응을 위해 '과제'라고 부른다.

만 사용되고, 중심적 사상에는 '은'이 이용되고 있다. 장에서 시점이 옮겨가 포커스가 결정되고, 그리고 감수자의 주관영역에 들어간다. 즉, 시인의 자기 표출의 바탕이 마련된 것이다. 「핑크」에서 조사는 제1연의 '가' 하나밖에 없고, 그밖에는 '은'도 '가'도 없어서, 의식의 미분화성이 다소 느껴진다. 조사를 보완한다면 제1, 4연은 현상문 '가', 제2, 3연은 판단문 '는(은)'이 될 것이다. 「겨울날 오후」도 동일한 구조이다. 그러나 「뿌다이시」, 「종이태우기」, 「벌거숭이 기나」에는 '이'가 아니라 갑자기 '는'이 온다.

뿌다이시는, 사당의 앞,	布袋戯は、廟のまへ、
파초밭의 뒷편,	芭蕉畠の　うしろ、
달님의 아래,	お月さまの　下、

—「뿌다이시」 시작 부분, 『곤충열차』 제5집

처음에 갑자기 클로스쇼트로 뿌다이시를 보여주고 그 후에 카메라를 당기면서 인형극이 벌어지고 있는 주변 상황을 실사해 나간다. 먼저 전체 상황을 보여주고 난 후, 인형극에 초점을 맞추어 주제화하는 식의 일반적인 문법과는 반대되는 도치법이라 할 수 있다.

- 「불꽃놀이」
제1연만 보기로 하자.

하늘로 올라가요 불꽃	そらにあがるよ　はなび
저쪽에서 펑	あっちに　ぱあっ
이쪽에서 펑	こっちに　ぱあっ
펑 펑 펑	ぱあっ　ぱあっ　ぱあっ
커다란 것이 쿵	おおきいのが　ドーン
파라락	ぱらあっ

　"하늘로 올라가요 불꽃"은 '불꽃이 하늘로 올라가요'의 도치법으로 보이지만 미오가 장을 지향하는 '미전개문未展開文'이라고 불렀던 것에 가깝고, 자기 표출도는 가장 낮은 예이다.

　이상 A형의 다섯개의 시를 보고 말할 수 있는 것은 정경의 실사이기는 하지만, 각 시에는 시인으로서 마도의 감성이 미묘하게 표현되어 있다는 것이다. 거기에 영상과 시의 차이가 드러난다. 또한 언어에 의한 표현성을 제외하고도 한 장면을 잘라내 초점을 맞춘 것 자체에 마도의 작품성이 있다는 점은 말할 것도 없다.

B. 「개미」형-감각적 표현

　보는 대상에서 얻는 감각적 세계를 표현한 시이다. 사생이라는 의미에서는 A형과 다르지 않지만, 작가가 느낀 이미지를 작품으로 선명하게 표현하고 있는 것이다.

개미, 개미, 기어와요,	アリ、アリ、クルヨ、

많이, 많이.	タクサン、タクサン。
개미, 개미, 발,	アリ、アリ、アンヨ、
많이, 많이.	タクサン、タクサン。
개미, 개미, 다리,	アリ、アリ、オテテ、
많이, 많이.	タクサン、タクサン。
개미, 개미, 기어와요,	アリ、アリ、クルヨ、
많이, 많이.	タクサン、タクサン。

―『곤충열차』제4집

표현·내용에서 보면 이렇게 유아적인 것은 없다. '개미가 많이 기어온다'는 것뿐이다. 그러나 보통은 어떤 감동도 없을 이 장면을 마도는 마음에 새기고, 그것을 말로 표현하려고 시도했다. 표기를 가타카나로 한 것, 문자 배열과 말의 되풀이를 통해 개미의 행렬을 시각적으로 이미지한[15] 점, '발, 다리'의 클로즈업이나 종조사 '요'로 작가의 시점을 나타내고 있다는 점이다. 그밖의 시에 대해서도 자기 표출의 흔적을 들어 본다.

- 「어둠 속의 마당」

다같이 나오면	みなで　出てると
어둠 속 마당은,	くらやみの　庭は、
야하므의 냄새,	夜舎の匂ひ、

---

[15] 일종의 시각시 캘리그램이다. 다음 절 2.1. 「오노마토페의 범위」항의 「고드름(つらら)」과 관련해서 각주에 설명했다.

끈적하다, 끈적하다, 졸리다.　　ねばい、ねばい、ねむい。

안니아・안니아・아이쿤라.　　アンニア・アンニア・アイクンラア。

—『곤충열차』제4집

이것은 A형의 장소 제시와는 달리 감각적 세계의 표현이다. 이 시 첫 머리의 "다같이 나와보면"은 가와바타 야스나리川端康成의 "국경의 긴 터널을 빠져나오자 설국이었다"(『설국』시작 문장)에 가까운 의식으로, 하나의 마도의 감각 세계이다.

・「동트는 아침あけの朝」—'조용하구나', '쓸쓸하구나', '맨 몸인 손가락에 차갑구나'

이들 형용동사・형용사는 마도의 주관적인 감각과 정감이 일체가 된 표현이다.

・「야간행군」—'얼어붙는다', '무겁다', '보인다'

서두에서 지적했듯이 객관적인 정경으로는 시각적이지만, 시가 작가의 이야기가 되는 경우 신체적인 감각이 강하다. 그것은 행군이라고 하는 사고력조차 마비시킬 정도의 육체적인 피로를 암시하고 있다. 영화 〈흙과 군인〉의 행군 장면은 개성을 말살당한 병사를 객관적인 관점에서 찍고있는 것처럼 보이기는 하지만, 그것을 보는 사람에게는 마도의 시와 같은 개인적인 감각을 깨우게 된다. 화자와 독자 사이에 끊임없이 그런 감각이 파생된다.

· 「무우 샤브샤브だいこん じゃぶじゃぶ」 — '새하얀의 얀まっしろけーのけ', '새빨간의 간まっかっかーのか', '새까만의 만まっくろけーのけ'

단순히 '하양, 빨강, 까망'이라는 객관의 영역을 넘은 작가만의 느낌을 표현했다.

· 「김이김이 모락모락ゆげゆげほやほや」

　김이김이 모락모락, 방긋방긋 모두들

　ゆげ ゆげ ほやほや、にこにこ　みんな

'모락모락'은 의태어에 의한 마도의 표현이기도 하고, '모두가 방긋방긋'은 마도의 감정 표현이기도하다.

· 「사쿠라의 노래 さくらのうた」

　사쿠라가 피었다고 올려다보면　さくらが さいたと　みあげれば

　사쿠라 속에도　　　　　　　　さくらの　おくにも

　또 그 속에도　　　　　　　　　まだ　おくにも

　사쿠라 사쿠라 사쿠라　　　　　さくら　さくら さくら　さくら

　사쿠라라 라라라　　　　　　　さくらら　ららら

　꽃잎파리 라라라　　　　　　　はなびら ららら

'사쿠라'와 '라'의 반복은 「개미」와 비슷한 문자의 시각적 이미지와 '라'의 청각적 이미지의 조합이다.

• 「사이좋은 슬리퍼なかよしスリッパ」―'뻬짜라 뻬짜라ぺっちゃら ぺっちゃら', '뻬라·뻬라·뻬라·뻬라ぺらぺらぺらぺら 뻬라·뻬라·뻬라·뻬라 ぺらぺらぺらぺら'

오노마토페는 마도가 힘을 쏟은 감각 표현이다. 이 시는 그 전형적인 예이지만, 각 연의 시작에는 "걸으면 기분좋은 슬리퍼 / 수다떨기 시작하는 슬리퍼"와 같은 의인적 비유가 있고, 다음 C형의 요소도 포함한다. 이는 다음의 「빠삐뿌뻬뽀쓴」도 마찬가지이다.

• 「빠삐뿌뻬뽀쓴ぱぴぶへぼっつん」

다치쓰테톤마니	たちつて とんまに
비가 내린다	あめが　ふる
함석판자 지붕	とたんの　いたやね
나는 북이랍니다 하며	たいこで　ござると
다치쓰테톤 타타	たちつて とんたた
탄타타탄	たんたたたん
(제2연)	

"다치쓰테톤마니"는 일본어 오십음의 언어유희 요소와 의미를 엮어 오노마토페 역할을 한다.

C. 「아침해에」형 ―비유를 포함한 정경 묘사

이 형에 들어가는 시의 범위를 어떻게 정할지는 어렵다. 비유 자체가 영상으로는 표현불가능한 것이기 때문이다. 그러나 그 비유가 부분적이며, 시 전체적인 표현이 영상적이면 영상적 시에 넣어 C형으로 보았다. 이 형을 A, B보다 자기 표출도가 높다고 한 것은, 비유는 작가의 표출 의식으로 한 단 위에 위치할 수 있기 때문이다. C형은 B형 「사이 좋은 슬리퍼」, 「빠삐뿌뻬뽀쓴」의 연장 선상에 있는 것이지만, 이들을 B형에 넣을지, C형에 넣을지는 감각적 요소와 비유 요소의 비중에 달려있다.

- 「정크선ジャンク船」

  토론코, 팽, 키프키프.　　　　トロンコ、ペン。キップ、キップ。

  토론코, 포론코, 핀치, 핀치.　トロンコ、ポロンコ、ピンチ、ピンチ。

정크선이 물에 떠있는 소리이다. 이런 의성어도 넓은 의미에서는 하나의 비유로 간주, "손에 손을 잡은 박쥐 같다" 등의 비유도 이 작품에서 중요하다.

- 「빗방울 작은이あめの こびと」

  빗방울 작은이　　　　　　　あめの　こびと

  지붕에서　　　　　　　　　やねで

  연못에서　　　　　　　　　おいけで

  계단에서　　　　　　　　　かいだんで

  큰 북 두드리며　　　　　　たいこ　たたいて

  탄따라 탄　　　　　　　　たんたら　たん

B형 「빠삐뿌뻬뽀쓴」처럼 비 내리는 묘사지만 비를 작은이에 비유하

고 있다.

- 「산사의 아침 山寺の朝」

우오옹 우오옹 울린다.	うをん　うをんと　響いてる。
…흘러간다.	…流れてる。
…스친다.	…触つてる。
…휘감고 있다.	…巻いてゐる。
…깔리고 있다.	…這つてゐる。
… 어루만진다.	…撫でゝゐる。

—『동어』제8호

산속 사찰에서 울리는 종소리가 마치 안개나 연기가 흐르듯이 사찰
곳곳을 휘감아 가는 모습을 시각적 이미지로 카메라는 쫓아 간다.

- 「동물원의 학 動物園の鶴」

학이 푸른 하늘 쳐다보았다.	鶴が、青空ながめた。
멀리 비행기 입에 물었다.	遠い飛行機くはへた。
쇠울타리 안에서.	金網の中から。

—『이야기나무』제1권 3호

"학이 멀리 비행기 입에 물었다"라는 것은 시각적인 원근일치라고도
할 수 있는 비유이다. 이와 유사한 예는 E형으로 분류한 「저녁밥 夕はん」
: "젖은 젓가락 이것봐 집을 수 있다, 새 달은 아주 가늘구나 ぬれた箸 ほうら

挟める、新月は とても細いな"나, 또 비영상적 시로 제외한「먼 곳とおい ところ」

:"거미줄에 모기와 나란히 별이 걸려있다^{くものすに カと ならんで ほしが か}

^{かっている}"처럼 부분적으로 찾아볼 수 있다.

- 「무 말리기^{大根干し}」

| 부하들처럼 | 家来みたいに、 |
| 반고처럼 | 盤古みたいに |

기나(대만 어린이)가 무를 자신의 주위에 빙둘러선 부하들처럼 세워서 말렸다, 반고(신화에 나오는 거인)처럼 웃으며 말렸다는 이야기. 이 시에는 주어가 없다. 『기나 씨 앨범』 가운데 한 편이므로 주어는 기나라고 알수 있지만, 「야간 행군」 이나 F의 「축제 가까운 날」과 마찬가지로 주어가 없기 때문에, 화자의 시점이 삼인칭에서 일인칭으로 전환되기 쉽다.

- 「이 오후 ^{このおひる}」

볕에 취해서,	日にほけて、
볕에 취해서,	日にほけて、
하나예요, 집이.	一つよ、家が
(…중략…)	
녹아내릴 듯이,	とろけそに、
녹아내릴 듯이,	とろけそに、
자고 있어요, 고양이가.	ねてるよ、ねこが。

각 연 첫머리에 시공간 '덤불 속', '지붕 위', '이날 점심'이 롱 쇼트로 제시되고, 그 다음으로 위의 비유 표현들이 온다. 카메라는 근접함으로 해서 주어를 파악한다. 비유와 도치법에 의해 자기 표출도는 높아지지만, 시의 톤(색채)은A 형이다.

D. 「손 안의 반딧불オテテ ノ ホタル」형—시점교차, 동화同化

서치라이트 가 발견했어요,	サーチライト ガ ミツケタヨ、
길, 길, 길, 길,	ミチ、ミチ、ミチ、ミチ、
따라서 가네 요.	ツタッテ イク ヨ。
호오, 간질거린다, 내 손 안의 반딧불.	ホウ、コソバイナ、オテテ
	ノ　ホタル。
서치라이트 가 헤아렸어 요,	サーチライト ガ カゾヘタ ヨ、
손가락, 손가락, 손가락, 손가락,	ユビ、ユビ、ユビ、ユビ、
떨어져서 새끼 손가락.	ハナレテ オヤユビ。
호오, 엷은 녹색, 새싹 같구나.	ホウ、ウスミドリ、シンメ
	ノ　ヨダナ。
서치라이트 가 호오 날아갔어 요,	サーチライト ガ ホウ、ト
	ンダ ヨ、

별, 별, 별, 별,　　　　　　　　ホシ、ホシ、ホシ、ホシ、

별님 에게 날아갔어 요.　　　　オホシ　ニ　イツタ　ヨ。

　호오 가버렸다, 호오호오, 반딧불.　ホウ、イツチヤツタ、ホウホ

　　　　　　　　　　　　　　　ウ、ホタル。

—『곤충열차』 제4편

　손에 잡은 반딧불을 서치라이트에 비유하고있다. 이 시는 유형으로 말하면 비유를 포함하는 C형과 겹치는 부분이 있다. 그러나 자기와 대상의 거리를 어떻게 두느냐, 그리고 자기 표출도에서 차이가 있다는 점에서 다른 유형이 되었다. 서치라이트는 국소적으로 목표를 정해서 빛을 쏘는 것이다. 어떤 의미에서 반딧불은 방향성은 없지만 빛이 희미한 만큼 어둠 속의 광원으로는 국소성이 있어 서치라이트의 비유도 납득할 수 있다. "서치라이트 가 발견했어 요", "서치라이트 가 헤아렸어 요"로 서치라이트로 비유한 반딧불이 주어가 되고 있다. 이것은 손에 있는 반딧불을 가리는 행위와 본다는 의식의 일체화를 보여주고 있다. 보는 자신이 비추는 반딧불에 동화되고 있다. 그것은 영화의 조명과 카메라와 같아서, 대상에 빛을 비추고 프레임으로 잘라내는 일과 마찬가지이다. 또한 영화에서는 그 쇼트를 편집함으로 해서 문체와 구조를 갖게되는데, 영상적인 시도 문학으로서 유사한 본질을 가질 것이다. 제3연에 "서치라이트 가 호오 날아갔어 요", "호오 가버렸다"로 반딧불에의 자기 동화는 해소되고 날아가는 반딧불을 보는 자신의 문체가 된다.

- 「대나무 숲 竹の林」

대나무 숲에,	竹の林に、
깊숙이 들어가면,	はいりこんでいくと、
어느 사이 어느 사이	みるみる　みるみる
대나무가 된다. 된다 된다.	竹になる。なるなる。
얼굴이 배가,	顔が お腹が、
하늘로 하늘로 뻗어서,	空へ空へのびて、
파란 파란 파란 파란	あをあを　あをあを
파란 대나무가 된다 된다.	青竹に、なるなる。

—『곤충열차』제1집

대나무가 되는 것은 자기 자신이다. 대나무 숲에 들어가면 자신이 대나무에 동화되어 가고, 순식간에 대나무가 되어 자신의 얼굴과 배가 하늘로 뻗어 나간다. 그런 심적 체험이다.

- 「한 마리 기린 一ぴき麒麟」

한마리 기린,	一ぴき　麒麟、
아침해에 훌쩍,	朝日に　ひよろり、
늘어나요, 섰다.	のびたよ、立つた。
겉인가, 속인가,	表か、裏か、
상쾌한 몸,	すがしい　体、

한 마리 섰다.	一ぴき　立つた。

머리가 호오라,	お頭が、ほうら、
하늘에서 닿았다,	お空で　ついた、
새싹 역에.	新芽の　駅に。

먹자 먹는다,	食べよう　食べる、
야, 야 새싹,	ねえ、ねえ新芽、
먹자 먹는다.	食べよう　食べる。

한마리 기린,	一ぴき　麒麟、
외로운 기린,	さみしい麒麟、
먹자 먹는다.	食べよう　食べる。

—『곤충열차』제10책

　제1, 2연은 관찰자인 내가 한 마리의 기린을 묘사하고 있다고 느껴진다. 제2연 "겉인가, 속인가"는 보고있는 이의 판단 작용이다. 제3연은 기린이 긴 목을 뻗어 높은 나무의 새싹에 머리를 도달시킨 상황을 관찰자인 내가 말한다. 그러나 제 1, 2연과는 달리 "머리가 호오라 / 하늘에서 닿았다 / 새싹 역에"는 '호오라ほうら'라는 감탄사와 함께 기린의 긴 목 끝에 있는 머리가 하늘에서 새싹에 닿은 것에 대한 감탄의 표현이며, 내 의식이 기린에 가까워지고 있다. '호오라'는 측근자가 실체험자에게 공감하거나 격려할 때 던지는 말이므로 관찰자로서의 관점도

있지만, 이전의 「대나무 숲」에서 자신의 얼굴과 배가 자라나 대나무가 되는 것과도 다소 비슷한 의식으로, 기린과 상당부분 동화되고 있다. 또한 제4연에서 "먹자 먹는다"라는 의식의 교차가 나타나 기린과 나의 거리는 가장 줄어든다. 마지막 제5연에서는 "한 마리"가 반복되고 "외로운"으로 이어진다. 제1연에서 5연으로, 관찰자로서의 관점 묘사에서 기린과의 거리는 좁혀져, 마지막에는 "한 마리 기린, / 외로운 기린, / 먹자 먹는다"로 기린에 동화된 나인지, 아니면 관찰자인 나인지 미묘해진다.

이상 살펴본 D 형의 자기 표출도가 과연 C와 E 사이의 선상線上에 표시될 수 있을지 하는 문제가 남을지도 모르겠다. 왜냐하면 관점 교착視点交錯이나 자기 동화自己同化는 일종의 자기 소멸의 방향성을 갖고 있기 때문이다. 그러나 마도의 시 분석의 관점에 서면, 마도는 작은 생물이나 동물·가까운 사물이나 하늘의 별에 비추어 자기 존재를 묻는 마음이 D 형의 동화와 표리 관계에 있다고도 생각된다. 그런 의미에서 어떤 면에서 자기 표출도의 높이를 인정할 수 있을 것이다.

E. 「란타나 울타리ランタナの籬」형─생활의 정경에 드러난 자기 의식

란타나 울타리를 따라서 가면,	ランタナの籬に　沿ふてゆけば、
란타나는 내 눈 높이,	ランタナは　目の高さ、
반짝반짝 아침 안개도 내 눈 높이.	きらきらと　朝露も　目の高さ。
란타나 속 마당은 조용하다,	ランタナの中の　庭は静か、

언제나 유카리 나무 　　　　いつも　ゆうかり

뒤집어진 잎사귀 매달고 　　　裏がへしの葉　つけて、

바싹 야윈 채 서 있다. 　　　やせつぽちで　立つてゐる。

란타나 울타리를 따라서 집에 가면, 　ランタナの籬に　沿ふて帰れば、

어느 잎에도 어느 잎에도 저녁 해, 　どの葉も　どの葉も　西陽、

잎사귀 속 줄기에도 저녁 해. 　　葉の中のすぢも　西陽。

—『곤충열차』제2집

　이것도 풍경묘사지만, 마도의 생활 배경이 있다는 점에서 A, C형과
는 다르다. 마도의 여동생이 다니던 사범학교부속 소학교 담장이다.[16]
가까이에서 하숙하고 있던 마도는 아침 저녁으로 그것을 보았다. 지나
가면서 보는 란타나 울타리를 눈높이의 이동 카메라가 촬영하듯이 묘
사하고 있다. 카메라는 아침 이슬, 정원, 그리고 잎사귀 세부에까지 초
점을 맞추어 간다. 제1연이 아침, 제3연이 저녁으로, 배경에는 마도의
하루의 생활이 있다. 또 다른 예도 제시하면 다음과 같다.

　▪「구아바 열매가 떨어지는 것이다蕃柘榴が落ちるのだ」—'툭, 툭, 떨어
지는 것이다ぽとり、ぽとり、落ちるのだ', '들려오는 것이다聞こえるのだ', '소리가
나는 것이다音がするのだ'

　어미의 '것이다(〜のだ)'가 특징이다. '것이다'에는 실생활에서의 시간

16　마도 미치오·가시와라 레이코『모든 시간을 꽃다발로 해서 마도 씨가 말하는 마도
　씨』, 56쪽.

의 흐름이라는 의식이 있다.

- 「아버지의 귀가^{父さんお帰へり}」

나 혼자서	ひとりボク
아버지 오시기를	父さんお帰り
기다리고 있었다	待つてゐた

　혼자서 아버지가 돌아오시는 것을 기다리는 심경을 말로는 설명하지 않고, 주위 풍경 "귤껍질이 / 바닥에 떨어져 있었다", "개미가 빙글빙글 / 걷고 있었다", "조용했다 / 모든 것이"(『동화 시대』 제18호) 등을 제시하는 것만으로 표현하고 있다.

- 「숙제^{宿題}」

마당의 나무가, 보인다.	庭の樹が、見える。
이 책상, 파랗다.	この机、青い。
연필이, 냄새난다,	鉛筆が、匂う、
일요일, 아침이다.	日曜の、朝だ。

공기겠지, 빛난다.	空気だろ、光る。
이 노트, 하얗다.	このノート、白い。
참새겠지, 울고 있다.	雀だろ、啼いてる。
숙제도, 거의 끝이다.	宿題も、じきだ。

직접 표현으로서의 자기 표출은 없지만, 풍경 묘사를 통해 설명없는 표현을 시도하고 있다. 색, 냄새, 빛, 울음소리 같은 감각으로 자기를 둘러싸고 있다. 이것은 외계와 자기의 존재인식이라고 할 수 있다. 제1, 2연 모두 한 행을 원쇼트로 보면 "마당의 나무가, 보인다", "공기겠지, 빛난다"라는 바깥경치의 롱 쇼트로 시작해서, "이 책상, 파랗다", "이 노트, 하얗다"라는 가까운 쇼트가 되고, 점차 시각을 벗어나 후각과 청각으로 인지는 옮겨간다. 그리고 마지막으로 "일요일, 아침이다" "숙제도, 거의 끝이다"라는 시인의 개인적인 기분 감각으로 끝난다. 풍경묘사는 얼핏 현상문적이지만, "이 책상, 파랗다" 등은 조사 '은(は)'은 없지만 판단문에 가깝다. 또한 '이겠지'라는 특별한 사용기법은 '공기는 빛난다' '참새가 울고있다' 같은 현상문이 아닌, 제제화提題化 즉 강조성이 있어서 판단문이다. 그런 의미에서 이 시는 자기 표출도가 E 형 중에서는 높다고 할 수 있다.

F. 「저녁놀에夕焼けへ」형 — 행동주체로서의 자기

E형에서 본 일종의 정경묘사를 통한 자기 표출과는 달리, 행동하는 주체로서의 자기표출이다. 앞에 나온 E형 「숙제」는 책상 앞에 앉아서라고는 하나, 본다, 냄새 맡는다, 듣는다라는 감각을 의식적으로 작동시킨다는 의미에서 F형과 이어진다.

- 「축제가 다가온 날祭の近い日」

축제가 다가온   祭のちかい

가을 날,   秋の日、

| 돼지 창자를 | 豚の腸を |
| 씻었다. | 洗つた。 |

뒤편	裏の
푸른 비천에서	青い埤圳(ひしゅう)で、 (埤圳 : 관계용 용수로─역주)
끌어올려가면서	たぐりながらに
씻었다.	洗つた

주란 껍질이	朱欒の　皮が
위에서,	上から、
떠내려와 손에	流れて　お手に
닿았다.	さはつた。

주란의 무지개를	朱欒の虹を
흩어가며	こはして
돼지 창자를	豚の腸を
씻었다.	洗つた。

─『곤충열차』제12책

이 시에는 「무 말리기」와 마찬가지로 주어가 없다. 『그림엽서 대만えはがき台湾』이라는 연작 중 하나로, 주어는 돼지 창자를 씻는 대만인일 것이다. '엽서'라고 되어 있느니만큼 대부분이 영상적이다. 주어를 종종 생략하는 일본어의 특성을 마도는 오히려 의식적으로 이용하고 있

는 것처럼 보인다. 만약 주어를 대만인이라는 삼인칭으로 하면 이 시는 자기 표출이 가장 낮은 A형에 들어갈 텐데, 일인칭인 '나'라고 한다면 E형에 가까운 F형이다. '손'이라는 표현을 제외하면 일인칭적인 문체이다. 내성적인 면이 느껴지지는 않아도, 세척하는 행동을 몸으로 느끼는 감각은 명확하게 표출되어 있다. 주란의 껍질에 포함된 기름이 물 위에 감돌며 일곱 빛깔로 반사되는 것을 창자를 씻을 때마다 흩어놓는다고 파악한 것은 일인칭적인 쇼트다.

- 「자전거」

이것은 자전거를 타는 쾌감을 노래한 것으로 동요의 전형적인 형태의 하나이다. 그 모습은 매우 영상적이기는 하나, 체감적 세계도 표출하고있다.

G. 「산사의 밤」형-자기 존재 의식

| 램프, | ランプ、 |
| 램프를 보고 있다. | ランプを　見てゐる。 |

| 나, | 私、 |
| 내가 보고 있다. | 私が　見てゐる。 |

| 램프, | ランプ、 |
| 램프가 보여지고 있다. | ランプが　見られてる。 |

| 나, | 私、 |
| 나에게 보여지고 있다. | 私に 見られてる。 전반부 |

먼저 나온 D 「손 안의 반디불」형을 설명하면서, '작은 생물이나 동물·자기 주위의 사물이나 하늘의 별에 대치해서 자기 존재를 묻는 마음은, D형의 관점교착, 동화同化와 표리 관계에 있는 것으로 보인다'고 했다. 그것이 이 G형이다. 자기를 둘러싸고 있는 장으로서의 정경이 아니라, 자신과 사물을 의식화하고 대치시킨다.

위의 「산사의 밤」은 내가 램프를 보고 있다는 사상事象을 "내가 램프를 보고 있다", "램프가 나에게 보여지고 있다"는 두 개로 시점을 나누고 있다. 현상문은 눈 앞에 보이는 것을 화자의 판단은 넣지 않고 그대로 표현한 문장이다. '비가 내린다' '개가 걷는다' 같은 문장이다. 그러나 '내가 보고있다'처럼 주어가 일인칭인 경우, 형태는 현상문이라도 문장의 화자인 자기 자신을 객체화한다는 의식이 작용하고 있기 때문에 현상문은 아니다. 오히려 미오가 말했던 전이문 '보고 있는 것은 나다' → '내가 보고 있는 것이다'에 가까운 의식이 느껴진다. 램프를 보고 있는 자신을 의식화하고 있다. 이와 동시에 보통은 수동형태의 주어가 될 수 없는 램프라는 사물로 시점을 반전시키고 있다. 영상으로 말하면, 램프의 위치에 놓인 카메라가, 카메라를 보는 나를 찍는 쇼트이다. 이 시에는 객관적으로 제삼인칭이 램프와 나를 보는 카메라 위치는 없다. 정적 속에서 보는 나와 보여지고 있는 램프로 시점은 양분된다. 이런 시점을 가진 작품은 이밖에도 몇 작품이 있다. 비영상적 시의 예로든 「깊은 밤」에서 갈비뼈에 손을 얹고 새삼스레 여자가 아닌 자신을 느끼는 것도 그 하나이다. 본다는 것을 의식화 할 때 시점과 시선이 문제가 된다. 마도의 시에 나타난 시점·시선에 대해서는 아다치 에쓰오足立悦男,[17] 사토 미치마사佐藤通雅,[18] 고바야시 준코小林純子[19]의 연구가 있지만, 그들은 비영상시로 사유적인 영역에 속한다.

- 「공원 사요나라公園サヨナラ」

이미 제2장 제2절 제2항 「「코끼리」의 아이덴테티」에서 살펴보았다. 여기에서는 다시 한번 영상적 관점에서 보기로 하자.

엄마 가 없다—아.	オ母チヤン ガ ヰナイーン。
미끄럼틀 의	オスベリ台 ノ
위에 는 해님.	ウヘ ノ オ日サマ。
엄마 가 없다—아.	オ母チヤン ガ ヰナイーン。
귀 조용한	オ耳 シヅカナ
우리 속 작은 토끼.	ヲリ ノ 小ウサギ。

17 아다치 에쓰오, 「일상의 사냥꾼—마도 미치오론」, 『현대소년시론』.
18 사토 미치마사, 『시인 마도 미치오』, 北冬舍, 1998.
19 고바야시 준코(小林純子), 「마도 미치오 시에 있어서 시선의 탐구(まど・みちお詩における視線の探求)」, 『국문 시라유리(国文白百合)』 40, 白百合女子大学国語国文学会, 2009.3, 40~51쪽.

| 엄마 가 없다—아. | オ母チヤン　ガ　ヰナイーン。 |

| 양귀비 의 배 를 | 罌粟　ノ　オ舟　ヲ |
| 흔드는 꿀벌. | ユスル　ミツバチ。 |

| 엄마 가 없다—아. | オ母チヤン　ガ　ヰナイーン。 |

| 우리 엄마 꺼랑 | オ母チヤン　ノニ |
| 비슷한 양산. | ニテル　パラソル。 |

| 엄마 가 없다—아. | オ母チヤン　ガ　ヰナイーン。 |

| 그림자 도 다 나가는 | カゲ　モ　デテイク |
| 문 의 양지쪽. | ゴ門　ノ　ヒナタ。 |

| 엄마 가 없다—아. | オ母チヤン　ガ　ヰナイーン。 |

—『곤충열차』 제6책

　엄마를 찾는 아이의 외침만이 메아리치고, 아무 대답도 없는 정적이
주변의 영상쇼트의 반복과 행간으로 묘사된다. 마도의 유년기 경험이
배경에 있고, 그것이 자기 존재 회구의 방향을 보여준다.

H. 「아기」형—인식판단, 사물의 존재론

앞에서 언급했듯이 이 형은 부분적으로 사유에 속하는 것을 포함하지만, 영상적 부분의 비중이 컸기 때문에 하나의 유형으로 영상적 시에 넣었다.

- 「이 땅의 사람들 _{この土地の人たち}」

길을 가는 사람의 등에	道をゆく人の背に
작은 볕웅덩이가 있다	小さな日溜がある
볕이 모인 한 가운데에	日溜の中に
그 누구도 알지 못하는 파리가 있다	誰にも知られない蠅がゐる
파리는 이따금 그곳을 벗어나	蠅は時に　そこを離れ
빙글 사람 주위를 돈다	ぐるりと人の周囲を廻る
그리고 다시 그 자리로 돌아와	そして又もとに帰り
가만히 움직이지 않는다	じつと動かない
길을 가는 사람이 가는 곳은	道をゆく人のゆく先は
또한 파리가 가는 곳이다	又　蠅のゆく先である
제대로 파리의 얼굴도 모르면서	ろくろく蠅の面も知らずに
이 땅의 사람들은	この土地の人たちは

날마다 파리와 함께 살고 있다   日毎　蠅と共に生きてゐる

—『동물문학』제9집

길가는 사람의 모습, 햇살, 파리의 존재와 움직임, 그것들은 확실히 영상이 된다. 그러나 영상을 마음에 감수感受하면서 보고 있는 마도의 시선은, 마도의 마음 속 생각과 피드백하면서 깊어 간다. 그것은 비영상적 세계이다. 사람과 파리의 존재와 관계를 묻고, 생명과 그 끝을 깊이 생각한다. 「아기」에서도 마도는 유아가 무심히 신문을 찢는 모습을 지켜보면서 아이에게 경외심을 느낀다. 이들 작품에 마도 자신의 모습을 표현하고 있지는 않지만, 그 깊은 사색은 자기 표출도가 높음을 나타내며, 비영상적 요소를 내포하고 있다.

이상, 이 절에서는 마도 미치오의 시에서 영상적인 작품을 검토했다. 대상으로 삼은 것은 『전 시집』에 수록된 작품이었지만, 실제로는 전전의 작품으로 전집에 수록되지 않은 것도 있다. 천수이평은 『마도・미치오의 시 작품 연구—대만과의 관련을 중심으로』에서, 마도의 시 83편을 새롭게 발굴했다고 밝혔다.[20] 또한, 전 시집에 수록되지 않은 1990년이후의 작품도 있다.

마지막으로 영상적 시의 연대별 분포를 〈표4〉로 표시했다.

20　천수이평, 「마도 미치오의 시 작품연구—대만과의 관련을 중심으로(まど・みちお の詩作品研究—臺灣との関わりを中心に)」, 大阪教育大学 석사논문, 1996, 41쪽.

〈표 4〉영상적 시의 연대별 분포표

연도	영상적 시의 형태와 수	전 작품 수	비율(%)
1934	BEE 3	3	100
1935	AEEFH 5	11	45
1936	C 1	13	8
1937	ABBCCCDDEEEG 12	26	46
1938	ABCDEEG 7	36	19
1939	AABCEF 6	37	16
1940～1944		10	0
제2차세계대전			
1948～1959		142	0
1960	AF 2	27	7
1961	BBC 3	49	6
1962	CE 2	12	16
1963	BC 2	49	4
1964		7	0
1965		7	0
1966	BBCCCCEE 8	120	6
1967		9	0
1968		37	0
1969	C 1	26	4
1970		13	0
1971	CH 2	34	6
1972		21	0
1973	C 1	48	2
1974～1989		419	0

6) 영상적 시의 연대별 분포

〈표 4〉를 보고 알 수 있는 것은 마도 시의 역사 속에서 영상적 시는 압도적으로 전전 초기에 집중되어 있다는 점이다. 1966년에 8작품이 있는데, 그 해 전체 작품 수도 많아서 비율은 6%이다. 또한 A~H의 각 형의 시대별 경향은 현저하게 나타나지 않았다. 전전 작품으로 전집 미수록 작품과 1990년 이후의 작품 검토가 남아 있지만, 마도의 영상적 시의 경향은 거의 파악할 수 있었다고 생각한다.

여기에서 가장 흥미로운 점은 창작 초기에 집중적으로 나타난 영상적 시가 마도의 시 창작에서 어떤 의미를 갖는가 하는 것이다. 마도는 20세 이전부터 시 창작을 시작해서, 1934년 24세에 처음으로 잡지에 투고할 때 이미 시의 소양은 있었던 것으로 보인다. 그러나 개인적인 시 창작과는 달리, 기타하라 하쿠슈 등도 읽는 시의 투고라고 한다면, 역시 자부가 있었을 것이다. 이 시점에서 마도 나름대로 가장 자신의 것으로 획득하기 쉬운 표현세계를 먼저 투고한 것은 상상하기 어렵지 않다. 그 하나의 중심이 되는 것이 영상적 시였다.

본 절에서는 마도의 영상적 작품을 영화 기법과 비교도 하면서 고찰했다. 이에 따라 마도가 모색한 영상적 표현세계는 어떤 것이었는지를 보다 명확하게 이해할 수 있었으며, 또한 작품에 다소 우열은 있더라도 표현의 배후에는 마도의 치밀한 구성력이 작용하고 있다는 점도 확인할 수 있었다. 마도가 그런 기량을 어떻게 배웠는가가 흥미로운 점이다. 가능성으로는 영화나 선배 시인들 작품의 영향도 생각할 수 없는 것은 아니지만, 무엇보다 밑바탕에 응시하는 사람이라 불리던 마도의 어린 시절부터의 자질과 감각·심상의 세계가 잠재적으로 있어서 익힐 수 있었다는 것은 틀림 없다. 그것이 앞에 인용했던[21] 마도의 시적 원체험詩的原体験이다. 마도 시에서 가끔 언급되는 '원근법'도 그 중 하나로, 이른바 렌즈를 통한 세계이며, 일종의 카메라 워크라고 할 수있다.

마도 시 창작의 흐름에서 볼 때, 표현세계의 다양한 시도들 가운데 영상적 시는 마도 시 창작의 출발점이자, 비상을 위한 도움닫기였다고 위치시킬 수 있을 것이다.

2. 시와 동요에 나타난 오노마토페 표현

오노마토페로 총칭되는 의성어·의태어는 일본인의 일상 언어 생활에 깊이 뿌리내린 친숙한 말이다. 너무 가까이 있어서, 또한 그것이 언어로서는 미성숙한 말이라는 인상이 있기 때문에 학문적으로 크게 주목받지 못했던 것으로 보인다. 물론 유아의 말에 오노마토페가 많고, 동화나 동요에도 많은 오노마토페가 사용된다. 가장 원시적인 소리로서의 직접적인 어법이며 감각적 표현이기 때문이다. 이는 동시에 감성의 표현세계인 시에서 오노마토페가 얼마나 중요한지도 시사하고 있다. 사실, 오노마토페를 작품 속에서 중요하게 생각한 시인은 많다. 시

---

21 제1장 제1절 제1항 '외로운 도쿠야마 시절, 대만의 소학·고등소학교 시절'.

인 마도 미치오는 어떨까. 이번에는 마도의 시 창작에 나타난 오노마토페의 전체적 경향을 살펴보면서, 마도의 시와 동요[22]의 오노마토페 표현의 특징도 고찰한다. 대상 작품은『전 시집』의 전 작품 1,156편(단시도 한 작품으로 간주하고, 산문시는 제외)이다.

1) 오노마토페의 범위

오노마토페의 일반적인 인식은 오노 마사히로小野正弘가 내린 정의에서 볼 수 있다. "사물의 소리나 동물 울음소리 등을 인간의 음성으로 모방한 '의성어擬音語'와, 사람의 기분이나 사물의 모습 등을 소리 이미지에 의탁해서 나타낸 '의태어'의 총칭이다."[23] 또한 그 특징에 대해 "구체성을 제공하고, 체감적인 실감을 수반한다"고 했다.

본 절에서 대상으로 하는 오노마토페 추출에 있어서도 이를 기본으로 했다. 그러나 실제로 마도의 시와 동요 속에서 오노마토페를 추출할 때 정확한 구분이 어렵게 느껴지는 것도 있어서, 여기에서는 다음 사항도 기준으로 덧붙였다.[24]

22　이 절에서는 리듬 같은 동요의 일반적 개념에 더해서, 내용이 어린이가 노래부를 수 있는 세계인가 하는 점도 동요의 조건으로 중요하게 보았다.

23　오노 마사히로(小野正弘),『NHK 컬쳐라디오 시가를 즐기자 오노마토페와 시가의 멋진 관계 NHK(カルチャーラジオ　詩歌を楽しむ　オノマトペと詩歌のすてきな関係)』, NHK出版, 2013, 131쪽.

24　'쑥쑥하고(すいすいと)' 같은 'と'와 오노마토페의 결합은 문장에 따라 강약이 있다. 'って'의 형태가 되는 경우도 있어, 본론에서는 원칙으로 'と'를 생략한 형태로 보았다. 단, 'ちょっと, ちゃんと, きちんと, ずっと, ずうっと, ふと, そうっと' 등은 단어로서 성숙해있기 때문에 'と'를 포함해서 1어로 했다. 스컬랍은 그들을 부사로서 제외하고 있지만 본론에서는 아사노 쓰루코・가네다 하루히코(浅野鶴子・金田

① "하히후헤 호호호はひふへほほほ"처럼 단순한 발음을 주로 한 말이나, "탄포포폰의 폰포포폰의 폰たんぽぽぽんの ぽんぽぽぽんの ぽん" 등 단순한 박자음은 오노마토페에 넣지 않았다. ② "토라라라라라"처럼 동물 이름(토라: 호랑이-역주) 같은 것이 동음이의어(掛詞: 음이 같고 뜻이 다른 말을 이용하여 한 낱말에 두 가지 뜻을 가지게 하는 수사법-역주)로 '호랑이가 달릴 때 귀에 울리는 마찰음'처럼 오노마토페적으로 사용되는 경우, 또한 "톤텐칸 톤찐칸"이나 "기노코(버섯-역주) 노코노코 노코노코 / 걷거나 하지 않지만"과 같이 단어를 일부변형시켜 오노마토페로 사용한 경우에는 넣는다. 단, "쓰라라라 쓰라라라つららら つららら"는 쿠사노 신페草野心平의 「춘식春殖」,[25]의 문자상형화와 같은 종류로, 비유한다는 의미에서는 의형어擬形語라고도 할 수 있지만 시각적 관점[26]은 다루지 않을 예정이므로 제외한다. ③ 명사 용법의 "완코, 폿포, 카나카나, 니코니코쨩" 등도 오노마토페에서 제외한다.

이상의 기준으로 마도 작품 1,156편에서 고찰대상이 되는 오노마토페를 추출했다.

一春彦), 『의음어・의태어사전(擬音語・擬態語辞典)』(角川書店, 1978)을 참고로 오노마토페에 넣었다.

25 그저 'る'를 세로로 길게 이어 개구리 알의 시각적 이미지와 울음소리를 이미지화했다. "るるるるるるるるるるるるるるるるるるるるるるるるるるるるる".

26 세로쓰기의 경우 'つららら'는, 늘어진 고드름(つらら)이 반짝반짝거리는 모양과 비슷하다. 마도의 시에는 좀더 넓은 시각효과를 노린 시각시(視覚詩)・캘리그램의 특징을 보이는 것도 몇 작품있다. 「개미」에 대해서는 이 장 제1절 제5항의 「개미」형에서 보았다. 「캥거루(かんがるー)」: 캥거루의 상형인「る」가 덤불에서 튀어나와 초원을 점프해간다. 「굴렁쇠 굴러간다(わまわし まわるわ)」: 'まわるわ'와 'わまわし'의 문자열이 2중의 굴렁쇠로 해서 32자씩 늘어서 있다. 「기린キリン」: 기린이 먹은 것이 식도를 지나 아래로 내려가는 모습.

2) 시와 동요에 나타난 오노마토페의 양적 분포

　로렌스 스컬랍Lawrence Schourup은 일본어 표현의 다양한 장면에서 사용되는 오노마토페를 정량적으로 분석했다.[27] 아동도서, 소설, 학술논문, 신문, 만화, 회화 등을 대상으로, 글자수 1,000에 대한 오노마토페 사용 어수를 산출했다. 대략적으로 말하면, 문어체보다 구어체에서 사용 빈도가 높고, 포멀formal 보다 인포멀informal 쪽이 높다. 이 결과는 일상 경험에서도 어느 정도 예상되는 것이기는 하지만 명확한 분석 수치를 볼 수 있다는 것은 의미있는 일이다. 마도의 시와 동요를 비교하기 위해, 로렌스 스컬랍이 산출한 분석 수치를 소개한다.

　　아동문학 : 8.00～18.00

　　일반소설 : (본문)0.67～2.33

　　　　　　　(대화 부분)0.00～1.33、

　　학술논문 : 0.0

　　『마이니치신문』 : 0.33

　　스포츠신문 : (스모)3.55・(야구)1.03、

　　만화 : (대사)1.44・(일반 대화) : 2.09

　이 수치를 통해 알 수 있는 것은 아동문학이 얼마나 높은 수치를 보

27　Lawrence Schourup, 「일본어의 글말・입말에 사용되는 오노마토페의 분포에 대해서(日本語の書きことば・話しことばにおけるオノマトペの分布について)」, 가케이 도이오・다모리 이쿠히로(筧寿雄・田守育啓) 편, 『오노마토피아 의음어・의태어의 낙원(オノマトピア　擬音・擬態語の楽園)』, 勁草書房, 1993, 77～100쪽.

이는가 하는 것이다. 이것을 보면 오노마토페는 아이의 말, 유아적이라는 일반적인 생각을 증명하는 것처럼 보이기도 하지만, 스컬랍은 "오노마토페는 어른도 사용하고 있으며, 어린애 같다는 지적은 말 자체가 지닌 고유의 유치함 내지는 그 기능에 기인하는 것이 아니라 어린이에 대해서 사용하는 말에 오노마토페가 매우 자주 사용[28]된다는 점으로 인해 발생하는 이차적인 현상일 것"이라고 분석했다.[29]

그렇다면 다음으로 마도 시와 동요에 대한 분석 결과를 보겠지만, 여기서 문제는 마도가 사용한 오노마토페의 '1어一語'를 어떻게 파악할까이다. 스컬랍이 대상으로 한 오노마토페는 '끼익キーン', '살며시ごっそり', '아장아장よたよた' 등 이외, '구잇 구잇 구잇グイッ, グイッ, グイッ'을 1어로 간주한다는 정도의 기준으로 1어에 대한 인정이 명확했다. 그러나 마도의 오노마토페에는 "타푸 란란 / 치ー탓타たっぷ らんらん / ちーたった" 같은 것이 있어서, 만약 띄어쓰기로 따지면 4어, 행 단위로는 2어, 소리의 단위로 말하면 1어가 될 가능성이 있다. 띄어쓰기나 행변화도 분명 나름대로 마도의 의도가 있겠지만 음의 박자와 리듬에서는 "타푸 란란 / 치ー탓타"는 분리할 수 없는 한 덩어리로서의 힘을 가지고 있다. 그래서 본론에서는 '참방ぼとん', '성큼성큼ずしんずしん', '흔들흔들ゆらりゆらり' 등과 마찬가지로, "타푸 란란 / 치ー탓타"[30]처럼 연속하는 한 덩어리도 1

---

28 이는 어린이 언어발달의 문제로, 마도의 작품을 보아도, "송아지 엄마 젖을 쭉쭉(う
     しの あかちゃん おっぱい チュチュ) (…중략…) 아기 참새 애벌레를 꿀꺽(つばめ
     の あかちゃん むしを パクリ)"처럼 언어의 품사적 구분에서는 미분화된 원시적
     오노마토페를 많이 볼 수 있다. 위의 예와 같은 동사의 미분화뿐 아니라, 형용사, 부
     사, 명사에서도 나타난다. 그것이 어른과의 용법의 차이이며 어린이말에 오노마토
     페가 많은 하나의 이유이다.

29 Lawrence Schourup, 앞의 글, 95쪽.

30 이렇듯 행을 넘어서 1어로 간주한 예는 이 밖에 32예 있다. 그중에는 "빙 붕(ビン

어로 간주했다.

그런 정의에서 계산하면 마도 시와 동요의 오노마토페의 개수概数는 다음과 같다.

오노마토페를 포함하는 시

시 작품 수 : 326시 작품

총 자수 : 90,000

어수 : 718

1,000자당 어수 : 8.0

오노마토페 총 자수 : 3,500

1어당 : 4.9자

오노마토페를 포함하는 동요

동요 작품 수 : 305

동요 작품 총 자수 : 55,000

어수 : 1,161

1,000자당 어수 : 21.1

오노마토페 총 자수 : 7,500

1어당 : 6.5자

(헤아리는 문자 표기는 텍스트대로 하고, 자수계산에 구독점, 기호는

ブン) / 빙 붕(ビンブン) / 밍 붕 밍(ミンブンミン)"처럼 3행 이상에 걸친 것도 있지만, 수치상의 차이는 3% 미만으로 큰 차이는 아니다. 또한 띄어쓰기 단위에서 1어로 간주한 경우, 어수는 시(詩)가 887어가 되어 1.2배, 동요가 1,928어로 1.7배 증가한다.

포함되지 않았다. 어수는 반복도 포함.)

위에 보는 마도의 오노마토페 수는 1,000자당, 시 : 8.0, 동요 : 21.1
로, 동요의 어수는 시의 2.6배이다. 이 시의 수치는 스컬랍의 아동 도서
3권의 텍스트에서 오노마토페 어수가 적은 작품의 수치와 동일하며,
동요는 3권의 아동 도서에서 가장 많은 18.00보다 마도 동요의 오노마
토페 수치가 높다.[31]

또한 오노마토페가 사용된 작품 수는 시가 326, 동요가 305이므로,
한 작품당 오노마토페 수는 시 2.2, 동요 3.8이다. 시와 동요의 차이는
노래로 부른다고 하는 동요의 특성과 관련있다고 여겨진다. 사토 미치
마사는 마도의 오노마토페의 예도 인용하면서 시와 동요라는 깊이 있
는 주제로, '소리문화'라는 관점에서 동요에 대해 다음과 같이 말하고
있다.

마도 미치오가 "나 혼자 만드는 것이 아니라 내 안의 모두가 만든다"고
한 것은 소리문화의 특징인 공유성·집단성에서 유래한다. "내 안의 모두
가 약간은 시끌시끌 그리 심각하지는 않게 하늘을 쳐다보고 있는듯한"
"내 안에 있는 보편성같은 것 — 서민으로서 우리 일반, 어린이도 포함해
서 누구나가 가지고 있는 것, 그 세계 속에서 내가 쓰고 있다는 느낌"이라
고 한 것도 마찬가지다. 동요가 언어로보나 구조로보나 소박·단순·명
쾌한 것은 향수대상을 고려하고 있기 때문인 것은 틀림없다. 그러나 그것

---

31 Lawrence Schourup의 아동도서의 오노마토페 1어의 평균자수는 계산하면 4.3자
    로, 마도의 시보다 다소 짧다.

만으로는 절반 밖에 맞추지 못한 것이다. 개인의 의식이 세분화·예민화하기 이전의 소리문화를 근거로 하기 때문에 '나'가 아닌 '모두', 또는 '개별'이 아닌 '보편'이 전면에 나온다. 그 문화는 문자문화보다 훨씬 오랜 시간 계속되고 있다.[32]

그리고 사토는 마도의 「나무쌓기」의 오노마토페 "잇찐 갓찐 / 타ー ㄴ 퐁いっちん かっちん / たーん ぽん"을 "의미나 이유가 성립하기 이전의 장소를 호흡하고 있는 그런 종류의 말이다. 아니, 말로서의 형태도 아직 갖지 않은 시원始原의 음운音韻이라고 해야 할 것이다"[33]라고 평가했다. 사토가 위에 한 말은 마도의 동요 하나 하나에 흐르는 '소리문화'로서의 호흡을 논하면서 나온 것이다. "잇찐 갓찐 / 타ー ㄴ 퐁"을 그 호흡의 시원에 있어서 음운의 표현이라고 볼 때, 동요에서 오노마토페가 얼마나 중요한지 이해할 수 있다. 그러면 '소리音'에서 말이라는 '의미'로 기울어져 간 후기의 마도 시에 나타난 오노마토페는 어떨까.

고지마 다카사부로小嶋孝三郎는 자신의 오노마토페 연구를 집대성한 『현대문학과 오노마토페現代文学とオノマトペ』 서문에서 오노마토페에 대해 "뛰어난 문학 작품, 예를 들면 천재위재偉才로 불리는 사람들의 작품 속에 이런 종류의 기호가 사용된 경우에는 결코 단순한 개념의 부호에 그치지 않고, 그 청각적 측면의 영상을 최대한 발휘해서, 직접 사상의 상태 내지 정도 같은 것을 암시함과 동시에 독자의 표상에 호소하면서 작가 자신의 심상의 선율까지도 연주하는 것이 있다"[34]고 논했다. 그런

---

32 사토 미치마사, 『시인 마도 미치오』, 北冬舍, 1998, 185~186쪽.
33 위의 책, 191쪽.

오노마토페 용법을 '상징적 용법'이라고 하며, "일상적 실용적 언어 인식을 뛰어넘으려는 조형적 창조적 차원"[35]이라고 문학적 오노마토페 용법을 정의했다. 마도의 오노마토페 용법을 개관하면, 독자적인 창조적 오노마토페[36]로 여겨지는 것은 반복도 포함해서 약 250어로 전체의 약 13 %이다. 시와 동요의 비율을 보면 마도의 창조적 오노마토페는 동요가 시의 4배 정도 많다. 시의 오노마토페가 일상적 실용적 언어인식을 뛰어넘으려는 조형적 창조적 차원의 표현이라면, 시인으로서의 마도 시에도 그런 '창조적, 상징적 용법'이 조금 더 많이 있어도 이상할 것은 없다고 여겨진다. 마도 시의 오노마토페의 전체적인 수가 동요에 비해 적다는 점에 더해서, 창조적인 것은 그보다 더 적은 이유는 어디에 있는 것일까. 이하, 마도 시와 동요의 오노마토페에 대해 고찰해나가고자 한다.

---

34 고지마 다카사부로(小嶋孝三郎), 『현대문학과 오노마토페(現代文学とオノマトペ)』, 桜楓社, 1972, 1쪽.

35 위의 책, 51 · 65쪽.

36 독자적 또는 창조적이라는 말의 의미는 두 종류가 있다. 하나는 어(語) 그 자체가 독자적인 것, 또 하나는 어(語)는 일반적이라도 사회관습적 용법에서 벗어난 사용법이다. 다모리 이쿠히로(田守育啓), 「미야자와 겐지 특유의 오노마토페ー겐지 특유의 비습관적 용법(宮澤賢治特有のオノマトペー賢治独特の非習慣的用法)」, 『인문논집(人文論集)』 46, 효고대학(兵庫大学) 등의 연구가 있다. 마도의 경우, 후자의 예는 1% 정도이다.

3) 마도 미치오 시에 나타난 오노마토페

전전 대만 시기의 시에서 창조적 오노마토페를 보기로 하자. 하나는
제1절 제5항 '각 유형에 대한 검토 C. 「아침해에」형'에서 본 「정크선」이다.

강가에 늘어선 정크선,	汀に並んだ　ジャンク船、
손에 손을 잡은 박쥐 같다.	お手々をつないだ　蝙蝠みたい。
토론코, 팽. 키프키프.	トロンコ、ペン。キップ、キップ。
물 속에도 정크선,	水の中にも　ジャンク船、
거꾸러 늘어서서 적황갈색.	さかさに並んで　赤黄茶色。
토론코, 포론코, 핀치, 핀치	トロンコ、ポロンコ、ピンチ、ピンチ。

― 제1연, 『철자법클럽』 제4권 10호

마도는 이 시의 창작에 대해 다음과 같이 회상하고 있다.

이 「정크선」이란 것은 의성어를 살린 동요로, 하쿠슈의 「공자사당(孔子
廟)」이라는 동요의 뛰어난 의성어 '텐, 텐, 핀, 차우, 폰(テン、テン、ピ
ン、チヤウ、ポン)에 촉발되어 만든 것입니다. (…중략…)

나는 「정크선」의 의음(擬音)을 만들기 위해서 정크선이 몇 척이나 묶
여 있는 강변에 나가 거기에 가만히 쪼그리고 앉아 천지에서 나는 소리에
귀를 기울였습니다. 또 한편으로 지도를 펼치고 정크선의 활약무대인 남
중국해 연안에서 '톤킨·하이폰·홍콩' 같은 이른바 차이나풍의 울림을

지닌 지명을 찾기도 했습니다. 그 결과 적당히 만들어낸 의음이, "토론코, 팽, 키프키프 / 토론코, 포론코, 핀치, 핀치"라는 것이었다고 생각하는데, 하쿠슈의 비평에 "표현이 자유자재다"라고 써 있던 것이 기분좋아서 지금도 기억하고 있습니다.[37]

마도의 소리에 대한 생각을 보여주는 일화이다. 아래 사진은 『철자법클럽』(제4권 10호, 137쪽)에 하쿠슈가 쓴 「정크선」에 대한 선평이다.

동요

동요는 마도 미치오 군의 「정크선」과 모리 다카미치군의 「낡은 성」두 편을 추천했다. 「정크선」은 특히 뛰어나고, 기법도 자유자재다. 앞으로 점점 더 동요가 모이게 되기를 희망한다.

童謡

童謡は、まど・みちを君の「ジャンク船」と森たかみち君の「古いお城」二篇を推奨した。「ジャンク船」はわけてもすぐれて、技法も自在である。今後、いよいよ童謡が集まるやうに希望する。

또 하나는 오노마토페의 개작예 「아침해에」이다. 제1절 제2항 「마도 미치오의 영상적 시의 유형」의 처음 부분에 그것을 실었다. 이 시는 『곤충열차』 제2집[38]에 실었던 것을 개작한 것으로, 마도는 실수로 전호前號에 원작을 실었다고 기록했다. 제3집에 정정 작품을 게재했다.[39] 그리고 『전 시

---

37 마도 미치오, 「처녀작 무렵(処女作の頃)」, 『마도 미치오(まど・みちお)』 (『KAWADE유메무크(夢ムック)』 문예별책(文芸別冊)) 재수록, 河出書房新社, 2000, 58쪽.(초출 『비와열매 학교(びわの実学校)』 97, びわのみ文庫, 1980.1)

38 『곤충열차』 2, 昆虫列車本部, 1937.4, 7쪽.

집』에서는 오노마토페가 변경되고, 그 개정판에서는 구독점을 모두 지웠다. 아래에 먼저 제2집의 원작을 적고 다음으로 제1절에서도 인용한 제3집의 개작을 싣는다.

아침해에 울었던　　　　　　朝日に　鳴いた
고양이 입,　　　　　　　　猫の　口、
입김을 남기고 닫혔습니다.　湯気を　残して　閉ぢました。

아침해에 하얗게　　　　　　朝日に　白く
피어난 입김,　　　　　　　　咲いた湯気、
수염을 남기고 사라졌습니다.　ヒゲを　残して　消えました。

아침해에 울었던　　　　　　朝日に　鳴いた
그 작은 고양이,　　　　　　その小猫、
인연을 남기고 달아났습니다.　お稼　残して　逃げました。

　　　　　　　　　　　　　　　—『곤충열차』 제2집

아침해에 울었던　　　　　　朝日に　鳴いた
고양이 입,　　　　　　　　猫の　口、
입김을 남기고　　　　　　　湯気を　残して

---

39 『곤충열차』 3, 昆虫列車本部, 1937.6, 15쪽. 여기에는 다음과 같은 메모가 있다. "전편의 졸작 「아침해에(朝日に)」는 개작해 놓았던 것이 있는데, 실수로 원작을 실었습니다. 왼쪽에 개작을 실어둡니다."

량,	リヤン、
닫혔다.	閉ぢた。

아침해에 피어난	朝日に　咲いた
하얀 입김,	白い　湯気、
수염을 남기고	おヒゲ　残して
훈,	ヒユン、
사라졌다.	消えた。

아침해에 울었던	朝日に　鳴いた
고양이 얼굴,	猫の　顔、
아침해 남기고	朝日　残して
푸이	プイ、
달아났다.	逃げた。

—『곤충열차』제3집

　초판에는 의태어가 없고, 다시 고칠 때 오노마토페를 사용하며 '~다
체(だ体)'가 된다. 다시 『전 시집』에서는 오노마토페 '량リヤン, 훈ヒユン,
푸이プイ'가 '문ムン, 윤ユン, 푸이プイ'로 변경된다. 처음의 '~ㅂ니다체(ま
す体)'는 자신이라는 존재를 느끼게 하는 문체지만, '~다체'가 되고 오
노마토페가 들어가면서 표현에서 작가는 사라지고 완전한 실사라는
느낌이 된다. '량→문, 훈→윤'의 변경도 마도의 감각의 세계이다.
　「정크선」과 「아침해에」를 통해 마도의 오노마토페 창작과정을 엿볼

수 있다. 상당한 열의과 집념이 있었다는 것은 상상할 수 있지만, 그외에 창조적 오노마토페라고 할 수 있는 것은 대만 시기에는 대만어 : "안니아, 안니아, 아이쿤라아", 축제의 의성어 : "차·이누 콕코", 기타 : "삐롯 삐롯", "친키", "린코로", "핀효로", "치핀"이 있을 뿐이다.

그렇다면 전후 시에 나타난 창조적 오노마토페는 어떨까.

하나는 단시 「하토ʌㅏ」이다. "하토 하토 / 하토 하토 / 하오토로 자기를 / 부르는 구조ʌㅏ ʌㅏ / ʌㅏ ʌㅏ / はおとでじぶんを / よぶしくみ". 비둘기(하토)가 공중을 날 때의 날개짓소리(하오토)에서 음을 따와서 오노마토페로 사용했다.[40] "하토 하토"는 창조적 오노마토페임에 틀림 없지만, 코지마의 문학적 상징적 용법이라기 보다는 일상적 실용적 언어 인식을 넘어서는 단시적 재미가 더 강하다. 이것은 마도의 기법 중 하나이며, 시에는 기타 '기린, 게, 밥그릇, 나막신'에 관한 것이 있다.

또 하나는 말의 의미를 오노마토페에 덧입힌 예로, 이것도 일반적인 오노마토페 용법이 아니라, 기법으로써 마도의 창조성이 가미된 것이다.

매미	セミ
땅 속에서 오늘 아침 나왔어도	土の中から　けさ　でてきて
벌써 매미는 노래할 수 있다	もう　セミが　うたえている
배운 적도 없는	ならったことも　ない

---

40 오노 마사히로는 독창적인 사카기바라 사쿠타로(萩原朔太郎)의 오노마토페로 나
    비들이 떼지어 날고 있는 오노마토페 '나비 나비 나비(てふ てふ てふ)'(오노 마사
    히로, 앞의 책, 139쪽)를 들었다. 마도의 '하토 하토(ʌㅏ ʌㅏ)'가 의성어인 데 반
    해서 이것은 의태어(擬態語)이다.

들은 적도 없는	きいたことも　ない
멀고 먼 선조의 날의 노래를	とおい　そせんの日の　うたを
멀고 먼 선조의 날의 음율로	とおい　そせんの日の　ふしで

태양 반자이 자이자이자이	たいよう　ばんざい　ざいざいざい
태양 반자이 자이자이자이	たいよう　ばんざい　ざいざいざい
(전반부)	

　매미의 의성어로 쓰인 "자이자이자이"는 코지마가 말한 '독자의 표상에 호소하면서 작가 자신의 심상의 선율까지도 연주하는 것'이라 생각되는데, '태양 만세(반자이)'라는 의미가 담겨 있어, 마도가 이에 의탁한 사상과 외침이, 생물과 자연의 장대한 순환에 대한 찬미로 "자이자이자이"는 울려퍼진다. 이는 마도가 유년기에 품었던 세계이다. 마도는 추억 속에서 이렇게 말한다. "매미는 몇 년간이나 땅 속에서 유충으로 지내고 나서 매미가 되어 우는 것이니까요. 나에게 '여름이 왔어요'라고 알려주는 것 같았습니다."[41]

　이밖에 시의 창조적 오노마토페로, "호-로로로 치-로로"는, 바다를 노래한 조개의 피리소리, "쿠루루루 핏치"는 십자매(*새)가 좁쌀 껍질을 까먹는 모습으로, 의성어라기 보다는 의태어라는 느낌이다. "아-탄 텐킨, 나아린보"(『체리』)는 모든 사물의 개념을 제거하고 음색 그 자체를 창출한 상징적 오노마토페다. 또 창조적 오노마토페의 일종인 사회관

41　마도 미치오, 『백세일기』, NHK出版, 2010, 51쪽.

습적 용법에서 일탈한 용법에는, 차조기 열매를 튀기는 의성어로 "삐리삐리"(「덴뿌라 삐리삐리」)가 있다.

이상, 마도 시에 나타난 창조적 오노마토페를 보았다. 그렇다면 마도 시에서 창조적 오노마토페가 아닌 '사회관습적 용법' 오노마토페의 예도 몇 가지 보기로 하자.

의성어(擬音語)

달그락(ことり), 퐁당(ぽとり), 소곤소곤(ひそひそ), 쿨쿨쿨(グウグウグウ), 펑(ドカン), 삐약삐약(ピヨピヨ), 시끌시끌(がやがや), 찰박찰박(ちゃぽちゃぽ), 낄낄(げらげら), 킥킥(くすくす), 멍(ワーン), 삐리리(ぴーひゃら), 찰싹찰싹(ぺちゃぺちゃ) 등

의태어(擬態語)

반짝반짝(きらきら), 쓱쓱(すいすい), 빙글빙글(ぐるぐる), 뚜렷하게(くっきり), 둥실둥실(ふわふわ), 뒹굴뒹굴(ころころ), 희미하게(うっすら), 비틀비틀(ひょろひょろ), 딱딱(こちこち), 줄줄줄(ぞろぞろ), 천천히(ゆっくり), 낼름(ぺろん), 가만히(そうっと), 조용히(ひっそり), 황급히(そそくさ), 문득(ふと), 반듯하게(しゃんと), 팔락팔락(ぴらぴら), 쾅쾅(とぼとぼ), 매끈매끈(つるつる) 등

이들은 일부에 불과하지만 의성어보다 의태어가 많은 것이 특징이다. 그리고 의태어 가운데 '문득ふと, 조용히ひっそり, 터벅 터벅とぼとぼ, 비틀 비틀よぼよぼ, 말똥말똥しげしげ, 절실히しみじみ, 멈칫ぎょっ, 느긋하게ゆっ

たり, 무심코うっかり, 황홀하게うっとり, 풀이 죽어しょんぼり, 반듯하게きちん
と, 제대로ちゃんと, 정확하게, 딱ぴったり, 멍ぼうっ 등은 어떠한 심리적 요
소가 포함된 단어로, '문득ふと' 이외에는 가치 판단이 있는 평가어라고
할 수 있는 것이다. 이들은 동요로서, '내 안의 모두'와 같이 노래하기는
힘든 세계이며, 실제로 동요에는 적다. 이 중 가장 현저한 것은 '문득'으
로, 전 작품 가운데 동요는 1예뿐이다. 나머지 16예는 시에 사용되고
있다. 그들은 '알아차리다, 손에 넣다, 쳐다보다, 생각하다, 듣는다, 외
면하다' 등 자기의 생각이나 행동과의 관련성을 가지고 사용된다. 유일
한 동요「눈이 내린다ゆきがふる」에도 눈 내리는 가운데 혼자 선 자신이
하늘로 날아오르는 착각을 느끼고, "문득 깨달으면 눈이 내린다ふと きが
つくと ゆきが ふる"라는 식으로 사용된다. 이것은 자기 혼자만의 세계로,
곡은 붙어 있지만 시에 가까운 작품이다. 그 경향은 오노마토페 이외
에도 '나'라는 주어가 표현상 나타나거나 또는 배후에 있거나 하는 문
체적 특징이 있고, 그 결과로 '것이다(のだ)'라는 판단표현과 의문표현
이 보인다. 표기에도 한자가 섞여 있기도 하고 띄어쓰기도 적어져서
사유세계에 접근한다.

4) 마도 미치오의 동요에 나타난 오노마토페

일반적으로 마도 시 창작의 출발은 동요라고 알려져 있는데, 어린이
가 노래할 수 있는 내용이라는 기준으로는 대만 시기의 동요는 총 7작
품 정도에 그치고, 나머지는 동요적 운율이 있다해도 내용은 시적이다.

동요 7작품 가운데 오노마토페는 "톱 텝 탑 톱 포츤 츤トップ テップ タップ トップ ポッツン ツン", "모코모코モコモコ", "키키키키소キキキキソ"뿐이다. 이들과 전후 동요를 합해서, 동요 오노마토페의 전반적인 특징이라고 할 수 있는 것은 반복이 많다는 점이다.[42] 시의 오노마토페도 반복은 있지만 동요는 그 횟수가 많다. 그것이 동요에 오노마토페가 많은 이유의 하나가 되고 있다. 반복은 노래하는 리듬과 박자를 따로 떼어낼 수 없다. 그런 특징은 동요는 노래하는 것을 목적으로 하고 있어, 의미와는 별개로 리듬이나 오노마토페 자체가 동요의 중요한 요소이기 때문이다.

다음 동요는 그것을 잘 나타내고 있다.

내 등 뒤에서 수다쟁이 물통이	ぼくの　せなかで　おしゃべり　すいとうが
빼뿌차뿌 빼뿌초뿌 차뿐	ぱぷちゃぷ　ぺぷちょぷ　ちゃぷん
등에 업혀 소풍가는 길 너무 좋다고	おんぶで　えんそく　うれしいなって
빼뿌차뿌 빼뿌초뿌 초뿐	ぱぷちゃぷ　ぺぷちょぷ　ちょぽん

　　　　　　　　　　　　　　—「수다쟁이 물통(おしゃべり すいとう)」 도입부

이런 동요로서의 특성은 오노마토페의 범위에 그치지 않고 동요 어

42　한 작품 가운데 가장 많은 반복은 "폰폰폰(ぽんぽんぽん)"(「터져라 터져라(はじけ はじけ)」)의 12회이다. 반복 빈도면에서 보면, 시는 오노마토페의 1 / 3이 반복이며, 동요는 2 / 3이 반복이다.

音語音의 사용법 전체에 나타나 있다. 예를 들면, "튜 튜 튤—립チュ チュ チューリップ, 항카치 카치카치ハンカチ カチカチ, 쟝그루 그루구루 짐ジャングル グルグル ジム" 등 일부 단어의 반복, "싹이 튼다 싹 싹 싹めが でる めめめ" 등 단어의 반복, "이 — 리루 리 — 리루いーりる りーりる"같은 박자음이다. 이런 종류의 자수는 동요 전체에서 약 1,400자 있으며, 오노마토페 자수의 11.7%에 해당한다. 그밖의 전반적인 특징은 동요 내용과 관련이 있는 것이지만, 속도감, 명랑함, 즐거움이다.

그렇다면, 마지막으로 마도 동요의 창조적 오노마토페를 보자.

① **파랑 포롱 피링 푸릉**(「**튤립이 열릴 때**チューリップが ひらくとき」)

튜 튜 튤-립이	チュ　チュ　チューリップが
열릴 때	ひらく　とき
나란히 한 줄로 열릴 때	ならんで 一れつ　ひらく　とき
귀여운 나팔소리 울려퍼질까	かわいい　ラッパが　なるかしら
파랑	パラン
포롱	ポロン
피링	ピリン
푸릉	プルン
울려퍼질까	なるかしら
(제1연)	

마도는 이렇게 해설한다. "여기에서는 일렬로 늘어선 튤립입니다.

밤이 지나고 아침햇살 속에 꽃잎이 열릴 때, 작은 황금색 나팔소리가 울릴까. 나팔소리가 울리는 순간에 이슬의 비누방울이 날아갈까? 그 비누방울에 나비가 얼굴을 씻을까? 하는 단순한 노래에 지나지 않지만, 나팔도 비누방울도 세수도, 모두 일렬로 늘어서서이며, 이 노래는 그 시각적인 아름다움을 청각으로 대신하려 하고 있습니다."[43] 마도의 설명대로 느낀다면 '파랑 : 튤립 꽃봉우리가 열린다, 포롱 : 금빛 나팔이 울린다, 피링 : 이슬의 비누방울이 날아간다, 푸룽 : 비누방울로 나비가 얼굴을 씻는다'는 이미지가 될 것이다. 단순함 속에 따뜻한 시각적 공간이 소리(음)에 의해 펼쳐진다.

② 립 푸르리―롱롱롱(「작은 새가 울었다小鳥が ないた」)

작은 새가 울었다	小鳥が　ないた
그때 아저씨는	そのとき　おじさんは
그네를 타고 있었다	ぶらんこに　のっていた
나무열매 가운데	木のみの　なかで
새색시와	およめさんと
립 푸르리 ― 롱롱롱	りっぷるり ―　ろんろんろん
작은 아저씨는	小さな　おじさんは
(제1연)	

43　마도 미치오, 「연재 1 동화 수다―작품에 대한 뒷이야기(童謠無駄話―自作あれこれ)」, 라르고회(ラルゴの会), 『라르고(ラルゴ)』 2, かど書房, 1983, 132쪽.

가장 창조적인 것이다. 4연 모두 "작은 새가 울었다"로 시작되는데, 이 "립푸르리 - 롱롱롱"을 꼭 작은 새의 울음 소리라고 볼 필요는 없다. 각 연의 내용은 맥락없는 꿈의 세계같고 그 속에서 소리가 들려오는 것이다. 오노마토페는 일종의 음성 비유(성유声喩 - 역주)라고 보는 경우도 있듯이, 보통 표현 대상이 있고 그것을 오노마토페로 나타낸다. 그러나, "립푸르리 롱롱롱"의 대상은 명확하지 않고 이미지의 세계 그 자체이다. 마도는 "작은 새가 우는 순간의 반짝임을 공간에 떠오른 보석같은 한 조각"으로 이미지한 것이라고 해설하고 있다.[44] "아 - 라 효 - 라 뿌 - 라 쇼あーら ひょーら ぷーら しょ"(「민들레가 부른다たんぽぽさんが よんだ」)도 같은 세계이다. 이 오노마토페는 원래 소리가 없는 민들레의 의성어인 것을 봐도 이미지의 세계 그 자체라고 할 수있다.

③ **빼짜라 빼짜라…빼라빼라빼라**(「사이좋은 슬리퍼なかよし スリッパ」)

걸어가면 즐거운 슬리퍼	あるけば うれしい スリッパ
수다떨기 시작하는 슬리퍼	おしゃべり はじめる スリッパ
빼짜라 빼짜라	ぺっちゃら ぺっちゃら
빼짜라 빼짜라	ぺっちゃら ぺっちゃら
빼짜라 빼짜라	ぺっちゃら ぺっちゃら
빼짜라 빼짜라	ぺっちゃら ぺっちゃら
사이좋은 슬리퍼	なかよし スリッパ

---

44 마도 미치오, 「연재 2 동화수다 - 작품에 대한 뒷이야기」, 라르고회, 『라르고』 3, かど書房, 1983, 127쪽.

달려가면 즐거운 슬리퍼	はしれば　うれしい　スリッパ
수다떨기 신이나요 슬리퍼	おしゃべり　はずむよ　スリッパ
빼라빼라빼라빼라	ぺらぺらぺらぺら
빼라빼라빼라빼라	ぺらぺらぺらぺら
빼라빼라빼라빼라	ぺらぺらぺらぺら
빼라빼라빼라빼라	ぺらぺらぺらぺら
사이좋은 슬리퍼	なかよし　スリッパ

(3연 생략)

슬리퍼를 신고 걸을 때의 의성어. 아이가 자기 발보다 큰 슬리퍼를 신고 걷는 소리일 것이다. 그 소리를 수다에 비유하고 있기 때문에, "빼라빼라^{ぺらぺら}"는 보통 사용법에서 벗어나지 않지만,

슬리퍼 소리 → 연상 → 수다 → "빼라빼라" → 슬리퍼 소리

라는 상호 순환이 있고, 슬리퍼 소리와 '빼라빼라' 사이에는 수다라는 연상이 작용하고 있는 것 같다. 또한 이 연상에는 슬리퍼가 바닥을 탁탁 두드리는 움직임이 혀의 움직임을 연상케 한다는 시각적 요소도 가미되어 있는 듯하다.

④ 빠삐뿌뻬뽄빠라 빵빠라빵 타치쓰테톤타타 탄타타탄

빠삐뿌뻬뽄쏜	ぱぴぷぺぽっつん
비가 내린다	あめが ふる
팔손이나무 잎파리에	やつでの　はっぱに

통통 떨어질 때마다   ぱらつく　ほどに

빠삐뿌빼뽕빠라   ぱぴぷぺぽんぱら

빵빠라빵   ぱんぱらぱん

타치쓰테톤마니   たちつてとんまに

비가 내린다   あめが　ふる

함석 나무지붕   とたんの　いたやね

나는 장구란다 하고   たいこで　ござると

타치쓰테톤타타   たちつてとんたた

탄타타탄   たんたたたん

사시스세숏또   さしすせそうっと

비가 내린다   あめが　ふる

나무들의 새싹을   こだちの　しんめを

적시어 줄 수 있게   しめらす　ほどに

사시스세싯토리   さしすせしっとり

시토시토토   しとしとと

쟈지즈제죤분   ざじずぜぞんぶん

비가 내린다   あめが　ふる

장마비 쟈쟈부리   どしゃぶり　ざざぶり

온 세상을 뒤흔들며   せかいじゅうを　ふるわせ

쟈지즈제죤조코   ざじずぜぞんぞこ

쟌쟈카쟈   ざんざかざあ

—「빠삐뿌뻬뽀쓴」

일본어의 오십음을 이용한 말놀이가 포함되어 있다. 의성어로는 효
과적이다. 각각 비내리는 네 가지 형태의 의성어는 다음에 오는 단어
"뽀쓴ぽっつん(톡)", "톤마니とんまに(멍청하게)", "솟또そうっと(살며시)", "존분ぞ
んぶん(충분히)"의 의미에 영향을 받는다. "뽀쓴"은 그 자체가 의성어이기
때문에 그만큼은 아니지만, "존분"이 되면 '충분히'라는 명확한 의미를
담당하고 있으며, 그 후에 이어지는 "장마비 쟈쟈부리, 온 세상을 뒤흔
들며"와 함께 마지막에 "쟈지즈제존조코 쟌쟈카쟈"는 의미를 주입시킨
의성어로 변용되었다.

⑤ **보소보소 빼짜뽀쪼**(「아빠들 우리들 パパたち ぼくたち」)

아빠는 이야기   パパは　おはなし

옆집 아빠와   となりの　パパと

나는 줄넘기   ぼくは　なわとび

옆집 아이와   となりの　こと

아빠들   パパたち

보소보소 하하하   ぼそぼそ　はっはっは

우리들   ぼくたち

탓탄 탓탄탄   たったん　たったんたん

엄마는 이야기	ママは　おはなし
건너집 엄마와	むかいの　ママと
나는 나무타기	ぼくは　きのぼり
건너집 아이와	むかいの　こと

엄마들	ママたち
뻬짜뽀쪼 훗훗호	ぺちゃぽちょ　ほっほっほ
우리들	ぼくたち
욧코라 욧코라쇼	よっこら　よっこらしょ

갓뽀겟뽀 뺏뽀짜뽀(「맑음 비 흐림はれあめくもり」)

비오는 날은	あめのひは
우산 장구를	かさの　たいこを
비가 두드리고	あめがぶつし

걸어가면 나팔 부는	あるけば　ラッパふく
긴 장화이고	ながぐつだし

갓뽀겟뽀 뺏뽀짜뽀	がっぽげっぽ　ぺっぽちゃぽ
뺏뽀짜뽀 재미있구나	ぺっぽちゃぽ　おもしろい
(제2연)	

'보소보소'는 아빠들이 나누는 대화, '뻬짜뽀쪼'는 엄마들끼리의 대화이다. '뻬짜뽀쪼^{ぺちゃぽちょ}'와 '뻿뽀짜뽀^{ぺっぽちゃぼ}'는 얼핏 같아보여도 촉음의 유무에 큰 차이가 있다. '뻬짜^{ぺちゃ}'는 음이 끊어지는 걸 느낄 수 없지만, '뻿뽀^{ぺっぽ}'는 파열음 [p] 앞의 촉음으로 인해 숨을 내뱉기 전에 대기가 나타나서 [pp]가 된다. 이것은 파열음으로 강한 기음^{氣音, aspiration}이 된다. 이를 고려하면 마도가 '뻬짜뽀쪼'를 여자들의 말소리, '뻿뽀짜뽀'는 빗속의 장화 소리로 표현한 의성어라고 이해할 수 있다. 예를 들어 사람들이 주고받는 말소리의 일반적인 의성어 '뻬짜꾸짜^{ぺちゃくちゃ}'는 '뻬짜뽀쪼'와 기음으로 본 음의 구조는 비슷하다. 비오는 날 장화 소리로 하쿠슈가 표현했던 "삣치삣치 찹프찹프^{ピッチピッチ チャップチャップ}" (「비오는 날^{アメフリ}」)도 '뻿뽀짜뽀' 구조에 가깝다. 이들은 장화가 웅덩이나 도로의 빗물을 밟을 때 나는 소리이다. 그러나 '갓뽀겟뽀'는 "걸으면 나팔 부는 장화"라고 되어 있어, 장화에 물이 들어가서 나는 소리일 것이다. '삣치, 찹프'는 밖으로 튀어나가는 개방적인 느낌이 드는 반면, '갓뽀겟뽀'는 탁음으로 안으로 잠겨드는 느낌이 든다. 이렇듯 사소한 표현의 차이로 오노마토페는 이미지를 다양하게 표현할 수 있다.

⑥ 기-쿠르 키-쿠르 · 이-리루 리-리루(「다람쥐의 집^{りすのうち}」)

기-쿠루 키-쿠르	ぎーくる　きーくる
호두 나무	くるみの　き
이-리루 리-리루	いーりる　りーりる
다람쥐의 집	りすの　うち

룬론 룬론	るんろん　るんろん
세 시에는	3じには
앵무새가 찾아옵니다	おうむが　きます
손님	おきゃくさま

쿠	く
쿠	く
쿠	く
쿠	く
구루―	ぐる―

이런 음의 사용은 '호두(구루미くるみ)', '다람쥐(리스リス)'라는 명사의 도입음으로, 노구치 우조野口雨情의 "쇼, 쇼, 쇼조지証、証、証城寺"(「쇼조지의 너구리 장단証城寺の狸囃子」) 같은 효과를 가져온다. 그러나 "기―쿠루 키―쿠루"는 "쿠크 쿠르 쿠르미" 같은 박자음과는 다른 음구성으로 되어있어, 바람에 흔들리는 나무 모양의 호두나무도 떠올리게 하면서, 의성의태의 요소를 겸한 오노마토페 효과를 발휘하고있다. "이―리루 리―리루"에서 [i]음의 반복은 다람쥐의 작고 귀여운 모습을 느끼게 한다. 또한, "있다(이루居る)"라는 존재의 의미도 살짝 느껴진다. 다음에 나온 "룬론 룬론"은 '란란' 같은 감탄사에 가까운 즐거운 분위기를 자아 낸다. 마지막으로 "쿠/쿠/쿠/쿠/구루"는 '손님이 온다客が来る'라는 의미와, 또는 앵무새의 의성어 효과를 담았고, "쿠/쿠/쿠/쿠"의 반복은, 줄바꾸기에 의한 시공간 효과를 마도는 노렸는지도 모른다.

이상, 동요의 오노마토페를 몇 가지 살펴보았다. 동요에 나타난 마도의 창조적이라고 할 수 있는 오노마토페는, 이들 이외에 반복을 넣지 않고 100 이상을 헤아린다. 여기에는 마도가 오노마토페에 담으려고 했던 다면적인 효과[45]를 찾아볼 수 있다. 이것도 창조적 오노마토페가 동요에 많은 이유라고 생각할 수 있다.

이 절에서는 『전 시집』의 시와 동요에 사용된 오노마토페 전체를 대상으로 그 경향과 특징을 살펴보았다. 그 결과 1,000자당 오노마토페수는 시와 비교할 때 동요가 2.6배라는 현저한 차이가 드러났다. 동요가 노래라는 특성을 전제로 하고 있다는 점, 또한 어린이의 언어에 오노마토페가 많다는 점을 감안하면 이 차이는 수긍할 수 있다. 그러나 창조적 오노마토페가 동요에 많고,[46] 특히 창작중심이 동요에서 시로 옮겨간 후기 마도 시에 적은 이유는 무엇인가라는 의문이 생겼다. 마도의 시와 동요 전체의 오노마토페 경향을 고찰하면, 사토 미치마사가 "노래한다는 신체성이나 동적인 것에서보다, 정적인 것·침잠하는 것·투명도가 있는 것으로 기호가 옮겨 갔다"[47]고 시로의 전환을 분석했는데, '문득ふと'의 예에서도 알 수 있듯이, 전후 시에서 본 오노마토페의 성질

---

45 시의 항목에서 본 명사의 글자 따오기 및 박자음의 부분적 반복, 단어 의미의 삽입 등, 동요는 시 이상으로 다채롭다.

46 앞서 마도의 창조적 오노마토페는 어수(語数) 계산에서 동요가 시의 4배 정도 많이 나타난다고 했는데, 그것이 작품 속에서 어떤 중요도를 지니고 있는가를 알기 위해서는 사용비중, 즉, 각 작품 총 자수(字数)에서 차지하는 창조적 오노마토페의 자수비율(반복도 포함)을 비교하는 것이 유익하다. 대략 계산했을 때 시는 '시작품 총자수 : 90,000, 시의 창조적 오노마토페 총 자수 : 430'로 비율은 1,000자당 4.8자. 동요는 '동요 총자수 : 55,000, 동요의 창조적 오노마토페 총 자수 : 2,090'으로, 비율은 1,000자 당 38자. 그 차이는 동요가 시의 8배나 되는 사용율이다.

47 사토 미치마사, 앞의 책, 238쪽.

은 이 말에 확증을 주고 있다. 전전 시에 창조적 오노마토페가 보이는 것은, 동요적인 운율과 묘사적 정서를 느끼게 하는 시가 포함되어 있기 때문이다. 마도의 작품은 창작의 중심이 시로 이행하고 나서는 서정적인 면에서 벗어나 사유세계가 중심이 되었다. 그것은 오노마토페 특히 창조적 오노마토페 표현을 필요로 하지 않는 세계이다. 이 절의 오노마토페 고찰 결과도 그것을 증명하고 있다.

3. 마도 미치오의 감각과 인식세계

이 장의 주제인 '마도의 인식과 표현세계'를 고찰하기 위해 제1절에서는 '영상적 표현', 제2절에서는 '오노마토페 표현'의 구체적인 예를 검토했다. 이를 통해 시와 동요의 표현기법상 특징에 대한 단서를 찾을 수 있었다. 언어적 설명을 생략하는 영화의 컷 편집과 비슷한 기법, 오노마토페에 담은 효과의 다면성 등이다. 한편, 인식이라는 면에서는 제1절 시점의 위치나 대상에의 동화 등이 특징으로 파악되었다. 그러나 오노마토페에 관해서는 음을 어떻게 인식했는가는 작품을 통해서는 알기 어렵다. 오노마토페의 가장 감각적인 표현인 의성어라도, 예를 들어 같은 개 짖는 소리라 해도 일본어로는 '왕왕'이라고 표현하고 한국어라면 '멍멍'이라고 표현한다. 같은 개 짖는 소리라도 언어에 따라 음 인식에 차이가 있다. 거기에는 생리적 음의 지각에서 인식으로의 전환이 있다. 제2장 제3절 제6항 '추상화' 부분에서는, '시각은, 어떻게 느껴야 하는가가 미리 정해져있다', '무언가를 본다는 것은 그 사물의 본질과 관계 없는 이름이라고 하는 부호符牒를 읽게 되는 것이다'라는 마도의 말을 인용했다. 다른 말로 하면, '우리는 타인에 대한 전달 수단으로 사람들이 사물에 부여한 단어의 고정 관념에 사로잡혀 본질을 볼 수 없게 되어 있다'는 것이다. 이는 청각적인 면도 마찬가지여서, 하나의 예가 '멍멍' 같은 의성어이다.

생리적 지각에는 개인차가 있다. 또한 그 지각도 어떻게 의식하느냐에 따라 보이기도 하고 보이지 않기도 하고, 들리거나 들리지 않거나가 좌우된다. 마도 연구에서 '감수感受'라는 단어가 사용되는 것은 마도의 인식 세계의 특수성을 언급하기 위해서이다. 지각에서 인식에 이르는 모든 뉘앙스를 포함하는 감수라는 표현은 마도 연구에서는 매우 중요하다. 제 1, 2절에서는 표현에 중점을 두었지만, 본 절에서는 감수라는 시점으로, 보는 세계, 음의 세계, 기타 감각 세계를 짚어 보기로 한다.

1) 보는 세계

마도는 어릴 때부터 사물을 깊이 들여다보는 성향이 있었다. "개미나 꽃수술 등 작은 것들을 가만히 바라보는 것이 좋았습니다. 작으면 한 눈에 전체가 보이기 때문에 거기에서 우주를 느낄 수 있었습니다"[48]

---

48 『아무리 작은 것이라도 가만히 들여다보면 우주와 연결된다 시인 마도 미치오 100세의 말(どんな小さなものでも みつめていると 宇宙につながっている 詩人まど・

라고 마도는 회상한다. 그 기억과 성향은 어른이 되어도 살아있었다. "오감의 중심이 되는 것은 눈이 아닐까"[49]라고 마도가 느끼고 있듯이 눈은 인간이라는 존재에서 가장 중요한 기관이다. 나를 둘러싼 공간과 자신의 위치를 알 수 있고, 색채와 빛의 명암과 깊이를 감지하고, 경험적 학습에 의해 사물의 감촉까지도 알 수 있다. 눈은 귀처럼 전방위적이 아니라 지향성이 있고, 초점을 맞춘다는 점에서 본다는 의식에 영향을 받는다. 마도가 본다는 의식을 강하게 갖고 응시하는 것은, 그 결과로서 특징적인 지각과 인식을 가져온다. 예를 하나 보기로 하자.

달이 밝아서
달이 밝아서
손바닥을 내밀었더니
손바닥에 지도 같은 길이 있다.
　아이야, 이게 운명선이라고 누나가 말했어.

달이 밝아서
바나나를 벗겼더니
바나나가 누에벌레처럼 하얗다.
　아이야, 바나나가 살아있지는 않잖아.

달이 밝아서

みちお100歳の言葉)』, 新潮社, 2010, 20쪽.
49　『예술 신초(芸術新潮)』 55-1(통호 649), 新潮社, 2004.1, 176쪽.

쪼그리고 앉았더니

달이 옷 속으로 스며들어온다.

　아이야, 이 파란 듯한 냄새가 그것이겠지.

月が明るいので

月が明るいので

手のひらを出したら、

手のひらに地図のやうな道がある。

　ね、君、之が運命線つて姉さんが言つたぜ。

月が明るいので

バナナをむいたら、

バナナが蚕の蛾のやうに白い。

　ね、君、バナナ生きてやしないだらう。

月が明るいので

しやがんでゐると、

月が着物の中にしみ込んでくる。

　ね、君、この青いやうな匂ひがさうなんだらう。

—『어린이시・연구』 제4권 제11호

　실제 창작 시기를 정확히 알 수는 없지만, 발표는 「달팽이 뿔 내면」
다음으로 극히 초기의 작품이다. 시각적 세계에서 시작해서 점차 깊어

지는 마도의 감각이 잘 드러나 있다. 단순히 보는 세계에서 의표를 찌르는 감각 세계와 연상聯想이 있다. 달빛 속에 손을 내거나 바나나껍질을 벗기거나 쭈그리고 앉거나 하는 영상뿐 아니라, "달이 밝아서月が明るいので"의 '때문에(ので)'로 인해, 말로는 나타낼 수 없는 그 장場에서 품었던 자신의 심정을 배어나오게 하고 있다. 그리고 손바닥의 운명선에 대한 느낌, 달이 옷 속에 스며드는 느낌이나 파란듯한 냄새는 언어로 설명될 수 없다. 누에벌레의 촉각이 빗 모양으로 숫양의 뿔처럼 보이고 머리는 하얀 털로 덮여있다. 아마 마도는 어릴 때 누에벌레를 직접 보았을 것이다. 껍질을 벗긴 바나나를 달빛 속에서 봤을 때, 누에벌레를 연상시키고 그것이 살아 있는 듯한 감각을 가졌다.

다음으로, 본다는 것의 상호성을 살펴보고자 한다. 이것도 마도의 감수의 한 형태이다.

본다는 것의 상호성

본다는 것은 눈을 가진 동물에 적용되는 것이지만, 마도는 무생물에 대해서도 동일한 의식을 갖는 경우가 있다. 「다타미たたみ」에서는 미닫이 문이나 천장이 내려다 보고 있다는 것을 깨닫고, 「샛별いちばんぼし」의 별은 우주의 눈 같다고 느낀다. 또한 이쪽에서는 보고 있는데 상대가 알아차리지 못하는 공허함과 외로움을 기조로 한 「조수鳥愁」, 「까마귀カラス」, 「귀뚜라미가コオロギが」 등도 있다. "생물 진화의 가장 앞자리를 질주하고 있는 인간의 고독감이라고 생각합니다"[50]라는 마도의 의식이

---

50 다니 에쓰코, 『마도 미치오 연구와 자료』, 191쪽.

작품 배후에 있다.

까마귀

까마귀가 하품을 했다	カラスが　あくびをした
저 산사의 탑 꼭대기에서	あの山寺の　とうの　てっぺんで
이 쌍안경 속 보라색 하늘에서	この双眼鏡の中の　むらさきの空で
이렇게 바로 눈 앞에서	こんなに　すぐ　目のまえで
졸리운 동생이 하는 것처럼	眠たくなった弟が　するように
큼직한 큰 입을 벌리고	大きな大口を　あけて
바로 지금	たった　いま
정말 바로 지금	ほんとに　たった　いま
큼직한 큰 입을 벌리고	大きな大口を　あけて
졸리운 동생이 하는 것처럼	眠たくなった弟が　するように
이렇게 바로 눈 앞에서	こんなに　すぐ　目のまえで
까마귀야	カラスよ
너는 하품을 했다	おまえは　あくびをした
너에게 어떻게 알릴 수는 없는데	おまえに　知らせようがないのに
보고 있는 나를!	見ている　この　わたしを!

한편, 「메뚜기 イナゴ」처럼

그래도 메뚜기는	でも イナゴは
나만 보고 있는 것이다	ぼくしか見ていないのだ
엔진을 걸어둔 채	エンジンをかけたまま
언제든지 달아날 수 있는 자세로……	いつでもにげられるしせいで……

라는 것도 있다. 그러나 그 메뚜기의 시선은 마도에 가까이 다가가는 것이 아니다. 두 편 모두 상대와 자신에 대한 의식으로, 마도의 강한 자기 존재 의식을 보여주고 있다.[51]

2) 음의 세계

(1) 고요함

고요함은 물리적인 무음無音과는 다르다. 조용하다고 느끼는 마도가 있어서 비로소 고요함이 생긴다. 어디까지나 감수의 세계다. 그것에는 본장 제1절 「영상적 표현」에서 지적한 '장場'이 전제로 있다. 그것은 마도가 서 있는 주위의 상황이며, 마도가 그때까지 체험한 것들의 축적이다.

내가 가장 외롭다고 느끼는 것은 혼자서 연꽃밭에 들어가거나 논두렁에서 쑥을 뜯거나 할 때입니다. 친구는 아무도 없고, 하늘에 종달새가 울

---

51 상호성은 없지만, 작가가 얼마나 강한 의식으로 바라보고 있는가 하는 것은, 이 장 제1절 제4항 '자기 표출도에 따른 영상적 시의 유형'의 G형으로 분류한 「산사의 밤」에서 「램프를 보고 있는 나」로 나타나있다.

고 있는, 그런 때입니다. 무슨 생각을 했는지 기억나지 않지만 주위가 쥐 죽은 듯이 고요했다는 느낌만은 분명하게 마음에 남아 있습니다.[52]

고요하다고 느끼는 마음이 언제나 외로움과 연결된다고 할 수는 없지만, 마도의 경우 외로움이 기조가 되는 것이 많다. 고요함의 키워드는 '고요しんと', '조용静か', '가만히ひっそり' 등이지만, 마도는 무음의 연속에서 그것을 느끼는 것이 아니라, 무슨 소리가 들리다 갑자기 멈추거나 멀어지거나 할 때 강하게 느낀다. 그것이 작품상에 나타나기 때문에 표현 기법이라고 할 수도 있지만, 그렇게 느끼는 마음이 그런 표현을 하게 만든다고도 할 수 있다. "이따금씩 / 토독 소리가 난다"(「비내리면」), "툭, 툭 떨어지는 것이다."(「구아바 열매가 떨어지는 것이다」), ""고구마 사려"하고 저 멀리를 지나간다「お芋う」と遠くの方を通る"(「흐린 날曇った日」) 등이다. 제1절 영상적 표현으로 본 「공원 사요나라」의 "엄마 가 없다아" 라고 엄마를 찾는 아이의 외침만이 울리고 아무런 대답도 없는 고요함은 어린 마음에 고독의 공포를 불러일으킨다.

(2) 시와 동요의 리듬

앞절에서 살펴본 오노마토페는 음의 감수와 표현에 걸쳐 있는 종류들이었다. 이에 비해 리듬은 대부분 표현영역에 속한다. 하지만 오노마토페와 관련하여 다루어지지 않았기 때문에 여기서 조금 언급해 두고 싶다. 우선, 「갯버들(네코야나기ねこやなぎ)」을 보자.

---

52 마도 미치오 · 가시와라 레이코, 『모든 시간을 꽃다발로 해서 마도 씨가 말하는 마도 씨』, 22쪽.

긴네코 네코네코	ぎんねこ　ねんねこ
네코야나기	ねこやなぎ
새끼 고양이보다	ねこのこよりも
더 작아서	まだ　ちびで

새앙쥐 새끼보다도	ねずみの こよりも
더더 작아서	まだ ちびで
가지에 나란히	えだに ならんで
자장자장자	ねん ねん ね

긴네코 네코네코	ぎんねこ　ねんねこ
네코야나기	ねこやなぎ
조그맣게 자면은	ちびで　ねてると
날이 저물고	ひがくれて

조그맣게 자면은	ちびで ねてると
날이 밝아서	よがあけて
봄이 온다 온다	はるが くる くる
자장자장자	ねん ねん ねん

박수 (拍數)	4	4	4	4	4	4	4	4
	ぎんねこ	ねんねこ	ねこやな	ぎ…	ねこのこ	よりも・	まだちび	で…
	gi			gi	ne			de

ねずみの	こりも	まだちび	で…	えだに・	ならんで	ねんねん	ねん…
ne			de	e			nen

일본어의 'ん(응)'은 혀의 긴장이 약하고 허밍하는 듯한 부드러움이 있다. 그리고 [e] 음도 모음으로는 긴장이 느슨한 것이므로, [n]과 [nen] 음 중심의 이 시는 마치 자장가같다. 그리고 [gi], [e] 음의 반복은 운의 리듬이다. 일반적으로 일본 시나 동요의 운율은 운의 리듬보다 박의 리듬이 중심으로, 위의 「갯버들」을 보면 일반적으로 4·4·5/3·4·2·3으로 나타난다. 그러나 실제로 소리로 내어 신체로 느끼는 운율은 표면에 나타난 박수拍數가 아닌, 쉬는 박자를 포함한 리듬이다. 그것은 위에 표시한 4박자로, 굵게 표시된 음에 강박이 온다. 일본 고래古來의 / 5·7·5·7·7/ 등 정형시의 운율도 기본적으로 쉬는 박자까지 포함한 2음을 1박으로 한 4박자이다.[53] 동요 「코끼리」의 / ぞうさん / 을 이 원리에 맞추어보면 / ぞう·さん / 으로 2박자 혹은 4분의 4박자가 된다. 최초의 사카타 도미지의 곡은 2박자였다. 그러나 오늘날 일반적으로 불리는 단 이쿠마團伊久磨의 곡은 3박자로, / ぞ / う / さん / 이 3박이 된다. 이는 [san]이 영어와 한글처럼 1박화되고 있다는 것을 보여준다.

시는 엄격하게 박수가 일정하지 않아도 작곡이 되기도 하고, 실제 말하는 일본어를 관찰하면 일본인의 박자에 대한 인식 정도는 상황에 따라 강해지거나 약해지거나 하는 것처럼 보인다. 이는 사람에 따라 내적 리듬이 다를 수 있다는 것을 의미한다. 「코끼리」는 사토 요시미에 의해 '노の'가 삽입되었는데, 이에 대해 마도는 "사토 씨의 시어에는 독특한 리듬이 있어서 취향에 맞지 않는 것은 아주 싫어했습니다. 분명 'ながいね'라는 리듬이 사토 씨의 취향에 맞지 않았겠지요."[54]라고 했

---

53 가와모토 고지(川本皓嗣), 「7·5조의 4박자(七五調の四拍子)」, 『일본시가 전통(日本詩歌の伝統)』, 岩波書店, 1991, 215~322쪽.

듯이, 시인에 따라 리듬을 느끼는 감각은 다르다. 일률적으로 박수에 따라 리듬을 파악하는 것은 곤란하다. 그밖에 음의 미묘한 점에 대해서도 마도는 "악센트가 곡의 강약이나 흐름과 반대로 되는 것이 오히려 신선하고 재미있는 경우도 있다는 것을 깨달았습니다. 실제 그런 것도 있지요. 요컨대 인간의 감각이나 생각은 모두 같은 것이 아니라 복잡해져 가게 마련이지요. 즉, 기본적인 것만 말해봐도 반드시 그대로 가는 건 아닌 경우도 있다는 말입니다"[55]라고 오랜 경험에서 말하고 있다.

다음으로 리듬을 파괴하는 예를 보자. 노년에 들어서서의 시이다.

혼자 노래하고 있다	ひとりうたっている
이 길은 언젠가 지나온 길	この道はいつかきた道
아아 그렇지 않아요	ああ　そうでないよ
저 구름도 언젠가 보았던 구름	あの雲もいつか見た雲
아아 그렇지 않아요	ああ　そうでないよ

— 시작 부분(『고양이와 양지에 앉아(ネコとひなたぼっこ)』)

일본인의 국민노래라고 할 수 있는 기타하라 하쿠슈의 〈이 길この道〉의 도입부를 보면 자연스럽게 야마다 고사쿠山田耕筰 작곡의 멜로디를

54　「사토 요시미 씨에 대해서－마도 미치오 씨에게 듣는다((佐藤義美さんのこと－まど・みちおさんに聞く)」, 『계간 동요(季刊どうよう)』 22, チャイルド本社, 1990.7, 27쪽.
55　마도 미치오・가시와라 레이코, 『모든 시간을 꽃다발로 해서 마도 씨가 말하는 마도 씨』, 120쪽.

타고 "아아 그래요ああ そうだよ"라고 저절로 입에서 나온다. 그렇게 준비하고 있는데 갑자기 "아아 그렇지 않아요ああ そうでないよ"가 나오며 리듬이 파괴된다. "그렇지 않아요"의 다소 사투리 섞인 느낌과 합쳐져 말로 표현할 수 없는 재미를 준다. '그렇지 않아요'의 '않다ない'를 1음절화하면 곡에 실리지 못할 것도 없지만, 기타하라 하쿠슈의 〈이 길〉이라는 노래를 알고 있는 사람에게는 리듬의 위화감이 크게 느껴진다.

3) 기타 감각

(1) 향기의 세계

냄새를 나타내는 형용사는 어휘사전[56]을 찾아보면, '臭い(구리다), 香ばしい(구수하다), 芳しい(향긋하다), 馨しい(향기롭다)'뿐이다. 이에 비해 미각은 '甘い(달다), 辛い(맵다), 塩辛い(짜다), 酸っぱい(시다), 苦い(쓰다), 渋い(떫다)' 등 다양한 표현이 있고 오노마토페도 많다. 냄새는 오노마토페도 'ぷーん(푼)、ぷんぷん(푼푼)、つん(씬)'으로 세 개뿐이다. 또한, 미각은 기본적인 감각표현이 확립되어 있는 반면, 냄새는 추상적인 표현에 그친다. 구체적인 표현은 '매화 향기' '타는 냄새' '땀냄새' 등과 같이 실제 물건을 더하거나 복합어로 표현되거나, 혹은 미각의 전용이다.

흥미로운 점은, 마도 시에 나타나는 '햇볕 냄새, 야함의 냄새ヤーハムの匂い' 등 냄새 표현은, 냄새는 주위를 떠도는 성질이 있기 때문에 자기를

---

56 야마구치 쓰바사(山口翼), 『일본어대어휘집 유의어검색대사전(日本語大シソーラス類語検索大辞典)』, 大修館書店, 2003,877~878쪽.

둘러싼 공간의식이 되어 있다는 점이다. 예를 들면, 「정원가佇苑歌」(『문예대만文芸台湾』 제9호)의

> 비가 그친 정원으로 나가서　雨の上がつた苑へ出て
> (…중략…)
> 피어오르는 물안개 속에서　はひたちのぼる霧のなかに
> 선명한 옷의 냄새만　あらはな衣の匂ひばかり
> 냄새만 가득하다　匂ひばかりしきり)

가 그렇다. 기타, 야함화夜含花 향기가 어둠 속에 가득 고인 정원의 모습을 그린 「어둠 속의 마당くらやみの庭」 등이 있다.

(2) 촉각의 세계

마도의 시에는 'さわる(만지다, 닿다, 스치다)'가 몇 차례 등장한다. 더구나 감각의 전이가 보인다.

> **봄바람**　　　　　　　**春の風**
> 내 뺨에 와서 스친다　わたしの頬に　きてさわる
> 부드러운 바람의 손가락 끝에　やさしい風の　ゆびさきに
>
> 　　　　　　　　　　　　　　　—시작 부분

> **가지**　　　　　　　**梢**
> 헤아릴 수 없을 만큼의　かぞえきれないほどの

나뭇잎이 되어   はっぱに　なって

앞다투어 하늘을 스치고 있다.   おしあいで　空をさわっている

―시작 부분

샛별

샛별의 속눈썹은 벌써

내 뺨을 어루만지고 있는데

一ばん星

一ばん星の　まつげは　もう

あたしの　ほほに　さわるのに

―중간부

달빛

달빛 속에서

달빛을 만질 수 있습니다

목욕을 마치고 나온

　깨끗한 내 손이

つきの　ひかり

つきの　ひかりの　なかで

つきの　ひかりに　さわれています

おふろあがりの

　　あたしの　きれいな手が

―시작부

작은 새

하늘의

물방울?

노래의

꽃망울?

눈으로라면

ことり

そらの

しずく?

うたの

つぼみ?

目でなら

만져도 될까?   さわっても　いい?

산사의 아침
우웅 우웅 하고 마치 손처럼,
부처님의 얼굴을
조심스레 쓰다듬고 있다.

(…중략…)

그리고 어린 동자승의, 여전히 졸리운 이불도,
우웅 우웅 하고 어루만진다.

山寺の朝
うおん　うおん　と手のように、
み仏さまの　おん面を、
遠慮しながら　触ってる。

(…中略…)

そして　子供の所化さんの、まだまだ眠い　お布団も、
うおん　うおん　と撫でている。

― 제3, 6연

「봄바람」의 "바람이 뺨을 스친다"는 "바람이 뺨을 어루만진다"와 동류라고 본다면 일반적일지도 모른다. 「가지」에서 하늘을 만지고 있는 것은 나무꼭대기의 잎사귀지만, 그 잎에는 이전 하늘에서 구름과 무지개를 만들어낸 물방울이나 빗방울이었던 물이 줄기 속을 올라오고 있어, 물의 하늘에 대한 향수가 담겨있다. 「샛별」은 별빛이 만진다. 「작은 새」는 눈으로 하늘의 작은 새를 쓰다듬는다.[57] 「산사의 아침」은 산사의 종소리가 만지거나 쓰다듬거나 하고있다.

이 가운데 '만지다'라는 것을 가장 중심에 두고 있는 작품은 「달빛」이다. 먼저 인용한 도입부의 "つきの ひかりに **さわれ**ています(달빛을 만질 수 있습니다)"만 보면 "つきの ひかりに **さわられ**ています(달빛이 (나를) 만지고 있습니다)"를 잘못 쓴 것이라 생각할 수 있겠지만, 시의 마지막은 "つきの ひかりに **さわられ**ながら(달빛이 (나를) 어루만지는 가운데)"로 되어있다. 즉 "**さわれ**ています(만질 수 있습니다)"는 "**さわっ**ている(만지고 있다)"의 가능형으로 자신이 달빛을 만질 수 있다는 말이다.

달빛 속에서	つきの　ひかりの　なかで
달빛을 만질 수 있습니다	つきの　ひかりに　さわれています
목욕을 마치고 나온	おふろあがりの
깨끗한 내 손이	あたしの　きれいな手が
우주의	うちゅうの

---

57 이 '만지다'라는 점에 관해서는, 앞의 글 고바야시 준코 「마도 미치오 시에 있어서 시선의 탐구」라는 논고가 있다.

이렇게 가까운 여기에서	こんなに　ちかい　ここで
만지는 것으로 해서	さわるようにして
우주의	うちゅうの
저렇게 먼 저쪽에 닿는다	あんなに　とおい　あそこに　さわる
보이지 않는 알 수 없는 커다란 손에	みえない　しらない　おおきな手に
마주 대듯이 해서	あわせるようにして
달빛 속에서	つきの　ひかりの　なかで
달빛을 만질 수 있습니다	つきの　ひかりに　さわれています
달빛의 손길을 느끼면서	つきの　ひかりに　さわられながら

역시, '만질 수 있다^{さわれている}', '만져지고 있다^{さわられながら}'에는, '보는 일'과 마찬가지로 상호성이라는 형태를 발견할 수 있다. 그리고 상대가 달빛이라는 점, "우주의 / 저렇게 먼 저쪽", "우주의 / 이렇게 가까운 여기"라는 거리의 초월감도 마도의 특징으로 볼 수 있다.

여기에서 다시 한번 본 절 시작에 언급했던 감수^{感受}에 대해 생각해보자. 오감은 외계 사상을 느끼는 일이다. 그것은 보이거나, 들리거나, 향기를 느끼거나, 감각기관이 감수하는 것이다. 그러나 그것들도 응시하거나, 귀를 귀울이거나, 냄새를 맡거나, 잘 음미하고 맛보려고 하는 식으로 감수자가 의식적으로 감각을 예민하게 세울 수 있다. 그 중에서 가장 특별한 감각이 시각이다. 지금까지 살펴보았듯이, 본다는 행위는 시야의 선택과 초점을 맞춘다는 점에서 주체적·의지적 행위가 된다.

계속 바라보고 있을 수도 있고 눈을 돌릴 수도 눈을 감을 수도 있다. 그런 주체적 행위는 감수라기보다는 감지感知라고해도 좋은 것으로, 또한 '만진다'는 행위는 시선보다 의지적이다. 손을 뻗어 손에 느껴지는 감촉을 구한다. 그리고 상대가 이쪽 손을 느껴주기를 기대한다. 그것이 상호적이라면 마음의 교류와 일체감은 시선 이상이다. 감각 가운데 '본다'와 '만진다'는 주체성과 의지적이라는 점에서 그 힘은 강하다. 「샛별」의 "샛별의 눈썹이 뺨을 스친다"와 「작은 새」의 "작은 새를 눈으로 어루만진다"에서는 일방향적이며 공간의 거리감과 정신적인 배려가 느껴지지만, 「달빛」에서는 내 손과 달빛의 상호작용으로서 "보이지 않는 알지 못하는 커다란 손에 / 마주대듯이 해서"라는 표현으로 되어 있다. 『전 시집』 초판에서 "가까운 곳에", "먼 곳에"로 되어 있던 것을, 위에 인용한 신정판에서는 "가까운 여기에서", "먼 저쪽에"라는 식으로, '여기-저기'라는 명확한 상호성과 위치관계로 표현해서, 거리를 초월한 손끼리 마주 닿는 감동을 강조하고 있다. 그것이 "만질 수 있습니다"라는 가능형으로 나타났다. 마도에게 있어 상대와 마주할 때 양자의 존재를 뒷받침하는 시공간인식은 중요한 팩트이다.

4) 시공간인식

(1) 사물이 차지하는 공간

사물 존재의 기본은 사물이 존재하면 그 사물이 어떤 공간을 차지하게 되고, 그 공간에 다른 사물은 존재할 수 없다는 말이다. 마도 작품에는 사과나 컵같은 개체가 주제가 되지만, 그것을 둘러싼 기체인 공기와 액체인 물도 마도의 작품속에서는 중요하다. 또한 마도의 공간인식의 배후에는 공간점유에는 관여하지 않는 지구의 인력이라는 사상이 있다.

사과	リンゴ
사과를 하나	リンゴを　ひとつ
여기에 두면	ここに　おくと
사과의	リンゴの
이 크기는	この　大きさは
이 사과만으로	この　リンゴだけで
꽉찬다	いっぱいだ
사과가 하나	リンゴが　ひとつ
여기에 있다	ここに　ある
그 밖에는	ほかには
아무 것도 없다	なんにも　ない
아아 여기에	ああ　ここで
있다는 것과	あることと
없다는 것이	ないことが
눈부실 정도로	まぶしいように
딱 들어맞는다	ぴったりだ

'이 크기'라는 것은 사과가 차지하는 공간 그 자체를 가리키고 있다. 이 시의 경우, 공기의 존재를 인식에 넣지 않는다면 그것은 사과 형태 그대로 도려내어진 무無의 공간이다. 보통은 이런 공간의식을 갖지 않는다. 그리고 그 무의 공간에 새삼스럽게 사과가 꽉 차 있다는 점, 사과 이외에는 없다는 것을 깨닫는다. 그 공간에 꼭 맞게 박힌 사과 형태는 완전무결의 퍼즐처럼 무의 공간과 일치한다고 마도는 경탄한다. 도려내진 공간의 보다 명확한 이미지는 다음 시에도 나타나 있다.[58]

수박씨	スイカの　たね
한 톨의	ひとつぶの
수박씨	スイカの　たね
누구에게도 방해되지 않도록	だれの　じゃまにも　ならないように
우주를	うちゅうを
이렇게 조그맣게 도려내어서	こんなに　小さく　くりぬいて
여기 있음을 허락받고 있다	ここに　おらせて　もらっている

—전반

이 시에서는 수박의 빨간 과육을 씨앗이 존재하는 공간으로서 우주로 표현하고 있다. 도려내어진 공간과 씨앗은 시각적으로 그 존재를

---

58 마도 미치오, 「내가 여기에(ぼくが ここに)」, 『내가 여기에(ぼくが ここに)』, 童話屋, 1993, 130쪽. 이 시에서도 마도는 자기 자신을 주어로 한 공간점유의 원리를 말하고, 그것은 부적(まもり)이며, 있다는 사실 자체가 멋지다고 되풀이하고 있다.

보다 뚜렷하게 드러낸다. 개체라고도 할 수 있는 수박의 과육은 공기 이상으로 파내어진 이미지가 강해서, '방해 되지 않도록' '여기 있음을 허락받고 있다'라는 인격화와, 존재할 수 있는 은혜로움의 시점을 이끌 어내고 있다. 존재하는 사물의 주위가 유동적인 공기일 경우에는 공기 에 사물을 은혜하는 마음을 부여하여,

자신은 피하고	自分は よけて
그 물건을 그대로 감싸안았다	その物をそのままそっと包んでいる
자신의 모양은 없애버리고	自分の形は なくして
그 물건의 모양이 되어…	その物の形に なって
(중간부)	

─「공기(空氣)」

처럼, 마도에게는 감싸는 것과 감싸여진 것을 융합하려는 지향이 있다. 이것은 일종의 심적 상호성이라고 할 수 있을 것이다.

또한 감싼다는 의식과 관련해서, 마도에게는 특수한 공간인식이 있다.

컵	コップ
컵 속에 물이 있다	コップの中に　水がある
그리고 밖에는 온 세상이	そして　外には　世界中が
컵은 온 세상에 둘러싸여 있고	コップは世界中に包まれていて
자신은 물을 끌어안고 있다	自分は　水を包んでいる

자신의 피부로 직접	自分の　はだで　じかに

그런데 잘 보면	けれども　よく見ると
컵의 피부는 가장자리를 통해서	コップのはだは　ふちをとおって
내벽과 외벽이 한 장으로 이어져있다	内側と外側とが一まいにつづい
	ている

컵은 생각하고 있지 않을까	コップは思っているのではない
	だろうか

자신을 안고 있는 온 세상을	自分を包む世界中を
자신도 또한 안고 있는 것이라고	自分もまた包んでいるのだと
그 한 장의 피부로	その一まいの　はだで
물과 함께 전부	水ごと　すっぽりと

컵이 여기 앉아서	コップが　ここに坐って
영원히 앉아 있을 것처럼	えいえんに坐っているかのように
이렇게 조용한 것은…	こんなに静かなのは…

마도의 「컵」은 존재주체로서 감싸안고, 앉아서, 생각하는 컵이다. 온 세상에 안겨 있다는 것을 느끼고, 물을 감싸안고 있다는 것을 느끼고, 자신의 몸에 피부를 느끼는 컵이다. 컵의 재질을 가령 유리라고 한다면, 컵을 형성하는 유리 표면에 피부라는 한 장의 면을 상정하면, 유리재질의 내적 공간과 외적 공간으로 이분화된다. 이를 반전시켜 생각

하면 유리재질의 자신의 몸은 물까지 포함해서 외부 공간을 감싸안고 있는 것이 된다. 이것은 토폴로지적 발상의 공간인식이다.

(2) 자기 자신을 포함한 시공간인식

공간의식은 시각에 가장 의존하지만, 어둠속에서의 체험에서도 알 수 있듯이, 땅위에 선 감각이나 수평감각, 그리고 피부를 스치는 바람의 느낌, 소리, 냄새 등 종합적인 것이다. 마도의 시공간인식의 깊은 곳에 숨어있는 것은 본장 제3절 2항의 (1) '고요함'에서 보았듯이 마도가 어린 시절에 체험했던 '내 주위가 고요한 느낌'이다. 혼자 외롭게 연꽃밭에 있다는 것으로 자신을 둘러싼 공간과 흘러가는 시간은 보다 강하게 의식화되었다. 시간의 흐름은 한 순간 한 순간의 무한한 축적이라고 느끼는 「조수」와 「우리들은私たちは」(『달팽이의 엽서でんでん虫のはがき』)의 감각은 이 어린 시절의 체험에서 왔을 것이다. "하늘에서 울고 있는 종달새와, 혼자서 거기에 있는 나 자신과, 대만에 있는 부모님이, 보이지 않는 거대한 삼각형을 만들고 있는 것 같은 그런 느낌이 들었습니다"[59] 라고도 마도는 말한다. 제2장 제2절 2항에서 읽었던 「달아나는 연」[60]과 같은 모티브를 마도는 만년이 되어 다시한번 되풀이하고 있다. 이들의 키워드는 '멀다遠い'이다.

연줄을 있는대로 늘여보면   糸のありったけを のばすと

---

59 「마도 미치오의 마음을 여행하다(まど・みちおの心を旅する)」, 『월간MOE』 9월호, 白泉社, 1993, 80쪽.
60 제2장 제2절 「「코끼리」의 아이덴티티」, 102쪽의 인용문과 각주 34.

연은 저멀리	凧は　とおく
우표가 되어	切手に　なって
어머니 아버지와 떨어져서	父や母を　はなれて
지금 여기에	今　ここで
이렇게 외롭게	こんなに　ぽつんと
혼자서 있는 나를	ひとりぼっちでいる　ぼくを

―「연(凧)」

이런 어린 시절의 고독감을 기조로 하는 시공간 인식은 만년이 되어도 사라지지 않는다. 한편, 어른이 되어 새로운 시공간 의식도 생겨났다. 그것은 일종의 안식安らぎ을 기조로 하고 있다. 가장 기본이 되는 것은 돌고도는 순환성循環性이다. 앞서 '촉각의 세계'(「가지」) 등에서 본 물의 순환도 한 예이다. 두번째는 모든 것을 감싸안는 영원성을 지닌 위대한 것의 존재의식이다. 그것은 "멀고 먼 어머니はるかな母"(「산山」), "우주의 아버지宇宙の父"(「낙엽落ち葉」), "신神さま"(「포도 이슬ブドウのつゆ」) 등이다. 세번째는, 돌아가야 할 고향으로서 마도에게 안정감을 주고 있는 지구 중심으로 잡아당기는 인력引力이다. 네번째는 아이덴티티와 공생共生이다. 「동물을 사랑하는 마음動物を愛する心」부터 그것은 변함 없는 것이었지만, 마도는 자신의 아이덴티티 모색을 거쳐, 제2장 제2절 첫부분에서 보았던 아이덴티티의 요소, 'c.자신을 옳다고 하는 자기긍정감'을 획득했다. 그리고, '타자와의 관계에서 자기존재의미의 자각'의 깊이를 더해갔다. 마도의 경우, '타자'는 사람이 아니라, 동식물이나 존재물存在物

로 나타내는 경우가 많다.

태양 빛 속에서	太陽の光のなかで
모두들 마음 푹 놓고 있습니다	みんな　安心しきっています
태양의 따듯한 빛 속에서	太陽の　あたたかい光のなかで
자기가 자신으로 있다는 것에	じぶんが　じぶんで　あることに
토끼도	ウサギでも
개울도	小川でも
민들레도	タンポポでも
소금쟁이도	アメンボウでも
구름도	雲でも
제비도	ツバメでも
사람도	にんげんでも
은행나무도	イチョウの木でも
어머니 뱃속에 있는	おかあさんの　おなかの中にいる
아기처럼	あかちゃんのように…
인력의 탯줄로	引力のヘソノオに
단단히 붙잡아주고 있어서…	しっかりと　つかまえてもらって…
탯줄에서 들려오는	ヘソノオから　きこえてくる
신의 자장가에	神さまの子もりうたに

모두들 모두들 넋을 잃고　　　みんな　みんな　うっとりと

얼마나 멋진 내일이　　　　　　どんなに　すばらしい朝日が
기다리고 있는지도 알지 못한 채 待っていてくれるのかも知らないで…
　　　　　　　　—『마도 미치오 시집(まど・みちお詩集)』6(우주의 노래(宇宙のうた))

　다음으로 마도의 시공간의식·존재의식을 푸는 열쇠가 되는 마도의 말을 인용하고 싶다. 어린 시절 마도는 한 가게에서 약상자에 인쇄된 수염이 덥수룩한 신령님(쇼키鐘軌 : 중국민간전승에 전해지는 도교계의 신─역주)이 혼자 서 있는 그림을 보았다. 그림 속 신령님이 손에 약상자를 들고 있는데 그 상자에도 역시 작은 신령님이 그려져 있고, 약상자를 손에 들고 원근법의 제로를 향해서 무한으로 작아져 가는 신령님의 대열이 마도에게는 보였다. 그때 마도는 온 세상이 고요해져 오는 듯, 가슴이 저려오는 듯한 전율을 느꼈다. 그것을 마도는 '원근법의 시遠近法の詩'라고 한다.

　우리 시각은 이 지구상에서, '멀리 있는 것은 작게 보인다'는 우주 법칙에 지배당하고 있지만, 나는 이들 시각적 시를, 극단적인 말이 될지 모르지만 '원근법의 시'라고 할 수 있는 것은 아닐까 생각합니다. 저녁놀이 지는 지평선을 향해서 원근법으로 늘어선 전신주의 열을 봤을 때 전율을 느끼지 않을 수 없는 것이 인간의 마음 같습니다. 느낌의 강약에 개인차는 있겠지만 그것은 어른이나 아이나 마찬가지입니다.
　아니 어린 시절에 '원근법의 시'에 '전율을 느낀' 경험이 있기 때문에,

감수성이 둔해지는 어른이 되고 나서도 그것에 대한 다양한 **발전적 감응**
이 가능한 것은 아닐까 합니다.

　나는 어린 시절, 육안으로 간신히 보일 정도로 작은 것, 희미한 것을 들
여다보는 것을 좋아했습니다. 그런 것을 발견하고는 **얼굴이 닿을 정도로**
바짝 들이대고는 그것과 **같이 숨쉬듯**이 하면서, 마음이 벅차올라 황홀하
게 들여다보고 있었습니다. (…중략…)

　그럴 때 나는 그런 작고 희미한 것을 향해서, 자신이라는 커다랗고 분
명한 것으로부터, 원근법적으로, 누를 길 없는 **동화의식**(同化意識)같은
것을 발동시키고 있는 것은 아닌가 하고 생각하기 때문입니다. 물론 무의
식적으로 말입니다.[61](강조는 인용자)

　마도는 자신의 사색의 원풍경은 대부분 어린 시절의 체험이라고 말
한다. 그것이 있기 때문에 어른이 되어 발전적 감응을 하고, 그것을 시
로 쓸 수 있다고 마도는 느끼고 있다. 유년기의 쓸쓸함에서 무언가에
가까이 다가가고 싶다, 함께 살아있다는 것을 실감하고 싶다, 그런 기
분이 얼굴을 바짝 들이대게 만드는 동화의식이 되어간다. 그것은 시공
간에 있어서 고독에서 벗어나고 싶다는 원망이다. '만진다'는 촉각, '일
방통행이 아닌 시선'을 원하는 것도 마찬가지이다. 동화의식에 대해서
는 '영상적 표현'에서 다소 언급했다. '함께 숨쉰다'도 마도 작품에는 때
때로 나타난다. 그것은 존재물과의 공존의식이다. 동물뿐 아니라 마도
는 무생물과도 함께 호흡한다.

61　마도 미치오, 「원근법의 시(遠近法の詩)」, 다니가와 슌타로(谷川俊太郎) 책임편집,
　　『말・시・어린이(ことば・詩・こども)』, 世界思想社, 1979, 191~192쪽.

항아리 ㅣ	つぼ・ㅣ
항아리를 보다보면	つぼを　見ていると
나도 모르는 사이에	しらぬまに
항아리 몫까지	つぼの　ぶんまで
숨을 쉬고 있다	いきを　している

—『덴뿌라 삐리삐리』

이밖에 말(「말의 얼굴馬の顔」), 소(「소의 옆牛のそば」) 등, 호흡에 관한 시가
있다. 또한 호흡과는 이질적이지만 공간의식의 변종으로서, 전체와 부
분과의 분리의식이 작용하고 있는 경우를 볼 수 있다. 그것은 자신의
신체이거나 동물의 몸이거나 한다. 손가락의 예를 들어보자.

손가락이 몸과 따로 살았으면 좋겠다. 손에서 떨어져 날아갔다 다시 돌
아오면 좋겠다. 벌레였으면 좋겠다.
指が、からだと別に生きてゐたらいいなあ。手から離れて飛んで行つ
て帰つて来るといいなあ。虫だつたらいいなあ。

—「손가락(指)」,『대만일일신보』, 1938.4.15.

마도의 공간의식을 나타내는 키워드는 '고요함'과 '멀다'이다. 그것이
시간공간에서는 '억만 년, 몇억 년, 만 년, 까마득한' 같은 표현으로 전환
된다. 이에 대해 시공간 인식 중에서도 특히 마도가 '원근법의 시'라고
했던 감수에는, 키워드로 또한 '옛날, 선조, 조상, 아득한, 어디까지나'
가 더해진다. 이 '옛날, 선조, 조상'이라는 키워드는 앞서 마도의 '원근법

의 시'의 인용글에 이어서 써내려간 다음과 같은 인식에서 온 것이다.

무의식적이라고 하는 것은, 나는 이런 유년기의 첫 체험으로서의 '전
율'에, 인류 선조들이 진화과정에서 축적해온 다양한 체험의 영향이 나타
나지 않을리 없다고 생각하기 때문입니다. 즉 그것은 그저 단순한 첫 체
험이 아니라 재체험이기도 할 것이라고. 까마득한 시간을 지나서 이루어
지는 재체험이기도 하기 때문에 느껴지는 '전율'일 것이라고.[62]

마도의 '원근법의 시' 배후에 있는 생각이다. 마지막으로 원근법의
예를 몇가지 같이 읽기로 하자.

달팽이는 무지개를 갖고 있다
달팽이는 무지개 길을 만들며 간다

어디까지나 이어지는 길고 긴 길을 만들어 간다
길이 끝나는 곳의
쓸쓸한 언덕에서
달팽이는 등대가 되어보고 싶은 것이다

でで虫は虹をもってる
でで虫は虹の道をつくっていく

---

62 위의 글, 62쪽.

どこまでも続いたながい道をつくっていく

道がおわったところの

さみしい丘で

でで虫は灯台になってみたいのだ

　　　　　　　　　　　　　　　　　　　　　　　—「달팽이」

항아리　　　　　　　　　　　　つぼ

그 안에도 항아리　　　　　　　その　なかにも　つぼ

또 그 안에도 항아리　　　　　　また　その　なかにも　つぼ

헤아릴 수 없을 정도로 들어 있다 かぞえきれないほど　はいっている

　　　　　　　　　　　　　　　　　　　　　　　—「양파」전반부

"솔잎 옆에　　　　　　　　　　「まつばの　そばに

솔잎이 떨어져 있어요"　　　　　まつばが　おちているよ」

"솔잎 옆의 솔잎 옆에　　　　　「まつばの　そばの　まつばの　そばに

솔잎이 떨어져 있어요"　　　　　まつばが　おちているよ」

　　　　　　　　　　　　　　　　　　　　　　—「저녁 무렵」중간부

"어라, 스님,　　　　　　　　　「おや、坊さん、

개 짖는 소리가　　　　　　　　犬のこゑが

램프 심처럼,　　　　　　　　　ランプのしんで、

가늘어요, 가늘어."　　　　　　細い、細い。」

"아니요, 저건   「いいえ、あれは

산 아래 마을,   ふもとの村、

여기는 산이지요,   ここは 山でしよ、

멀어요, 멀어."   遠い、遠い。」

―「산사의 밤」 중간부, 『이야기나무』 제1권 제4호

　마지막 「산사의 밤」은 '영상적 표현'에서 본 "램프 / 램프를 보고 있다. // 나, / 내가 보고 있다. // 나, / 나에게 보여지고 있다"의 중간부이다. 보고있는 램프 심과 개 짖는 소리, 그리고 공간적 거리 이미지를 느끼게 하는 산 아래 마을, 이라는 감각 전환의 원근법이라고 할 수 있다. 또한 음의 공간만의 원근법 예도 있다.

묘소참배(お墓まゐり)

　할아버지가 시든 꽃을 버리러 가시고, 나는 대나무통에 물을 받았다.

　도레미파솔라시도 레미파솔라시도, 땅바닥에서 구름 저멀리로, 날아오르는 것이 있었다. 혼자 남겨진 사람처럼, 나는 귀를 바짝 세웠다.

　お祖父さんが古いお花を棄てに行かれれば、私は竹筒に水を注いだ。

　ドレミファソラシド　レミファソラシと、土の底から雲の遠くへ、昇つて行く

　のがあつた。取り残されたもののやうに、私は耳を澄すのだつた。

―중간부, 『소년의 날』(3), 『곤충열차』 제8책

이상, 마도의 감각과 인식세계를 고찰했다. 전체상을 파악하기에는 아직 논점이 충분하다고 할 수 없지만, 감수라는 시점이 마도의 작품연구에서 **빼놓을** 수 없는 것이라는 점은 분명해졌다고 할 수 있다. 그러면 여기에서, 지각知覺에서 표현세계에 이르는 시를 보면서 본 장을 닫고자 한다. 『곤충열차』 제4집(1937.9)에 실린 것이다. 자기와 외계의 연결을 감각을 활짝 열어 인식·감수하고, 그것을 그저 묘사하는 것이 아니라, 마도는 감성을 통한 시의 표현세계를 창출하고 있다. 시점이 이동할 때마다 초점을 맞추는 의식이 작용하고, 각각 원 컷의 사이는 시간의 경과를 나타낸다. 시선을 어디로 향하게 하는가, 초점을 어떻게 맞추는가, 그것을 어떻게 느끼고, 어떤 표현법을 사용하는가이다. 그리고 그 장에 존재하는 자기를 작품에 어느 정도 표현하는가, 그런 총체로서 마도의 시는 성립한다.

한낮의 고요

풍령에 빈 집을 부탁하고,
바다를 찾으러 바람은 나가있다.

창, 미닫이 문, 밝은 방안,
벌은 작은 지진 일으키고 있다.

낮잠에서 깨어난 아이에게,
멀리 라디오가 히트 치고 있다.

昼しづか

風鈴に 留守を たのんで、
海を さがしに 風は出てゐる。

窓、障子、部屋の あかるさ、
蜂は 小さな地震 させてる。

午睡から さめた 子供に、
遠い ラヂオが ヒツト 打つ
てる。

금붕어장사는, 혼자 휘적휘적,	金魚やは、ひとり　ひよろひ よろ、
먹구름 속을 지나간다.	入道雲の　中を　通つてる。
끈적끈적하니 마당 양지 쪽에,	とろとろと　庭の　日南(ヒナタ)に、
채송화는 물감을 풀고 있다.	松葉ぼたんは　ゑのぐを　とい てる。
복숭아 나무 밑, 매미의 관을	桃樹(モモ)の下、蟬の　棺(ヒツギ)を
서쪽으로 넘실넘실 개미는 끌고가고 있다.	西へ　うねうね　蟻はひいてる。

―『곤충열차』제4집

　마지막으로, 마도의 지각・감각에서 인식・감수, 그리고 마음의 생각에서 표현에 이르는 이미지 그림을 제시해둔다.

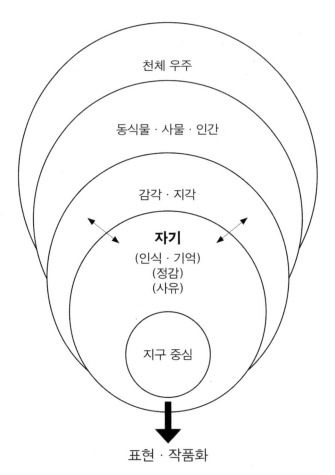

천체 우주

동식물 · 사물 · 인간

감각 · 지각

자기
(인식 · 기억)
(정감)
(사유)

지구 중심

표현 · 작품화

〈그림 1〉 마도 미치오의 인식도

제4장
마도 미치오의 표현대상
동물 · 식물

1. 마도 미치오에게 동물이란 ─ 『동물문학』을 중심으로

창작 개시부터 약 1년 후에 투고하기 시작한 『동물문학動物文学』의 작품은 동물을 소재로 하고 있다. 그중에는 「동물을 사랑하는 마음動物を愛する心」 같은 수필도 들어있어, 일생을 통해서 작품화된 마도의 기본 사상이 나타나 있다. 이는 동물뿐 아니라 식물의 고찰에도 단서를 주는 것이다. 제1절에서는 『동물문학』에 수록된 작품을 중심으로, 마도가 동물을 어떻게 보고 있는가를 고찰한다.

1) 『동물문학』 최초의 마도 미치오의 시 「참새」

참새	雀
집을 빙 둘러	家のぐるりに

| 참새를 울게 하고 있는 생활 | 雀を啼かせてゐる生活 |

| 마당의 낙엽에 | 庭の落ち葉に |
| 참새를 놀게 하고 있는 생활 | 雀を遊ばせてゐる生活 |

그리고	そして
열려 있는 미닫이문에서	開いてゐる障子から
사람 얼굴이 내다보고 있는 생활	人の面が覗いたりする生活

원래 인간의 생활은	もともと人間の生活は
멀고 먼 옛날부터	遠い昔から
그것만으로 족했을 터이다	それ丈でいゝ筈だつた

—『동물문학』제7집

"참새를 울게 하고 있다", "참새를 놀게 하고 있다"라는 사역형使役形에, 인간 생활의 일부가 된 참새의 존재가 나타나있다. 참새의 존재를 인정하고 그것을 따뜻하게 감싸 안는 생활이다. "열려있는 미닫이문에서 사람 얼굴이 내다보기도"하는 생활이 있다. 얼굴을 내민 사람과 마당의 참새는 생활하는 장에서 동등하다는 마도의 사상을 엿볼 수 있다. "멀고 먼 옛날부터 그것만으로 족했을 터이다"라고 한다. 그 후에 남는 여운에는 사회와 문명에 대한 마도의 비판적 기운이 담겨있는 듯하지만, 인간도 참새도 함께 품에 안는 하나의 보다 큰 세계를 느낌으로 해서 얻어지는 평온함도 시의 모티브로 있는 것으로 보인다.

집	家
가만히 지켜보라	見てゐるがいゝ
아이는 반드시	子供は必ず
지붕 위에는 참새를 머물게 한다	屋根の上には雀をとまらせる
그리고 창문 밑에는	又　窓の下には
반드시	必ず
강아지를 잠자게 한다	犬ころを臥かせる
그리고 그때서야 안심한 듯이	そして　やつと安心したやうに
"잘 그렸지요"	「よく描けたでせう」
하고 말하는 것이다	と言ふのだ

― 중간부. 『물고기처럼(魚のやうに)』, 『동물문학』 제15집

「참새」로부터 8개월 후, 시 『물고기처럼魚のやうに』 1편 「집」의 중간부이다. 이 시는 "아이에게 / "집을 그려봐" / 라고, 해보라子供に向かつて / 「家を描いてごらん」/ と、言ふがいゝ"로 시작되어, 아이가 머리에 떠올린 집이 삼각 지붕과 창문만 있을까 하고 물어본 뒤, 그 질문에 대한 답으로 이 문장이 온다. 아이의 마음을 빌어서지만, 안심이라는 모티브는 「참새」의 평온함과 동일한 것이다. 『동물문학』에 처음으로 투고한 시가 「참새」였다는 것은 상징적이다. 『동물문학』을 간행한 동물학회 규약에는

① 동물에 관한 문헌의 수집과 정리

② 동물 생활의 관찰과 연구

③ 동물을 주제로 하는 작품을 창작하고, 동물에 대한 인식과 애정을 일반에게 확대하고 이로서 정당한 자연관·인생관의 확립에 기여하고자 한다.

— 제21집 속표지

라고 되어 있어, 그 취지에서 보면 마도의 「참새」는 약관 마지막의 '정당한 자연관·인생관의 확립'이라는 최종 도달점을 지향하는 기본적인 방향을 가지고 있다는 것을 이해할 수 있다.

2) 『동물문학』 이외의 작품에 나타난 동물

『동물문학』 이전에 투고한 『어린이 시·연구子供の詩·研究』, 『고도모노쿠니コドモノクニ』에서 볼 수 있는 동물과 『동물문학』에 등장하는 동물 사이에 표현 방식에서 어떠한 차이점이 있을까. 또한 투고 시기가 거의 비슷한 『동어童魚』에 있어서는 어떨까. 다음 〈표 5〉는 마도의 처녀작부터 『동물문학』에 마지막으로 투고한 1936년 10월까지의 작품 가운데 동물이 나오는 것을 게재지 발행 순으로 정리한 것이다. 잡지명은, '子供'→『어린이 시·연구』, 'コドモ'→『고도모노쿠니』, '童話'→『동화시대』, '童魚'→『동어』, '動物'→『동물문학』을 나타낸다.[1] 또한,

---

1 『동어』는 도중에 호(号)에서 책(冊)으로 바뀌었고, 『동물문학』은 집(輯)이다. 참고로 『곤충열차』는 집(輯)에서 책(冊)으로 바뀌었다.

연 / 월	잡지명권 / 호	작품명	작품 속 동물	미수록
1934년				
9월	子供 4 / 9	「달팽이 뿔 내밀면」	달팽이, 쓰르라미	
11월	子供 4 / 11	「달이 밝아서」	누에벌레	○
1935년				
1월	コドモ 14 / 1	「구아바 열매가 떨어지는 것이다」	직박구리	
6월	童魚 3	「펑크」	닭	○
7월	動物 7	「참새」	참새	
8월	動物 8	「동물을 사랑하는 마음」	지네, 풍뎅이, 암탉,	○
			무당벌레, 병아리, 원숭이,	
			코끼리, 모기, 원앙, 개, 뱀	
			이, 도룡뇽, 두꺼비,	
			아메바, 고래	
		「깊은 밤」	인간(자기 자신)	
9월	動物 9	『노트에 끼어 죽은 모기』		
		· 「이 땅의 사람들」	파리	
		· 「노트에 끼어 죽은 모기」	모기	
		· 「도살장」	매미, (소)	○
	童魚 5	「모자」	참새, 잠자리	○
10월	動物 10	「도마뱀집의 식객」	게, 도마뱀, 가물치	○
12월	童魚 6	「소의 옆」	소	
1936년				
1월	動物 13	『물고기의 꽃』		
		· 「봄」	나비	
		· 「달밤」	소	○
		· 「어떤 날」	고양이, 닭	○
		· 「비 오는 날」	파리	○
		· 「노을」	잠자리	
		· 「정원」	닭	○
		· 「아들」	생선	
		· 「푸른 잎이었을 때」	무당벌레	○

연/월	잡지명권/호	작품명	작품 속 동물	미수록
		·「쥐」	쥐	○
		·「농가의 오후」	암탉、병아리	○
		·「아침」	개	○
		·「모기」	모기	
		·「초여름」	거위	○
		·「산책」	개、잠자리	○
		·「병인」	민달팽이	○
		·「흐린 날」	개	○
		·「심부름」	개	○
2월	童話 26	「비가 오는 날」	파리	
3월	動物 15	『물고기처럼』		
		·「집」	참새、강아지	
		·「물고기처럼」	물고기	
		·「맹목」	물고기	○
5월	童魚 7	「회중시계」	매미	
		「스투파」	솔개	
	動物 17	「대나무」	직박구리	
6월	動物 18	『나방와 매미』		
		·「나방」	나방、양	
		·「나비」	나비、작은 새	
7월	動物 19	「물고기를 먹는다」	물고기	
8월	童魚 8	「산사의 아침」	올빼미	
		「발자국」	게、거위	○
9월	動物 21	「병상사어病床私語」	지렁이	○
10월	動物 22	「하인」	도마뱀、모기、나방	○

○는 『전 시집』에 수록되지 않은 것을 표시한 것이다.

(1) 『동물문학』 이전 작품에서의 동물

▪ 「달팽이 뿔 내밀면^{かたつむり角出せば}」

달팽이	かたつむり
뿔 내밀면	角出せば、
뿔 언저리 밝고	角のへん明るくて
저녁매미 울고 있다.	ひぐらし啼いている。

(제1연)

위 시에 대해서는, 제3장 제1절 제1항에서 자세히 살펴보았다. 자신을 둘러싼 풍경들이 어떻게 자신을 감싸고 있는가 하는 장^場의 표현세계이다. 달팽이는 자신과 관계된 동물로서의 존재가 아니다. 초점이 달팽이 뿔로 좁혀질 때에는 그 장조차 의식에서 멀어지고 보는 대상으로 강조된다.

▪ 「구아바 열매가 떨어지는 것이다^{蕃柘榴が落ちるのだ}」

어디선가 직박구리도 찾아와서	どこからかペタコもやって来て
삐롯, 삐롯, 하고 울고는	ぴろっ、ぴろっ、と啼いては
노란 구슬을	黃色い玉を
톡, 톡, 떨구는 것이다	ぽとり、ぽとり、落とすのだ

(중간부)

위 시의 직박구리는 단순한 배경이 아니라 구체적인 행동을 동반한 실사의 한 컷으로 등장한다. 제3장 제1절 제5항에서 보았듯이 '떨구는

것이다' '들리는 것이다'라는 어미 '것이다(~のだ)'에 의해 실생활의 시간의 흐름이 배경으로 감추어져 있다는 점에서, 앞에서 본『동물문학』「참새」의 복선이 되고 있다.

- 「달이 밝아서月が明るいので」

달이 밝아서	月が明るいので
바나나를 벗겼더니,	バナナをむいたら、
바나나가 누에벌레처럼 하얗다.	バナナが蚕の蛾のやうに白い

(제2연)

앞 장 제3절 제1항에서 살펴본 감각의 작품으로, 누에는 직유로 사용되었다.

이상의 동물 표현 방법은, 마도가 작품에 등장시킨 이상 그것을 골라내는 창작의식이 작용하고는 있지만, 그것은 작품에 드러나는 효과이며, 그 동물에 대치하는 자신은 없다. 이에 비해서, 같은 제3장 제1절 제5항 H「아기」형에서 예를 든 「이 땅의 사람들この土地の人たち」에 등장한 파리는

| 햇볕이 모인 한가운데에 | 日溜の中に |
| 그 누구도 알지 못하는 파리가 있다. | 誰にも知られない蠅がゐる |

(…중략…)

길을 가는 사람이 가는 곳은	道をゆく人のゆく先は
또한 파리가 가는 곳이다	又 蠅のゆく先である
제대로 파리의 얼굴도 모르면서	ろくろく蠅の面も知らずに
이 땅의 사람들은	この土地の人たちは
날마다 파리와 함께 살고 있다	日毎 蠅と共に生きてゐる

라고 되어 있어, 파리와 인간은 사는 장을 공유하고 생명체로서 죽음까지도 공유하는 존재인데, 그 관계는 어떠한가를 묻고 있다.

(2) 『동어』 수록 작품에 나타난 동물

『동어』 창간호의 편집후기에는 "요謠와 곡曲과 용踊의 삼위일체를 목표로 우리 아동예술운동의 눈부신 출발!"이라는 문장이 있어, 마도가 투고하는데 있어서 노래하는 동요라는 것을 다른 잡지보다 크게 의식했던 투고지였다는 것을 상상할 수 있다.[2]

- 「펑크パンク」

『동물문학』 이전 작품이지만, 「참새」와는 불과 한 달 차이이다. 버스바퀴에 펑크가 난 순수한 정경 묘사에 가깝고, 끝 부분의 "멀리서 닭, 울고 있다"가 음향 효과로 영화의 엔딩 쇼트처럼 여운 효과를 이끌어 내고 있다. 이 기법은 마도의 다른 작품에도 종종 등장한다.

---

2   제1장 제2절 제3항 「투고 경향」을 참조.

▪ 「모자帽子」

모자 모자	帽子 帽子
새 모자	新し帽子

삼촌의 선물	伯父さんお土産
해병 모자	水兵帽子

가자 가자	行かう 行かう
어딘가에 가자	どつかへ行かう

"해병이다"라고	「水兵さんだ」と
지붕에서는 참새	屋根では雀

"빛나네"라고	「光るねい」つて
친구들다함께	友達みんな
가자 가자	行かう 行かう
아직 아직 더 가자	まだまだ行かう

"내려앉고 싶다"라고	「とまりたい」つて
빙글 빙글 잠자리	くるくる蜻蛉

라는 식으로, 동물 묘사도 동화·동요에 보이는 일반적인 것이다. 제8
호의 「발자국足跡」도

게는 서둘러,	蟹は 急いで、
그 계곡을,	その谷を、
탱크처럼 타고 넘는다.	タンクみたいに 乗り越える。
(중간부)	

라는 것으로, 동물의 취급에서 게가 주인공이기는 하지만 동화적 세계이다.

- 「소의 옆牛のそば」

소는 『동어』 가운데 유일하게 사생 대상이나 이야기에 등장하는 동물로서가 아니라 친밀감을 갖고 만남을 원해서 다가가는 대상으로 등장하면서, 소에 대한 작가의 마음이 작품의 힘이 되고 있다.

소 옆으로 가면	牛のそばへゆくと、
몸이 숨 쉬고 있다.	体が息してる。
소 옆으로 가서	牛のそばへ行つて、
"배 정말 크구나"라고 말해야지.	「でかいおなかね」つて言はう。
(제2연)	

호흡에 대해 마도는 민감한 감수성을 지니고 있어 그 후의 작품에서도 몇 가지 예를 볼 수 있다.

▪ 「회중시계懷中時計」

매미는 회중시계 속 태엽의 직유로 사용되고 있는 것에 불과하지만 이것도 숨과 관련이 있다.

태엽은	ゼンマイなんか、
매미 배처럼	蟬の腹みたい
숨쉬고 있어요.	息してゐるよ。
(중간부)	

마도가 매미를 가까운 거리에서 보고 있는 시선이 느껴진다.

▪ 「사리탑卒塔婆」

저길 봐, 하늘에도	みてごらん、空でも、
저길 봐, 하늘에도	みてごらん、空でも、
솔개가 돌고 있다. 빙글 빙글 돌고 있다.	鳶がまふよ。ぐるぐるとまふよ。
(중간부)	

에서나, 「산사의 아침」의

그리고 그 뒤 조용해져서	そしてその後 シンとして、
주위가 어두운 산 속,	周囲の暗い 山の中、
"호오"하고 올빼미가 울고 있다.	「ほう」と梟が啼いてゐる。

에서도 동물은 사생 대상이다. 「"호오"하고 올빼미가 울고 있다.」는 앞서 여운 효과에서 살펴본 기법이다. 이상 목록에 올렸던 7작품 외에 발행이 1년 가까이 늦어진 제9책의 「기나飼仔」와 「지도地図」에도 동물이 나온다. 「기나」에는 '새끼돼지'와, 아이 주머니에 든 '다리가 뜯긴 귀뚜라미'가 있다. 「지도」의 토끼는 이야기 속에 등장한다.

이상 『동어』 작품의 동물을 보면, 「소의 옆」 이외는 『동물문학』 이전 작품에서 볼 수 있는 묘사 대상으로서의 동물과, 이야기 속에 등장하는 동물로 그려져 있다는 것을 알 수 있다. 또한, 『동어』 이외 딱 한 작품 『동물문학』과 투고 시기가 겹치는 것이 있다. 『동화시대童話時代』의 「비 오는 날雨のふる日」이 그것인데,

비 오는 날의 집안   雨のふる日の家の中
파리가 발을 비비고 있다   蠅が足などすつてゐる
(전반부)

—『동화시대』 제26호

도 우울한 기분이 드는 날, 도구로서 취급한 사용법이다.

3) 『동물문학』의 작품에 나타난 동물

『동어』가 동요를 염두에 두고 투고하는 잡지였다면, 『동물문학』은 그런 제약이 없었다는 점에서 마도의 작품에는 분명한 차이를 가져왔

다. 제약이 있다면, '동물을 주제로 하는 작품'에 준하는 것이라는 규약
이었다. 『동어』뿐 아니라 그 이전의 투고 잡지는 노래謠 혹은 아동을
의식시키는 것이었던 만큼, 『동물문학』은 마도에게 새로운 창작의 가
능성을 열어주었다.

『동물문학』은 동물학자・문화인이 찬조贊助 회원이 되어 발족한 동
물문학회의 회지로 1934년 7월에 창간되었다. 4개월 후에 제2집, 그 후
2개월 간격의 발행이 3회 이어지다 제6집부터 월간잡지가 되면서, 동
물 학자・문화인의 폭넓은 참여로 내용이 충실해져 가는 모습이 느껴
진다. 마도의 「참새」가 『동물문학』 제7집에 실린 1935년 무렵이 바로
그 시기로, 창작 의욕이 높아진 마도에게는 고마운 투고지였을 것이다.
제2집과 제4집에는 요다 준이치与田準一, 제14집에는 미즈가미 후지水上
不二의 이름도 보인다. 마도는 제7집부터 제22집(1936.10)까지 1년 3개월
동안 33편의 작품을 발표했다. 자신을 깊이 성찰하는 「깊은 밤深い夜」이
외는 모두 동물에 관한 작품이다. 특히 2편의 수필 「동물을 사랑하는
마음」, 「물고기를 먹는다魚を食べる」는 동물에 대한 생각을 쓴 것으로 창
작의 기본 철학이 잘 드러나 있다. 『동물문학』이라는 잡지의 특질 덕
분에 나올 수 있었던 작품이다. 그러면 「참새」 이후의 작품을 순서대
로 보기로 하자.

(1) 「동물을 사랑하는 마음」

처음에 소개했던 「참새」가 나온 한달 뒤에 마도는 「동물을 사랑하는
마음」을 썼다.

이 세상에 다양한 사물이 있는 것은, 모두 각각에게 무언가 의미가 있어서 존재하지 않으면 안되기 때문일 것이다.

이 세상에 존재하는 모든 것, 그것은 있는 그대로 긍정 받고 축복받아야 마땅할 것이다.

— 『동물문학』 제8집

시작 부분의 문장이다. "이 세상에 존재하는 모든 것, 그것은 있는 그대로 긍정 받고 축복받아야 마땅할 것이다"라는 부분은, "코끼리 코가 긴 것은, 있는 그대로 긍정 받고 축복받아야 마땅한 것"을 떠올리게 하며 전후의 「코끼리」와 직결된다. 사카타 히로오阪田寛夫가 『마도 씨まどさん』에서 "마도의 '철학시대'라고 할 만한 이 시기에 쓴 시적인 논문의 세부나 단편은 훗날 마도의 모든 것을 품은 씨앗이다"[3]라고 평했던 그대로이다. 여기에는 정체성, 공생, 사물의 존재, 그리고 그것과 대치하는 자기 자신 등, 향후 마도의 시 창작에 표현되는 세계가 씨앗처럼 응축되어있다. 마도는 위 문장에 이어서, 모든 것은 각각 고유한 형태·성질을 지니며, 서로 관계를 맺고 각각이 존귀하고 가치적으로 모두 평등하다고 역설한다. 마도는 그런 생각을 갖고 모든 것들 속에서 살아가는 자신의 기분에 대해 "나는 이런 생각을 할 때 절절하게 살아있다는 기쁨이 온 몸으로 느껴진다"고 술회한다. 앞서 읽어본 「소의 옆」에서 "소 옆으로 가면 / 몸이 숨 쉬고 있다. / 소 옆으로 가서 / "배 정말 크구나"라고 말해야지"는 그런 정감이 느껴지는 시다. 일본어 고어古語의

---

3   사카타 히로오, 『마도 씨』, 171쪽.

'호흡(이키息)'에 '살다(이쿠生く)'의 어원설[4]이 있는 것을 보면, 마도가 살아 있다는 증거로 호흡(숨)에 특별한 생각을 품은 것도 납득할 수 있다.

　　그리고 돌멩이는 대지 위에 쉬고, 지네는 돌멩이 아래에 잠자듯이 일체의 것은 있는 그대로 서로 돕고 있는 것이다.
　　아, 그래서 '사랑'이야말로 그 자체로 만유 존재의 근저를 흐르고 있는 혈액이었던 것이다.
　　그리고 생물로서, 그 중에서도 인간으로 삶을 받아, 의식적으로 그 사랑을 살아가려고 하는 우리들은 얼마나 고마운 일인가.[5]

이렇게 마도는 「동물을 사랑하는 마음」의 도입부를 맺는다. 이어서 마도는, 의식적으로 그 사랑을 살아가려고 하는 나에게 있어 사랑하는 마음은, 인간, 인간 이외의 생물(동식물), 무생물이라는 대상의 차이에 따라 세 종류의 애정이 있다고 하며, 동물을 사랑하는 마음을 무생물에 대한 애정과 대조하면서 문장을 전개한다. 주요 내용을 정리, 요약하면 다음과 같은 점을 들 수 있다.

동물과 무생물에 대한 애정의 차이
　동물에 대해서는 '사랑하고 싶은 마음'이며, 무생물에 대해서는 반대로 '사랑받고 싶은 마음'이다. 왜 그런 경향으로 나타나는가.

4　마에다 도미요시(前田富祺) 감수, 『일본어원대사전(日本語源大辞典)』, 小学館, 2005, 110쪽.
5　마도 미치오, 「동물을 사랑하는 마음」, 『동물문학』 8, 1935.8, 8~9쪽.

무생물에 대한 경우

우리는 **빠르건** 늦건 언젠가는 무생물로 돌아간다. 무생물은 우리 생물보다 선조이고, 아버지이며 어머니이다. 그런 무생물에 대해 우리와는 비교도 할 수 없는 큰 힘, 깨달음, 크나큰 사랑 같은 것을 느낀다. 정적인, 투명한, 머리가 숙여지는 것 같은, 이 몸을 내던지고 가만히 크나큰 포옹 속에 있고 싶다는 마음을 담고 있다.

동물에 대한 경우

① 현실에서 눈앞에 보고 있을 때, 시간적으로는 영겁이며 공간적으로는 무한이라 해도 좋을 우주에서 뜻하지 않게 때와 장소를 같이해서 마주보고 있다는 사실의 신비로움, 장엄함, 기쁨을 동물, 식물, 무생물 온갖 것에서 느낀다. 그 중 동물에 대해서 말하자면, 지금 서로 마주보고 있는 상대, 즉 나와 그 동물은 함께 먹고, 생식하고, 죽어가는 생명이다. 동시에 한없이 살고 싶다고 소원하면서도 분명하게 죽음을 짊어지고 있는 목숨이다.

② 작은 것, 약한 것, 불쌍한 것들에 대한 위로의 마음이 보다 강하게 작용한다.

③ '인간 횡포에 대한 미안함' '사과하고 싶은 마음'을 그 안에 담고 있는 경우가 많다. '식食'을 위한 살생은 어쩔 수 없다 해도 무의미하고 반성 없는 살육은 피하고 싶다.

④ 동물은 각각 균형 잡힌 형태, 조화로운 색채를 지니고, 게다가 그것이 그 동물의 생활에 가장 적합한 형태와 색채로 되어 있다. 모두 군더더기 없이 그들의 삶에 필수적인 것이다.

⑤동물의 회화적·조각적 아름다움에 매료되는 경우, 향기롭게 느껴지는 본성과 생활에 감동하는 경우가 있다. 일반적으로는 양쪽이 동시에 느껴지지만, 애정은 대상으로 하는 개별 동물의 생김새에 따라서 각각 다른 경향을 보인다. 모든 새끼동물들의 '사랑스러움', 어떤 종류의 곤충이나 조류는 가까이 두고 싶어지는 '아름다움', 또는 도롱뇽처럼 못 생겨서 더해지는 귀여움도 있다.

⑥동물들의 한 톨의 거짓도 없는 본능 그대로 극히 평온한 생활태도를 보게 되었을 때, 절을 올리고 싶은 부러운 마음도 들고, 부끄러움이 느껴지기도 하면서, 이윽고 이는 꺼림칙하면서도, 어딘가 간지러운, 미소 짓는 애정으로 변해 간다.

⑦교미하고 있는 두꺼비를 본 적이 있다. 거기는 모든 것이 있는 그대로 긍정 받고 있는 듯한, 말로 다할 수 없는 평화로운 공기와 살아 있는 것의 엄숙한 진실이 넘치고 있었다.

⑧모두가 마음껏 자유롭게 존재해도 좋을 것이다. 모든 것이 마음 가는 데로 살았으면 좋겠다.

이런 내용을 담은 「동물을 사랑하는 마음」은 이 큰 테마에 도전하는 마도의 고양감이 느껴진다. 여기에 촘촘히 뿌려진 생각들은, 어떤 것은 이미 『동물 문학』이전 작품에서 그 싹을 볼 수 있고, 『동물 문학』의 작품 중에 실천되었으며, 후년의 많은 작품에 동물의 범위를 넘어 더 넓은 세계로 표현되어 갔다.

(2) 「동물을 사랑하는 마음」에 이어지는 작품

- 「깊은 밤」(제8집)

제3장 1절 「영상적 표현」에서 영상적 표현 범위를 벗어나는 예로 언급했다. 밤에 갈비뼈에 손을 얹고 자신의 존재 의미를 깊이 성찰한 작품이다.

> 살아서
> 나이를 갖고 모습을 갖고 피까지 흐르고 있는 자신이다.
> 生きて
> 年齢をもち形をもち血さへ流れてゐる自分である
> (중간부)

여기에는 ①의 의식에 선 자신이 존재한다. 그리고 마지막의

> 살아서
> 한없이 다른 사람이 아닌 나 자신이다.
> 生きて
> 限りなく他の人でない自分である

는 유일무이의 사랑하는 자신을 응시한다. 「동물을 사랑하는 마음」과 같은 제8집에 동물의 한 종인 인간으로서의 자신을 먼저 제시했다.

- 「이 땅의 사람들」, 「노트에 끼어 죽은 모기」, 「도살장」(제9집)

이 세 편이 「동물을 사랑하는 마음」, 「깊은 밤」에 이어지는 시로 투고되었다는 점은, 「깊은 밤」과 마찬가지로 동물은 ①의 죽음을 짊어지고 있는 생명이라고 하는 마도의 의식을 나타내고 있다. 「이 땅의 사람들」은 제3장 제1절 제5항 H 「아가」형에서 살펴보았다. 「노트에 끼어 죽은 모기」의 마지막은

오
이 관처럼 조용한 페이지에
누름꽃처럼도 보이는 소리 없는 모기이다
吁
この柩のやうに静かな頁に
をし花とも見える音のない蚊だ

라는 영탄으로 끝난다. 그 앞에는

그것은 모기가 나쁜 것도 페이지가 나쁜 것도
무엇이 어떻다고 할 것도 없었을 것이다
それは 蚊が悪いのでも頁が悪いのでも
何がどうだと言ふのでも無かつたであらう

라고 되어 있어, ①의 생물의 숙명과 ②의 마음이 느껴진다. 모기에 대해서는 제2장 제3절 5. 「『마도 미치오 전 시집』 발간 후」에서도 지적했듯이, 말년까지 제재로서 ③의 마음으로 되풀이된다. 「도살장」에 대해

서 사카타 히로오는 병든 어머니에게 영양가 있는 것을 먹이기 위해 도살장까지 소 피를 받으러 다녔던 마도의 경험을 소개하고 있다. 매미 울음 소리가 배경으로 등장하는데, 시에 나타나 있지 않은 소의 존재가 작품 배후에 있다.

살해당한 자의 피에 살해한 자의 보혈의	殺されたものゝ血潮へ殺したものの血潮の
허무한 공명이	空しい共鳴が
바람처럼 떨리고 있다	風のやうに震えてゐた
(중간부)	

에는 ①, ③의 생각과 함께 ⑧을 소원하면서 현실에서는 이룰 수 없는 갈등을 엿볼 수 있다.

• 「도마뱀 집의 식객壁虎の家の居候」(제10집)

이것은 시점이 달라져, 삶이 주제이다. ①의 '동물의 경우는, 서로 마주보고 있는 상대, 즉 나와 그 동물이 함께 먹고, 생식하고'이다. 어느 날 교미하고 있는 도마뱀을 발견하고, "가련한 독신자로서의 내 역사에서는 일찍이 본 적 없는 가정적인 공기가 햇살처럼 진득하게 이 집 창문을 때리고 있다"고 마도는 느꼈다. 이것은 ⑦의 '평화로운 공기와 살아 있다는 것의 엄숙한 진실'이며, ⑥의 '동물의 티끌만큼의 거짓도 없는 본능 그대로인 지극히 자연스런 생활태도'에 대한 경외심이다. 그것이 집주인이었던 자신이 지금은 "식객으로 눈치를 보면서 자고 일어

나게 되었다居候として遠慮がちに起き伏しするやうになつてゐた"라는 재치 넘치는 표현이 되었다.

- 『생선의 꽃魚の花』(제13집)

『전 시집』에도 없고 다른 곳에서도 존재의 지적이 없는 것으로, 총 17개의 단편으로 구성되어 있다. 그 중 「봄春」, 「아들子」, 「모기蚊」 3편은 후에 『곤충열차』 제7책(표지)에 다시 게재되고, 『전 시집』에는 『곤충열차』 초출로서 『단시』라는 제목으로 실려있다. 「황혼日暮」은 히라가나표기 「ひぐれ」로 『전 시집』에 게재, 색인에 표시된 초출은 『동물문학』이 아닌 『곤충열차』 제5집으로 되어 있다. 다음으로 『동물문학』(제13집, 36~37쪽)에 실린 『생선의 꽃』을 보기로 하자.

봄(春)

마을의 역을, 나비들이, 건너간다.

村の駅を、蝶々が、くゞりぬけてゆく。

보통은 그냥 지나치기 쉬운, 생활 속에서 우연히 목격한 그리 특별할 것도 없는 삶의 한 장면을 잘라냈다. 꽃에 내려앉는 나비가 아니라 인간 삶의 상징이기도 한 역을 건너가는 나비이다. ①, ⑤의 정신이 담겨 있을 것이다.

달밤(月夜)

나무 아래로 들어가면 숨을 쉬고 있는 소가 매여있다.

樹の下へは入つてゆくと、息をしてゐる牛がつないである。

또 다시 숨이다. ①의 문장을 조금 바꾸면, '때와 장소를 같이하며 숨쉬고 있는(살아있는) 일의 신비, 엄숙함, 기쁨'이다.

어떤 날(或日)

방에서는 고양이가 거울을 들여다보고 있다. 뒤뜰에 빨간 맨드라미가 피어있다.

部屋では猫が鏡を覗いてゐた。裏では赤い鶏頭が咲いてゐた。

우리는 함께 살고 있는 것이다라는 감각을, 고양이가 거울을 들여다보고 있다고 가벼운 위트를 섞어서 표현하고 있다. "방에서는……, 뒤뜰에는……"으로 공간을 넓히고 식물도 이끌어내서 ①의 공존의 세계를 나타내고 있다.

비 오는 날(雨日)

미닫이 문 속에서 파리가 다리를 비비면, 사람도 그것을 보고, "아 역시"하고 감탄하며 자신의 마른 팔을 쓰다듬어 보는 것이었다.

障子の中で蠅が足を摺ると、人も亦それを見てゐて、「なる程」と感心し、自分の痩せた腕を撫でまはすのだつた。

"고양이가 거울을 들여다보고 있다"와 마찬가지로, 인간인 자신과 동물인 파리의 행동에 공통성이 있다는 것을 발견하고, ⑤의 대상이 되는 것들에 대한 친근감을 느끼고 있다.

해질 무렵(日暮)

잠자리, 문패를 보러 온다

蜻蛉、表札を見にくる。

잠자리가 날아다니는 모습의 특징을 잘 표현하고 있다. 공중에서 멈추고 있는 것 같다가 갑자기 방향을 바꿔 날아간다. 문패 앞에 머무는 모습을 의인화한 방법은 위 두 작품의 위트와 친근감의 연장선상에 있고, 사람의 의표를 찌르는 기지는 훗날 단시_{短詩}의 선구형이다.

마당(庭)

닭들의 싸움을 말렸더니 부끄럽다는 듯이 두 마리가 마당 쪽으로 달려갔다.

鶏の喧嘩をとめてやつたら、きまり悪さうに、二匹で庭の方へかけて行つた。

아이(子)

「생선가시는 생선의 꽃이다」라는 아이를 내 아이로 하고 있다.

「鯊の骨は鯊の花だ」といふ子を、自分の子にしてゐる。

17편 전체의 제목이 『생선의 꽃』으로 되어 있다는 점에서 마도가 이 표현에 얼마나 애착을 갖고 있는지 알 수 있다. 수필「물고기를 먹는다」에서는, 다 먹고 난 생선가시가 접시에 ♯자처럼 덩그러니 남겨져 있다는 마도의 감수방법을 적은 뒤 "수많은 가로축과 한 줄기 세로축이다. 그것은 바로 그 물고기의 역사의 모든 ♯를 표상하고 있는 듯해서 마음이 아프다. 횡축이 무수하다는 것은 어쨌든 이들 물고기의 최후로서는, 꽃을 닮아 아름답지만, 그 일이 또 한 사람의 슬픔을 깊게 한다"라고 영탄詠嘆한다. 또한 "기하학적인 아름다움이 온 접시에 가득해서 초현실주의 그림이라도 보고 있는 듯이, 내 자신의 몸이 수정질水晶質이 될 것 같은 까닭 없는 에스프리esprit에 현혹되어 버리는 일도 있다"고 말해서, ①의 생각을 배후에 지니면서도 ④, ⑤의 생각도 담겨 있다. 다만, "⋯⋯라는 아이를 내 아이로 하고 있다"의 의미는 이해하기 어렵다.

푸른 잎이었을 때(青葉の頃)

무당벌레는 비녀가 되고 싶어서, 쫓아도 쫓아도 소년의 머리를 떠나지 않았다. 그래서 또 소년도 왜 그런지 소녀가 되어 보고 싶은 마음이 들기도 했다.

天とう虫は簪になりたいので、追つても追つても、少年の頭を離れなかつた。それで又少年も何がない、少女になつてみたいやうな気がしてゐた。

쥐(鼠)

쥐가 계단을 오르는 것은 이층에 볼일이 있어서였다.

鼠が階段を上るのは、二階に用事があるからだつた。

이 두 시는 동물의 행동에서 의미를 읽어내는 시선이 있다.

농가의 오후(農家の午)

암탉이 가볍게 인사하며 문을 들여다본다. 들어가고 싶어하는 병아리들을 살짝 말리면서 "저기, 대단히 죄송한데요, 지금 몇 시쯤이나 됐을까요?"

牝鶏がちよつと会釈をして戸口を覗く。は入りたがる雛たちを、軽く制しながら、「あの、甚だ恐れ入りますが、只今何時で御座ゐませうかしら。」

아침

朝

개를 데리고 다리를 건넌다.   犬をつれて、橋を渡る。

이것은 시적 요소가 느껴지지 않는 가장 단순한 것이다. 하지만 마도의 작품 전체 속에서 보면 배후에 있는 마도의 생각을 짐작할 수있다. 예를 들어, 40년 후의 작품에 「소나무マツノキ」가 있다.

내 강아지가   ぼくのポチが
오늘 죽었는데   きょう しんだのに

소나무가 있어   マツノキが あって
소나무 높은 곳에서   マツの たかみで

솔바람이   マツの かぜが

오늘도 살랑살랑	きょうも さわさわ
강아지인 내가	ポチの ぼくが
이 길을 걸어가면	この みちを ゆけば

　　　　—『마도・미치오 시집 ① 식물의 노래(まど・みちお詩集 ① 植物のうた)』

　개는 언젠가 죽는다는 의식을 갖는다면, 매일 아침 개와의 산책은 의미가 달라진다.「동물을 사랑하는 마음」에서는 충분히 전개되지 않은 동물과의 마음의 교류와 유대감이 감추어져 있다.

모기(蚊)

　모기도 또한 외로운 것이다. 찌르거나 하지 않고, 눈썹 등이 있는 얼굴을 가만히 만지러 오는 것이 있다.

　蚊も亦淋しいのだ。螫しもなんにもせんで、眉毛などのある面を、しづかに触りにくるのがある。

초여름(初夏)

　가르침을 받는 것보다 가르치는 편이 더 기분이 좋은 듯하다. "이 길을 똑바로 가면 됩니다. 거위가 울고 있는 밝은 마을입니다."

　教へて貰ふ方より、教へる方が嬉しさうである。「この道を、まつ直ぐにゆけばいゝのです。鵞鳥の啼いてゐる、明るい村です。」

산책(散歩)

끌고 가는 개 꼬리가 공원의 석양을 휘젓는 바람에, 앉으러 오던 잠자리가 분수로 잘못 알고 머리를 긁으며 달아났다.

つれてゐる犬の尻尾が、公園の西陽を撹拌すので、とまりに来た蜻蛉が噴水と間違へ、頭を掻きながら逃げて去つた。

병인(病人)

병인은 툇마루에서 민달팽이 지나간 뒤의 아름다운 무지개를 보았다. 자신의 병처럼 구불구불 이어져 있는 무지개.

病人は縁側で、蛞蝓の通つた跡の美しい虹を見た。自分の病気のやうに、うねうねと続いてゐる虹。

민달팽이와 달팽이가 지나간 자국에 남은 젖은 듯이 빛나는 줄기를 마도는 작품에 종종 등장시켰다.[6] 동물 그 자체는 아니지만, 그 발자취에 살아있는 목숨의 증거를 본다. 그것은 그저 천천히 자기 길을 간다. 마도의 ②, ⑥, ⑧의 생각이 있다. 그리고 그 증거를 무지개로 보고, 또 훗날 "너의 용기의 빛인가 / 하늘에서 내린 훈장인가きみの勇気の光なのか / 天からのくんしょうなのか"(「달팽이」,『전 시집』)라고도 노래한다.

흐린 날(曇日)

개는 길 한가운데까지 와서, 잠시 생각하더니, 다시 오던 길로 터덜터

---

6 제3장 제1절 제1항, 「달팽이 뿔 내밀면」의 각주 6참조.

덜 돌아서 갔다.

犬は道の中途まで来て、しばらく考へてゐたが、又、もと来た方へすたすたと帰つて去つた。

심부름(お使ひ)

소년은 길에서, 코 주위가 까만 개를 만났다. 소년은 자기 코가 막힌 것 같은 느낌에, 그 개를 흉내 내서 터덜터덜 걸어갔다.

少年は道で、鼻のまはりの黒い犬に逢つた。少年は自分の鼻がつまつたやうな気がして、その犬をまね、しよぼしよぼと歩いて行つた。

이상이 『생선의 꽃』 17편이다. 내용을 언급하지 않은 작품 대부분은 동물이 인간적인 생각과 감정을 가진 것으로 그려져 있다.

▪ 『물고기처럼魚のやうに』(제15집)

「집」, 「물고기처럼」, 「맹목盲目」 등 세 편이 실려 있다. 그 가운데 「맹목」은 『전 시집』에는 없다. 「집」은 앞에서 내용을 보았다.

물고기처럼	魚のやうに
물에 젖어서	水に濡れて
물을 아는가	水を識るのか
물에 젖어서	水に濡れて
물을 잊고 싶다.	水を忘れたい

| 물에 젖어서 | 水に濡れて |
| 물이 아닌 것을 생각하는가 | 水でないものを念ふのか |

| 물에 젖어서 | 水に濡れて |
| 물 그 자체가 되고 싶다 | 水そのものになりたい |

| 물에 젖어서 | 水に濡れて |
| 물을 감상하는가 | 水を感傷するのか |

| 물에 젖어서 | 水に濡れて |
| 물의 의미를 의미하고 싶다 | 水の意味を意味したい |

　이 시 이전의 동물은 ①의 시간과 장소를 같이해서 서로 마주보고 있는 동물이었다. 그렇다면 때와 장소를 같이 할 수 없는 물고기는 마도에게 있어 어떠했는가. 같은 동물이라도 그 차이를 마도는 인정하고 있다. 「물고기를 먹는다」에서 이렇게 말하고 있다. "물속 물고기의 생활감, 그것은 절대로 이해할 수 없는 세계이다. 나는 그릇 속의 젖은 물고기를 보면서 그 세계에 대한 무한한 판타지를 즐긴다." 마도의 「물고기처럼」의 판타지에도 역시 「동물을 사랑하는 마음」 ①~⑧의 기본적인 생각은 공통적으로 있는 듯하다.

맹목
물고기라고 들으면

瞽目
魚と聞けば

막연하게 삼각형을	漠然と三角形を
여자라고 들으면	女と聞けば
막연하게 물고기를	漠然と魚を
밤낮없이	あけくれ
보잘것없는 캔버스에 그리는가	さゝやかなカンバスに描くのか
나는	俺よ
맹목이여	盲目よ

　물고기라고 들으면 막연히 삼각형을, 여자라고 들으면 막연히 물고기를 그려 버리는 자신을 '나는 눈먼 이'라고 자성한다. "우리의 한심한 시각은, 이 세상 삶이라는 극히 단기적인 환경이 각자에게 끼워주는 온갖 허접한 틀에서 조차 빠져 나올 수 없다."[7] 이것은 마도가 추상화를 그리는 이유를 밝히며 했던 말인데, 어린이에 비해 어른은 상식적인 관념에 묶여 있다고 마도는 보고 있다. 「집」에서 "아이에게 / "집을 그려 보아라" / 고 말해보라"는 이에 호응한다. 결국 이 삼부작 「물고기처럼」은 기성 관념에서 벗어나고 싶다는 마도의 생각이 테마라고 할 수 있을 것이다.

・「대나무숲篁」(제17집)

　다니 에쓰코谷悦子는 "이것은 그림자를 다룬 신비로운 작품으로, 네거티브한 톤이 잠재되어 있다는 점에서 사생 시와는 또 다른 맛이 느껴

7　마도 미치오, 「나의 한 장 세르주 폴리아코프(私の一枚・セルゲ・ポリアコフ)「무제(無題)」」, 『미즈에(みずゑ)』788호, 美術出版社, 1970, 46쪽.

지는 마도의 세계가 있다"⁸라고 평가했다.

"대나무 그림자라면	「篁の影なら
대나무 안에 있어요."	篁の中にあるよ」
라고, 직박구리인가 누군가가 말하지만	と、目白か誰かゞ言ふけれ

의 직박구리는 때와 장소를 함께하며 마주보고 있는 존재가 아니라 소리밖에 들리지 않는 누군가라는 점에서 종잡을 수 없는 불안정감이 있다.

- 『나방과 나비 蛾と蝶』(제15집)

나방	蛾
이 양 속에도	この羊の中にも
군함 속처럼	軍艦の中と同じやうに
수많은 방이 있어	たくさんの部屋があつて
다양한 기계가 움직이고 있을 것이다	色々な機械が動いてゐるのであらう
이 작은 땅콩만 한 양 속에도	この小さな南京豆ほどの羊の中にも

　누에의 나방이 양을 연상시킨다는 것은 제3장 제3절 제1항에서 보았다. 나방의 체내에 많은 방이 있고 다양한 기계가 움직이고 있다는 발상은 ④ 조화의 아름다움과도 통하는 신비로움의 세계이다.

8　다니 에쓰코, 『마도 미치오 시와 동요』, 創元社, 1988, 14쪽.

나비	蝶
이것은 납작한 작은 새	これはうすっぺらな小鳥
이것은 스탠드 글라스의 한 조각	これはステンド・グラスのかけら
이것은 무지개의 아이	これは虹の子供

대만에는 나비·나방 종류가 많다. 사진을 보면 이 비유를 이해할 수 있다. 이들『나방과 나비』두 작품은 동물에 대한 생각 ⑤의 시각적 인상의 비유적 시도이다.

• 「물고기를 먹는다」(제19집)

앞에서도 내용을 언급했지만, 「동물을 사랑하는 마음」이 어느 정도 이론 구축의 흔적이 보이는 반면, 이 글은 살아있던 물고기가 식재료로 밥상에 있고, 그것을 살아 있는 자신이 먹는다고 하는 물고기에 대한 생각과 자기 내성의 수필로서 담담한 필치로 적어 내려갔다. 그 묘사는 마도 자신은 "독자들에게는 미치광이의 잠꼬대처럼 들릴지도 모른다"고 변명하고 있듯이 섬세함의 극치를 달린다. 「동물을 사랑하는 마음」과 마찬가지로, 이후 마도 작품 전체의 방향성을 느끼게 하는 씨앗을 품고 있다.

• 「병상사어 病床私語」(제21집)

주역은 지렁이다. 물고기는 자기가 살아야 하는 물 속에서 나와 인간 때문에 죽은 모습으로 마도의 밥상 위에 누워 있다. 그러나 지렁이는 "머리를 땅에서 떼고 의연하게 하늘을 향해 수직으로 들고 있었다頭

を土から離し凝然として空へ垂直させてゐた". 지렁이는 스스로 흙에서 나와 눈앞에 나타났다. "머리 끝은 울룩불룩 생리적 꽃과 같았다頭の先はもずもず生理的な花のやうであつた"라고 그 흔들림 없는 모습에서 니체를 느꼈고, 그날 저녁 고열이 나서 마신 지렁이 달인 물은 효과 만점이었다. ⑥의 생각인 지렁이에 대한 경외심이 넘친다.

- 「하인下男」(제22집)

「도마뱀 집의 식객壁虎の家の居候」 속편이다. 이번에는 도마뱀에 '守宮'이라는 한자를 붙여, 아들 도마뱀仔守宮과 어머니 도마뱀母守宮이 주인이고, 배설물청소를 하는 다소 우스꽝스러운 역할을 맡은 나와의 짧은 유머 이야기이다. 이것도 ⑥의 생각이 기조지만, '동물에 대해 경배를 올리고 싶은 기분'이 아니라 '미소 짓게 하는 사랑으로 바뀌어 가는' 마음이다.

4) 『동물문학』의 작품 특징과 그 후의 전개

여기까지 목록에 올린 작품을 전체적으로 개관했다. 이를 통해 말할 수 있는 것은 『동물문학』과 그 이전, 다른 잡지에 발표된 작품 속의 동물과는 바라보는 시점이 다르다는 것이다. 「소의 옆」은 예외지만, 『동물문학』이외의 잡지에 실린 작품은 사생대상으로서의 동물 또는 이야기 속 등장인물로서의 동물이다. 그러나 『동물문학』에서 동물은 사생대상인 도구적인 역할이 아니라, 대상을 의식화하고 대치하며 바라보고 초점을 맞추는 동물들이다. 이것은 이후 '사물의 존재'에 대한 사색으로 이어진다.

대만 시기의 『동물문학』 이후의 작품에서 동물을 다룬 작품은 90편 가까이 있다. 그 속에서 동물에 대한 인식은 「한 마리 기린」[9]에서 볼 수 있는 깊이를 보이며, 한편, 『가타카나 동물원 カタカナ ドウブツエン』이나 『원숭이의 낙서 オサルノ ラクガキ』 등 전후의 동요와 연결되는 작품을 시도하기도 했다. 그들은 『동물문학』에서 보여준, 마주서서 바라보며 초점을 맞춘 대상으로서의 동물이 아니라 작품에 등장하는 주인공이다. 어떤 경우에는 우스꽝스러운 모습이기도 하고, 때로는 마도의 철학을 짊어지는 역할을 맡고 있다. 그 예는 전후의 「코끼리」와 「아기 돼지 브브가 나팔을 분다 こぶたの ブブが ラッパをふく」 등에서 찾아볼 수 있다. 또 전후에는 『동물문학』에서 시도했던 것을 발전시킨 시詩도 많다. 제3장 제1절 제1항 「달팽이」나 제3장 제3절 제1항 「메뚜기」가 여기 들어간다. 이들 동물작품에서 공통적으로 느껴지는 것은 동물에 대한 동족 의식과 마도의 따뜻한 마음이다. 시선을 느끼고 동화하며 한정된 생명을 나누려는 의식이다. 동요 등에서 많이 볼 수 있는 의인화도 그것이 이유이다. 이는 동물 이외에도 볼 수 있지만, 동물은 그 경향이 강하다.

---

9   제3장 제1절 제5항 '각 형에 대한 검토'의 D. 「손 안의 반딧불」형을 참조.

2. 마도 미치오에게 식물이란

마도는 집 마당에도 많은 식물을 심고 길가의 작은 꽃에도 눈길을 보
낸다. 책장은 온갖 식물 도감으로 가득 채워져 있다. 식물에 대한 관심
과 애착은 전쟁터에 나갔을 때에도 평범한 것은 아니었다.[10] 본 절에서
는 마도에게 식물은 어떤 존재이며, 작품 속에 어떻게 표현되고 의식되
고 있는지를 보고자 한다.

1) 식물에 대한 마도 미치오의 생각

만약 식물이 우리 동물들처럼 걸어 다니는 생물이었다면, 세상은 뒤죽박
죽 대 혼란일 것입니다. 고맙게도 식물은 상쾌한 녹색 잎과 아름다운 꽃과
향기로운 열매를 달고 움직이지 않고 우리 동물들을 기다려 줍니다.[11]

위의 문장은 80세가 넘은 마도가 강연에서 한 말이다. '식물은 움직
이지 않고 우리 동물들을 기다려 준다'고 마도는 느낀다. 마도가 우리

---

10 사카다 히로오는 『마도 씨』(200쪽)에서 "행군하는 사이 길에서 찾아낸 식물 이름
　　을 단숨에 써 내려가는데, 그 관심과 지식의 깊이는 보통이 아니었다. 일지의 필자
　　가 중장비를 매고 비틀거리면서 행군하고 있는 33살의 '나이든 이등병'이라는 것을
　　잊게 만든다"고 썼다.
11 마도 미치오, 「'자연'과 '말'과(〈自然〉と〈ことば〉と)」, 이시자와 고에코·가미 쇼
　　이치로(石沢小枝子·上笙一郎) 편, 『강연집 아동문학과 나(講演集 児童文学とわた
　　し)』, 바이카여자대학아동문학회(梅花女子大学児童文学会), 1992.3, 145쪽.

동물이라고 표현했다는 것에서, 식물에 대한 의식과 본 장 제1절 제3항 제1절 「동물을 사랑하는 마음」에서 본 동물에 대한 동족 의식과 차이가 있다. 마도는 식물이 상쾌한 녹색 잎과 아름다운 꽃과 향기로운 열매를 달고 움직이지 않고 기다려주는 것에 고마움을 느낀다. 그것은 어린 시절의 도쿠야마, 그리고 이후 대만, 전쟁터, 일본에서 자연과 만나면서 얻은 것이리라. 그리고 그 마음은 평생 변하지 않았다.

다행이다	よかったなあ
정말 다행이다 풀과 나무가	よかったなあ　草や木が
우리 곁에 있어주어서	ぼくらの　まわりに　いてくれて
눈이 밝아지는 푸른 잎사귀	目のさめる　みどりの葉っぱ
아름다운 것들의 대표 꽃	美しいものの代表　花
향기로운 열매	かぐわしい実
정말 다행이다 풀과 나무가	よかったなあ　草や木が
몇 억 몇 조	何おく　何ちょう
그 이상 헤아릴 수 없이 있어주어서	もっと数かぎりなく　いてくれて
그 어느 것 하나 하나도	どの　ひとつひとつも
모두 각각이 다 다르게 있어주어서	みんなめいめいに違っていてくれて
정말 다행이다 풀과 나무가	よかったなあ　草や木が
그 어느 곳에나 있어 주어서	どんなところにも　いてくれて
새나 짐승이나 벌레나 사람	鳥や　けものや　虫や　人

| 누가 찾아가더라도 | 何か訪ねるのをでも |
| 거기에 움직이지 않고 기다려 주어서 | そこに動かないで　待っていてくれて |

아아 정말 다행이다 풀과 나무가 언제나	ああ　よかったなあ　草や木がいつも
비에 씻기고	雨に洗われ
바람에 닦이고	風にみがかれ
태양에 빛나서 반짝반짝하고	太陽にかがやいて　きらきらと

—『마도 미치오소년시집 좋은 풍경 まど・みちお少年詩集 いいけしき』

마도는 식물의 아름다움, 다채로움, 종류가 많음을 상찬하는 것만이 아니다. 언제 어디서든 기다려 주는 식물에 대한 고마움을 마도는 함께 말한다. 일본도 대만도 푸른색으로 가득한 땅이다. 식물은 마도나 동물들의 몸 전체를 즐겁게 하고, 쉬게 하고, 또 자라게 한다.

2) 자연으로서의 식물

마도 작품에 등장하는 동물은 개별적인 존재로 표현되고, 때때로 생물학적 생태계의 연쇄라는 개념이 들어가기도 하지만, 무리 사회로서는 아니다. 한편, 식물의 경우는 정지된 채 집합체로서 마도를 감싸는 장場의 한 요소가 된다. 식물은 시간의 길이와 흐름, 평온함도 나타낸다. 식물은 우리 인간의 마음을 평화롭게 하는 자연의 상징이다. 제3장 제3절「마도・미치오의 감각과 인식 세계」에서, 공간 의식의 원풍경으로 연꽃밭에 혼자 있는 마도의 경험을 다루었다. 마도 혼자 연꽃밭에 있고 하늘에서 종달새가 울고 있었다. 그때의 연꽃은 한 줄기 한 줄기의 연꽃이 아니라 마도를 감싸는 풍경으로서의 연꽃이다. "밭의 바깥으로 열매가 튕겨나가 홀로 한 줄기가 자라나 있기도 합니다. 그런 한 줄기는 무리의 연꽃보다 키가 크고 아름답습니다"[12]라고 했듯이, 시선이 한 줄기 연꽃으로 옮겨가면 초점이 좁혀지면서 일단 공간 의식에서 멀어진다.

연꽃	レンゲソウ
눈길 닿는 모든 곳에 꽉 들어찬 연꽃의	見わたすかぎり 一めんの レンゲソウの
이 한 면의 논에 핀 연꽃의	この一まいの 田んぼの レンゲソウの
이 한 그루의 줄기에 늘어선 연꽃의	この一ぽんの 茎にならぶ レンゲソウの
이 자그마한 하나의 꽃 연꽃을	このちんまりと 一つの花 レンゲソウを
보고 있는 내 안의 콩알만 한 종달새의	見ている 私のなかの 豆つぶのヒバリの

— 전반부, 『마도 미치오 시집 ① 식물의 노래』

---

12 마도 미치오・가시와라 레이코, 『모든 시간을 꽃다발로 해서 마도 씨가 말하는 마
    도 씨』, 23쪽.

마도가 연꽃밭에 있을 때, 경치로서의 연꽃을 그저 느끼기만 하면서 시간을 보낸 것은 아니다. 의식과 시선은 옮겨간다. 하나의 연꽃에 눈길을 보내면, 밭 한가득 들어찬 연꽃은 의식에서 멀어진다. 그러나 의식의 배후에 그것은 유지되며 시인의 존재 의식을 지탱한다. 이렇듯 자기 존재를 지탱하는 의식은 넓게 보면 시간적 흐름과 공간적 체험의 확산 속에서 층층이 쌓이면서, 마도의 자기 존재를 형성한다. 겹쳐지는 한 층 한 층은, 어린 시절의 도쿠야마이며, 어떤 날의 연꽃밭이며, 어떤 날의 "지구 분의 1 대만의, 1 대만 분의, 1 수향"(「조수」)이다. "있어야 할 부모가 없는, 그 때는 정말 외로웠다"는 마도의 회상을 제1장에서 인용했다. 같은 때에 같은 연꽃을 보면서도, 있어야 할 부모가 있는지 없는지에 따라 그 느낌은 달라진다. 연꽃밭은 마도 마음의 원 풍경으로 자주 등장한다. 그것은 숲 속 나무들에 둘러싸인 자연이 아니라 넓은 공간이다. 드넓은 공간이기에 하늘의 종달새는 콩알만큼 작아 보이고 외로움은 깊기만 하다. 「연꽃」 후반부는

치르치르 미치르 치르치르 미치르는?	チルチル　ミチルチルチルミチルは?
그건 비밀의 주문!	それは ひみつの まじない!
동화 속 친구들이	どうわの中の 友だちたちが
모두 모두 놀러 오기를	みんなみんな 遊びにきますように
작은 이가 되어	小人になって
벌과 나비에 올라 타고……	ハチや チョウチョウに またがって…

로 전개된다. 마도의 시선은 눈에 가득 찬 연꽃에서 연꽃 한 그루, 그리

고 꽃으로 옮겨가고, 종달새 울음소리에서 고독한 자신으로 순간적으로 돌아왔다가 마지막은 꿈의 세계로 들어간다. 이처럼 마도의 시선은 의식과 표리 관계임을 알 수 있다.

　이하, 마도의 식물에 대한 시선과 의식을 원경에서 근경으로 작품을 통해 고찰하고자 한다.

좋은 경치	いいけしき
물이 옆으로 누워 있다	水が よこたわっている
수평으로	水平に
나무가 서 있다	木が 立っている
수직으로	垂直に
산이 앉아있다	山が 坐っている
진정 수평으로	じつに水平に
진정 수직으로	じつに垂直に
이 평안을 고향으로 삼고 있다	この平安をふるさとにしているのだ
우리들	ぼくたち
온갖 목숨을 가진 존재들이……	ありとあらゆる生き物が…

　　　　　　　　　　　　　　　　　　　　　　—『마도미치오 소년시집 좋은 경치』

　제1절 제3항 (1) 「동물을 사랑하는 마음」에서도 소개했지만, 무생물

에 대한 사랑을 마도는 다음과 같이 밝힌다. "모든 무생물에 대한 애정은, 정적인, 투명한, 머리가 절로 숙여지는, 온몸을 던져 절절히 큰 포옹 속에 있고 싶은 그런 심정을 담고 있다."[13] 이는, 동물에게는 '사랑을 주고 싶은 마음'이 있는 반면, 무생물에게는 '사랑을 받고 싶은 마음'이 있다는 것에 대한 설명으로 붙인 문장이다. 마도를 크게 감싸는 아름다운 경치는 무생물인 물과 대지를 기반으로 한다. 거기에 산이 있고, 강과 호수, 그리고 바다가 있다. 그리고 마도의 마음속에 있는 풍경은 푸른 색으로 뒤덮인, 식물과 혼연일체가 된 자연이다. 마도에게 있어 그들 모두는 거기에 반드시 있어야 할 존재로서 있는 것이다. 마도는 그들에게 일종의 의지마저 느낀다. 물이 자기 의지로 수평으로 누워있고 나무가 자기 의지로 곧게 서고 산이 자기 의지로 수평·수직으로 앉아있다. 그 배후에는 지구인력에 대한 마도의 의식이 담겨있다. 그것은 역학적인 의미 이상으로 거대한 자연의 법칙에 따르는 생물과 물질의 진리·아름다움에 대한 감탄이다. 「좋은 경치」의 '좋은'은 보기에 좋은 것만을 의미하는 것이 아니다. "진정 수평으로 / 진정 수직으로"의 '진정'에는 인간이 미치지 못하는 자연섭리에 대한 경외심이 있다. 이것으로 알 수 있는 것은 자연의 일부가 되어있는 식물은 마도의 의식에서 동물보다 무생물에 가깝다는 점이다. 같은 생물이면서, 동물과 식물에 대한 마도의 의식은 다르다. 특히 풍경으로 자신을 감싸는 식물은, 마도를 둘러싼 장소가 되고 있다. 그 속에 서 있는 나무는 비록 마도의 시선이 향했다 하더라도 경치에서 분리된 것은 아니다.

---

13 마도 미치오, 「동물을 사랑하는 마음」, 『동물문학』 8, 1935.8, 9쪽.

우리는 "이 평안을 고향으로 하고 있다"고 마도는 느낀다. 이 시에 단어로서의 '영원'은 없다. 그러나 '고향'이라는 말에서 이 시에 흐르는 영원성을 느낄 수 있다. 그것은 수평·수직으로 앉아있는 산뿐만 아니라, 서 있는 나무 한 그루에서도 마도는 영원성에 가까운 것을 느낀다.

3) 나무에서 느끼는 영원성

커다란 나무	おおきい木
백 년 천 년 여기에 있어서	ひゃくねん せんねん ここにいて
이렇게 커다랗게 자랐을까	こんなに おおきく なったのか
커다란 나무	おおきい木
커다란 나무	おおきい木
커다란 나무	おおきい木
아직 아직 뻗어나간다	まだまだ のびていく
하늘에도 닿을 때까지 닿을 때까지	てんにも とどくまで とどくまで
(제3연)	

비록 수령樹齡 몇백 년 된 나무라도 마도는 천 년의 생명을 느낀다. 나무꼭대기의 가지는 하늘까지 닿는다. 동요의 과장표현이 아니라 거목을 눈으로 보고 그렇게 느끼고 마는 마도이다. 배후에 인간 생명의 덧없음이 감추어져 있다. 본장 제1절 제3항의 (2)에서 「소나무」를 읽었다. "내 강아지가 / 오늘 죽었는데 // 소나무가 있어 / 소나무 높은 곳에

서 // 솔바람이 / 오늘도 살랑살랑"(『마도 미치오 시집 ① 식물의 노래』)은 유한한 강아지의 생명과 나무가 대비된다. 제3장 제3절 제4항 '시공간 인식'에서 보았듯이, 마도는 일종의 평온을 기조로 한 시공간 의식을 갖게 되었다. 그 평온은 어머니처럼 모든 것을 감싸는 영원성을 가진 크나큰 존재라는 존재의식과, 돌고 도는 순환성에서 온다. 그것은 인간으로서의 일상의 시공간을 뚫고 나간 것으로 인간생활의 일상성과 감정, 사회성을 넘어서 있다. 가까운 생활의식에서 느끼는 시간 경과 의식이 아니라 영원한 시간의 흐름이다. 거기에서 오는 평안을 마도는 이미 「동물을 사랑하는 마음」을 쓸 때 감지하고 있었다. "이 체념과도 같은, 절망을 넘어선 후의 평안이라고 할까, 절실한 외로움의 세계는, 그 진실은 언제나 우리 마음 깊은 곳에 숨어있다."[14] 그 평안이 「좋은 경치」의 기조가 되어있다. 「좋은 경치」의 나무도 유한한 생명이지만, 마도는 식물에서 죽음을 보지 않는다. 식물의 끝나지 않는 영원한 순환성을 느낀다. 그리고 그 배후에 물의 순환성에 대한 마도의 생각[15]이 있다. 그것은 제3장 제3절 제3항의 2 '촉각의 세계'에서 조금 언급했다. "헤아릴 수 없이 많은 / 나뭇잎이 되어 / 서로 앞다투어 하늘을 만지고 있다"(「가지」 시작 부분)이다. 그것은 나무 꼭대기 잎이 하늘을 만지고 있다고 하기보다, 그 잎 속에 들어있는 물이 고향인 하늘에 대해 생각한

---

14 위의 글, 10쪽.
15 마도의 작품에는 물에 대한 찬가라고도 할 수 있는 것이 있다. "물은 노래합니다 / 강을 달리면서 // 바다가 되는 날의 광대함을(水は 歌います / 川を はしりながら 海になる日の びょうびょう を)"(「물은 노래합니다(水は うたいます)」 시작 부분), "아기 빗방울 아기 빗방울 / 처음에는 어디로 / 구름에서 산으로 / 산에서 계곡으로(あめのこ あめのこ / はじめは どこへ / くもから やまへ / やまから たにへ)"(「아기 빗방울(あめのこ)」 시작 부분) 등.

것을 표현하고 있다.

아까까지	さっきまで
땅 아래 어둠 속에 누워	じめんの下の　くらやみにねて
하늘로 가는 꿈만 꾸고 있던 물이	空へのゆめばかり　みていた水が
뿌리에서 줄기로	根から幹へ
줄기에서 가지로	幹から枝へ
가지에서 가지 끝으로 다 올라가서 지금	枝から梢へと　のぼりつめて　いま

— 중간부, 「가지」, 『마도 미치오 시집 ① 식물의 노래』

　나뭇가지의 잎에서 하늘로 돌아가려는 물은, 조금 전까지 땅 속에서 하늘을 꿈꾸고 있던 물이다. 그 물은 "뿌리에서 줄기로 줄기에서 가지로 가지에서 가지 끝으로" 올라섰다. 물은 생명을 유지하는 근원이다.

　또한 물의 순환과 함께 식물의 삶의 순환성에 의해, 마도는 동물의 죽음과는 다른 감각을 식물의 생명에 대해 갖고 있다. 『전 시집』에는 100여 편 이상 식물에 관한 시와 동요가 있지만, 그 중에서도 낙엽과 꽃은 식물의 순환성을 상징한다. 그것은 계절의 순환뿐만 아니라 개체로서의 나뭇잎이나 식물의 죽음을 느끼게 하지 않는[16] 순환을 표현한다.

16　예를 들면 식물의 씨앗에서 다음 세대의 생명을 본다. 식물 개체가 시들어 죽는 것은 제재로 하지 않는다. 빨간 공간에 몸을 담고 있는 수박씨는 "열 열다섯 스물 / 둥글게 말린 생명을 가슴에 품고 // 행복한 듯 / 조용히(とうも じゅうごも 二じゅうもの / うずまく いのちを むねに // しあわせそうに / ひっそりと)"(「수박씨(スイカ の たね)」 중간부)처럼 마도에게는 보였다.

백일홍	サルスベリ
줄기를 따라서 한낮이?	幹をつたって昼が?
한낮을 따라서 줄기가?	昼をつたって幹が?
하늘의 무한한 고요함으로	空のむげんの静けさへと
기어올라가고 있다	這いのぼりつづけている
꽃잎을 타고 한낮이?	花びらに乗って昼が?
한낮을 타고 꽃잎이?	昼に乗って花びらが?
대지의 무한한 고요함으로	大地のむげんの静けさへと
날아서 내려앉고 있다	舞いおりつづけている

—제1, 2연, 『마도 미치오 소년시집 좋은 경치』

이 시의 키워드는 '무한, 고요함, 계속되고 있다'이다. 제목도 시선도 대상에 근접하지만, 일상의 시공간을 벗어난 순환으로, 시간과 식물의 융합을 보여준다. 제3장 제2절 제3항 '마도 미치오 시에 나타난 오노마토페'에서, 매미의 의성어로 "자이자이자이"를 택했다. 그래서 '태양 만세(반자이)'라는 뜻도 포함해서 "자이자이자이"하고 우는 매미 소리는, 생물과 자연의 장대한 순환에 대한 찬미라고 말했다. 매미가 내려 앉아 수액을 빠는 나무는 마도에게는 자연 순환의 상징이기도 하다.

4) 첨경添景으로서의 식물

마도 작품에는 식물 이름이 많이 나온다. 그 중에서 경치의 한 요소로서 식물 이름이 등장하는 경우가 있다. 그것이 첨경添景으로서의 식물이다. 식물에 의식을 집중하면 그것은 시의 주제가 되지만, 시선이 이동하거나 초점이 그다지 집중되지 않는 경우에는, 경치 속 첨경적 존재가 된다. 일반적으로 시에 나타난 식물은 그런 취급이 많지만, 마도 작품에는 대만 시기 초기의 작품 이외에는 거의 눈에 띄지 않는다. 그것은 전후에 영상적 표현의 시가 많지 않은 것과 관련이 있다. 즉, 정경 묘사를 포함한 시는 대만 시기에 거의 집중되어 있기 때문이다.

달팽이 뿔 내밀면

달팽이

뿔 내밀면

뿔의 끝 동그랗고

파파야 꽃 피어 있다

(제3연)

또 다른 예로는

란타나 속 마당은 조용하다,	ランタナの中の 庭は静か、
언제나 유카리 나무	いつも ゆうかり
뒤집어진 잎사귀 매달고,	裏返しの葉 つけて、

바싹 야윈 채 서 있다.　　　　　やせっぽちで 立っている。

(제2연)

「란타나 울타리」가 있다. 짧은 시 표현 속에서 이들 식물은 장場을 연출하는 데 빼놓을 수 없는 역할을 담당하고 있다. 그것은 단순한 풍경이 아니라 시인의 시정詩情을 말없이 더하고 있다. 이 같은 연출효과를 마도는 시각뿐만 아니라 식물의 냄새와 열매가 떨어지는 소리에도 사용한다.[17]

다같이 나오면　　　　　　　みなで 出てると

어둠 속 마당은,　　　　　　くらやみの 庭は、

야하므의 냄새,　　　　　　夜舎の 匂い、

끈적하다, 끈적하다, 졸리다.　ねばい、ねばい、ねむい。

안니아・안니아・아이쿤라.　アンニア・アンニア・アイクンラア

(제1연)

　　　　　　　　　　　　—「어둠 속의 마당(くらやみの庭)」

이 시에는 "사죽刺竹의 가지"라는 첨경도 있지만 야함화夜舎花[18]가 어둠 속에 내뿜는 냄새가 그 장소 전체를 감싼다.

17　"툭, 툭, 떨어지는 것이다. / 마당의 구아바 열매가 익어서 / 밤에도 낮에도 / 툭, 툭, 떨어지는 것이다."(「구아바 열매가 떨어지는 것이다.」 제1연)

18　『곤충열차』 제4집의 「어둠 속의 마당」주(註)에는 "야하므(夜舎, 台湾語)=원래는 이에하므호에(夜舎花)"라고 있다. 또한 사죽(刺竹)에 대해서는 "대만산의 가시가 있는 대나무"라고 되어 있다.

대만 시절의 시에는 대나무숲篁이 여러 번 나온다. 이러한 대나무는 위에서 본 첨경의 예와는 어느 정도 의식에 차이가 있는 것 같다.

대나무숲 속	篁の中。
해에 취해서	日にほけて、
해에 취해서	日にほけて、
하나예요 집이	一つよ、家が。

　　　　　　　　　　　　　　　　　　　　　　—「이 오후」 제1연

대나무숲에 그림자가 없어서	篁に影が無いので
대나무숲 주위를	篁のまわりを
빙글빙글 돌았다	ぐるぐると歩き廻る

　　　　　　　　　　　　　　　　　　　　　　—「대나무숲」 제1연

이끼가 끼어있는 낮은 지붕	苔の生えてる　ひくい屋根、
(보호하고 있는 거야, 우리가)	(護っているんだ、僕たちが)
대나무숲이 주위를 에워싸고 있다	篁が　ぐるりを　かこんでる。

　　　　　　　　　　　　　　　　　　　　　　—「기나의 집」 제1연

마도는 대나무에 뭔가 특별한 인상이 있었던 것처럼 느껴진다. 첨경보다는 보는 대상으로서의 의식이 약간 높다. 그런데 앞 장의 마지막에 실린 「한낮의 고요昼しずか」에, "끈적끈적하니 마당의 양지쪽에, / 채송화는 물감을 풀고 있다"라는 부분이 있는데, 이 채송화는 첨경이 아

니다. 작가의 보는 의식이 순서대로 옮겨가서 채송화에도 초점을 맞춘 것이다. 이 경우 초점은 채송화가 있는 곳까지 직접 가서 보는 것이 아니라, 아마도 방 안에서 풍령風鈴과 미닫이문, 어항으로 시선을 이동시키고 나서 정원을 바라보았을 것이다.

마도 작품 속의 식물에서 가장 많은 것은 가까이 다가가서 얼굴을 들이대고 본 식물이다. 자신이 놓인 장場의 의식에서 벗어나, 그 식물에 마도의 의식은 집중되어 있다. 처음에 나온 한 줄기 연꽃도 마찬가지이다.

5) 주제화된 식물

마도는 동물에 대해 서로 마주보는 시선 의식을 가지고 있다. 본 장 제1절 제3항 (1)에서도 인용한 마도의 말을 다시 한번 보고 싶다. "동물. 그것을 실제로 눈앞에서 바라보았을 때, 이 시간적으로 영겁, 공간적으로 무한이라고 해도 좋을 우주에 있어서 뜻밖에도 때와 장소를 같이해서 이렇게 마주보고 있다는 사실의 신비로움, 장엄함, 기쁨".[19] 동물에 비하면 식물에 대해서는 마주 보고 있다는 의식은 약하고, 마도 자신이 식물을 본다는 의식이 강하다. 그래도 마도는 '뜻밖에도 때와 장소를 같이해서' 길가의 식물과 만난다는 사실의 신비로움, 장엄함, 기쁨을 느끼고 있다.

---

19 마도 미치오, 「동물을 사랑하는 마음」, 『동물문학』 8, 1935.8, 11쪽.

길가의 풀	みちばたの くさ
길가의 풀	みちばたの くさ
조그만 풀	ちいさな くさ
그냥 지나치려다	ゆきすぎかけて
자세히 봤더니	よく みたら
있다 있다 있다	あった あった あった
꽃이 있다	はなが あった
파랗고 작은	あおい ちいさな
별 같다	ほしのよう

(제1연)

마도에게 길가의 풀은 제대로 눈여겨보기 전까지는 눈에 들어와도 그 의식은 약했다. 그냥 지나칠 뻔했다. 그러나 존재를 깨닫고 멈추어서 자세히 보니 꽃이 있는데, 그 꽃이 파랗고 작은 별 같다고 느꼈다. 마지막에 초점을 맞추고 바라본 것은 작은 꽃이다. 마도의 식물에 대한 의식화 과정이 작품화되어 있다. 앞에 나온 「연꽃」도 그렇다. 마치 카메라가 피사체를 클로즈업해 나가는 것 같다. 여기에 마도가 본다는 것에 대한 의식의 높이가 나타나 있다. 응시한 결과로서 최종적인 마도의 의식세계는 「연꽃」처럼 공상세계로 날기도 하고 연상을 동반하기도 한다.

질경이	オオバコ
시험 삼아	ためしに
걸리버가 된 셈치고	ガリバーに なったつもりで

땅바닥에 엎드려	じべたに　はらばって
보십시오	見てください
손이 닿는 지평선에	手のとどく　地平線に
세 개 네 개 옹기종기 모여선	三つ四つ　よりそって立つ
그 초록의 첨탑을	その　みどりの尖塔を
어느 탑의 주위에도 떼지어 모여든	どの塔のまわりにも　むらがる
마가렛 같은 백조들을	キララのような　白鳥たちを
(전반부)	

—『마도 미치오 시집① 식물의 노래』

마도의 단시 "옷이ふくが / 줄어서ちぢんで / 살찔 수 없다ふとれない"(「고추냉이ワサビ」) 등은 연상의 연장선상에 있다. 그런 작품은 대만 시기의 초기 작품에서 볼 수 있다. 식물로 한정하면, 『화전花箋』에 있는 대만꽃에 관한 단편 등이다.

크로톤(くろとん)

럭비의 유니폼을 입고 있습니다. 비가 내리면, 노란 물방울, 빨간 물방울, 파란 물방울. 어떤 물방울이라도 늘어뜨려 보이겠습니다.

らぐびいのユニホームを着てゐます。雨がふると、黄いしづく、赤いしづく、青しづく。どんなしづくでも垂らしてごらんにいれます。

—『화전』,『대만풍토기』제3권

크로톤은 열대성 상록관목으로 매우 화려한 잎을 달고 있어 관상용으로 사랑받고 있다. 아래의 용선화龍船花도 열대성 상록관목으로, 오동 나무처럼 큰 잎과 화려하고 큰 주황색 꽃을 피운다.

용선화(龍船花)

이 칠면조는 화가 나 있습니다.

この七面鳥は怒つてをります。

―『화전』, 『대만풍토기』 제3권

이런 마도의 발상과 표현은 시의 수사학적 비유지만, 시각성이 중심이다. 어떤 의미에서 이런 작품은 자기를 벗어나 스스로 즐기는 마도의 세계가 되어 있다.

이상, 마도의 식물에 대한 시선과 의식을 원경에서 근경까지 작품을 통해 고찰했다. 이런 원근의 시선 차이는 표현대상 중 특히 식물에서 나타난다. 동물인 조류나 무생물인 산이나 천체에도 먼 곳이라는 의식이 나타나는 경우가 있지만, 그밖에는 접사接寫적 의식에서 주제화된 동물이나 무생물이다. 이 경우 식물과 마찬가지로 그들을 유심히 관찰한 것이, 연상이나 단시적 비유로 표현되는 경우가 많다. 그리고 그 비유로도 연상으로도 볼 수 있는 생각은, 동화의 세계로 가기도 하고 코스모로지컬한 영원성을 띤 사색의 세계로 이어져 가기도 한다.

이 절의 고찰을 통해서 필요에 따라 식물과 동물과의 차이점을 언급했다. 여기에서 그것을 다시 한번 정리하고 싶다. 마도는 식물은 위대한 자연의 섭리를 상징하는 존재로 본다. 유한한 생명체인 동물과 달리, 생명이 끝나지 않는 돌고 도는 영원성을 지닌 식물이다. 그 식물은 우리 동물을 키우고, 즐길 수 있게 해주는, 어머니 같은 고마운 존재이다. 마도는 「동물을 사랑하는 마음」에서 동물과 무생물을 대비하면서 자기를 둘러싼 삼라만상에 대한 생각을 밝혔다. 그 속에서도 식물은 거의 언급하지 않지만, "우리 생물들보다 선진이며, 아버지이며, 어머니이며, 우리들 생물의 힘과는 완전히 차원이 다른 힘이라고 할까, 깨달음이라고 할까, 커다란 사랑 같은 것을 느낄 수 있는 무생물에게 깊은 자비를 애원하고, 관대한 용서를 구하며, 위로와 포용을 희망할 수밖에 없다"[20]라는 무생물에 가까운 기분을 마도는 식물에 대해서도 가지고 있다. 그리고 실제로는 생물로서의 생명이 있고, 꽃이 피고 열매를 맺고 눈을 즐겁게 하는 아름다움이 있다는 점에서도 식물은 마도에게 특별한 존재이다.

---

20 위의 글, 11쪽.

제5장
마도 미치오의 시와 동요

1. 동요론

1) 시인이 지은 동요

'동요童謠'라는 말의 의미는 시대에 따라 변화했다. 메이지明治(1868~ 1912)가 되고 학교 교육을 위한 소위 문부성 창가가 만들어지게 된 시점에서 '동요'는 전래의 '아이들노래(와라베우타わらべ唄)'라는 의미였다. 다이쇼大正(1912~1926) 중기에 이르러 스즈키 미에키치鈴木三重吉가 '보다 예술성 풍부한 동화와 노래를 아이들에게 주고 싶다'는 염원으로 아동 잡지『아카이토리赤い鳥』를 발간하고, 그 취지에 찬동한 기타하라 하쿠슈北原白秋, 사이조 야소西條八十 같은 시인이 어린이에게 주는 노래를 창작하게 되었다. 그런데 그 시인들의 노래도 '동요'라고 했기 때문에 '동요'에 이중의 의미가 생겼다. 점차 '동요'는 시인이 만든 '창작동요'라는 의미로 한정되어 갔다. 한때는 현재 '아동시'라고 하는 어린이가 창작한 시라는 의미로도 '동요'가 사용되었다. 쇼와昭和(1926~1989)에 들어와서 시인들의 예술 지향이 강해지고 이에 따라 아이들의 실생활과 유리遊離되어 있다는 반성을 바탕으로, 전후戰後(1945년 이후-역주)에는 '아이들이 노래하는 것을 동요라고 한다'는 시인들의 새로운 움직임이 생겨났다. 그리고 그 동요에는 '새로운 어린이 노래あたらしい子どものうた'라는 호칭이 사용되었다. 그러나 이 호칭도 정착되지 못했고, 현재는 '동요'를 총칭으로 자주 사용하게 되었다. 현재 사용되는 '동요'라는 호칭에는, 전전戰前(1945년 이전-역주)의 '창작 동요'와 전후의 '새로운 어린이 노래', 이에 이어지는 창작동요뿐 아니라, '전래동요(와라베우타)'나 '창가' 등도 종종 포함된다.

이런 경위를 바탕으로 하타나카 게이치畑中圭一는 동요를 "성인 시인이 어린이들을 위해 쓴 '노래하는 시'",[1] "어른이 어린이를 위해 창작한 예술성 풍부한 가요"[2]라고 정의했다. 이 책에서도 이런 의미로 '동요'를 사용한다.

(1) 시인의 동요론

일반적으로 시인이 동요를 창작할 때에는 '아이들을 위해서'라는 의식이 있다. 이럴 경우 시인 나름의 '아동관'이 있을 것이다. 그 위에 '동요관'이 있어서 동요를 창작하게 된다. 동요의 여명기에도, 기타하라 하쿠슈, 사이조 야소, 노구치 우조野口雨情 등에 의해 각자의 아동관·동요관에 기

---

1 하타나카 게이치(畑中圭一), 『문예로서의 동요-동요의 역사를 생각한다(文芸としての童謡-童謡の歩みを考える)』, 世界思想社, 1997, i쪽.
2 하타나카 게이치, 『일본의 동요 탄생부터 90년의 역사(日本の童謡 誕生から九〇年の歩み)』, 平凡社, 2007, 16쪽.

초한 논의가 있었다. 이른바 '동요론'이다. 하타나카 게이치는 '어린이를 향해서'라고 표현했는데, 거기에 동요론의 미묘함이 드러나있다.

동요론에 깔린 이런 미묘함은 동요뿐 아니라 아동문학 전반에 걸쳐 있다. 공급자인 어른의 창작의식과 작품, 그리고 그것을 수용하는 어린이의 향유 실태와의 관계이며, 문학에서 독자론이라고 할 수 있는 영역과 겹쳐진다. 혼다 마스코本田和子는 아동문학에 있어서 독자론의 어려움을 다음과 같이 말한다.

우리는, 어린이 독자들에게는, 물질적, 역동적인 이미지가 출현하기 쉽다는 점, 또한 그들의 경우 이미지의 박진성(迫眞性)이 강하고 그것이 정동(情動)에 작용해서 강한 감동 혹은 전신적인 공감의 동인이 되고 있는 듯하다, 등을 언급 할 수 있다. 그러나 한 사람 한 사람의 어린이에 대해서 그들 속에 출현한 이미지의 세계를 알아낼 수 있는 객관적이고 확실한 방법을 나는 알지 못한다.

타자의 이미지를 완벽하게 파악하는 일, 즉 타인의 내면 세계를 들여다 보는 일, 그것은 궁극적으로는 불가능한 것이 아닌가. 설사 그것이 어린이라고 해도, 아니, 어린이이기 때문에 더욱 더 그렇다고 해야 하지 않을까.[3]

어린이문화를 탐구해 온 혼다의 말이다. '어린이 독자'를 '동요를 부르는 어린이'로 바꾸면 '동요론'의 불확실성을 짐작할 수 있다. 이런 불확실성은 있지만, 일반적으로 시인이 동요를 창작할 때 '아동관·동요

3　혼다 마스코(本田和子), 「독자론(読者論)」, 일본아동문학학회(日本 児童文学学会) 편저, 『아동문학필휴(児童文学必携)』, 東京書籍, 1976, 142쪽.

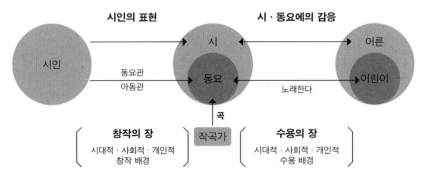
〈그림 2〉 시인의 창작과 작품의 수용

관'을 갖고 창작하는 것만은 틀림 없다. 그것을 도식화하면 아래와 같이 된다.

〈그림 2〉의 요점은 다음 5가지이다.

① 시인은 자기 표현으로 시를 창작한다. 그 시에 예술성을 추구한다. 그것을 음미하는 이는 시를 읽고 또는 듣고 감응한다. 이것이 그림 가장 위에 있는 화살표이다. 그 시가 어린이도 충분히 감상할 수 있는 내용과 표현일 경우, 그 작품은 소년·소녀시라고 불리는 경우도 있다. 그들은 동요와 마찬가지로 어린이용이라는 창작의식이 작용하고 있는 경우가 있다.

② 동요의 경우는 그림 하단의 화살표로 표시된다. 시인과 작품(시, 동요)을 연결하는 화살표는 '시인의 표현'이다. 시인이 동요를 만드는 데는 적어도 가요적인 운율과, 표현과 내용에서 어린이의 이해력과 세계에서 벗어나지 않는 것이 전제로 있다. 그것은 기타하라 하쿠슈가 '동심동어의 가요'라고 표현한 것에 해당한다. 문제는 '동심'이 무엇을 의미하는지, 또한 시인의 자기 표현과 시로서의 예술성이 어디까지 추

구별 수 있는가이다. 동요론에서 문제를 복잡하게 하는 원인은, 이 '동심' 속에 시인의 자기 표현과 예술적 가치관이 들어가 있기 때문이다. 또한 어린이의 연령을 고려하지 않는 추상적인 말의 사용법에도 원인이 있다. 〈그림 2〉에서 시인의 작품인 시가 동요를 포함하고 있는 것은, 시인이 만드는 동요가 시 창작의 한 부분임을 나타낸다.

③ 가운데 아래의 작곡가 부분은, 시인의 동요가 작곡된 경우를 나타낸다. 모든 동요에 반드시 곡이 붙는 것은 아니다. 작곡을 전제로 시인·작곡가 사이에서 상호 의뢰에 의한 창작도 있고, 시인의 의지와는 관계 없이 작곡되는 경우도 있고, 시 하나에 여러 곡이 있는 경우도 있다. 곡은 노래하는 어린이에게 중요한 요소이다.

④ 동요와 어린이를 연결하는 화살표는 수용 형태를 나타낸다. 어린이가 혼자 부르는 경우도 있을 것이고, 여럿이 같이 노래하는 일도 있을 것이다. 또한 곡이 있거나 없거나 어린이가 직접 음을 붙일 수도 있다. 그리고 어린이의 동요 감응 형태의 특징은 같은 노래를 몇 번이나 반복적으로 부른다는 것이다. 어린이 문화재로서의 동요는, 각각의 아동이 노래함으로 해서 그 아동의 자기 표현이 된다. '감응'에는 그런 의미가 포함된다. 그림 2의 오른쪽에 표시한 감응자의 네모칸도 '어린이'가 '어른'에 포함되어 있다. 이는 어린이문화 전반에 대해서도 말할 수 있는데, 동요가 어른에게서 어린이들에게 어떻게 제공되는가 하는, 매스컴과 상업적 제공매체까지 포함하는, 어른으로부터의 영향을 나타내고 있다. 또한 실제 동요의 수용(노래 부른다는 어린이의 행위)도 종종 어른의 영향 아래 있다. 부모의 영향, 교육 기관의 영향, 현대에 와서는 TV 등도 마찬가지이다.

⑤ 시인이 시와 동요를 창작할 때는, 시인의 그때까지의 경험이나 심정 등 개인적 배경, 시대와 사회배경, 그리고 때와 장소가 특정되는 '장' 위에서 성립된다. 마찬가지로 작품의 수용자인 어른과 어린이가 시와 동요를 감상하거나 부르거나 하는 경우에도, 때와 장소가 특정된 '장' 위에 성립된다. 또한 창작과 수용에 시간적 격차gap가 있는 것이 보통이다. 즉, 창작의 장과 수용의 장은 시간이 지나 시대를 넘어 성립하는 경우도 있다. 하쿠슈의 동요를 오늘날의 어린이들이 부르고 있는 것이 그 예이다. 만약 마도 미치오의 동요가 외국에서 불린다면 나라를 초월한 장소의 차이가 된다.

이상 다섯 가지 요인 가운데 생각해보고 싶은 것은 ② '시인의 동요 창작의식'과 ④ '수용자인 어린이의 동요에 대한 감응의 실태'이다. 본래 '동요론'의 본질로서 어린이가 동요를 어떻게 수용하는가 하는 실태 파악은 동요 창작 방식을 논하는 동요론에서 빼놓을 수 없는 요소이다. 아동문학의 역사에서도 예술 지향의 동요가 어린이와 유리되어 있다는 시점에서 주의가 환기된 적도 있었다. 그러나 '동요론'에서 어린이의 동요 감응에 대한 논의가 충분히 이루어졌다고 보기는 어렵다. 그 원인은 시인으로서의 자기 표현과 시로서의 예술성에 논점이 있었다는 것과 함께, '동심'이라는 말이 지닌 모호함에 있다. 동심으로 동요를 짓는다는 시인 측의 동심과 수용자인 어린이가 지닌 동심의 관계가 명확하지 않았다. 혼다의 결론은 "그들 속에 출현한 이미지의 세계를 알아낼 수 있는 객관적이고 확실한 방법을 나는 알지 못한다"였다. 그렇다면 이 논의는 무의미한 것이었을까. 적어도 보다 진실에 접근하고 싶어하는 시인들의 열의에 의해 '동요론'은 논의되어왔다. 혼다는 그 가능성도 다음과 같이 지적했다.

우리가 할 수 있는 일은 그저 자신에게 생기는 이미지를 열심히 의식으로 끌어올려보는 것, 그것밖에 없을 것이다. 그러나 깊이 들여다보면, 그 안에 기득의 지식이나 경험과 관계 깊은 문화적인 것과, 고태형(古態型 : 스위스 심리학자 융이 사용한 개념으로, 시대나 민족을 초월하여 인류의 원시 시대로부터 모든 사람의 무의식 속에 보편적으로 존재한다는 상징이나 신, 영웅—역주)의 표출, 혹은 원체험의 재현이라고도 이름 짓고 싶은 원초적인 이미지가 뒤섞여 있음을 깨닫게 될 것이다. 그리고 후자 즉 원초적인 이미지는 아동문학과의 만남에서 자주 출현하는 것이며, 또한 어린이와 함께 소박한 놀이에 심취할 때 쉽게 솟아나는 것과 유사하다. 또한 그들은 어린 시절의 기억으로 상기되는 것과 겹쳐지는 특성도 있다. 이들을 종합해 본다면 이 원초적인 이미지는 내 '내적 아이'가 낳은 것이라고 볼 수 있지 않을까. 그런 이유에서 그것들은 어린이들과 공유할 수 있는 여지를 갖는다고 할 수 있다.[4]

'어른이 어린이를 위해 창작한 예술성 풍부한 가요'가 동요로 성립될 수 있는 희망은, 이 '어린이들과 공유할 수 있는 여지를 지닌다'는 점에 있다. 또한 혼다는 작가들 내부에 '내재하는 어린이'와 '외재하는 현실의 어린이'가 공존하고 있을 가능성에 대해서도 언급,[5] 작가들은 이 '이

---

4 위의 책, 142~143쪽.
5 위의 책, 131쪽.

중 존재자인 어린이'를 깊이 들여다보며 창작하고, 외재하는 현실의 어린이는 세계의 공유자, 형상화를 위한 소재, 작품을 선물할 대상·독자임에 틀림없고, 작가들은 역시 어린이를 향해서도 말을 걸고 있는 것이라고 분석한다.

이것을 앞에 만든 '작가 자신에게 생기는 이미지'에 대한 글과 함께 정리해보면 다음과 같다.

I. '의식에 올려보는 일이 가능한 작가 자신에게 생겨난 이미지'(a, b가 혼재)

a 기득의 지식이나 경험과 관계 깊은 문화적인 것

b 고태형의 표출, 혹은 원체험의 재현이라고도 이름 짓고 싶은 원초적인 이미지

II. '아동문학의 작가들 안에 존재하는 이중존재자로서의 어린이'(c, d가 겹쳐져 있는 존재)

c '내 안에 내재하는 어린이'

→ 어린이와 함께 소박한 놀이에 빠질 때, 용이하게 솟아오르는 것과도 비슷하다

→ 유년기의 기억으로 상기되는 것과 겹쳐지는 성질을 갖고 있다

⇦ 나의 '내재적 어린이'

⇩ 만들어진 것

어린이들과 공유할 수 있는 여지를 갖는다

d '외재하는 현실의 어린이'

→ 작가에게 있어 세계의 공유자

→ 형상화를 위한 소재

→ 작품을 선물할 대상(독자)

I은 작가의 자기 체험적 이미지, II는 창작의 문맥이지만, 시인이 동요를 만들 경우에는, 창작의식으로 a, b, c, d모든 것이 관련된다. I은 작가의 자기 표현, II는 아동관과 관련된다. 시인은 I-b의 마음을 II의 이미지에 겹쳐 동요를 만든다. 이 경우 어린이와 공유 할 수 있는 여지를 갖게 되는 셈이다. 일반적으로 b는 c에 내포되기 때문이다. 그러나 문제가 되는 것은, c '내 안에 내재하는 어린이'와 d '외재하는 현실의 어린이'와의 거리이다. 거리 없이 일치된다면, 동요를 노래하는 어린이와 같은 세계를 공유할 수 있다. 거리가 있다면, 어린이와 유리되어 있다고 비판 받는다. 또 하나 주의점은 I-a를 어떻게 파악하느냐이다. 혼다가 a를 '어린이들과 공유할 수 있는 여지를 갖는다'에 포함시키지 않은 것은, 개별적인 체험이나 문화 등의 축적이 연령과는 뗄 수 없는 측면이 있다고 느꼈기 때문일 것이다.

그렇다면, 동요 창작자로서 '동심동어의 가요'를 주장한다면, '동심'이란 a~d와 어떤 관계가 될 것인가. 동요론의 기본 이념으로, 'I-b, II-c로서 시인 자신이 동심의 소유자일 것. II-d에 대한 이해를 바탕으로, 현실의 어린이가 가진 동심과 교감할 수 있는 동요를 어린이들에게 줄 것'을 시인은 일반적으로 가지고 있을 것이다. 그런 의미에서의 '동심'이 어떻게 이해되고 있는가이다.

이상이 '동요론'을 고찰하기 위한 준비였다. 이하, 마도의 동요론을 보기 전에 전승동요의 관점도 있으므로 우선 기타하라 하쿠슈의 동요론을 보기로 하자.

(2) 기타하라 하쿠슈의 동요론

기타하라 하쿠슈는 1929년 3월에 동요론집『초록의 촉각緑の触角』을 내놓았다.[6] 여기 실린 하쿠슈의 동요관을 나타내는「동요사관童謡私観」은 1923년에『시와 음악詩と音楽』에 발표한「동요초童謡鈔」의 개고改稿로, 이듬해『하쿠슈 동요집白秋童謡集』제1권에 포함되었다. 1918년 7월『아카이토리』창간부터 동요를 담당하기 시작해서 6년 후의 일이다. "새로운 일본의 동요는 근본을 재래의 일본 동요에 둔다. 일본의 풍토, 전통, 동심을 잊은 소학창가와 다른 점은 여기에 있다. 따라서 또한 단순히 예술적 창가라는 관점에서만 신동요의 어의를 정하려는 사람들에 동조할 수 없다."[7] 이것이 동요 창작에 대한 하쿠슈의 기본 자세이다. 그리고 하쿠슈는「동요사관」에 앞서「동요부흥童謡復興」을 1921년에 썼다. 이 글에는 메이지에 들어서 도입된 학교 교육 전반에 대한 비판, 특히 학교 교육의 창가에 대한 강한 반발이 나타나있다.

---

6 이 책에서 인용한「동요부흥」,「동요사관」,「동요와 동시」,「예지와 감각」,「동요에 대해서(1)」의 저본은 기타하라 하쿠슈『동요론ー초록의 촉각 초(童謡論ー緑の触角抄)』(こぐま社, 1973.5)이다.(이하 저자와 제목만 표기함ー역주) 인용문 숫자는 이들 책의 쪽수를 의미한다. 또한, 이들의 초출은 후지타 다마오(藤田圭雄)의「해설」에 의하면 다음과 같다.「동요부흥(童謡復興)」,『예술자유교육(芸術自由教育)』창간호·제2호, 1921.1;「동요사관(童謡私観)」,『하쿠슈동요집(白秋童謡集)』제1권, アルス, 1924.7(「동요사초(童謡私鈔)」,『시와 음악(詩と音楽)』, 1923년 1월호의 개고);「동요와 동시(童謡と童詩)」,『동시(童詩)』, 1926.5월호;「예지와 감각(叡智と感覚)」,『대관(大観)』, 1922.1월호;「동요에 대해서(童謡について)(1)」,『일광(日光)』, 1924.5월호.

7 기타하라 하쿠슈,「동요사관」,『동요론ー초록의 촉각 초』, 44쪽.

예술성이 결여된 창가에 대한 비판, 더 나아가 학교 교육 전체에 대한 불신은 하쿠슈 자신의 학교 교육 경험에서 온 것이다. 그리고 하쿠슈가 얻은 확신은 다음과 같은 것이다.

　덕분에 일본 아이들은 자유를 잃고 활기를 잃고 시정(詩情)을 잃고 태어난 고향의 냄새조차 잊어버렸다. (…중략…) 대여섯 살까지는 아직 그렇지 않다. 이들이 소학에 다니기 시작하면 모두가 똑같은 틀에 박혀서 이 아이 저 아이 할 것 없이 어른 같은 주름투성이 얼굴에 곰팡이 핀 머리가 되어 버린다. 완전히 교육이 나쁜 것이다. 아니, 좋은 교육이 아닌 것이다.

　　　　　　　　　　　　　　　　　　　　　—「동요부흥」, 32~33쪽

　이 결과 하쿠슈가 얻은 결론은 "이 시점에서 동요부흥의 선전이 필요해진다. 창가는 동요를 근본으로 삼았어야 했다. 학교 유희는 야외의 향토적 아동 유희를 근본으로 하면서 더 신시대의 것으로 만들어야 했다"[8]라는 것이었다.

　이상이 하쿠슈의 「동요부흥」 운동에 이르기까지의 배경이다. 여기에서 주목해야 할 것은, 동요론의 핵심이 되는 '동심'이 하쿠슈의 경우 어린이의 마음이라는 의미뿐 아니라 그것이 작품의 예술성과 연결되어 있다는 점이다.

8　기타하라 하쿠슈, 「동요부흥」, 『동요론-초록의 촉각 초』, 39쪽.

(3) 하쿠슈의 '동심'에 대해서

'동요는 동심동어의 가요'라고 하쿠슈는 「동요사관」에서도 몇 번이나 말했다. '동어童語'는 표현상의 어휘나 어법의 차이에 따라 연령이나 남녀의 차이도 알아차릴 수 있다. 그러나 '동심'이 무엇인가 하면 언어처럼 분석할 수 있는 형태가 없다.

그래서 앞에서 정리한 항목 I. '의식으로 끌어올려 보는 것이 가능한 작가 자신에게 생기는 이미지'를 하쿠슈에 적용시켜 다시 검토해보고자 한다. I은 '어린이의 내적 세계를 완벽하게 파악하는 것은 불가능하지만, 자신에게 생기는 이미지를 열심히 의식위로 끌어 올려본다면 가능성이 있다'는 것이었다. 그리고 그 이미지에는 두 개가 있어서, 하나는 a '기득의 지식과 경험이 깊이 관계된 문화적인 것'이며, 또 하나는 b '고태형의 표출, 혹은 원체험의 부활이라고도 이름 짓고 싶은 원초적인 이미지'이다. 혼다의 이론에서는 b의 '원초적인 이미지'가 '어린이들과 공유할 수 있는 여지를 가진다'라고 하여 '동심'과 겹쳐진다.

넨넨 코로코로 넨코로야	ねんねんころころ、ねんころよう。
자장 자장 애 보던 아인 어디로 갔나	ねんねのお守はどこへ行た、
저기 저 산 너머 마을에 갔다	あの山越えて里へ行た、
마을 다녀온 선물로 무얼 받았나	里のみやげになにもろた、
통통 장구와 대나무 피리	でんでん太鼓に笙の笛、
넘어져도 일어나는 오뚜기에 통통 작은 북	おきあがり小法師にふりつづみ、
두드려서 들려줄게 어서 자거라	たたいてきかすにねんねしな。

들린다, 들린다, 이 자장가가, 지금도, 어른이 된 지금도 우리 귀에 들려 온다. 이 얼마나 부드럽고 따듯한 곡조일까, 어머니의 자장가로 우리들 어린이의 시정은 처음으로 이끌려 나오게 된다. 이 은애(恩愛)의, 시의 근본을 잊어서는 안 된다. 일본의 아이라면 누구나 이 일본의 향토 냄새를 잊지 말아야 한다.[9]

하쿠슈의 동요는, a 문화적인 것, '풍토에 밀착된 세계에 대한 향수'와 '일본 향토의 냄새'를 갖는다. 하쿠슈는 「동요부흥」에서 60편 가까운 와라베우타(전래동요)를 소개하며, '이것이 어린이다'라고 고양된 해설을 했다. 이는 하쿠슈의 '아동관'이라고 할 수 있다. 다음 몇 가지 주요 예를 들어본다.

그들은 정말 호기심덩어리다. 잔혹한 일도 그래서 한다. 그러나 그들은 왕성하게 생장하고 있다. 잠시도 가만히 있을 수 없다.(8~9쪽)

이토록 무구하게 둥글고 넓게 아이의 마음은 해방되어 있다. 확 펼쳐진 채로 있다. 손톱만큼의 티끌도 담지 않는다. 눈곱만큼의 의심도 없다. 이 상쾌함을 보라. 이 마음으로 아이들은 또한 진정 살아있는 것을 사랑한다. 또한 서로 연민의 정을 나눈다. 함께 논다. 놀이에 빠져든다. (13~14쪽)

---

9   기타하라 하쿠슈, 「동요부흥」, 『동요론—초록의 촉각 초』, 41~42쪽.

애련(愛憐)은 또한 생물뿐만 아니라 돌덩이에까지 미치고 있다. 아이
눈으로 본다면 돌도 자신과 같은 생명을 가진 활발한 활동체이다.(17쪽)

이것은 눈(雪)이다, 하늘로 솟는 새하얀 곤충이다, 아이가 보는 눈(雪)
은, 이 얼마나 신선한가. 살아있다, 살아있다. 눈은 생물이다. 살아 빛나
는 정령이다. 눈뿐이랴, 비뿐이랴, 안개, 진눈깨비, 그들은 모두 아이에게
는 살아있는 것으로 비친다.(23쪽)[10]

「동요부흥」에서 하쿠슈가 보여준 '아동관'은, b의 '원초적인 이미지'
이다. 하쿠슈는 김소운의 『조선동요선朝鮮童謠選』에 쓴 글에서 전승동요
는 "단지 순수 동요에서는 아동성의 천진유로天真流露와 동양적인 풍체風体
를 통해 일본의 그것들과 극히 근사近似관계에 있다"[11](강조 인용자)라고
말한다. 이 아동성의 천진유로가 원초적 이미지의 아동상으로, '단지 순
수한 동요에서'라는 조건이 붙지만, 일본과 한국 어린이의 근사近似성
을 인정하고 있다. 『일본 동요 이야기日本童謠ものがたり』[12]에서도 어린이
에 대한 설명에서는 마더구스와의 유사성을 지적한다. 이를 보면 하쿠
슈의 '동심'은 b의 '고태형의 표출, 혹은 원체험의 부활이라고도 이름
짓고 싶은 원초적인 이미지'이며, 순수한 의미에서 유아에 가까운 '동

---

10 인용문 뒤의 숫자는 「동요부흥」, 『동요론―초록의 촉각 초』의 인용 쪽수.
11 김소운 편역, 『조선동요선(朝鮮童謠選)』, 岩波書店, 2005(제13쇄), 240쪽.(제1쇄
    는 1933, 개정판 제7쇄 1972)이라고 서지사항에 있지만, 김소운의 「개정판 인사
    말」에서 보면, 이 책이 인용한 2005년도 판은 「개정판 제7쇄」가 된다.
12 기타하라 하쿠슈(北原白秋), 「일본 아이들에게(日本のこどもたちに)」, 『일본 동요
    이야기(日本童謠ものがたり)』, 河出書房新社, 2003, 12쪽. 『이야기・일본의 동요
    (お話し・日本の童謠)』(アルス, 1924.12)를 기초로 하고 있다.

심'으로 보인다.

그러나 앞에서도 시사한 바와 같이 하쿠슈의 '동심'은, 동요 창작과 관련된 어린이의 마음일 뿐 아니라, 그것이 하쿠슈 자신의 시 작품 전체의 예술성과 깊이 관련되었다는 점에 유의해야 한다.

> 나는 자주 동심으로 돌아가라고 말했다. (…중략…) 진정한 사무사(思無邪)의 경지까지 동심을 관철하라는 말이다. 황홀한 망아(忘我)의 순간에 있어서 진정한 자연과 혼융(渾融)하라는 것이다.
>
> 이 경지는 자연 관조의 경우도 역시 예술의 본의와 합치된다. 동요뿐 아니라, 시가(詩歌) 하이쿠(俳句)에 있어서의 구경도(究竟道)와 동일하다.
>
> 이 때문에 나는 새삼스레 깨달았다. 이제 억지로 동심으로 돌아갈 필요도 없는 것이라고. 진실을 진실이라고 하면 된다. 이대로의 관조면 족하다. 있는 그대로 좋다.(「동요사관」, 46쪽)

이 하쿠슈의 문맥상 '동심'은 '진정한 사무사', '진정한 자연과의 혼융'이며, 자신이 구하는 예술의 진수가 거기에 가 닿는다는 것이다. 그것은 더 이상 동요 창작상 하쿠슈가 마음에 품은 아동관으로서의 '동심'이 아니다. 하쿠슈는 예술의 본의에서 본다면 '진정한 사무사' '진정한 자연과의 혼융'이 진정한 동심이기 때문에 '억지로 동심으로 돌아갈 필요도 없다'고 말한다. 하쿠슈가 말하는 '동심'에는 의미의 이중성이 있다. 나중에 문제가 되는 것은 '사무사' '자연과의 혼융'이 어린이에게 있기 때문에, 어린이들은 시인이며, 그 작품은 높은 예술성을 지닌다고 판단한 것이다. 이러한 '아동 자유시'에 대한 하쿠슈의 평가는 당시의 동요운동에 침체를 초래했지만, 한편 하타나카 게이치의 다음과 같은 지적이 있었다시피 하쿠슈의 '동심'은 이중성과 일원화라는 빼놓을 수 없는 특질이 있었다.

즉 하쿠슈는 '동심'을 그리려고 했다기보다는 '동심'에 의해서 작은 새를, 비를, 나무 열매를, 그리고 아동을 파악해서 노래하려고 한 것이다. 따라서 그가 현실의 아이들을 어떻게 보고 있었는가 하는 것과, 그런 현실 속에 있는 '동심'을 창조활동의 지표로 어떻게 파악하고 있었는가 하는 것은 구별해서 생각하지 않으면 안 되는 것이다.[13]

하쿠슈는 동요를 쓰는 일이 자신의 예술 창조의 본질과 관련된 일이며, 자기의 예술 전체를 높이는 것으로 이어진다고 생각했다. 그 지표가 될 이념이 '동심'이며, 이 동심주의에 의해서 그의 창작 활동은 일원화 된 것이다.[14]

하쿠슈의 '진정한 자연과의 혼융'과 '진정한 사무사' 의 경지는, 동요 창작을 위한 '동심동어'에서의 '동심'이 아니라, 시인으로서의 하쿠슈 자신이 '있는 그대로 좋다'라고 깨달은 '동심'이다. 그것이 하타나카가 문장에서 말한 '동심'이다. 그것은 오히려 하쿠슈의 예술경이라고 바꾸어 말해도 좋은 것으로, 마도가 자주 언급하는 전율과도 통한다. 어린

---

13 하타나카 게이치(畑中圭一), 『동요론의 계보(童謠論の系譜)』, 東京書籍, 1990, 101쪽.
14 위의 책, 100쪽.

이의 마음에서 진정한 '자연과의 혼융·사무사'를 느끼고 그것을 자신의 예술경으로 삼는다고 한다면, 하쿠슈의 '동심주의'는 동요와 시 창작에 있어서 일원화되었다고 할 수 있다.

(4) 하쿠슈의 동요관

「동요부흥」의 와라베우타(전래동요) 해설이 하쿠슈의 '아동관'이라고 한다면, 「동요사관」은 하쿠슈의 '동요관'이라고 할 수 있다. 다음 몇 가지 예를 들고 마도의 동요론으로 옮겨가고자 한다.

> 동요는 내용과 표현에 있어서 본디부터 아동이 이해하기 쉬워야 하고, 더 나아가 어른에게는 더욱 깊고 높은 상념에 그들을 놀게 하는 것이 되어야만 한다. 표현은 물론 아동의 말을 가지고 하는 것이다.(47쪽)

> 진정 무사(無邪)한 골계체(滑稽体)는 때로는 동요에는 필요하다. 왜냐하면, 이런 종류의 유로(流露)는 아동의 천진 그 자체에서 온다. 그러나 아동 생활의 모든 것, 본질적으로 동요의 모든 것이 그렇다는 생각은 틀린 것이다.(55쪽)

> 의인법도 때에 따라 필요하다. 왜냐하면 아동은 친화의 심정에서 인간인 자신과 다른 생물·비생물을 굳이 이종속(異種屬)이라고 구별하지 않는다. 모든 것에 자기 마음을 보내고 자신의 모습을 본다. 이런 점에서 진정으로 웃음지을 수 있는 유머도 흘러나온다.(55쪽)

동요는 동심동어의 가요이다. 그러나 가요는 가요지만, 이를 위해 조율을 정제하고, 작곡에 있어서 아동 본연의 발박자 손박자를 가지고 노래 부를 수 있어야 한다는 제작상의 규약이 있다. 이렇게 불러야 하는 동요 이외에 조용히 읽게 하거나 혹은 침묵하며 맛보아야 할 시ー동시(童詩)ー도 아동에 주어야 할 것이다.(61쪽)

2) 마도 미치오의 동요론

마도가 동요에 대한 생각을 처음 쓴 것은, 『곤충열차』 제3편(1937.7)의 「동요의 평이함에 대해서童謠の平易さについて」이다. 이 글에서 요다 준이치与田準一의 『치치노키乳樹』 제5권 제2호(1932.5)[15]에 실린 말을 인용했기 때문에 마도는 5년전의 『치치노키』를 읽었다는 말이 된다. 마도가 처음 『고도모노쿠니』에 동요를 투고한 것은 1934년이다. 그 이전에 마도는 『치치노키』를 읽지 않았기[16] 때문에 1935년에 요다에게서 도쿄로 오라는 권유를 받고 그것을 염두에 두고 준비를 시작한 시점에서 손에 넣었던 것이리라. 「동요의 평이함에 대해서」를 쓸 정도의 동요에 대한 의식을 마도는 어떻게 자신의 것으로 만들어 갔던 것일까.

---

15 요다 준이치(与田準一), 「진공관(真空管) · 3」, 『치치노키(乳樹)』 5-2, 1932.5(하타나카 게이치, 앞의 책, 210쪽)에 의한다.
16 「마도 미치오 씨에게 듣는다(まど · みちお氏に聞く)」(다니 에쓰코, 『마도 미치오 연구와 자료』, 188쪽)의 마도의 언급에 의한다.

(1) 마도 미치오의 동요 창작의 발걸음

「비 내리면雨ふれば」,「란타나 울타리ランタナの籬」를 투고한 것은 1934
년 여름경에 타이베이시 서점에서 발견한『고도모노쿠니』에 동요 모
집이 있었기 때문이었다. 공업학교 시절부터 시를 조금씩 쓰고 있었지
만, 동요 모집에 응모한 심경을 마도는 "'어린이'와 '어린이용'에 끌리
는 무언가가 나에게 있었기 때문일 것이다"[17]라고 했다. 이때는 동요에
대해 그리 뚜렷한 의식은 없었다. 두 작품 모두 동요라기보다 시에 가
깝다.「비 내리면」,「란타나 울타리」게재에서「동요의 평이함에 대해
서」를 발표하기까지 약 3년의 기간이 있다. 수필, 산문시, 동화를 제외
하면, 이 기간에 발표된 시는 약 70편[18]이다. 이 시들의 전체적인 작품
경향을 보면, 이미 지적했듯이「달팽이 뿔 내밀면かたつむり角出せば」,「란
타나 울타리」와 같은 영상적 묘사,「달이 밝아서月が明るいので」같은 감
각적인 세계,「숙제宿題」나「깊은 밤深い夜」등 내면적인 작품이 이어졌
다. 이들은 노래하는 어린이의 마음과 리듬을 이끌어내는 힘이 약하고,
어른의 내면성찰의 시정이 더 강했다. 그런 가운데 어린이의 시선으로
노래의 리듬을 지닌「심부름お使ひ」이『동화시대』에 첫 작품으로 1935
년 3월에 투고되었다.

넓은 하늘을 새털구름　　　　　　広いお空を　ちぎれ雲

저리로 저리로 날아간다　　　　　あちらへ　あちらへ　飛んでゐる

17　마도 미치오,「처녀작 무렵(処女作の頃)」,『마도 미치오(まど・みちお)』(『KAWADE
　　유메무크(夢ムック)』문예별책(文芸別冊)) 재록, 58쪽.(초출『비와열매 학교(びわ
　　の実学校)』97, びわのみ文庫, 1980.1)
18　단시도 1작품으로 헤아렸다.

| 왠지 쓸쓸하다 이런 날은 | 何か淋しい　こんな日は |
| 거친 풀밭 길을 심부름 간다 | 枯草道を　お使ひだ |

저렇게 서둘러 새털구름	あんなに急いで　ちぎれ雲
저쪽에 무슨 볼 일 있나 봐	あちらへ　御用かあるやうだ
혼자 터벅터벅 이런 날은	一人とぼとぼ　こんな日は
불쑥 나온 무릎이 어쩐지 시리다	膝くり坊主　ちつと寒い

내가 보는걸 아는지	僕が見てるの　知つてゝか
저쪽으로 날아간다 새털구름	あちらへ飛んでる　ちぎれ雲
멀리로 심부름 가는 이런 날은	お使ひ遠い　こんな日は
거친 풀밭 길에 날이 저문다	枯草道に　日がかげる

―『동화시대』 제17호

　　그때까지의 자신의 시적 세계와는 다른, 어린이노래로서의 동요를 의식하여 시험한 것처럼 느껴진다. 그러나 그때까지는 다른 시인들의 동요에서 많이 볼 수 있는 감상感傷적 동요의 영역을 벗어나지 못했다. 달라지는 것은 『동어童魚』에 투고하면서이다. 고바야시 준이치小林純一가 주재한 이 잡지는, 아동문학 운동으로서 동요의 '요와 곡과 무'의 일체를 목표로 한 것이니 만큼 마도의 동요에 대한 의식도 보다 높아졌을 것이다. 『동어』 제5호(1934.9)에 처음으로 「모자帽子」를 투고했고, 제8호(1936.8)에 「발자국足跡」을 실었다. 그러나 제4장 제1절 제2항 (2)에서 보았듯이 이들은 그때까지의 작품 중 가장 동요다운 것이기는 하나 새

로운 맛이 없었다. 「모자」와 「발자국」 사이의 몇몇 작품도 아직 완전한 동요가 되지는 못했다. 그에 비해 『뽕나무열매桑の実』(1936.4)에 발표된 「두 개」는 완성도가 높다. 이 성공[19]은 마도의 동요에 대한 의식, 즉 자기 작품이 실제로 불린다는 의식을 높였을 것이다. 이밖에 「동요의 평이함에 대해서」 발표 이전에 작곡된 것으로는 「토마토トマト」(『동어』 제8호), 「한약방 선생님漢方薬の薬やさん」(『곤충열차』 제1집) 두 편이 있다.[20] 「토마토」는 『동어』 제6호에 실린 「토마토」가 아니라, "토마토는 뒹굴 / 혼자서 뒹굴"(제1연) 쪽이다. 「한약방 선생님」은 「동요의 평이함에 대해서」가 나오기 4개월 전에 발표되었다. 두 작품 모두 「두 개」 정도로 성공을 거두지는 못했다.

이에 비해 「발자국」을 발표하고 3개월 뒤인 1936년 11월에 『비누방울シャボン玉』 제57집에 실린 「백합과 아이 百合と坊や」, 「살수자동차撒水自動車」, 「소꿉놀이ままごとあそび」는 한 단계 비약을 볼 수 있다. 각 제1연을 들었다.

---

19 「두 개」는 『뽕나무열매』 제2차 제7호(1936.4)에 발표되었는데, 『전 시집』 연보에 의하면, 마도도 모르는 사이에, 같은 해 9월에 야마구치 야스하루(山口保治) 작곡으로 킹 레코드에서 발매되었다. 또한 다음해에는 가쿠 다쿠마(賀来琢磨), 『신선유아무용(新撰幼児舞踊)』1, 심포니악보출판사에 수록되었다. (『곤충열차』 5, 1937.11, 14쪽) 또한 1938년 1월에는 AK(도쿄방송국)에서 방송되었다. (『곤충열차』 7, 1938.3, 13쪽) 마에바시(前橋)와 오비히로(帯広)에서 방송되었다. (『곤충열차』 8, 1938.5, 11쪽) 1938년 5월에 타이페이에서 방송, 6월 나가쓰마 간지(長妻完至) 편곡으로 AK에서 방송되었다. (『곤충열차』 9, 1938.8, 뒷표지)

20 「동요의 평이함에 대해서」 이후에 대만 시기 작품에서 작곡된 것에는 이 밖에 「찬장 속에(トダナノナカニ)」(『곤충열차』 6, 1938.1, 27쪽); 「대만의 지도(台湾の地図)」(『곤충열차』 10) 두 편이 있다. 또한, 「찬장 속에」는 1936년의 『동화시대』 제25호에 실린 「심술꾸러기(いぢわる)」를 손질한 것으로, 「찬장 속에」 끝부분에 「빅터 레코드 심술꾸러기(ビクターレコード・イヂワル)」라고 되어 있는 것으로 보아, 곡은 보다 이전에 레코드화되었을 가능성이 있다. 「비와(びわ)」의 작곡은 전후이다.

백합과 동자	百合と坊や
백합을 들고 있는 아이 얼굴에	百合を持つてる　坊やの顔に
백합이 꽃잎 딱 붙였다.	百合が　花びら　くつつけた
어머 어머 정말	アラ　アラ　ホント
어머 어머 정말	アラ　アラ　ホント

살수자동차	撒水自動車
살수 자동차 저기 왔구나	撒水自動車　それ来たぞ
꼬리다 공작이다 분수다	尻尾だ　孔雀だ　噴水だ
이야 분수분수 이야 뿌려라	それ　噴水噴水　それかかる

소꿉놀이	ままごとあそび
소꿉놀이는	まゝごとあそびは
볕 좋은 멍석 위	ひなたのむしろ
아주 여러 가지 꽃 반찬들	とてもいろいろ　おはなのごちそ
하지만	でも
꽃잎 꽃잎 시들어버리네	はなびらはなびら　しをれちやう
어라 어라란란	あら　あららんらん
시들어버린다	しをれちやう
시들어버려요	しをれちやうよう

「모자」와 「발자국」에 비해 3편은 의식적 창작의 느낌이 없고 초점이
잘 맞아 선명한 인상을 준다. 화자의 마음이 잘 전해지고 어휘도 세련

됐다. 이후 작품은 이듬해 7월 「동요의 평이함에 대해서」까지 내성적인 작품을 포함하면서도 동요의 가능성을 탐구하는 수준 높은 시도를 계속했다. 이듬해 1월 『철자법클럽綴り方倶楽部』에 실린 「정크선ジャンク船」의 의성어, 2월 『비누방울シャボン玉』의 「위란의 꽃ぎょくらんの花」은 훗날의 「비와」를 떠올리게 하는 달콤함, 『곤충열차』 창간과 함께 1~3집에 발표한 「대나무숲竹の林」, 「아침해에朝日に」, 「기나 씨団仔さん」는 시점 및 묘사의 시도 등이 있다. 이들 창작 시기는 발표보다 한두 달 정도 빠른 것을 감안할 때, 1936년 11월의 『비누방울』의 「백합과 동자」, 「살수자동차」, 「소꿉놀이」부터 「동요의 평이함에 대해서」에 이르는 작품은 타이완 총독부를 그만두고 도쿄에 갈 준비를 하며 창작에 전념하기 시작할 무렵의 작품이다. 동요의식의 고양과 작품의 진화가 나타난 것도 납득이 간다.

1938년 5월, 8월의 『곤충열차』 제8책, 제9책에 마도는 「동요권－동요수론童謠圈－童謠随論」(1), (2)를 저술, 동요론을 심화시켰다. 그들은 「가타카나 동물원カタカナドウブツエン」, 「원숭이의 낙서オサルノラクガキ」 등 전후 동요로도 이어지는 마도의 동요 세계로 결실 맺어갔다. 또한 전후에는 책으로 발표되지는 않았지만 동요에 관한 자작 노트가 있다. 노트는 동요가 집중적으로 창작된 1960년대에 기록된 것으로 다니 에쓰코의 책에 일부가 소개되어 있다.[21]

---

21 다니 에쓰코, 『마도 미치오 시와 동요』, 創元社, 1988; 다니 에쓰코, 『마도 미치오 연구와 자료』.

(2) 「동요의 평이함에 대해서」

「동요의 평이함에 대해서」를 쓰기까지 마도의 동요에 대한 의식이 점차 깊어졌다는 것은 작품 진화와 그 배경에서 본 대로이다. 이런 짧은 기간에 마도가 평론을 쓰고 그것을 작품에 반영할 수 있었다는 것은 놀랄 만한 일이다. 마도가 어린이를 정확하게 파악하는 능력이 있었기에 가능했을 것이다. 이때는 마도가 아직 미혼으로 자기 아이를 관찰할 수 없었다. 기댈 것은 자기 안에 되살아나는 어린 시절의 경험과, 가까운 주위 아이들에게서 얻은 어린이의 세계였다. 사실 마도는 시 창작의 원 풍경은 유년기의 총 체험에 있다고 말했고, 마도가 아이들과 노는 모습은 사카타의 『마도 씨まどさん』에 상세하게 나와 있다. 아이를 보는 관찰력과 파악력은 마도의 작품에도 나타나 있다. 「집家」, 「센베(쌀과자—역주)와 어린이煎餅と子供」, 「그림 그리고 싶은 아이絵のかきたい子」, 「과자お菓子」, 「일안카메라 경례一眼レフー シツケイ」, 「하일유보夏日遊歩(2)」 등 어린이의 모습을 소재로 한 작품이다.

시인의 어린 시절은 「흑판黒板」, 「소년의 날少年の日」, 『유년지일초幼年遅日抄』 등 일련의 작품이 되었다. '어린이에게 끌리는 무언가가 나에게는 있다'[22]고 마도는 말했지만 그 성질은 마도의 창작에 관계된 것이리라. 위의 작품 이외에 대만 시기의 『기나 씨 앨범ギナさんアルバム』처럼 대만 아이들을 소재로 한 작품도 썼다. 이전 「동물을 사랑하는 마음」을 통해 마음속에 간직한 동식물이나 사물에 대한 생각을 사색하고 이념화 한 바와 같이, 동요에 관해서도 마도는 「동요의 평이함에 대해서」로

---

22   다니 에쓰코, 「마도 미치오 씨에게 듣는다」, 『마도 미치오 연구와 자료』, 188쪽.

이념화했다. '평이함'이란 무엇인가라는 논점으로 좁혀져 있지만 어린이에 대한 구체적인 분석과 그것이 동요의 사명이라는 관점으로 연결되어 있는 것은 그때까지의 동요론에는 없는 특징이다.

하쿠슈는 「동요사관」에서 "동요는 내용과 표현에 있어서 본디부터 아동이 이해하기 쉬워야 하고, 더 나아가 성인에게는 더욱 깊고 높은 상념에 그들을 놀게 하는 것이 되어야만 한다"[23] (강조는 인용자)라고 했는데, 이 '어른에게는 더욱 깊고 높은 상념에 그들을 놀게 하는'은, 사토 미치마사佐藤通雅가 "가인・시인으로 역량 있는 하쿠슈가 동요에도 전력투구한 것은 다름아닌 예술경의 일원화가 있었기 때문이다. 즉 동요를 쓰는 일이 그대로 예술의 구경究境에 도달하는 것이라고 생각했다"[24]고 지적했던 예술경으로 연결되어 가는 것이었다. 그런데 마도도 「동요의 평이함에 대해서」에서 "실재하는 아동과 손을 잡고, 더구나 그 한 걸음 앞을 걷는다고 할까. 혹은 아동성의 방향상에 있어서 아동 이상을 유지한다"(강조는 인용자)라고 했다. 이것은 하쿠슈의 '어른에게는 더욱 깊고 높은 상념에 그들을 놀게 한다'와 어떻게 연관될 수 있을까. 핵심이 되는 말은 하쿠슈의 '아동이 이해하기 쉽고, 그 위에 성인에게는 더욱 깊고 높은 상념'이다. 즉, 이것은 하쿠슈에게는, 아동이 이해하는 세계와, 사토가 말하는 시인으로서의 예술경이라는 이중 관점이 있다는 것을 보여준다. 그것은 동요론에서 문제가 된, 시인의 시에 있어서 자기 표현으로서의 예술성과 관계되는 것이지만, 하쿠슈는 이를 일원화했다

---

23 기타하라 하쿠슈, 「동요사관」, 『동요론―초록의 촉각 초』, 47쪽.
24 사토 미치마사(佐藤通雅), 『기타하라 하쿠슈―다이쇼동요와 그 전개(北原白秋―大正期童謡とその展開)』, 大日本図書, 1987, 229쪽.

는 점에서 다른 시인과 다르다는 것을 사토나 하타나카는 지적했다.
그렇다면 마도의 '아동의 한걸음 앞을 걷는다·아동 이상을 유지한다'
는 어떨까. 마도의 중점은 '아동의 한걸음 앞을 걷는다·아동 이상을
유지한다'가 '동요의 평이함'이라는 점이다.

나는, 진정한 의미의 '평이'라는 단어는, 고통스러울 정도의 노력 없이
(라기보다 오히려 기분 좋은 노력에 의해) 어느 정도의 나 이상을 이해할
수 있고, 그리고 이해한 후에 기쁨이 동반되는 동요에 붙여야 한다고 생
각한다.[25]

아동은 언제나 미지를 사랑하는데, 이런 의미에서 아동에게는 '알지 못
하는 사물'이 '이미 잘 알고 있는 사물'보다 훨씬 비약적·직관적·환희
적으로 그 인식에 영향을 미친다. 따라서 이런 점에서 생각해도 아동성을
지향하면서도 어느 정도의 '아동이상'이, 진정으로 아동에게 '평이'일 것
이라는 것을 수긍할 수 있을 것이다.[26]

이것이 마도의 생각이다. 하쿠슈가 말한 아동이 알기 쉬운 것이 마도
가 말하는 '평이平易'는 아니다. 마도의 '평이'는 기분 좋은 노력에 의해
어느 정도는 나 이상을 이해할 수 있고, 그리고 이해한 뒤에 기쁨이 동
반되는 것을 의미한다. 경이·찬탄·미적 만족은 평이로 가는 한 단계
라고 하는 마도의 '평이'는 단순한 쉬움이 아니라 아동의 마음을 동요로

---

25 『곤충열차』 3, 1937.6, 10쪽.
26 위의 책, 11쪽.

아무런 주저도 없이 잡아 끄는 매력이다. 아동은 동요가 주는 경이·찬탄·미적 만족의 흐름에 아무런 방해 없이 타고 노는, 그것이 마도가 말하는 '평이'이다. 하쿠슈의 '성인에게 더욱 깊고 높은 상념에 그들을 놀게 하는 것'(강조는 인용자)이, 동요에 있어서 '아동에게 알기 쉽고'와 동등하게 나란히 놓인 것에 비해서, 마도는 '경이·찬탄·미적 만족을 아동에게 주는 것'을 동요의 사명이라고 했다. 여기에 아동은 항상 미지를 사랑한다는 마도의 '아동관'과 동요의 사명으로서의 평이함이 '동요관'으로 융합되어 있다. 그리고 시인으로서의 작품에 대한 입장은 다음과 같은 말에 잘 드러나 있다.

동요는 간단히 말하면 '아이들에게 재미있고' (문학적으로) '아이들에게 도움이 되는' 것을 그 사명으로 하지만, 이것은 아동성의 성질을 정확하게 체득한 작가의 개성적인 작품을 가지고 비로소 완수할 수 있는 것이며, 개성적인 작품이라는 것은 우주 인생에 대한 작가의 신념적 표현이자 의지적 표출이며, 따라서 항상 '아동이상'이다.[27]

또한 마도는 '전국 소년아동 회화 전시회全国少学児童絵画展覧会'에 그림을 보러 온 아동이, 모두 아동의 그림이 아니라 우연히 참고적으로 전시되어 있던 어른 작품에 경탄의 소리를 낸다는 것을 관찰하고, 그들이 경이하고 찬탄하고 미적 만족을 한 것은 '아동 자신'에가 아니라, '아동 이상'에 였다고 말한다. 이어서 다음과 같이 덧붙였다. "그림繪과 노래

---

27 『곤충열차』 3, 1937.6, 10~11쪽.

謠라는 차이는 있지만, 이 암시는 동요에 시로서의 완전한 높이를 추구하는 우리의 주장에 확신을 주는 것이라고 하지 않을 수 없다."[28] 이 말은 하쿠슈와는 다른 의미에서, 동요 창작과 시로서의 완전한 높이를 추구하는 마도 나름의 일원화[29]를 우리는 볼 수 있다.

이 밖에 「동요의 평이함에 대해서」에는 두 가지 흥미로운 지적이 있다. 하나는 '어린이와 동요의 친근함'이다.

아동의 생활은 어른의 그것에 비해 충동적·직감적·감상적이며, 언어에서도 많지 않은 지식으로 매우 복잡한 내용을 전하고 있다.(즉 표현적인 말을 사용하고) 뿐만 아니라, 리드미컬하다는 점 등도 그들이 스스로 본래의 동요적인 분위기를 창조하고 그 속에서 호흡하고 있다는 것을 보여주는 것으로 그만큼 본래 동요에 대해서는 매우 친숙해서, 어른이 시를 대하는 정도의 긴장은 없습니다.[30]

"많지 않은 지식으로 복잡한 내용을 전한다"는 어린이의 말에 대한 마도의 인식은, 반대로 동요의 표현 형식의 기본에 대해서도 암시하고 있기 때문에, 마도의 동요 표현에도 기본적인 부분에서 힌트를 주고 있는 것이리라. 또한 여기에서 더 나아가 올바른 감상지도의 필요도 주장한다. 그 논지를 정리하면 다음과 같다.

---

28 위의 책, 11쪽.
29 다니 에쓰코도 "이항대립의 고민은 마도에게는 존재하지 않는다"(다니 에쓰코, 『마도 미치오 연구와 자료』, 56쪽)고 마도의 일원화를 표현했다. 또한 기타하라 하쿠슈와의 차이는 마도가 "전래동요가 지닌 민족성의 틀을 뛰어넘어 지구생물적인 노래를 지향하고 있는"점이라고 한다.
30 『곤충열차』 3, 1937.6, 9쪽.

동요의 표현특징 때문에 어린이는 올바른 감상을 그르칠 가능성이 있다. 전혀 엉뚱한 상상으로 달리거나 제멋대로 해석을 하기도 한다. 평이하다고 여겨지는 동요라 할지라도 아동에게 그저 던져주기만 한다면 평이할 수 없는 경우가 많다. 감상지도가 필요하다. 원래 아동은 24시간 동요적인 공기 속에서 살고 있고 항상 '동요'를 끊임없이 갈망하고 있기 때문에, 감상지도라고 해도 아주 사소한 시사·유도로 손쉽고도 절대적인 효과를 거둘 수 있다. 동요는 되풀이해서 노래하기 때문에, 꾸준한 지도는 결국에는 그들의 감상력을 높이고 흥미가 생겨나게 해서, 그들은 동요만큼 재미있는 것은 없다고 생각하게 된다. 이렇게 되어서야 동요는 그 사명을 완수하게 된다.[31]

「동요의 평이함에 대해서」에는 평생 동안 변하지 않는 마도의 '아동관'의 기본이 드러나 있다. 그것은 '아동은 미지를 사랑한다', 즉 다시 말하면 자기 이상以上을 사랑한다는 것이다. 그 배후에는 마도의 '겉으로 어른이 판단하는 이상으로 어린이는 보다 높은 곳으로 도약할 수 있는 능력을 감추고 있다'는 어린이의 가능성에 대한 인식이 있다. 앞에 어린이의 언어에 대해서도 '많지 않은 언어의 지식으로 복잡한 내용을 전달하고 또 이해한다'는 어린이의 힘을 인정하고 존중하는 입장이다. 이와 동시에 어린이의 이해의 위험성도 인정하고 현실적인 지도도 제언했다. 하쿠슈가 어린이 말에서 시를 발견하고, 시인이라고 높여버리는 것에 비하면, 마도는 어린이에 대해 냉정한 견해를 보인다. 마도도 어

---

31 마도 미치오, 「동요의 평이함에 대해서(童謡の平易さについて)」, 『곤충열차(昆虫列車)』 3, 1937.6, 9~10쪽의 요약.

린이가 지닌 감성의 풍부함을 인정하고 그것을 존중했다. 예를 들어, 아래의 네 살짜리 여자아이의 말을 마도가 받아들이는 모습에서 그것을 볼 수 있다. 이것은 「동요의 평이함에 대해서」를 쓰고 나서 40년 후의 말이지만, 같은 생각이 이미 「동요의 평이함에 대해서」를 쓸 시점에서 있었다고 볼 수 있다. 유아 잡지에서 모집한 어린이의 말의 선정을 마도가 부탁 받았을 때의 예이다.

할머니	おばあちゃん
나오짱 쌍둥이예요	なおちゃん　ふたごよ
쌍둥이가 뭔지 알아요?	ふたごって　しってる?
도옹글 도옹그란 거예요	まあるい　まあるい　ことなのよ
왜냐면 나오짱	だって　なおちゃん
얼굴 동그래요	おかお　まあるいもん
아이스크림도 쌍둥이예요	アイスクリームも　ふたごよ

이것을 읽고 마도는 "감동으로 온몸이 떨렸다"고 한다.[32] 이 여자아이가 익힌 어감에 마도는 감동한 것이다. 또한 '헤비이치고(뱀딸기)'를 듣고 '타베이치고(먹어딸기)'라고 절묘하게 만들어낸 어린이의 감성에도 감탄해서 때로는 어린이를 천재라고 부르기도 한다. 관점을 바꾸면 보통 어른이라면 웃고 지나갈 이런 어린이의 감성에 감동하고 감탄하는 것은 마도가 지닌 시인으로서의 감성을 잘 보여주는 것이다. 하쿠

---

32 마도 미치오, 「그림책과 말에 대한 이야기(絵本とことばのあれこれ)」, 『그림책(絵本)』 1-1, 盛光社, 1973.5, 59쪽.

슈가 '아이들은 시인'이라고 한 것과 통하는 것이 있다. 그러나 이런 어린이에 대한 시인의 생각에 대해, 하타노 간지波多野完治는 다음과 같은 —주로 하쿠슈를 가리키는 것으로 보이지만—비판을 했다.

어린이는 예술가다, 라고 흔히 말한다.

분명 어른들이 생각지도 못한 '그림'을 그리거나, 시인조차도 놀랄 만큼 신선한 어휘를 사용하기도 하는 것을 보면 어린이를 천성의 예술가라고 생각하고 싶어진다.

그러나 이상의 나의 논고는, 어린이에게 있어 예술은 무의식에 머물러 있어, 그것은, 예를 들어 거미가 거미줄을 만드는 데 있어서 예술가이며, 건축가가 집을 만드는 것처럼 예술가인 것은 아니라는 점을, 분명히 했다고 생각한다.[33]

여기에 심리학자로서의 냉정한 눈이 있다. '어린이에게 있어 예술은 무의식에 머물러 있다' 이점은 중요한 지적이다. 그러나 이 비판은 마도에게는 들어맞지 않는다. 마도는 어린이의 어감의 풍요로움에 감탄하고 어른들이 잃어버린 것을 보고 있는 것이지, 어린이를 시인으로 신성화하는 것은 아니다. 예술이라고 생각되는 어린이의 말에 대해, 마도는 "물론 이것은 부분적이며 불완전하고, 단순한 어구語句에 있어서이기는 하지만. 이 불완전함은 그들의 시가 자연발생적이며 '비 구축물

---

33 하타노 간지(波多野完治), 『아동관과 아동문화(児童観と児童文化)』(하타노 간지 전집(波多野完治全集) 7), 小学館, 1991, 203쪽.(초출 「아동의 예술심리(児童の芸術心理)」, 『아동심리와 아동문학(児童心理と児童文学)』, 金子書房, 1950)

非構築物'이기 때문이며, 말하자면 그들은 써서 흘러 보낼 뿐이지 거의 퇴고도 하지 않으며, 그들의 시는 의식적인 시는 아닌 것이다"[34]라고, 하타노와 같은 인식을 보인다. 그리고 오히려 마도의 특징은 "종종 그들의 시는 가장 시 다운 시, 언어 예술로서의 시의 본질 같은 것이 반짝인다"(강조는 마도)라고 인정한 위에, 반짝임을 보이는 이런 '아이들이 본래 갖고 있던 것을 어른이 되면서 잃어간다'라고 보는 것이다. 이는 마도의 '아동관・동요관'의 저변을 흐르는 또 하나의 중요한 철학이다.

(3) 「동요권-동요수론(1)」, 「동요권-동요수론(2)」

「동요권-동요수론(1)」의 마도 말에 "선각자 몇 명의 지난 날의 금언도 자세히 점검하면 계몽적이고 반동적이며, 당시 운동의 반영이 농후해서 본래적인 근거로 삼기에는 뭔가 불충분하며, 또 그들의 몇몇 이론 간에는 각각 당착撞着도 있어"[35]라고 되어 있다. 이를 통해 마도가 『치치노키』뿐 아니라 동요에 대한 다양한 이론을 읽었다는 것을 알 수 있다. 마도는 왕년의 선각자 몇 명, 즉 하쿠슈를 비롯한 시인들의 동요론에는 본래적인 근거가 부족하고 계몽적 반동적 색채가 강하다고 날카롭게 비판한다. 그 위에 이 평론의 문체는 그때까지의 동요론들이 서로 모순되고 부딪히기도 하는 가운데, '동요란 무엇인가'를 고민하는 동요 창작자들에게 건네는 말이다. 또한 마도 자신에게는 동요론의 구축이기도 했다. 기본 자세는 "동요는 사명의 구체물이기 때문에, 먼저

---

34 마도 미치오 직필노트, 「쓸데없는 변명(へりくつ) 3」, 다니 에쓰코, 『마도 미치오 연구와 자료』, 67쪽.
35 『곤충열차』 8, 1938.5, 10쪽.

사명이 있고, 작품이 있으며, 그 후에 이론이 생겨난다"[36]는 점에 있다. 그 사명이라는 것이 '평이함'이다. 그 자세는 일관되어있으며 "자력으로 소화하는 기쁨을 느낄 정도로 다소 난해한 부분이 섞여있어야 적극적인 의미에서의 평이平易라고 할 수 있다"[37]라며 말년까지 변하지 않는다. 작품이 뒷받침되지 않는 이론에 대해서는 비판적이었다. 이러한 사명의 구체물인 동요를 생각할 때, 마도가 정리하고 결론지은 요점은 다음과 같은 것이다. 먼저 마도는 '동요권童謠圈'이라는 말을 제시하고, '동요권외童謠圈外'와의 차이를 보여준다.[38]

동요권	동요권외
문학 ───────	오락, 교육
아동문학 ───────	성인문학
아동시문학 ───────	아동산문학
아동가요 ───────	아동자유시

이를 제시하면서 마도는 '동요권' 개념에 대해 제대로 이해해야 한다고 말한다. '동요를 그 유사 혹은 근친적 부동일물不同一物에 대해서, 자기천명自己闡明, 경계표시境界表示하는 것이, 간단, 타당, 편의일 것입니다.' 즉, 동요와 유사하고 가깝지만 동일한 것이 아닌 것과의 혼동이 동요론 제설간의 모순의 이유라고 마도는 생각한다. 그리고 권내에서는

---

36 위의 책, 10쪽.
37 마도 미치오, 「그림책과 말에 대한 이야기」, 『그림책』 1973.5월호, 59쪽.
38 『곤충열차』 8, 1938.5, 11쪽.

동요적 단련鍛鍊・연찬研鑽이 필요함과 동시에, 권외에 대한 관심도 절대적으로 필요하다고 말한다. 마도의 특징은 이렇듯 오락으로서의 저널리즘 동요를 중요시했다는 점에 있다. 하나는 그것이 세상에 범람하고 있다는 것에 대한 경종이며, 다른 하나는 저널리즘 동요가 아이들을 매혹하는 힘을 지녔다는 것을 지적한 것이다.

> 동요계의 현상을 극히 대략적으로 보면, (…중략…) 여전히, 1, 오락 본위의 소위 아동 유행가적 저널리즘 동요의 사회적 범람. 2, 교육 본위의 소위 학교창가의 학교 내적 보급. 3, 상기 문학 동요의 혼란적, 말기적 존재라고 말할 수 있을까요. 이 가운데 가장 주의가 필요한 것은 1과 3으로, 즉 저널리즘 동요에 대한 새로운 인식과 예술 동요에 대한 재검토에 있습니다.[39]

마도는 학교창가보다 저널리즘 동요에 대한 주의를 환기하고 예술 동요에 대한 재검토를 촉구한다. 예술 동요에 대해서는 동요권 속에 '아동가요'를 넣고, 동요는 "아이들이 즐겁게 노래 부르게 하는 것을 목적으로 한다"[40]는 노래로서의 동요를 강조했다. 전자에 대해서는 "저널리즘 동요가 밤낮없이 아동 대중을 타락"시키고 있기 때문에, "아동 대중이 이들 순수 오락의 홍수에 오랫동안 방치될 때는, (…중략…) 재미에 있어서 오락적 희열에 익숙해져서"[41]라는 자신의 우려를 썼다. 마도

---

39 『곤충열차』 제9책, 1938.8, 16쪽.
40 위의 책, 15쪽.
41 위의 책, 18쪽.

가 가진 저널리즘 동요에 대한 위기감을 좀 더 구체적인 예로, 어린이가 노래할 때의 의미의 이해를 들 수 있다. "아동의 지식과 감수성에 융통성, 즉응성卽應性이 적다는 점. 노래하면서 그 말의 의미를 맛보는 일에는 상당한 노력을 요한다"라는 인식이 먼저 있다. 그런 인식 위에서 마도는 "여기에 익숙해진 아이들은 아무리 평이한 동요를 들어도, 거기에 의미가 있다는 것조차 깨닫지 못하고 그저 흘리듯 노래한다"고 보고 있다. 그 결과 "사물의 의미에 대해 무관심한 태도를 조장, 습관이 되어 버리지 않았다고 할 수 없다"고 우려한다.

이런 생각들을 바탕으로 마도는 문제에 대한 대처 방안를 제언했다. "의미 있는 일을 노래하는 것은, 분명 원래 즐거워야 하는 일"이기 때문에 "의미를 느끼면서(내용·형식 전체를 감상하면서라는 의미) 노래하는 습관을 붙여주기만 한다면, 꼭 그렇게 어렵지는 없다"라고 희망을 보인다. 그 근거로 "그들이 문어文語가 많은 학교창가보다 구어口語만 있는 저널리즘 동요를 애창하고 싶어하는 것, 알고 있는 곡에 멋대로 말을 붙여서 이른바 가사 바꿔 부르기 노래를 부르고 싶어하는 일 등은 증좌의 하나가 될 수 있다"고 주장한다. 여기에 이르러 마도가 말한 동요의 사명으로서의 '평이함'으로 연결된다.

이런 마도의 의식은 다른 시인들이 갖고 있던 '동심'을 기축으로 한 관념적이라고도 할 수 있는 동요론과는 명확한 차이를 보인다. 마도는 보다 구체적이며 현실적인 생각을 갖고 있었다. 그것은 특히 시대에 대한 현실감각이다. 이들을 정리·발췌하면 다음과 같은 것이 된다.

① 지금 만든 노래가 지금 불리지 않는 한, 아마 영원히 파묻히고 말 것

입니다. 불후의 명작이라고 하는 것은 이런 종류의 동요에서는 바랄 수 없는 일이겠지요.(16쪽)(이하 『곤충열차』 제9권의 쪽수)

② 동요는(참으로 동요는 아동에게 주는 좋은 놀이 선물이라고도 할 수 있기 때문에)순수한 문학이어서는 안 된다, 그래서는 아동에게 공명도 환영도 받지 못한다고 생각합니다. 특히 저널리즘 동요의 포식(飽食)에 익숙해져, 문학동요 훈련이 전혀 없는 지금의 아동을 대상으로 하는 경우에 그렇습니다.(18쪽)

③ 전 호에서 '저널리즘을 부디 여러분의 손안에……'라고 한 것은, 이런 뜻입니다. 동요가 저널리즘을 갖지 않았다면 더 이상 동요가 아닙니다. 당신들은 자중과 겸양과 긍지로서 저널리즘과 제휴해야 합니다. 이익이 된다면(팔리기만 한다면, 즉 어린이에게 재미있기만 한다면)저널리즘은 기꺼이 손을 잡아주겠지요. 단 저널리즘의 상업 정책에 놀아나는 일이 있어서는 안됩니다. 그러나 또한 그들에게 수치심을 느끼게 해서도 안됩니다. 백 편 써서 한두 편 물건이 되는 경우에서는 쓸모 없는 말입니다.(16쪽)

④ 그가 확실하게 아동을 파악하는 일.(중략) 그의 속에는 뿌리 깊게 아동이 원하고 있는 것이, 아동을 환희 시킬 수 있는 것이 있다고 하는 것.(16~17쪽)

⑤ 동요가 문학이어야만 한다는 것은, 어느 정도는 과장이 없는 것도

아닙니다. 그 문학성의 농도의 순위에서 동요는 당연히 동종의 동시(童詩)보다 훨씬 아래에 있어야 합니다. 동요는 단순히(라기보다 본래) 충족되고 마음 편하게 불러야 하는 것 아닐까요? 그런 시의 맛은 어느 쪽 인가하면, 내용적인 깊이보다 형식적인 어운(語韻), 어율(語律), 어감(語感) 등에 중점을 두어야 하지 않을까요?(14쪽)

②의 '현재 아동을 대상으로 하는 경우'는 현상을 감안한 타협점을 제시해서, 이상론이 아닌 현실적인 대응을 보여준다. ③은 같은 동요시인들에 대한 제언으로, 저널리즘과의 제휴를 호소한 점은 주목할 만하다. ④의 '그'는 저널리즘 동요를 가리키고, 거기에서 배워야 할 점을 지적했다. ⑤ 문학 지향이 강했던 동요시인에게 하는 쓴 소리라고 할 수 있다. 문학성도 중요하지만 그보다 더 어운, 어율, 어감이 중요하다고 주장한다. 이런 마도의 현실감각은 미래에 대한 전망에 대해서도 언급한다. ①은 그 중 하나이다. 또한 "아, 이런 종류의 동요의 적어도 지지 않을 꽃잎은, 이 눈앞의 어린이들의 행복 속에…… 그리고 적어도 지지 않을 결실의 한 조각은 20년 내지 50년 후 그들의 생활 속에…… 어디라고 할 것도 없이 향기를 풍기고 있을까요?"(16쪽)라고 했는데, 이 영탄에도 가까운 소망은 50년 이상 지난 오늘, 마도의 소원대로, 마도의 동요에서는 현실의 일이 되었다.

(4) 마도 미치오의 아동관·동요관

본래 동요관은 아동관을 바탕으로 성립되는 것으로 양쪽에 공통되는 부분도 있다. 예를 들어, 「동요권─동요수론(2)」에서 언급한 저널리즘 동요가 아동을 사로잡는 본질 등은, 아동이 기뻐하는 것이라는 관점에서, 마도가 저널리즘 동요에서 얻은 '아동관'이라고 할 수 있으며, 또한 목적론적으로 그것을 활용하면 '동요관'이 되기도 한다.

크게 말하자면, 난센스, 익살, 엉뚱한 짓이나, 난장판 같은 우스꽝스러움. 이런저런 이유 없는, 앞뒤 가릴 것 없는 용감함. 등이 기조를 이루고 있는 것으로, 요컨대 순수한 오락성입니다. 이에 대해 문학 동요가 아동에게 크게 환영 받지 못하는 것의 본질은 말할 것도 없이 순수한 예술성입니다.[42]

이 '아동관'에 동요의 사명이라는 관점을 포함시키면, 마도의 '동요관'은 다음과 같은 것이 된다.

동요는 아동의 요구에 부합하기 위해 역시 오락성이 필요하다고 생각합니다. 다만 거기에는 예술적 예지의 조작이 적극적으로 이루어지지 않으면 안됩니다. 제재는 매우 오락적인 것이 좋겠지요. 그것을 활짝 열린 예술안과 준열한 비판의 메스를 가지고, 밝고 즐겁고 강하고, 또한 기쁜 작품으로 구체화하는 것입니다. 요컨대 오락적인 문학이었으면 합니다. '오락을 취급하고 있다. 그러면서도 오락이 아니다. 문학이다'라는 식의 작품 말입니다.[43]

---

42 『곤충열차』 제9책, 1938.8, 17쪽.
43 위의 책, 18쪽.

이것은 먼저 하쿠슈의 동요관에서 언급했던 '진정 무사無邪한 골계체滑稽體는 때로는 동요에 필요하다. 왜냐하면 이런 종류의 유로流露는 아동의 천진 그 자체에서 온다. 그러나 아동 생활의 모든 것, 본질로서의 동요의 전부가 그렇다고 생각하는 것은 틀린 것이다'와 겹치는 부분도 있다. 그러나 하쿠슈의 골계체가 표층적인 것에 비해, 마도의 오락성은 동요 전체를 생각한 '평이함'으로 통하는 넓이와 깊이를 지닌다. 예를 들어, 마도가 자주 언급하는 '어린아이가 지닌 소리(音)에 대한 뛰어난 감수성'은, 울림ひびき으로 표현되는데, 그것도 동요의 '평이함'과 이어지는 넓은 의미에서의 동요의 오락성으로, 마도 동요관의 중요한 일부가 되어 있다. 오노마토페의 창의創意도 거기에 있다.

> 이 울림(ひびき)이라는 것은, 말을 의미와 울림으로 나누어 생각할 때, 의미를 제외한 모든 것으로, 리듬, 악센트, 억양까지를 포함한 일본어 50음이 엮어내는 아라베스크라고도 할 수 있는 것으로, 이들을 가장 눈부시게 살린 시가 동요입니다.[44]

이 마도의 동요관은 어린이가 지닌 뛰어난 어감을 잃지 않게 하려는 동요의 사명이 사상의 배후에 있다는 것을 느끼게 한다. 그러면서 마도는 그 엮어진 아라베스크의 눈부심 속에서 리얼리티도 동요에 구하고자 한다.

---

44 「강연 준비원고(講演下書稿)」(1979.10.25), 다니 에쓰코, 『마도 미치오 연구와 자료』, 45쪽.

푸루룬룬	ぷるるんるん
아침에 일어나	あさ　おきて
얼굴을 씻는 건 누구일까요	かお　あらうの　だれですか
누구라고 할 수 없지만	だれでも　ないけど
다들 씻는다	みんな　あらう
차푸차푸 고보고보	ちゃっぷちゃっぷ　ごぼごぼ
푸루룬 룬	ぷるるん　るん
어제도 씻었는데	きのうも　あらったのに
오늘도 푸루룬	きょうも　ぷるるん
아침에 일어나	あさ　おきて
얼굴을 씻는 건 왜일까요	かお　あらうの　なぜですか
왜냐고 할 수 없지만	なぜでも　ないけど
다들 씻는다	みんな　あらう
차푸차푸 고보고보	ちゃっぷちゃっぷ　ごぼごぼ
푸루룬 룬	ぷるるん　るん
내일도 씻을 텐데	あしたも　あらうのに
오늘도 푸루룬	きょうも　ぷるるん

"어른에게 자신의 모습을 다시 한번 돌아보게 만드는 대단함도 있다"[45]고 사카타 히로오는 이 동요를 평했다. 마도가 국민도서 간행회를

---

45 사카타 히로오, 『마도 씨』, 108쪽.

그만두기 1년 전, 48세 때의 작품이다. 출판 일로 밤낮없이 쫓기는 가운데 자기 존재를 묻는 마도 모습이 떠오른다. "우리의 생활이라는 것은 365일 똑같은 일의 반복입니다. (…중략…) 하물며 아이들이 왜 이렇게 아침마다 세수를 해야 할까, 라고 생각하지 않으면, 그것이 오히려 이상합니다"[46]라고 마도는 말한다. 어린이를 이차원異次元이라고 보지 않는 마도의 시선을 느끼게 한다. 또한 이 작품에 대해 "뭐 어쨌든 이것은 아이들이 가질 만해서 가진 의문이 벽에 부딪혀 '아휴, 어쩔 수가 없네, 씻어요, 씻으면 되잖아요'라고 말하는 노래 같습니다"라고 자작해설을 한다. 마도가 작품에 담는 리얼리티는 깊다. 그뿐만 아니라 "그래도 씻으면 상당히 재미 있고 기분이 좋아진다는 느낌이 촉음의 '차푸차푸 고보고보 / 푸루룬 룬ちゃっぷちゃっぷ ごぼごぼ / ぷるるん るん'에 드러나 있는가 어떤가"라고 덧붙인 것은, 마도가 말하는 동요의 오락성의 일부이다. 우리 인간들의 되풀이되는 생활 속에서 발견하는 살아가는 힘으로서의 오락성도 가리킨다. 이런 리얼리티와 오락성도 마도가 동요에 요구하는 기둥이다.

이 절의 마지막으로, 마도의 동요론 가운데 주요 부분을 정리해 둔다.

① 마도가 '평이함'이라고 했던 '아동의 한 걸음 앞을 걷는다 · 아동 이상을 유지' 함으로써, 아동의 '미지를 사랑하는 마음'을 매혹하고, 또한 이끌어 낸다. 그리고 그것을 동요의 사명으로 삼았다. 이를 위해서는 아동성의 성질을 정확하게 체득한 작가의 개성적인 작품이어야 하고, 그것

---

46 마도 미치오, 「연재1 동요 뒷이야기-작품에 대한 이야기(童謡無駄話-自作あれこれ)」, 『라르고(ラルゴ)』 2, 라르고회(ラルゴの会), かど書房, 1983.2, 131쪽.

은 우주 인생에 대한 작가의 신념적이고 의지적인 표현이다.

② 동요는 오락성이 필요하다. 그것은 동요의 기반이 되는 '평이함'으로 이어진다.

③ 동요는 단순히 충족감을 느끼며 여유롭게 불러야 되는 것으로 그 시의 맛은 어느 쪽인가 하면 내용적 깊이보다 형식적인 어운, 어율, 어감 에 중점을 두어야 한다.

④ 동요가 엮어내는 아라베스크의 눈부심 속에 리얼리티를 추구한다.

이상과 같은 마도의 동요론은 어린이를 존중하는 마음을 기반으로 하는 어떤 의미에서의 교육 이념이 배경에 있다. 그것은 학교 교육 비판에 뿌리를 둔 하쿠슈의 예술교육 같은 이념이 아니라, 인간 사회에서 잃어가는 감수성과 마음의 자유를 지킨다는, 어린이에 대한 보다 넓은 전인적인 생각에 기초한 것이다. 거기에는 어린이의 소질을 계발하고, 가르치는 교육 이념이 아니라, 지키고 해방한다고 하는 어린이에 대한 겸허함이 느껴진다. 이런 연유로 마도는 성인과 어린이로 분리한 아동관에서 나온 '동심'이라는 관념의 미로에 빠져들지 않고, 구체적인 아동 파악을 통한 현실적인 '아동관·동요관'을 가질 수 있었다고 할 수 있다. 그것은 실제적으로 '어린이에게 주는 좋은 놀이 선물'로서 작품으로 열매 맺어 나갔다.

2. 윤석중 동요와의 비교

'동요는 어린이에게 좋은 놀이 선물'이라는 마도의 동요관을 생각할 때 한국 동요시인 윤석중의 존재는 중요한 힌트를 주는 듯하다. 윤석중에게서도 마도와 공통되는 '동요는 어린이에게 좋은 놀이 선물'이라는 명확한 철학을 찾아볼 수 있기 때문이다. 또한 앞서 인용한 마도의 '아동성의 성질을 제대로 체득한 작가의 개성적인 작품' '우주 인생에 대한 작가의 신념적·의지적 표현'[47]이라는 동요에 대한 언급도 윤석중의 동요관을 연상시킨다.

이번 절에서는 마도와 윤석중의 동요작품을 보면서 포인트를 다소나마 집어나가기로 한다.

1) 동요시인 마도 미치오와 윤석중

(1) 동요시인 마도 미치오

동요시인이라는 말은, 오로지 동요만을 만드는 시인이라는 느낌을 준다. 기타하라 하쿠슈를 시인이라고는 해도 동요시인이라고는 하지 않는 것을 보면 어감의 차이를 느낄 수 있다. 마도 자신의 의식도 대만 시기에는 앞에서 보았듯이 동요시인이라는 의식이 있었다. 그러나 당

---

47 『곤충열차』 제3집, 1937.6, 10~11쪽.

시의 의식은 전후 '출판사 근무 시기 · 동요 중심 시기'에 동요 창작에 쫓기고 있을 때의 의식과는 달랐을 것이다.

동요시인으로서의 마도의 위치를 알 수 있는 기준으로 『일본 동요 창가 대계日本童謡唱歌大系』 제IV권[48]에 있는 작사가 색인의 작가별 작품 수를 보고자 한다. 부침이 심한 동요의 단기적인 시각이 아닌 어느 정도의 시간이 지나, 시와 노래를 아는 전문가가 수많은 동요와 창가를 대상으로 감수한 이 책은 일정한 판단을 보여준다고 할 수 있다. 대상이 된 동요 · 창가는 1,077편이며, 선정된 작품의 작사가는 316명이다. 한 사람당 평균 3.4작품이 선정된 가운데, 사카타 히로오와 마도 미치오의 작품 수는 특별히 많다. 작품 수가 많은 순서로 적어보면 다음과 같다.

사카다 히로오(阪田寛夫) 68, 마도 미치오(まど·みちお) 60, 사토 하치로(サトウハチロー) 37, 고와세 다마미(こわせ·たまみ) 35, 고바야시 준이치(小林純一) 33, 기타하라 하쿠슈(北原白秋) 32, 사토 요시미(佐藤義美) 31, 부시카 에쓰코(武鹿悦子) 27, 세키네 에이치(関根栄一) 25, 노구치 우조(野口雨情) 23, 가야마 미코(香山美子) 23, 나카무라 치에코(中村千栄子) 19, 쓰루미 마사오(鶴見正夫) 18, 후지타 다마오(藤田圭雄) 16, 미야자와 쇼지(宮沢章二) 15, 다니카와 슌타로(谷川俊太郎) 13, (…중략…) 사이조 야소(西條八十) 9, 요다 준이치(与田準一) 6, 기타.

---

48 후지타 다마오(藤田圭雄) · 다나카 요시나오(中田喜直) · 사카타 히로오(阪田寛夫) · 유야마 아키라(湯山昭) 감수, 『일본 동요 창가 대계(日本童謡唱歌大系)』 IV, 東京書籍, 1997, 332~334쪽.

사카타 히로오와 마도 미치오의 작품 수와 사이조 야소와 요다 준이치의 작품 수가 눈에 띈다. 사카타는 「삿짱サッちゃん」, 「배가 고파지는 노래 おなかのへるうた」 등 아이들의 진심을 살아있는 아이들 말로 노래하고 있어, 편수가 68편이라는 평가는 납득할 만하다. 그렇다면 쌍벽을 이루는 마도 동요에 대한 평가는 어디에 있는 것일까. 한마디로 결론 짓기는 어렵지만, 앞 절 「마도 미치오의 동요론」도 참고하면서 생각해 보고자 한다.

여기에서 동요의 평가라는 표현을 사용했지만, 동요의 경우 쉽지 않은 문제가 숨어있다. 첫째, 동요는 시뿐 아니라 곡曲의 좋고 나쁨이 크게 좌우한다는 점이다. 윤석중도 "만일 내 노래가 오래간다면 그것은 곡조의 힘이요, 듣기 좋게 잘 불러준 어린이 여러분 덕택입니다"[49]라고 하며 동요에서 곡의 중요성을 강조했다. 실제로 윤석중의 많은 동요는 일류 작곡가가 곡을 붙였다는 사실도 빼놓을 수 없다. 두 번째, 작품 향수자가 어린이라는 점이다. 노래 부르는 행위는 즉시적으로 전신적인 반응으로 나타나고 또한 언론이나 보육현장 등 동요 제공 매체의 영향을 받기 쉽기 때문에 객관적인 종합 평가는 어렵다.

위와 같은 평가의 어려움은 있지만, 『일본 동요 창가 대계』 편집자의 작품선택 의식에는, 동요를 노래하는 어린이의 반응, 즉, 어떤 의미에서 어린이의 평가도 자연스럽게 가미되어 있다고 추측된다. 그것은 시대를 뛰어넘어 어린이들이 즐겨 부른다는 동요의 특성을 암시하며, 마도의 60편이라는 작품 수의 중요성을 보여준다. 오랜 세월 동안 불리는

---

49 윤석중, 『어린이와 한평생』 범양사출판부, 1985, 244쪽.

노래라는 점에서는 전승동요·전래동요가 그 본질을 가장 잘 나타내고 있지만, 어른인 시인이 어린이를 위해 만든 동요도 오래도록 사랑받는다면, 거기에는 공통되는 특질이 분명 있을 것이다. 몇 세대를 이어서 불리는 노래라는 점과 관련해서 윤석중에 대해서도 덧붙이고 싶다.

민족음악학자 고이즈미 후미오小泉文夫는 다니카와 슌타로谷川俊太郎의 "일본 말고 이렇게 어린이의 노래를 새롭게 만드는 일에 힘을 쏟는 나라가 있을까요?"라는 질문에 다음과 같이 답했다.

아직까지 없네요. 어린이 노래는 어느 나라에서나 만들어지고 있지만, 일본처럼 운동으로 제대로 된 일류시인이 또한 그 방면의 전문 작곡가가 열심히 많이 만들고, 게다가 그것이 레코드로 점점 팔려나가는 상황은 세계에서도 드물지요.[50]

그러나 고이즈미는 한국을 보지 못하고 있었다.[51] 고이즈미가 처음으로 한국을 조사한 것은 다니카와의 대담이 있었던 1975년의 3년쯤 전이라 생각되는데[52] 이 때는 한국 동요에 대해서 자세히 알지 못했던 것으로 추측할 수 있다. 한국은 일본과 마찬가지로 동요가 매우 활발한 나라이며,[53] 가장 대표적인 시인이 윤석중이다. 윤석중의 동요는

---

50 고이즈미 후미오(小泉文夫), 『음악의 근원에 있는 것(音楽の根源にあるもの)』, 平凡社, 1994, 311쪽. 인용한 다니카와 슌타로와의 대담 초출은 「음악·언어·공동체(音楽·言葉·共同体)」, 『앙상블(あんさんぶる)』 1975.7~9월.

51 한일 간에 전후 문화교류가 단절된 시기가 길었던 탓인지, 일반적으로 한국 동요에 대해서는 일본에 그다지 알려지지 않았다.

52 고이즈미 후미오, 앞의 책에 수록된 고이즈미의 「3박자 리듬과 생활기반(三分割リズムと生活基盤)」은 한국의 리듬 연구를 위해 처음으로 한국을 조사했을 때의 보고이다. 초출은 1973년 3월에 간행된 『유리이카(ユリイカ)』였다.

1920년대부터 현재에 이르기까지 한국 어린이들이 사랑하며 즐겨 부르고 있다.

(2) 윤석중 동요 창작의 역사

먼저 윤석중의 배경에 대해 살펴보기로 하자.

윤석중은 1911년 서울에서 태어나 2살 때 어머니를 여의고 할머니 손에 자랐다. 국권 상실, 그런 상황에서 사회·노동운동에 전념하는 아버지, 그리고 형제를 모두 잃은 슬픔 속에서 윤석중은 문학에 눈을 떴다. 윤석중이 시에 관심을 갖게 된 것은 10살 때이며, 1924년 13세 때 동요 「봄」이 아동잡지 『신소년』에 입선하면서 창작 활동을 시작했다. 1932년 21세 때 『윤석중 동요집』을 냈는데 그때 이미 동요작가로 입지를 확립하고 있었다. 1939년에 도쿄 조치대학上智大學에 입학, 1941년에 신문학과를 졸업했다.

한국 창작동요의 출발은 일본지배라는 암울하고 어려운 시기로, 초기의 방정환[54] 등 1세대 아동문학가들의 동요는 슬픈 것이 많았다. 2세대의 출현이 윤석중을 비롯한 젊은 작가로, 그들은 '소년문예가'로 불

---

53 한국 창작동요는 일본에 유학한 방정환이 일으킨 아동문화운동의 흐름 속에 놓을 수 있는데, 그 당시 일본 동요에 지배당하고 있던 한국 어린이들의 미래를 생각한 방정환의 손으로 시작되었다. 거기에 저명한 시인과 일류 작곡가들이 참여하며 아동문화운동의 일환으로 전개되어, 1923년부터 오늘날까지 이르고 있다.

54 방정환(方定煥) : 1899~1931. 한국 아동문화·아동문학의 선구자. 1920년에 도쿄 도요대학(東洋大学)에 유학했다. 1922년에 번역동화집 『사랑의 선물』을 한국어로 출판. 다음해 5월 1일을 어린이날로 정했다. 아동잡지 『어린이』를 창간, 아동문화단체 '색동회'를 조직했다. 그 정신은 '어린이에 대한 사랑의 운동'이며, 일제강점기하에 민족독립 기원의 핵심인 어린이의 미래를 생각하는 것이었다. 윤석중은 방정환이 세상을 떠난 후, 『어린이』의 편집을 맡았다.

리며, 자신들의 즐거움으로 아동문학에 친숙했던 청소년이었다. 윤석중은 그 대표격으로 천재적인 동요작가로 각광 받았다. 그때까지 볼수 없었던 발랄한 언어 감각은 '윤석중의 동요문체'로 불릴 정도였고, 당시 어린이들에게 큰 사랑을 받았다. 또한 윤석중은 당시 동요를 지배하고 있던 7.5조에서도 탈피해 한국 고유의 운율에 뿌리를 둔 리듬을 자신의 것으로 만들었다. 내용에서도 "한숨과 슬픔을 동요에서 몰아 내자! 아이였던 나는 결심했다"고 자서전[55]에서 말했듯이, "외로운 그들의 마음을 기쁘게 하자! 희망을 잃지 않도록 하자!"라는 분명한 동요관을 확립했다. 윤석중의 동요는 역사나 사회이념에 지배 받지 않는 보편적 어린이들을 그리며 낙천성을 바탕으로 하고 있기 때문에 어린이의 현실을 외면하는 동심·천사주의 작가라는 혹평을 받기도 했지만, 평생 그 초지는 변함이 없었다. 일평생 어린이를 위한 문학·문화운동에 헌신, '한국 동요의 아버지'로 불리고 2003년 12월 9일 92세로 생애를 마감했다. 한국 아동문학 100년 역사는 윤석중을 빼 놓고는 말할 수 없다.

윤석중은 동요·동시집 24권(1932~1987), 동화집 5권(1977~1985), 회고록 2권(1985)을 발간했다. 이들은 『윤석중전집 30권』으로 정리되었다. 그 후에도 동시동요집 4권(1990~1999)을 비롯해, 90세 기념 창작문집 1권(2000)을 남겼다. 동요곡집은 주로 『윤석중동요 100곡집』(1954), 『윤석중동요 525곡집』(1980)으로 정리되어 있다. 약 1,300여 편의 동요 중 800여 편에 곡이 붙었다.

---

55 윤석중, 『어린이와 한평생』, 범양사출판부, 1985.

2) 마도 미치오와 윤석중 동요의 공통 세계

이 절에서는 마도와 윤석중 동요에 그려진 세계를 살펴보고자 한다. 마도는 '자아정체성(아이덴티티)'을 주제로 하는 것, 윤석중은 '내 동생 아기를 노래한'것 등, 각각 특징도 있지만, 그밖에는 전체적으로 공통 점이 많다. 그 세계는 노래 부르는 어린이들이 공명하는 세계였을 것이다. 여기에서는 특히 '발견, 삶의 환희, 공생, 생활의 한 장면, 엄청난 발상'을 찾아보고 싶다.[56]

두 개(마도, 1936)	ふたあつ
두 개, 두 개	ふたあつ、ふたあつ、
무엇일까요	なんでしょか。
우리 눈이 하나 둘	おめめが、一、二、
두 개지요.	ふたつでしょ。
우리 귀도, 이렇게,	おみみも、ほら、ね、
두 개지요.	ふたつでしょ。
두 개, 두 개,	ふたあつ、ふたあつ、
또 있어요.	まだ、あつて。
우리 손이, 하나, 둘,	おててが、一、二、
두 개지요.	ふたつでしょ。

---

56 작품 저본은 마도는 『전 시집』, 윤석중은 『날아라 새들아』이다. 숫자는 발표년도이다.

| 우리 다리, 이렇게, | あんよも、ほら、ね、 |
| 두 개지요. | ふたつでしょ。 |

또, 또, 좋은 것,	まだ、まだ、いいもの、
무엇일까요.	なんでしょか。
동그란 그것 말야,	まあるい あれよ、
어머니,	かあさんの、
젖가슴, 이렇게,	おっぱい、ほら、ね、
두 개지요.	ふたつでしょ。

한 개 두 개 세 개(윤석중, 1933)
한 개, 한 개, 머이 한 개.
할아버지 쌈지 속에 부싯돌이 한 개.

두 개, 두 개, 머이 두 개.
갓난아기 웃을 때 앞니빨이 두 개.

세 개, 세 개, 머이 세 개.
아빠 화내실 때 주름살이 세 개.

이 두 노래는 자장가에서 아이 자신이 노래하는 동요로 건너가는 다리와 같은 역할을 하고 있다. 어른이 함께 노래하는 아이를 달래는 노래 형태이다. 문답형식이며 숫자에 주목한 구조가 비슷하다. 마도의 시는

'두 개'에 주목하고 있다. 자작해설에서 마도는 다음과 같이 말한다.

> 아기에게 가장 친근하고 가장 좋아하는 구체물(속의 신기함)을 노래로 만들고 싶었습니다. 가장 바람직한 구체물은 물론 어머니의 젖가슴, 두 눈, 입, 코, 그리고 자신의 두 손, 두 발 등이겠지요. 아기는 밤낮으로 그런 사물과 접하며 만족하며 지내고 있는데, 어느 날 문득 그런 사물 속에서 신비로움(추상물, 양쪽, 두 개)을 깨닫는거지요. 자기 힘으로 발견한 그 '미(美)'에 아기의 마음은 얼마나 떨렸을까요.[57]

윤석중의 「하나, 둘, 셋」은 생활에 뿌리를 내리고, 가족의 온기가 흐르고 있다. 둘 다 아이가 성장하는 과정에서 반드시 체험하는 숫자를 발견하는 기쁨이 넘치고 있다는 것은 동일하다. 이 밖에 어린이는 많은 것을 발견하고 배우고 성장해 간다. 논리나 상황의 변화, 인과의 발견도 있다. 어른들에게는 아무런 흥미도 매력도 없이 당연한 일이 어린이에게는 기쁨이기도 하고 재미이기도 하다. 그것은 특히 유아를 대상으로 제공되는 아동문학 작품이나 TV 프로그램에 반복 사용되는 요소이다. 그런 만큼 마도와 윤석중의 동요들이 80년간이나 불리고 있다는 것은, 그 동요가 단지 어린이의 마음을 기쁘게 할 뿐 아니라, 어른들이 잃어버리기 쉬운, 인간으로서의 근원적인 영혼의 기쁨과 평안함을 이끌어내는 힘이 있다는 것을 말해 준다.

---

57 다니 에쓰코, 『마도 미치오 연구와 자료』, 232쪽.

삶의 기쁨

작은 새(마도, 1963)   **ことり**

작은 새는   ことりは

하늘에서 태어났을까   そらで　うまれたか

즐겁다는 듯이 날아요   うれしそうに　とぶよ

그리운 듯이 날아요   なつかしそうに　とぶよ

작은 새가   ことりが

하늘 속을   そらの　なかを

작은 새는   ことりは

구름의 동생인가   くもの　おとうとか

기쁜 듯이 가네요   うれしそうに　いくよ

그리운 듯이 가네요   なつかしそうに　いくよ

작은 새가   ことりが

구름 옆으로   くもの　そばへ

저녁놀(윤석중, 1940)

해가 해가 저러 간다.

산너머로 저러 간다.

해 베개는 빨강 베개

해 이불은 빨강 이불.

베개 베고 이불 덮고

해야 해야 잘 자거라.

　이 윤석중의 노래는 전래 동요와 통하는 유아의 근원적인 울림을 갖
고 있다. 마도의 말을 빌자면 "어린이라는 인간의 맹아가, 이 신비함에
직면해서 내지르는 외침"[58]이기도 하며, "지구 생물적, 살아있는 기쁨[59]
이기도 하다. 이 '지구 생물적'이란 무생물에 대한 지구상의 생물이라
는 의미가 아니라, 마도가 1935년에 쓴 「동물을 사랑하는 마음」에서 이
미 본 바와 같이 모든 존재물이 유기적인 관계를 가지고 공생하고 있는
존재물일 것이다. 그런 의미에서 마도의 '지구 생물적, 살아있는 기쁨'
은 생물에 한정되지 않는다. 윤석중의 「저녁놀」도 그것과 통하고, 유
아적 의인화로서의 '해'를 뛰어넘는 웅장함을 느끼게 한다. 마도의 「작
은 새」도 '새가 난다'라는 사상을 넘어 세계가 펼쳐져 간다. "하늘에서
태어났을까", "그리운 듯이 날아요", "구름의 동생인가"는 유아의 단순
함을 넘어서있다. 윤석중의 「저녁놀」의 '해'처럼 자연 현상에서까지 의
미를 찾으려 하고, 또한 인격과 생명을 주려고 하는 것은 어린이의 특
성이다. 하타노 간지波多野完治도 '어린이가 세상을 합목적으로 생각하

58　마도 미치오 직필노트, 「쓸데없는 변명 3」(1969.7.17), 다니 에쓰코, 『마도 미치오
　　연구와 자료』, 42쪽.
59　마도 미치오 직필노트, 「쓸데없는 변명 3」(1972.8.13), 다니 에쓰코, 『마도 미치오
　　연구와 자료』, 42쪽.

는 있다는 것, 세상에는 하나도 무의미하게 우연히 존재하는 것은 없다는 것, 모든 것은 일정한 의미와 목적이 있다는 것을 믿는 것, 그들이 결국에는 세계의 '의도'를 믿는 것을 보여주고 있다'고 지적한다.[60] 그리고 의인화는 '발견' 항목의 단순함과 마찬가지로, 유아를 대상으로 제공되는 아동문학 작품에 사용되는 상투 수단이다. 그러나 그 속에서 마도와 윤석중의 동요가 매몰되지 않고 살아 남은 것은, 그 속에 팽창되어 가는 판타지와 시공간의 넓이가 있기 때문이다.

공생

옹달샘의 샘물(마도, 1966)	いずみの　みず
옹달샘의 샘물	いずみの　みず
옹달샘의 샘물	いずみの　みず
생쥐가 마십니다.	ねずみが　のみます
옹달샘의 샘물을	いずみの　みずを
좋은 샘물이라며 마십니다	いい　みずねって　のみます
옹달샘의 샘물	いずみの　みず
옹달샘의 샘물	いずみの　みず
지렁이는 보지 않습니다	みみずは　みません
옹달샘의 샘물을	いずみの　みずを

---

60 하타노 간지, 『어린이의 발달심리(子どもの発達心理)』, 国土社, 1991, 98쪽.

좋은 노래라며 듣습니다.　　　いい　うたねって　ききます

(제2연 생략)

퐁퐁퐁(윤석중, 1957)

샘물이 솟는다

퐁퐁퐁

낮이나 밤이나

퐁퐁퐁

길가는 나그네들

목축여 가라고

산비탈 돌틈에서

퐁퐁퐁

(제2연 생략)

　윤석중은 옹달샘이라는 자연 현상에도 의미를 부여, 생명체와 유기적으로 연결되어 함께 살고 있다고 느낀다. '삶의 기쁨' 항에서 보았듯이, 마도가 「동물을 사랑하는 마음」에서 '이 세상에 존재하는 모든 것들이, 모두 각각 귀하고 스스로가 서로 서로 돕고 있다'고 했던 것과 같은 이념이다. 이것은 '만물공생론'이라고 할 수 있는 것이며, 이런 발상에 인간 우월감 같은 것은 존재하지 않는다. 어린이들의 시선은 모든 것을 자신과 동등한 입장으로 보고 있으며, 평등의 가치관을 지닌다. 「퐁퐁퐁」의 샘은 인간에게 은혜를 베푸는 입장에 있고, 제4장 제2절 제1항 「다행이다よかったなあ」에 나타나 있는 "고맙게도 식물은 움직이지

않고 우리 동물을 기다려 준다"라는 마도의 식물에 대한 고마움도 그것과 연결된다. 마도와 윤석중은 동물을 비롯해서 자연물을 인간과 동일 관계에 놓고, 모든 사물에 존재론적 가치를 부여한다. 그리고 그것은 우주적 조화로서의 존재이며, 그 발견은 기쁨이 된다. 마도의 「옹달샘의 샘물」은 윤석중에 비해, 옹달샘의 인격화와 의도는 약하고 말놀이 요소가 강하지만, 배후에는 마찬가지 사상이 있다. 무생물의 인격화와 의도에 관해서는, 마도의 작품에도 예를 들면 "샛별은 이미 벌써 / 나를 발견하고 기다리고 있는데"(「샛별」)이나 "돌멩이 찼더니 / 떼굴떼굴 구르다가 / 탁 하고 멈춰서더니 / 나를 봤다 / —더 세게 차라고 하는 듯이"(「돌멩이」) 등에서는 그것이 명확하게 표현되어 있다. 이러한 마도와 윤석중의 '만물공생론'적 발상은 현대인의 인간 중심적 가치관을 뒤집는 것으로, 하타노 간지가 지적했듯이 어린이와 공감 할 수 있는 세계이다.

생활의 한 장면

쿵닥쿵(마도, 1962)	こっつんこ
이마와	おでこと
이마가	おでこと
쿵닥쿵	こっつんこ
쿵닥쿵	こっつんこ
눈물과	なみだと
눈물이	なみだと

반짝짝	ぴっかりこ
뺨과	ほっぺと
뺨이	ほっぺと
가만히	だんまりこ
가만히	だんまりこ
눈과	めと
눈은	めは
어느 사이에	いつの　まにか
방긋방긋	にっこにこ

담모퉁이(윤석중, 1933)

담 모퉁일 돌아가다가

수남이하고 이쁜이하고 마주쳤읍니다.

쾅！

이마를 맞부딪고 눈물이 핑……

울 줄 알았더니 하 하 하.

얼굴을 가리고 하 하 하.

울상이 되어서 하 하 하.

생활 속의 한 장면에 대해서, 마도와 윤석중의 일치된 시선이 인상적이다. 다른 작품을 봐도 착안점이나 발상과 노래의 마음이 실로 비슷한 것이 많고, 보통이라면 어린이도, 어른이라면 더더욱 놓쳐버리기 쉬울 것 같은 일들을, 마도와 윤석중은 신선한 눈으로 오려내서 동요로 만들어냈다. 차이를 말한다면 윤석중 동요에 그려진 어린이가 보다 동적이다. 윤석중 동요의 특성은 동적이며 밝고, 낙천적, 미래 지향적 등으로 대표되는데, 그것은 윤석중의 동요 창작 이념과 깊이 관련되어있다. 윤석중은 시대와 사회이념에 지배되지 않는 보편적인 본래의 어린이의 모습을 동요로 그려 냈다. 일제강점 아래에서도 "퐁당퐁당 돌을 던지자 / 누나 몰래 돌을 던지자 / 냇물아 퍼져라, 널리널리 퍼져라 / 건너편에 앉아서 나물을 씻는 / 우리 누나 손등을 간질어 주어라"(윤석중, 「퐁당퐁당」, 1932. 제2연 생략) 같은 천진난만하고 장난스러운 어린이의 세계를 표현했다. 그 때문에 동심·천사주의라는 비판도 받았다. 그러나 아이들에게는 현실 생활의 어둠과 그늘에 눌리지 않는 그들이 살아가는 세계가 있다는 것을 윤석중은 느끼고 그것을 동요의 사명으로 삼았다. 앞에서 본 마도의 '동요는 아동에게 주는 좋은 놀이 선물'과 같은 이념이다.

엉뚱한 발상

일학년이 되면(마도, 1966)	一ねんせいに　なったら
일학년이 되면	一ねんせいに　なったら
일학년이 되면	一ねんせいに　なったら
내 친구 백 명 생길까	ともだち　ひゃくにん　できるかな

백 명이서 먹고 싶다　　　　　ひゃくにんで　たべたいな

후지산 꼭대기에서 삼각김밥을　ふじさんのうえで　おにぎりを

얌냠 얌냠 얌냠냠　　　　　　　ぱっくん　ぱっくん　ぱっくんと

(제1연)

앞으로(윤석중, 1980)

앞으로 앞으로 앞으로 앞으로

지구는 둥그니까 자꾸 걸어나가면

온 세상 어린이를 다 만나고 오겠네.

온 세상 어린이가 하하하하 웃으면

그 소리 들리겠네 달나라까지.

앞으로 앞으로 앞으로 앞으로

　위 두 동요는 상식을 뛰어넘는 세계이다. 마도는 '상식으로 옴짝달싹 못하고 있는 어른들'[61]이라고 했는데, 마도와 윤석중은 상식에 얽매이지 않는 아이들의 세계를 알고 있으며, 두 사람은 그 세계에서 자유롭게 놀고 있다. 마도의 「일학년이 되면」의 제2연, 제3연은 "백 명이서 달리고 싶다 / 온 일본을 한 바퀴", "백 명이서 웃고 싶다 / 온 세상이 흔들리도록"라고 터무니없을 정도이다. 윤석중의 「눈 굴리기」(1939)도

61　마도 미치오의 직필노트, 「쓸데없는 변명 3」, 다니 에쓰코 『마도 미치오 연구와 자료』, 59쪽. 여기에 대해서는 제3장 제3절 제1항 (1) 「시의 표현으로서의 언어」에서 보았다.

"눈을 뭉쳐 굴려라. / 데굴데굴 굴려라. / 모두 나와 굴려라. / 지구를 한 바퀴 돌아라"로 상식을 초월한다. 이러한 범지구적이라고도 할 수 있는 발상은 나라를 초월해 어린이들이 공감할 수 있는 것이다. 윤석중은 1978년에 막사이사이상을 수상하면서 수상 소감에서 '동심'에 대해 다음과 같이 말했다.

그런데 정말로 국경이 없는 것은 동심(童心)인 줄 압니다. 동심이란 무엇입니까? 인간의 본심입니다. 인간의 양심입니다. 시간과 공간을 초월해서 동물이나 목석하고도 자유자재로 이야기를 주고받으며 정을 나눌 수 있는 것이 곧 동심입니다.[62]

윤석중의 '동심'은 인간의 원초적인 마음이다. 그것은 마도가 '어린이는 본래 갖고 있던 반짝거림을 어른이 되면서 잃어간다'라는 우려에서 지키고 싶다고 소망했던 마음과 마찬가지이다. 마도도 윤석중도 어린이에게 해방된 자유를 주고 싶다고 원했다. "상식을 뛰어넘는 비상식, 상식을 뒤집는 것은 시를 닮았다"[63]라는 마도의 말년의 말도 있지만, 마도와 윤석중의 그런 놀이정신은 어린이의 마음을 감싸고 시대와 국가를 뛰어넘어 비상한다. 그리고 마도와 윤석중이 어린이를 사랑하는 마음은, 성인의 이념과 관념의 영역에 속하지 않는 어린이의 마음의 해방과

62　윤석중, 『어린이와 한평생』, 범양사출판부, 1985, 268쪽.
63　"호치키스를, 손톱깎기로 착각했다. / 실화입니다. / 나이가 든다는 건 말이지요, 나이 든 부부에게는 / 정말로 쓸쓸한, 쓸쓸한 일이지요. / 그래도, 기상천외하게 정신이 나가버리기 때문에 즐기고 있습니다. / 정신 나간 짓을 하는 것은 상식을 뛰어넘은 비상식. / 상식을 뒤집어 놓는 시와 비슷하지요."(마도 미치오, 『아무리 작은 일이라도 자세히 보면 우주로 이어진다 시인 마도 미치오 100살의 말』, 新潮社, 2010, 82쪽)

좋은 선물로 많은 동요를 창작하게 했으며, 그것들은 어른까지도 공감시키고 시대조차 뛰어넘었다.

3) 마도 미치오와 윤석중의 공통성의 배경

여기까지 마도와 윤석중의 몇 편의 동요에서 공통적 세계를 보았다. 마도와 윤석중의 공통성은 지금까지 많은 일본 동요에 마도의 동요를 놓았을 때 더 강하게 느껴진다. 그것은 마도의 '아동에게 주는 좋은 놀이선물'에 대해, 윤석중은 '외로운 그들의 마음을 기쁘게 하자! 희망을 잃지 않도록 하자!'라는 동요관의 근접성이 있기 때문이다. 두 사람이 살았던 시대는 거의 비슷하다. 동요 창작을 시작한 것은 2살 아래의 윤석중이 10년 빠르다. 전전 마도의 창작 무대는 대만이고, 윤석중은 일본 유학을 제외하고 한국에서 활동했다. 종전 후에도 한일 문화 교류의 단절을 생각하면 두 사람이 서로의 동요를 접할 기회는 아마 없었을 것이다. 그러나 마도와 윤석중은 어린 나이에 각각 어머니와 떨어져 지내거나 어머니를 잃은 지우기 힘든 외로움을 맛본 것도 공통적이다. 마도와 윤석중의 어린이를 생각하는 깊이는 그것에 기인하는 것이리라. 그것은 작품의 명랑함과 어린이의 기쁨을 우선하도록 만들어, 윤석중의 경우는 동심·천사주의라는 비판을 받았다.

그러나 실은 마도와 윤석중의 작품세계는 프롤레타리아 문학 운동가가 비판의 대상으로 삼은, 사회에 있어서 어린이의 현실과는 다른 차원의 것이다. 마도와 윤석중이 사회와 어린이의 현실에 눈감고 있었던 것은 아니다. 두 사람은 오히려 냉정하게 어린이의 현실을 보는 눈을 갖고 있었다. 단 두 사람이 처한 상황은 크게 달랐다. 마도는 통치국 사람으로 대만에서 생활했고, 일본 귀환 후 동요 창작 시기에는 생활에 쫓기고 있었다. 한편 윤석중은 피통치국 사람으로서의 수심과 슬픔·고통이 있었다. 윤석중의 아버지는 사회 운동에 몸을 던진 사람이다. 윤석중이 나라의 처지를 보지 않았을 리가 없다. 그것을 직시하고 어린이의 현실을 이해했기 때문에 윤석중은 밝은 동요세계를 아이들에게 주려고 했다. 이에 비해 마도는 역사상의 대만·일본, 또는 어떤 지역의 인간사회라는 의식은 약했다는 인상을 받는다. 마도는 어느 나라, 어느 지역, 어느 시대 같은 특정한 것을 추상화하는 세계로 향하는 경향이 있다. 그것은 인간에 대해서도 적용된다. 대만 시기의 자신을 성찰하는 내성적인 작품을 보면 다른 사람의 내면에 대한 통찰력도 남들보다 훨씬 날카로웠을 것이고, 그 섬세함은 마도에게 부담도 되었다. 그 결과, 마도의 생각은 개인으로서의 인간을 추상화시켜서 보다 보편적인 것으로 기울어갔다. 그 의식 형성 속에서 마도의 시도 동요도 작품화되었다. 노경수는 "개인의 세계인식 방법은 내면의 집단 무의식과 개인 무의식이 그 사람의 생애와 관련하여 환경이나 체험 등과 결부되어 있다"[64]라고 윤석중 고찰에서 말했지만, 그것은 마도도 마찬가지이며, 저자가 본 장 제1절 제1항 (1) 〈그림 2〉에서 시인의 '창작의 장'이라고 부른 것에 해당된다.

마도와 윤석중은 이처럼 배경의 차이가 있지만, 두 사람의 동요는

64　노경수, 『동심의 근원을 찾아서 윤석중 연구』, 청어람M&B, 2010, 108쪽.

국가나 사회, 문화와 시대를 초월한 보편성을 지니고 있다. 하쿠슈가 김소운의『조선동요선』에 쓴 말에서 "일본의 그것들과 극히 가까운 관계에 있다"라고 한 것은, 아이들 노래(와라베우타)가 지닌 나라를 초월하고 시대를 뛰어넘는 보편성의 일단을 보여주는 말이다. 마도와 윤석중의 동요는 보편성과 전승성에서 새로운 아이들 노래(와라베우타)가 되고 있다고 할 수 있을 것이다.

3. 마도 미치오의 창작의식과 표현

1) 마도 미치오의 창작의식

여기까지 창작의 시작에서 대만 시기, 전쟁 체험, 전후의 동요 창작, 시로의 이행, 그리고 작품표현에 대해 고찰했다. 그리고 마지막으로 마도의 동요에 초점을 맞추면서 한국의 윤석중 동요도 언급했다. 그 전체를 되돌아보고, 여기서 다시 한번 마도에게 동요는 시 창작 전체에서 어떻게 위치할 수 있는가 생각해보고자 한다.

마도의 창작 행보의 출발은 동요 모집에 응모한 일이다. 군 출정까지 대만에서의 마도의 작품은 넓이가 있다. 동요라고 해도 반드시 곡이 붙어 노래하는 것을 전제로 하지 않았다. 단시短詩와 산문시, 내성적인 자유율 시,『동물문학』에 게재한 사색적인 수필도 있다. 이들을 종합하면

창작의 계기는 동요였다 해도 마도는 동요의 세계에 그치지 않고 더 넓은 시의 세계로 길을 열어 갈 가능성을 내포하고 있었다. 그러나 마도에게는 '어린이 것에 매료됐다'고 하는 무언가가 있었다. 후에 『덴뿌라삐리삐리てんぷらぴりぴり』를 내고, 시인으로서의 자각을 가지고 자유롭게 시를 창작하게 되고 나서도, '어린이 것'이라는 인상은 남는다.

동요를 쓸 때 나는 아이가 되었다는 생각으로 쓴다. 오랜 습성뿐 아니라 그 용어에서 오는 필연으로. 그리고 좋은 것을 썼을 때는 '인간의 아이'가 되어 있는 것이 아닌가. 나도 모르는 사이에. 이에 반해 시의 경우, 아이가 되었다는 생각은 없다. 어른으로 그저 자기의 생각으로 쓰고 있다. 그것도 자주. 그러나 깨닫고 보면 역시 아이가 되어서 쓰고 있는 경우가 많다. 우주의 아이가 되어서. 내 깊은 곳에서 그렇게 믿어 의심치 않는 부분이 자연스럽게 나와 버리는 것이다. 우주의 아이가 부모인 우주를 바라보고 참을 수 없는 그 느낌으로 쓰고 있는 것이다. 즉 나에게는 동요도 시도 아이로서의 나의 창작물이라는 것이 되고, 그래서 당연하다는 얼굴로 어린이 것으로 발표하고 있는 것인가.[65]

이 마도의 말에 동요와 시까지 포함한 마도의 표현세계, 그리고 표현의 수단으로서의 언어의 모습이 나타나있다.

---

65 마도 미치오, 「원고용지(原稿箋)」(1981.11.15), 다니 에쓰코, 『마도 미치오 연구와 자료』, 44쪽.

(1) 시의 표현으로서의 언어

마도는 '얼마 되지 않는 말의 지식으로 복잡한 내용을 전한다'라는 어린이 말에 대한 인식을 가지고 있다. 그리고 그것은 반대로 동요의 표현형식의 본연의 모습을 암시하고 있다는 점에서, 마도의 동요 표현에도 기본적인 힌트를 주고 있다. 마도의 시는 동요가 아니어도 간결하다. 가능하면 설명을 잘라내 버리려고 한다. '영상적 표현'에서 나카이 마사카즈^{中井正一}의 말 '문학자는 이 계사로 자신의 의지를 발표하고, 그것을 관조자에게 주장하고 승인을 요구하는 것이다. 그러나 영화는 컷과 컷을, 계사를 끼워 넣는 일 없이 이어가면서 관조자 앞에 그저 내놓을 뿐이다'[66]를 인용했는데, 이와 같은 생각을 마도는 시 창작에서 기본적으로 가지고 있다. 언어습득이 아직 충분치 않은 어린이는, 어른의 사물표현 수단인 언어, 어떤 경우에는 관념적이기까지 한 언어 속에 방치된다. 그래도 어린이는 뭔가 본질적인 것을 감지하는 힘이 있어, 어린이 자신은 많지 않은 말로 깊은 것을 표현하고 있는 것이라고 마도는 느낀다. 오히려 그런 어린이의 말이 진실을 꿰뚫는 힘이 있는 것은 아닐까 하고 마도는 생각한다. 다음의 마도 발언은 그런 생각을 잘 보여준다.

상식에 묶여 꼼짝도 못하는 어른들의 어른어(語)로는 도저히 표현하기 힘든 어른 시가 있다. 그런 시를 자신을 위해 멋대로 마구 써대고 있다. 그 가운데 어린이에게 맞는 것만을 어린이에게 주는 것이다. 그런 느낌이

---

66 제3장 제1절 제2항 '마도 미치오의 영상적 시의 유형'.

든다. 어린이를 위해 쓰는 것이 아니다. 자신을 위해 쓰는 것이다. 그것은 어른도 어린이도 읽을 수 있는 것이다. 오히려 어린이 말로 쓴 어른의 시인 것이다. (…중략…) '어린이 것'을 '어른 것'이하라고 생각하는 것 자체 틀린 것이지만. / 다시 한 번 자신에게 말해 본다. 내가 쓰고 있는 것은 어린이어(語)에 의한 나의 시다. (…중략…) 왜 어른인 내가, 내 시를 어린이어로 쓰지 않으면 안 되는가. 내가 시라고 이름 짓는 세계는 어른어로는 도저히 구축할 수 없는 것이 많기 때문이다.[67]

마도에게는 관념에 얽매이지 않는 해방된 자유를 원하는 마음이 있고 거기에서 뿜어져 나오는 것이 마도 작품의 저류에 있다. '우주의 아이가 부모인 우주를 바라보고 참을 수 없는 그 느낌으로 쓰고 있는 것이다. 내 시라는 것은.' 이것은 표현 방법의 차이를 별도로 한다면 시에도 동요에도 공통된다. 마도가 '어린이가 되었다는 생각으로'라고 할 때의 '어린이'는 '동심동어'라고 하쿠슈가 말한 '동童'과는 다르다. "원래 나는 소년소녀시를 쓸 때와 어른 시를 쓸 때의 마음가짐과 일하는 방식에 그렇게 차이는 없다고 생각합니다"[68]라고 마도는 말하는데, 마도의 소년소녀시와 어른시의 구별은 그래서 어렵다. 시집『덴뿌라 삐리삐리』의 중판 띠지에는 '소학교 3년 이상'이라고 되어 있다고 하는데, 마도는 그것을 어른인 자신을 위해 쓴 시집이기 때문에, '소학교 3년 이상

---

67 마도 미치오 직필노트, 「쓸데없는 변명 3」, 다니 에쓰코, 『마도 미치오 연구와 자료』, 59쪽.
68 이치카와 노리코(市河紀子) 인터뷰, 「보이는 것이 아니어도 모든 것을 짧은 말로 표현하고 싶다(見えるものじゃなくてもすべてを短いことばで言い表したい)」, 『마도 미치오(まど・みちお)』(『KAWADE유메무크(夢ムック)』 문예별책(文芸別冊)), 90쪽.

의 중고 대학생과 모든 성인'이라는 의미로 해석하고 있다.[69] 「내 시집 わたしのシシュウ」[70]이라는 시에서까지 "그 시집에 / 어린이 것 어른 것을 뒤섞어서 / 집어넣는 것은 아무렇지 않다"고 하고, 그리고 "어린이가 문득 자기 힘으로 어른 것을 / 조금씩 읽어보려는 모험과 / 만나게 되는 것이 이 세상의 이치일 것이다 / 거기서부터야말로 어린이들은 / 탐험가가 되어가는 것이 아닌가 / 눈을 반짝이며 가슴 부풀리면서……" (시의 일부)라고 했듯이, 마도의 주장은 전전의 『곤충열차』에서 언급한 '평이함'과 다르지 않다. '어른어語로는 도저히 구축할 수 없는' 마도의 시 세계는 우주의 아이가 된 마도가 소년소녀시의 표현으로 밖에 나타낼 수 없다.

"장아찌의 누름돌은 / 그건 뭐하고 있는 거야"(「장아찌의 누름돌」). 어느 날, 나카무라 게이코中村桂子는 『덴뿌라 삐리삐리』를 구해서 집에서 아이와 읽었다. 아이는 이 시가 마음에 들었는지 '장아찌 누름돌' 놀이에 열중했다.[71] 자신이 장아찌 누름돌이 되었다고 생각하고 여러 가지를 다양하게 연기해 보는 것이다. 순진한 어린이의 놀이정신과 마도의 심연의 세계가 이어진다. 마도의 시의 어린이어語에는 필연성이 숨겨져 있다. 그 중 하나는 어른어로 표현되는 관념의 배제일 것이다.

---

69 「어린이의 소리를 듣고(子どもの声を聞いて)」, 『KAWADE유메무크(夢ムック)』 문예별책(文芸別冊) 재록, 74쪽.(초출 『아동문학독본(児童文学読本)』, 1970.8)
70 마도 미치오, 『탓탓탓(たったった)』, 理論社, 2004.
71 나카무라 게이코(中村桂子) 외, 『마도 미치오의 마음 말의 꽃다발(まど・みちおのこころことばの花束)』, 佼成出版社, 2002, 8~11쪽.

(2) 시와 동요의 방법의 차이와 연속성

마도는 시에서 그것이 소년소녀시이건 어른시이건 언어에서 큰 차이는 없다고 했다. '시 가운데 어린이에게 맞는 것을 어린이에게 주면 된다, 그 선택은 어린이에게 맡기면 된다'는 생각조차 마도는 갖고 있다. 그러나 동요는 별도라고 한다. 그것은 노래 부를 것을 전제로 한 기법의 차이라는 것이다. 대만 시기의 창작은 작곡되는 것을 그리 의식하지 않았지만, 전후, 동요를 집중적으로 창작하던 시기에 그 의식은 높아지지 않을 수 없었다. 마도는 제1절에서 살펴본 자신의 동요론 실천에 직면했을 것이다.

마도가 말한 '어린이에게 맞는 것만을 어린이에게 준다'는 것은 주로 시에 대한 것이다. 대만 시기에는 "내적 시가 가요적 리듬을 타고 싶어 할 때 그것에 실어 놓은 것이 동요이며, 자유율법으로 가고 싶어할 때는 그것에 실어서 시로 한다. 이런 식이었다고 생각합니다"[72]와 같은 창작의 폭이 있었다. 그러나 전후 출판사 근무 시기에 작곡될 것을 전제로 한 동요는 어린이가 대상으로 상정되어 있었던 것이 많다.

> 나는 동요를 다 만들고 나서 '이런 걸 써서 뭘 할까. 어린이와 나를 바보 취급하는 것이 아닐까'라는 허무한 기분에 휩싸일 때가 많습니다. 자기 현시와 돈벌이를 위해서 그저 타성에 젖어 쓴 상식적인 노래, 어린이를 얕보고 어린이를 위하는 척하는 얼굴로 쓴 위선 노래, 등 여러 가지지만, 아무래도 견딜 수 없어집니다.[73]

---

72 「대담 동요를 말하다(対談 童謡を語る)」, 일본문예가협회(日本文芸家協会), 『아동문학(児童文学)』 '82추계임시증간, ぎょうせい, 1982.9, 36~55쪽.

이상은 있어도 그대로 되지는 않는 현실이 있다. 『전 시집』의 「편집을 마치고」의 편집자 이토 에이지伊藤英治는 '훈육노래' '놀이 노래'를 수록하는 것을 마도는 부끄러워 했다고 썼다. 그래도 다니카와 슌타로가 '동요를 만들 때 자신에게는 사심邪心·사념邪念이 있지만, 마도에게는 사념과 작위가 거의 없다'[74]고 감지한 바와 같이, 마도의 동요 창작에서는 어린이를 위해서라는 의식은 기본적으로 다른 시인만큼 강하지 않았던 것으로 보인다. 어린이를 위해서라는 마도 의식을 굳이 꼽는다면, 하나는 동요에 어린이를 위한 곡이 붙여질 것이라는 것에 대한 의식, 다른 하나는 어린이를 즐겁게 하고 싶다는 생각일 것이다. 그러나 제2장 제3절에서 본 바와 같이, 『덴뿌라 삐리삐리』 발간 후, 특히 작곡을 상정한 동요 창작을 그만두고 나서는, 어린이를 위해서라고 하는 그런 의식에서도 마도는 점차 벗어났다.

동요란 무엇일까. 이 세상의 신기함, 자연의 불가사의, 모든 존재와 비존재, 반 존재의 신비에 대한 외침이다. 어린이라는 인간의 맹아가 이 불가사의에 대면해서 발하는 외침이다. 모든 인간 문화의 역사가 출발했던 바로 그 외침 자체이다. 따라서 이 세상에 살면서 아무런 신기함도 느낄 수 없는 어른에게 동요를 만들 자격은 없는 것이다. 그래서 존재의 신비함에 떨고 있지 않는 동요는 동요라고 할 수 없는 것이다. 동요는 존재의

---

73 「개미 시에 대해서(アリの詩について)」, 『상상력의 모험(想像力の冒険)』, 理論社, 1981, 159쪽.
74 「심포지엄 마도미치오의 세계 최후의 시인 그 우주(シンポジウム まど·みちおの 世界 最後の詩人、その宇宙)」, 『마도 미치오(まど·みちお)』(『KAWADE유메무크 (夢ムック)』 문예별책(文芸別冊)), 134쪽.

근원에 다가서려는 것이 아니면 안 된다. 그렇지 않다면 동요를 시로서 우리가 마주할 의미는 없어진다.[75]

'존재의 신비함에 떨며, 존재의 근원에 다가서'고자 하는 정신은 마도에게는 시에 있어서나 동요에 있어서나 마찬가지였다. 노래하는 리듬과 내용에 관한 공유성을 제외하면, 어린이어라는 표현과 그 정신은 마도의 시와 동요의 연속성을 보여주고 있다.

마도의 시와 동요 창작은 위의 발언을 진지하게 추구하며, 있는 힘껏 실천하려고 한 여행이었다.

2) 마도 미치오의 표현세계와 국제성

'어른어로는 도저히 구축 할 수 없는' 마도의 시 세계는 '존재의 신비함에 떨며, 존재의 근원에 다가서는' 세계이다. 그러나 그것은 이 책에서 자주 언급했듯이 생활에 뿌리 내린 토착성의 희박함을 초래한다. 자신이 존재하고 생활하는 지역이나 나라를 추상화해서 마도를 지구인 의식으로 이끌었다. 마도의 작품에 대해 사토 미치마사는 다음과 같이 결론짓고 있다.

이들 작품에 공통되는 고유성은 무엇인가. 단편적으로 언급해 왔지만,

75　마도 미치오 직필노트, 「쓸데없는 변명 3」, 다니 에쓰코, 『마도 미치오 연구와 자료』, 7쪽.

다시 한번 정리해 보면, 첫째 대상을 수직으로 응시해 나가는 특이한 시선이다. 세로축, 가로축의 관계에 놓아보면, 수직이란 세로축 방향을 취하는 것이다. 그것을 철저히 하면 할수록 가로축의 탈락으로 이어진다. 가로축에 상정되는 것은 인간관계와 사회관계이다. 수직 지향에게 있어서 그것들은 협잡물로 인식된다.[76]

마도 작품에 현대문명, 인간의 횡포에 대한 비판, 혐오, 자연에 대한 미안함을 표현하는 작품은 있어도, 사회와 자신과의 관계를 묻는 세계, 그리고 인간관계에서 발생할 수밖에 없는 정념情念의 세계는 작품에 나타나 있지 않다. 이것이 사토가 말한 '가로축에 상정되는 것은 인간관계와 사회관계의 탈락'이다. '존재의 신비함에 떨며, 존재의 근원에 다가서려는' 마도의 시 창작의 깊이는 그러한 대가가 필요하다.

'아이덴티티와 공생'은 대만 시기 초기의 「동물을 사랑하는 마음」에서부터 만년까지 작품에 관한 마도의 키워드지만, 인간사회, 민족, 국가 레벨은 아니다. 마도의 정체성과 공생은, 개미, 민들레, 돌멩이에서 우주까지 펼쳐지지만, 생생한 인간의 세계는 시에 나타나지 않는다.

그 세계는 시점을 달리하면 초 국가적이라는 의미에서 인터내셔널한 세계라고 할 수 있다. 윤석중은 끊임없이 어린이들에서 인간의 원초를 발견하고 인위적으로 변질되지 않는 순수한 모습을 '그렇게 있어야 할 존재'로 해서 그의 동요 세계를 창출했다. 마도도 어린이가 본래 가지고 있는 영혼을 떨리게 만드는 세계를 시와 동요로 표현했다. 윤석

---

76 사토 미치마사, 『시인 마도 미치오』, 北冬舎, 1998, 268쪽.

중의 동요, 그리고 마도의 시와 동요는 만국의 사람들과 어린이들에게 공감받는 작품으로서 인터내셔널이며, 그것들에 어른도 공감시키고 시대까지도 뛰어넘는 국제성을 지닌다.

종장

　마도 미치오가 시와 동요를 창작한 기간은 75년 이상의 긴 세월에 걸쳐 있다. 그 창작 역사의 배후에는 인생 여정이 있다. 마도 작품은 인생에서 그때 그때의 만남, 식물, 동물, 곤충, 사물과 별과의 만남에 감동한 세계이다. 어떤 때는 그것이 내성內省적인 시와 산문이 되고, 우주로 연결되는 시가 되고, 단시가 되고, 또 어떤 때는 말의 리듬과 음색을 타고 동요가 되어 표현되었다. 이런 마도의 시와 동요의 세계를 앞에 두고 저자는 어떻게 이 거대한 세계의 진실에 다가갈 수 있을까 고민했다. 작품은 작가의 삶과 밀접한 관계가 있다. 그런 생각에서 먼저 정한 것은 나 자신도 마도 인생의 발걸음을 따라가며 그때 그때의 마도를 가능한 한 이해하는 것이었다. 그것이 제1장과 제2장이다. 미력하게나마 저자는 마도 미치오의 일생을 끝까지 따라가 보았다는 생각이 들었다.

　마도의 생애를 따라가며 마도가 자신을 둘러싼 세계를 어떻게 받아들였는가가 중요한 단서라고 느꼈다. 그것을 고찰한 것이 제3장과 제4장이다. 분석 시점은 한정된 것이고, 마도의 전체상에 근접하기에는 충분치 못한 것이기는 하지만, 분석 시점으로의 새로운 가능성은 보여주었다고 생각한다. 자신이 존재하는 시공간을 마도가 어떻게 받아들였는가 하는 시점에서는 '장'의 개념을 사용했다. 이런 연구 방법은 다른 시인의 작품 분석에도 효과적인 방향일 것이다. 마지막 제5장에서는 마도 시 창작의 출발이며 저자에게 마도 연구의 계기가 된 동요에 대한 마도의 생각을 고찰하고, 주로 시와 동요에 있어서 마도의 창작의식을 고찰하였다.

이하, 각 장의 연구결과를 정리한다.

제1장

마도의 유년기에서 대만으로 건너간 후 사춘기에 이르는 의식 형성과 대만 시기의 시 창작을 테마로 했다. 어린 시절에 가족과 헤어져 지냈던 마도의 소외감은, 9세 때 대만 가족의 품으로 가서도 쉽게 해소되지 않았다. 마도는 도쿠야마에서의 고독함 속에서 자신의 가까이에 있는 자연을 바라보며 마음의 해방·기쁨을 느꼈는데, 대만에서도 자연과 친숙해지는 모습은 변함이 없고, 대만이라는 땅은 마도에게 있어서 대만 동식물이나 풍물이 있어도 삶의 장을 가족과 공유한다고 하는 고향으로서의 대만은 아니었다.

마도의 창작은 1934년 24세 때 시작되었다. 저자가 조사한 바에 따르면, 군에 입대하기까지 8년 동안, 274편의 작품을 일본과 대만의 각종 잡지나 신문에 발표했다. 그 동향을 조사한 결과, 1936년부터 4년 간 특히 많은 작품을 발표했다는 점, 마도도 창간에 참여하며 왕성한 투고를 했던 『곤충열차』와 『대만일일신보』의 존재가 컸다는 점 등을 파악할 수 있었다. 또한 마도는 그 양쪽에 교차해서 작품을 재게재하기도 했다. 이런 경향에서 마도의 대만의식을 살펴보았지만 특별히 대만색을 일본에 보여주려는 자세는 느껴지지 않았다. 요다 준이치가 일본으로 오라고 초대했을 때의 반응을 보아도 마도는 대만이라는 땅에 집착하지 않았다는 것을 알 수 있다. 나중에 마도가 자신을 지구인이라고 칭한 것도 이를 보여주고 있어, 일본과 대만의 차이가 아니라, 같은 자연·같은 인간이라는 것이 마도의 시 세계였다고 결론지을 수 있었다. 그 가운데 마도는 『문예대만』 창간호에 게재한 「조수」에 나타난 바와 같이, 영원한 시간과 공간 속에서 자기 존재와 모든 것과의 만남에서 느낀 감동을 작품화해 나갔다는 것을 읽어낼 수 있었다. 그 근저에는 자기를 둘러싼 삼라만상을 느끼는 마도의 감각과 인식이 있어, 그것이 마도의 작품세계로 전개되어 나갔던 것이다. '글을 쓰는 일은 목숨 다음으로 중요하다'고 마도는 말했는데, 필명이 '마도 미치오'였다가, '하나 우시로'이기도 한 것도 그것을 보여주는 것이며, 전쟁터에서 식물에 대해 보이는 깊은 관심과 글쓰기에 대한 집착도 그것을 말해 준다.

제2장

마도 미치오의 전후의 행보와 시 창작을 따라갔다. 귀향 후 마도는 경비원 일을 2년 정도 했다. 그 후 10년간 출판사에서 근무했지만, 그 초기에나 경비원으로 일할 때에도, 일지를 쓰는 것조차 마음대로 할 수 없을 정도로 바쁘고 괴로운 나날들이었다. 출판사 시기는 『차일드본사 50년사』를 통해 그 실태를 어느 정도 밝힐 수 있어서 당시 마도의 심경을 이해하는 실마리가 되었다. 자신을 잃어버릴 것 같은 어려운 상황 속에서 동요 「코끼리」가 창작 되었기 때문에 그 배경과 「코끼리」에 담긴 마도의 의식도 고찰했다. 그 배경에는 5세 때 가족이 마도를 혼자 일본에 남겨두고 대만으로 가버린 경험이 있고, 또한 자기 존재를 어머니와의 관계에서 확인하려고 했던 점을 같이 고려해서, 「코끼리」는 이후 마도의 정체성을 주제로 하는 작품의 선구작으로 자리매김할 수 있었다.

10년간 출판사에서 근무하는 가운데 창작은 동요로 한정되고, 그 대부분에 곡이 붙었다. 동요시인으로 단단한 위치를 구축한 마도지만, 활동내용에 있어서는 대만 시기의 다양한 창작 활동과 차이가 있다. 대만 시기의 마도 동요에 관한 의식을 조사하면, 동요에 대한 높은 의식과 열정이 있었다는 것을 알 수 있다. 한편, 대만 작품에는 동요에 얽매이지 않는 다양한 시도와 작풍도 느껴졌다. 그런 마도 행보의 창작 의식을 이해하면 전후 동요 창작에 집중한 시기에 보다 자유로운 창작을 원했던 마도의 마음은 충분히 짐작할 수 있다. 1959년 마도는 창작에 전념하기 위해 출판사를 그만둔다. 그로부터 9년 뒤에 첫 시집『덴뿌라 삐리삐리』를 간행하고 이를 계기로 창작은 시로 옮겨갔다. 동요를 쓰지 않게 된 이유에 대해서 사토 미치마사는 '연령의 문제와 함께, 노래 부르는 것에서 대상을 응시・인식하는 세계로의 이행'이라고 논했다. 여기에 더해, 저자는 마도의 발언을 통한 고찰을 통해서, 노래만으로는 자신의 표현세계를 다 표현해 낼 수 없다는 마도의 생각도 역시 동요에서 시로 향하게 된 요인일 가능성을 고찰했다.

마도의 창작 행보를 살펴보면,『덴뿌라 삐리삐리』발간 이후 동요 창작은 적어지고, 1992년『전 시집』발간 직전에 동요 창작은 끊어진다.『전 시집』이후는 100세 때 낸 시집을 포함, 13권의 시집을 냈다. 작품 수는 450편을 넘는다. 말년이 됨에 따라 소재는 제한되고 시도 짧고

유머를 띠게 되지만, 시 창작의 원 풍경은 어린 시절에 있다고 마도 자신이 말했듯이, 어릴 때 마음에 품었던 세계는 만년이 되어도 되살아난다는 것이 작품에 나타나 있다.

마도의 창작을 개관하면 크게, 대만 시기, 전후 동요 시기, 시 창작 시기로 나눌 수 있다. 각각 특징이 있지만, 마도 일생의 창작에는 일관성이 있으며 그 토대는 대만 시대에 만들어졌다고 해도 틀림없다.

또 제1장에서는 대만 이주 후 마도의 대만 의식이라는 시점에서 본 고찰도 더했는데, 결론으로 말할 수 있는 것은 마도에게는 자신의 존재지는 역사·문화를 담당한 인간 사회의 기반으로서의 땅이 아니라 자연과 동식물·사물·천체가 둘러싸고 있는 땅이라는 것이다. 그것이 마도의 지구인 의식의 배경이 되고 있다. 전후 작품에 대만 관련 작품이 없는 것에 대한 확증은 거기에 있다.

제3장

마도가 외계와 자기를 어떻게 느끼고 있는지, 그것이 작품에 어떻게 표현되고 있는지를 시각·청각·기타 감각이라는 감각별 시점에서 분석했다. 시각 세계는 영상적 표현이 드러난 작품을『전 시집』에서 추출해서, 이를 자기 표출도라는 척도로 분류했다. 그 결과, 8가지 유형을 얻을 수 있었다. 이런 유형화는 타당성이 문제가 되는데, 그 점도 같이 검토했기 때문에 하나의 분석방법으로 의의를 인정할 수 있을 것이다. 마도의 영상적 표현에서의 시선을 영화의 카메라 워크와 비교한 수법은, 다른 시인의 분석에도 응용할 수 있는 가능성이 있다. 마도의 영상적 표현과 영화의 카메라 워크는 기법상 많은 공통점을 찾을 수 있었고, 또한 영화 이론의 '장'이라는 개념은 분석의 힌트가 되었다. 카메라가 어떤 위치에 고정되어 주위 공간에 대해 방향을 정하고 렌즈를 돌리고 거리를 정해서 초점을 맞춘다. 거기에는 어떤 공간을 잘라서 그것을 어떻게 표현하는가 하는 제작자의 의지가 작용하고 있다. 마도의 시도 마찬가지로, 어떻게 볼 것인가 하는 마도의 의지를 작품을 통해 읽을 수 있다. 롱 샷이면 자기 존재의 장이 보다 강하게 표현되고, 근접 촬영하게 되면 장은 추상화된다. 넓은 의미에서 마도의 대만 의식도 그것과 관련되어 있다고 이해할 수 있었다. 표현에서는 영화의 컷을 연결해가는 편집이, 마도 시의 구조에 해당한다는 점에서 중요하다. 그것은 마도의 시는 언어에 의해 묘사는 하지만 설명을 하지 않는다는 점에서 일치한다. 영상적 표현 작품의 연대별 분포도 고찰해서 영상적 표현 작품은 거의 대만 시기에 집중된다는 결과를 얻었다. 이에 따라 대만 시기의 작품 경향, 그리고 마도의 다양한 시도가 분명하게 드러났다.

청각 세계는 오노마토페 표현을 분석 대상으로 했다. 일본어에서 시각 세계의 표현은, 영화의 영상에 맞는 언어 표현이 풍부한 반면, 청각 세계의 언어 표현은 약간의 형용사와 의성어에 불과하다. 그래서 소리의 지각·인식보다, 단어의 음音에 따른 표현 분석으로 오노마토페를 대상으로 했다. 분석 방법의 하나는 오노마토페 단어의 개수이다. 시와 동요의 단어수 비교 결과는, 동요가 시의 2.6배였다. 이 차이는 동요가 지닌 노래로서의 특성이 관련되어 있다. 이를 증명하기 위해 또 하나의 분석 방법인 마도의 창조적 오노마토페의 자수字數도 검토했다. 이 분석을 통해 전후의 시에는 창조적인 오노마토페가 매우 적다는 결과를 얻었다. 또한 오노마토페의 의미를 성질면에서도 분석했는데, '문득, 절실히' 등 특정 단어는 전후의 시에 한정된다는 것을 알아냈다. 이런 결과는 전후의 시가 사유의 세계가 중심이며, 오노마토페 특히 창조적인 오노마토페 표현을 필요로 하지 않는 세계임을 증명하고 있다. 또 동요의 창조적인 오노마토페에는 마도가 지닌 말에 대한 음감각이 얼마나 풍부한지, 또한 얼마나 다면적인 기교가 포함되는지가 분명하게 드러났다.

다른 감각 세계에 대해서도 살펴보았다. 이들 인식에서 특징적이라고 할 수 있었던 것은 마도의 시공간 의식이다. 이는 어린 시절 외로움을 기조로 하는 시공간 인식으로 만년이 되어도 사라지지 않았다. 한편, 일종의 안정감을 기조로 한 시공간 의식도 갖고 있어서, 기본이 되어 있는 것은 돌고 돈다고 하는 순환성이다. 또한 모든 것을 감싸는 영원성을 지닌 위대한 존재에 대한 의식, 돌아가야 할 고향으로 마도에게 안정감을 주고 있는 지구 중심에의 인력 같은 시공간 의식도 있다. 마도의 시공간 의식에 대한 전체 파악은 마도의 세계를 고찰하는 데 빼놓을 수 없는 요소였다.

제4장

표현 대상별로 동물과 식물을 나누어 인식과 표현의 관점에서 고찰했다. 창작 초기에 마도는 『동물문학』에 33편의 작품을 투고했다. 『동물문학』은 동물을 주제로 한 작품발표를 목적으로 하는 동물학회의 학회지로, 마도는 수필 「동물을 사랑하는 마음」 등 시와 동요에 한정되지 않는 자유로운 작품을 발표할 수 있었다. 동물에 관한 작품은 『동물문학』 이전에 5편, 『동물문학』 투고 기간 동안 다른 잡지에 실은 것이 5편이다. 이들은 한 작품을 제외하고 정경 묘사에 더해지는 울음 소리, 비유, 이야기 속 등장인물로 그려져 있는 것에 지나지 않는다. 이에 비해 『동물문학』의 작품에서는 동물을 주제로 해서 자신과 함께 사는 존재로 보고, 그들과 마주하는 자기 자신도 바라보고 있다. 『동물문학』의 투고 작품을 살펴보는 것은 마도의 시 창작의 의식 형성을 파악하는 데 있어서 중요하다. 그중에서도 수필 「동물을 사랑하는 마음」, 「물고기를 먹는다」에는, 이후 시 창작에 흐르는 마도의 기본 사상이 나타나있다. 『동물문학』 2번째 작품인 「동물을 사랑하는 마음」을 중심으로 『동물문학』의 작품을 살펴보면, 동물은 사람처럼 죽음을 짊어지고 있는 목숨이며, 때와 장소를 같이해 마주 보고 있는 존재라는 의식이 배후에 작용하고 있다는 것을 알 수 있다. 또한 「동물을 사랑하는 마음」에 나타난 마도의 사상, '모든 것은 각각 고유의 형태·성질을 갖고, 서로 서로 관계하며 각각이 귀하고, 가치적으로 모두 평등하다'는, 일생을 통해 마도가 품고 있었던 '아이덴티티, 공생, 사물의 존재, 또한 그것과 마주하는 나 자신' 등의 기본 이념이 이미 확립되어 있음을 보여주고 있다. 그런 의미에서 『동물문학』의 작품군은 그런 세계를 작품화하려는 시도였으며 도움닫기였다고 자리매김할 수 있었다. 이런 결과는 다른 작품 분석의 지표가 될 수 있을 것이다.

식물에 관해서는, 마도의 시선과 의식을 생각하면서 원경에서 근경으로 작품 분석을 실시했다. 원근의 시선 차이는 동물과 비교하면 특히 식물에 나타나는 것을 알 수 있다. 원경의 경우, 영상 표현의 롱 샷에 해당되며, 자연으로서의 식물은 장(場)으로서 마도를 감싼다. 그것은 시공간 인식의 영원성과 연결된다. 거기에 한 그루 큰 나무가 있으면 시선은 대상물에 접근하지만, 그 의식은 마도를 감싸는 영원성의 하나의 상징이 된다. 그리고 보다 시점이 다가가 나뭇잎이나 열매가 의식화되어도, 그 잎이나 열매가 땅에 떨어져 흙으로 돌아가는 일은 돌고 도는 순환성이 되어 영원성으로 변용된다. 생물인 나무도 유한한 생명이기는 하나, 마도는 식물에서 죽음을 보지 않는다.

또 다른 작품에서 식물의 역할은 첨경添景으로서의 사용법이 있다. 그것은 동물의 울음 소리처럼 작품에 첨가되는 도구역할이다. 이 용법은 대만 시기 초기의 몇 작품 이외에는 거의 없고, 영상적 표현의 시가 대만 시기로 거의 제한되는 것과 관련 있다. 여기에서 시도한 원근에 의한 작품 분석 방법은 마도 작품의 통시적 분석을 위해 값진 성과였다고 생각한다.

제5장

마도 미치오의 시와 동요에 대해 고찰했다. 『곤충열차』에 실린 마도의 「동요의 평이함에 대해서」, 「동요권－동요수론(1), (2)」는 선행 연구에서도 부분적으로 인용·고찰은 되어 있었지만, 그 전체상이 분명히 밝혀진 적은 없었다. 이 책은 그것을 시도해서, 깊이와 논리성, 정확한 파악과 현실성이 논저 배후에 있다는 것을 밝혔다. 그것과 비교해서 일반적인 시인의 동요 창작 의식도 상정하고 그 구조를 독자론적 관점도 이용하여 고찰했다. 시인이 동요를 창작하는 경우, 어린이를 위해 만든다는 의식 아래 각 시인이 지닌 아동관과 동요관에 따라 동요가 만들어진다. 이들을 논한 시인의 동요론을 개관하면, 동요론이 논점이 되던 동요융성기의 시인 가운데, 기타하라 하쿠슈가 '동심'을 어떻게 보고 있는가 하는 점에는 다른 시인과 구별되는 특징이 있다. 그것이 마도와 어떤 부분에서 공통된다고 생각된다. 그것은 시 창작 전체에서 동요가 분리된 것이 아니라 일원화되어 있다는 점이다. 이 책에서 그 공통점을 밝혀보고자 했다. 하쿠슈와 마도는 일원화한다는 점에서는 공통점이 있지만 그 내용에는 차이가 있다. 중심이 되는 것이 마도가 「동요의 평이함에 대해서」를 통해 밝혔던 어린이에게 있어서의 '평이함'이라는 발상이다. 이는 어린이에게 있어서 이해하기 쉽다는 것이 아니라 '어린이는 알 수 없는 미지未知를 포함하고, 그로 인해 어린이의 마음이 이끌리며, 보다 높고 깊은 세계를 기뻐할 수 있다'는 의미에서 '평이함'이다. 이를 마도는 '어린이의 한 걸음 앞을 걷는' '아동 이상'이라고 표현했다. 그런 의미에서 마도에게 동요는 창작의식이라는 점에서 시와 일원화되고 있다. 하쿠슈의 일원화는 자신의 예술경이 무구한 동심에야말로 있다고 하는 '동심'의 변질에 있으며, 어린이의 현실을 보며 어린이 마음의 해방을 원하는 마도 이념과는 다르다. 마도는 어린이는 성장함에 따라 상식과 기성 관념에 얽매여 간다고 보고 있기에, 그런 의미에서 현실 어린이의 해방을 마도는 동요에서 찾았다. 한편, 한국의 동요시인 윤석중도 국가 상실 아래 힘겨운 사회 상황에 있는 어린이의 마음을 해방시켜줄 것을 희망하며 동요를 창작했다. 그런 의미에서 마도와 윤석중 동요의 비교는 의미 있는 작업이었다. 두 시인의 동요를 같이 놓고 보면 많은 공통세계를 발견할 수 있는데, 그것은 두 사람에게 사회성을 뚫고 나가 어린이의 세계와 통하는 것이 있기 때문이다. 그것은 시점을 바꾸면, 나라라는 사회를 짊어진 지역성을 초월한 국제성이라고도 할 수 있는 것이다.

후기

저자가 마도 미치오 씨를 알게 된 것은 대학교 2학년 때입니다. 1993년에 호세法政대학 문학부로 유학온 저자는, 세키구치 야스요시関口安義 교수님의 아동문학 세미나에서 동요에 대해서 발표하는 과제를 맡아서, 처음으로 일본의 동요를 읽었습니다. 그때 많은 일본 동요들이 내가 어릴 때부터 친숙했던 한국 동요와 상당히 다르다는 인상을 받았습니다. 그러나 어떤 이유에선지 마도 미치오 씨의 동요에는 친근감을 느꼈던 것을 지금도 기억하고 있습니다.

이렇게 일본 동요를 알고나서 졸업논문으로 '일본과 한국의 동요비교'를 테마로 했고, 석사논문도 '일본과 한국의 동요비교를 통해 알 수 있는 것―가족에 대한 노래를 중심으로'라는 테마로 집필했습니다. 이런 동요연구를 통해서 한일 동요의 역사적 관계나, 처음에 내가 일본 동요에 이질감을 느꼈던 이유도 알게 되었습니다. 이와 동시에 100년 정도의 역사를 거쳐 헤아릴 수 없을 정도로 많은 동요가 만들어져 온 가운데 지금까지 불리는 동요와 그 시대로 사라져 버린 동요가 있다는 것을 알고, 오늘날까지 불리는 동요에 관심을 갖게 되었습니다. 그때 마도 미치오 씨의 동요는 특히 내 마음을 끄는 무엇이 있었습니다. 더구나 마도 미치오 씨의 동요는 '한국 동요의 아버지'로 불리는 윤석중 선생님의 동요와 비슷한 점이 많고, 공통되는 세계를 갖고 있다는 것을 알게 되어 더욱 매력을 느끼게 되었습니다.

이런 흥미와 과제를 가지고 2010년에 호세대학 대학원 국제문화연구과 박사후기과정에 입학했습니다. 박사논문은 지도교수이신 가와무라 미나코川村湊 교수님의 조언에 따라 마도 미치오에게 집중한 연구가 되었습니다.

교수님은 연구의 자주성과 독자성을 중시하셨습니다. 그래서 내가 마도 미치오 연구를 시작했을 무렵에는 다니 에쓰코谷悦子 선생님을 비롯해서 마도 미치오 연구를 읽으면 읽을수록, 내가 연구할 부분은 더 이상 남아있지 않은 것이 아닌가 하는, 어디로 가야 할지 길을 찾지 못하는 모색이 오랜 시간 이어졌습니다. 그래도 가와무라 교수님은 그런 나를 인내심을 갖고 기다려 주셨습니다. 그리고 간신히 내딛기 시작한 내 나름의 발걸음에 대해서 기회있을 때마다 건네주신 지적과 지침은 큰 도움이 되었고 적확한 조언이었다고 지금에서야 깨닫고 있습니다. 자주성의 존중은 어떤 의미에서의 엄격함이며 힘겨운 일이기도 했지만 좀처럼 진척되지 않는 내 연구에 대한 인내는 포용력 있는 따뜻한 마음이었다고 감사드립니다. 이 책에서 어떤 결실이 있다고 한다면 가와무라 교수님 덕분입니다.

이 책을 통독하면 알겠지만 여기에 나온 결과의 대부분은 선행연구나 편찬된 자료를 바탕으로 하고 있습니다. 특히 다니 에쓰코 선생님, 사토 미치마사佐藤通雅 선생님에게 많은 것을 배웠습니다. 학문적 은혜에 감사드립니다. 그리고 『마도 씨まどさん』을 쓰신 지금은 돌아가신 사카타 히로오阪田寛夫 씨와 『마도 미치오 전 시집まど・みちお 全詩集』의 편찬자 이토 에이지伊藤英治 씨에게도 감사를 바칩니다. 그리고 대만과 마도 미치오에 관해서 귀중한 연구를 하신 유페이윈游珮芸 선생님과 천수이평陳秀鳳 선생님도 감사드립니다. 두 분의 연구가 없었다면 이 책은 매

우 불충분한 것이 되었을 것입니다. 또 천수이평 선생님의 논문을 소개해주신 하타나카 게이치畑中圭一선생님에게 감사 말씀 올립니다. 하타나카 선생님께는 동요에 관한 귀중한 가르침을 받았습니다. 또한 박사논문 부심사관으로 문제점을 지적해 주시고 귀한 말씀을 주신 다카야나기 도시오高柳俊男 선생님과 오타케 기요미大竹聖美 선생님께도 감사 인사 올립니다. 또한 스즈무라 유스케鈴村裕輔 선생님은 이 책이 출판되기까지 수많은 격려와 도움을 주셨습니다. 감사합니다.

그밖에 일일이 이름을 다 적지는 못 하지만, 일본어조차 제대로 익히지 못하고 일본에 온 저자에게 따뜻한 친절을 베풀어주시고 도와주신 많은 분들, 학우와 선배님들이 계십니다. 또, 호세대학 학부, 석사, 박사 과정 재학 중에는 베타홈장학재단, 호세대학 100주년기념장학금, 와타누키綿貫국제장학재단의 큰 도움을 받았습니다. 일본에 온 이래, 오늘날까지 이런 모든 분들의 뒷받침에 힘입어 이 책을 간행할 수 있다고 생각하니 감사의 마음은 더욱 깊어져갈 뿐입니다.

마지막으로 이 책의 출판을 맡아주시고 내 희망과 바라는 바를 들어주신 가자마쇼보의 가자마 게이코 사장님, 이 책의 완성까지 편집을 담당해주신 사이토 무네치카斎藤宗親 씨에게 큰 배려를 받았음을 감사드립니다.

이 책은 호세대학 대학원 국제문화연구과「마도 미치오의 시와 동요의 세계－표현의 제상을 탐구한다まど・みちおの詩と童謡の世界－表現の諸相を探る」(2015.3)에 약간의 수정을 더해서, '2016년도 호세대학 대학원 박사논문출판조성금'의 지원을 받아 출판하게 되었습니다. 호세대학에도 진심으로 감사의 마음을 전합니다.

이 책을 2014년 2월 28일에 영면하신 마도 미치오 님께 바칩니다.

2017년 2월

장성희

참고 · 인용문헌

I. 마도 미치오 시집(이 책에서 저본으로 인용 · 자료 · 참고로 한 것)

순서는 초판 출판연도순에 따랐으며 괄호로 표시한 것은 이 책에서 저본으로 사용한 판본이다.

『まど・みちお 全詩集』 이전

『てんぷらぴりぴり』, 大日本図書, 1968.6(1995.11 第57刷).

『まど・みちお少年詩集 まめつぶうた』, 理論社, 1973(新装版1997.10).

『まど・みちお詩集④ 物のうた』, 銀河社, 1974.10(1993.7 第8刷).

『まど・みちお詩集② 動物のうた』, 銀河社, 1975.1(1996.4 第11刷).

『まど・みちお詩集① 植物のうた』, 銀河社, 1975.3(1997.4 第10版).

『まど・みちお詩集③ 人間のうた』, 銀河社, 1975.5(1997.4 第9版).

『まど・みちお詩集⑥ 宇宙のうた』, 銀河社, 1975.8(1997.4 第9版).

『まど・みちお詩集⑤ ことばのうた』, 銀河社, 1975.11(1994.6 第11刷).

『風景詩集』, かど創房, 1979.11.

『まど・みちお少年詩集 いいけしき』, 理論社, 1981(1997.4 第24刷).

『まど・みちお少年詩集 しゃっくりうた』, 理論社, 1985.11 第2刷.

『まど・みちお 全詩集』

『まど・みちお 全詩集』, 伊藤英治編, 理論社, 1992.9(1992.11 第2刷).

『まど・みちお 全詩集』, 増補新装版(年譜收錄)伊藤英治編, 理論社, 1994.10.

『まど・みちお 全詩集』, 新訂版 伊藤英治編, 理論社, 2001.5(2002. 5第3刷).

『まど・みちお 全詩集』 이후

『ぼくが ここに』, 童話屋, 1993.1(2004.2 第12刷).

『それから……』, 童話屋, 1994.10.

『象のミミカキ』, 理論社, 1998.6(2000.3 第5刷).

『メロンのじかん』, 理論社, 1999.8(1999.12 第5刷).

『詩を讀もう! おなかの大きい小母さん』, 大日本図書, 2000.1.

『きょうも天氣』, 至光社, 2000.11.

『うめぼしリモコン』, 理論社, 2001.9.

『でんでんむしのハガキ』, 理論社, 2002.9(2004.7 第2刷).

『たったった』, 理論社, 2004.5.

『ネコとひなたぼっこ』, 理論社, 2005.9.

『うふふ詩集』, 理論社, 2009.3 第2刷.

『のぼりくだりの……』, 理論社, 2009.11.

『100歳詩集 逃げの一手』, 小學館, 2009.11(2010.4 第4刷).

동요집 · 동요곡집

『ぞうさん まど・みちお 子どもの歌100曲集』フレーベル館, 1963.

『ぞうさん』, 國土社, 1975.11(1991.3).

II. 마도 미치오 관련

마도 미치오에 대한 연구 및 평론(저자 あいうえお순)

단행본

大熊昭信, 『無心の詩學－大橋政人、谷川俊太郎、まど・みちおと文學人類學的批評』, 風間書房, 2012.7.

楠茂宣, 『まど・みちおの世界－まど・みちお作品における精神的自在性と共生觀』, 新風社, 2000.3.

阪田寛夫, 『まどさん』, 筑摩書房, 1993.4, 初出『新潮』82-6, 1985.6.

佐藤通雅, 『詩人まど・みちお』, 北冬舍, 1998.10.

谷悅子, 『まど・みちお 詩と童謠』, 創元社, 1988.4.

_____, 『まど・みちお 研究と資料』, 和泉書院, 1995.5.

_____, 『まど・みちお 懷かしく不思議な世界』, 和泉書院, 2013.11.

논문

足立悅男, 「まど・みちおの技法」, 『島大國文』18, 島大國文會, 1989.

足立悦男,「日常の狩人－まど・みちお論」,『現代少年詩論』再販版, 明治図書出版, 1991.

木村 雅信,「詩と童謠における仏教性－まど・みちおと金子みすゞ」,『札幌大谷短期大學紀要』31, 札幌大谷短期大學編, 2000.3.

小林純子,「まど・みちお詩における視線の探求」,『國文白百合』40号, 白百合女子大學・國語國文學會, 2009.3.

佐藤宗子, 「酒田富治曲譜「ぞうさん」の意味－もう一つの享受相と童謠の教育的活用」,『兒童文學研究』第44号日本兒童文學學會, 2011.12.

張晟喜,「まど・みちおの童謠から詩への推移」,『異文化論文編』13 企畵廣報委員會, 法政大學國際文化學部, 2012.4.

_____,「〈ぞうさん〉とまど・みちおの思い－〈ぞうさん〉は惡口の歌?」,『異文化論文編』14 企畵廣報委員會, 法政大學國際文化學部, 2013.4.

_____,「まど・みちおの詩に見る映像的表現」,『法政大學大學院紀要 第71号』, 大學院紀要編集委員會, 法政大學大學院, 2013. 10.

陳秀鳳,『まど・みちおの詩作品研究－台湾との關わりを中心に』, 大阪教育大學・1996年度修士論文.

中島利郎,「忘れられた「戰爭協力詩」まど・みちおと台湾」,『ポスト／コロニアルの諸相』, 彩流社, 2010.3.

野呂昶,「兒童文學における作者の祈り(第4回)まど・みちおの世界－自分が自分であることのよろこび」『ネバーランド』5 てらいんく, 2005.11.

福田委千代,「万物と個の接するところ－まど・みちおの世界」,『學苑』718号, 昭和女子大學 近代文化研究所, 2000.3.

_____,「未知へとむかうことば－まど・みちおの言語感覺」,『學苑』第729号, 昭和女子大學 近代文化研究所, 2001.3.

_____,「〈ぼく〉が〈ぼく〉であるために－まど・みちお論」,『學苑』第738号, 昭和女子大學 近代文化研究所, 2002.1.

游珮芸,「童謠詩人まど・みちおの台湾時代」,『植民地台湾の兒童文化』, 明石書店, 1999.2.

横山昭正,「虹の聖母子－まど・みちおの詩のイコノロジー」,『廣島女學院大學論集』44 廣島女學院大學, 1994.12.

평론

有田順一, 「まど・みちおの抽象畵」, 『まど・みちお えてん図録』, 周南市美術博
　　　物館編, 周南市美術博物館, 2009.11.

石田尚治, 「叔父'まど・みちお'と ふるさと」, 『まど・みちお えてん図録』, 周南
　　　市美術博物館編, 周南市美術博物館, 2009.11.

伊藤英治, 「まどさんの眼と心(特集2星の時間－詩人, まど・みちおの畵帖)」,
　　　『季刊銀花』136 文化學園出版局, 2003.冬.

井辻朱美, 菊永謙, ときありえ, 矢崎節夫編, 『ネバーランド 特集 まど・みちお
　　　先生百歳 おめでとうございます』Vol 12 てらいんく, 2009.11.

阪田寛夫, 「遠近法」, 『戰友 歌につながる十の短編』, 文芸春秋, 1986.11(初出『新
　　　潮』1982. 7月号).

＿＿＿＿, 「ぞうさん」・「やぎさん ゆうびん」, 『童謠でてこい』, 河出書房新社,
　　　1986.2.

＿＿＿＿, 「まどさん八十二歳の夏」, 『季刊どうよう』31号 特集「童謠の源－ま
　　　ど・みちおの世界」日本童謠協會編, チャイルド本社, 1992.10.

俵万智, 「「ぞうさん」と私」, 『飛ぶ教室』45号 楡出版, 1993.2.

鶴見正夫, 「物のいのちと聲と－まど・みちお〈ぞうさん〉」, 『童謠のある風景』,
　　　小學館, 1984.7.

＿＿＿＿, 「在ることを見つめる人まど・みちお氏」, 『日本兒童文學』第22卷 第6
　　　号, 1976.5.

＿＿＿＿, 「あるとき津輕で」, 『兒童文芸・'82秋季臨時増刊号・増刊12』, 日本兒
　　　童文芸家協會, ぎょうせい, 1982.9.

中村桂子・ほか, 『まど・みちおのこころ ことばの花束』, 佼成出版社, 2002.9

畑中圭一, 「昭和十年代のまど・みちお－『童魚』『昆虫列車』を中心に」, 『まど・
　　　みちお　えてん図録』,　周南市美術博物館編,　周南市美術博物館,
　　　2009.11.

廣江泰孝, 「二人の世界へ」, 『「在る」ということの不思議 佐藤慶次郎とまど・み
　　　ちお展』, 古川秀昭, 廣江泰孝, 岡田潔編, 1999.

古川秀昭, 廣江泰孝, 岡田潔編集, 『「在る」ということの不思議 佐藤慶次郎とま
　　　ど・みちお展』, 岐阜縣美術館, 1999.

松下育男, 「詩と正面から向き合う まど・みちおさんの詩」, 『現代詩手帖』, 思潮
　　　社, 54(2), 2011.2.

水內喜久雄, 「まど・みちおさんを訪ねて」, 『詩に誘われて1』, あゆみ出版, 1995.2.

_____, 「まど・みちお ではない詩を ポエム・ライブラリー 夢ぽけっと」, 『こどもの図書館』56(10) 兒童図書館研究會, 2009.10.

吉野弘, 「まど・みちおの詩」, 『現代詩入門(新裝版)』, 靑土社, 2007.7(初出『野火』83号, 野火の會, 1979.9).

기사 · 기타(발행순)

「東京のうた－黑焦げのゾウ舍で」朝日新聞, 1968.4.21, 朝日新聞社.

石井睦美編, 『飛ぶ敎室 15号(2008年秋)』, 光村図書出版, 2008.10.

石森延男・他編, 『飛ぶ敎室 45号冬』, 楡出版, 1993.2.

『KAWADE夢ムック ［文芸別冊］ まど・みちお』, 河出書房新社, 2000.11.

「詩人 まど・みちお 101年の思索」, 『婦人畵報』, アシェット婦人畵報社, 2011.5.

『まど・みちお えてん図錄』, 周南市美術博物館編, 周南市美術博物館, 2009.11.

「まど・みちお抽象畵の窓をひらく」, 『芸術新潮』55(1)通卷649 2004.1.

『「日本の童謠 白秋・八十一－そしてまど・みちおと金子みすゞ」展』, 神奈川文學振興會, 神奈川近代文學館, 2005.10.

마도 미치오의 말

1. 저서(발행순)

「あとがきにかえて」, 『まど・みちお 全詩集』 新訂版 伊藤英治編, 理論社, 2001.5.

「動物を愛する心」, 『動物文學』第8輯, 1935.

「童謠の平易さについて」, 『昆虫列車』第3輯, 1937.

「童謠圈－童謠隨論(一)」, 『昆虫列車』第8冊, 1938.

「童謠圈－童謠隨論(二)」, 『昆虫列車』第9冊, 1938.

「子どもの聲を聞いて(兒童文學讀本)－(わたしの作品)」, 『KAWADE夢ムック ［文芸別冊］ まど・みちお』, 河出書房新社, 2000.11再錄(初出『兒童文學讀本』, 1970.8).

「私の一枚・セルゲ・ポリアコフ「無題」」, 『みずゑ』788号 美術出版社, 1970.9.

「繪本とことばのあれこれ」, 『繪本』第1卷 第1号 盛光社, 1973.5.

「自作を語る 詩と子どもと」, 『季刊文芸敎育』22号, 明治図書出版, 1978.1.

「遠近法の詩」,『ことば・詩・こども』, 責任編集者 谷川俊太郎, 世界思想社, 1979.4.

「處女作の頃」,『KAWADE夢ムック [文芸別冊] まど・みちお』, 河出書房新社, 2000.11.(初出『びわの實學校』97号, びわのみ文庫, 1980.1)

「アリの詩について」,『想像力の冒險』, 責任編集 今江祥智 上野瞭 灰谷健次郎, 理論社, 1981.12.

「「孔雀廟」の擬音語」,『KAWADE夢ムック [文芸別冊] まど・みちお』, 河出書房新社, 2000.11.(初出『白秋全集』32巻 月報, 1987.3)

「希有の感性」,『KAWADE夢ムック [文芸別冊] まど・みちお』, 河出書房新社, 2000.11.(初出『一枚の繪』1993.12)

대담·강연·인터뷰·취재(발행순)

「在ることを見つめる人まど・みちお氏」鶴見正夫,『日本兒童文學』第22卷 第6号, 1976.5.

「對談 童謠をかたる まど・みちお×阪田寛夫」,『兒童文學 '82 秋季臨時増刊』, 1982.9.

「連載1 童謠無駄話-自作あれこれ」,『ラルゴ2』, ラルゴの會, かど書房, 1983.2.

「連載2 童謠無駄話-自作あれこれ」, 『ラルゴ3』, ラルゴの會, かど書房, 1983.10.

「佐藤義美さんのこと-まど・みちおさんに聞く」,『季刊どうよう』22, チャイルド本社, 1990.7.

「〈自然〉と〈ことば〉と」,『講演集 兒童文學とわたし』, 石澤小枝子・上笙一郎編 梅花女子大學兒童文學會, 1992.3.

「まど・みちおの心を旅する」,『月刊MOE』9月号, 白泉社, 1993.9.

『すべての時間を花束にして まどさんか語るまどさん』, 柏原怜子, 佼成出版社, 2002.8

「わたしと繪畫」聞き手 松田素子・伊藤英治,『まど・みちお畫集 とおい ところ』, 新潮社, 2003.11.

「まど・みちおの宇宙-まど・みちお,『どんな小さなものでも みつめていると 宇宙につながっている 詩人まど・みちお100歳の言葉」平田俊子, 『波』, 新潮社編, 新潮社, 45(1)通号493, 2003.11.

『いわずにおれない』, 集英社, 2005.12.

『百歳日記』, 日本放送出版協會, 2010.11.
『どんな小さなものでも みつめていると 宇宙につながっている 詩人まど・みちお100歳の言葉』, 新潮社, 2010.12.
『繪をかいて いちんち まど・みちお100歳の畵集』, 新潮社, 2011.8.

III. 시·동요·아동문학(저자 あいうえお순)

大竹聖美, 『植民地朝鮮と兒童文化－近代日韓兒童文化・文學關係史研究』, 社會評論社, 2008.12.

菊永謙・吉田定一 編, 『少年詩・童謠の現在』, てらいんく, 2003.10.

北原白秋, 『白秋全童謠集1』, 岩波書店, 1992.10.

小泉文夫, 『音樂の根源にあるもの』, 平凡社, 1994.6.

野口雨情, 『定本 野口雨情 第四卷』, 未來社, 1986.5.

西條八十, 『西條八十童謠全集』, 新潮社, 1924.5.

佐藤通雅, 『白秋の童謠』, 沖積社, 1991.7.

谷川俊太郎 責任編集者, 『ことば・詩・こども』, 世界思想社, 1979.

日本兒童文學者協會編, 『少年詩・童謠への招待』, 偕成社 1978.7.

阪田寛夫, 『戰友 歌につながる十の短編』, 文芸春秋, 1986.11.

畑中圭一, 『童謠論の系譜』, 東京書籍, 1990.10.

_____, 『文芸としての童謠－童謠の歩みを考える』, 世界思想社, 1997.3.

_____, 『日本の童謠 誕生から九〇年の歩み』, 平凡社, 2007.6.

波多野完治, 『子どもの發達心理』, 國土社, 1991.3.

_____, 『波多野完治全集 第7卷「兒童觀と兒童文化」』, 小學館, 1991.2.(初出「兒童の芸術心理」, 『兒童心理と兒童文學』, 金子書房, 1950)

表現學會監修, 『表現學大系19 現代詩の表現』, 教育出版センター, 1986.7.

『エナジー對話・第1号・詩の誕生 大岡信＋谷川俊太郎』, エッソ・スタンダード石油株式會社廣報部, 昭和50.5.

藤田圭雄, 中田喜直, 阪田寛夫, 湯山昭監修, 『日本童謠唱歌大系第Ⅳ卷』, 東京書籍, 1997.11.

本田和子, 「讀者論」, 『兒童文學必携』, 日本兒童文學學會編著, 東京書籍, 1976.4.

与田準一, 『子供への構想』, 帝國教育出版部, 1942.7.

与田準一編, 『日本童謠集』, 岩波書店, 1957.

윤석중 관련

노경수, 『윤석중 연구』, 청어람, 2010.
윤석중, 『날아라 새들아』, 창작과비평사, 1983.
_____, 『어린이와 일평생』, 범양사출판부, 1985.
_____, 『어린이는 어린이답게』, 웅진출판, 1988.
_____, 『(새싹의 벗)윤석중전집』, 웅진출판, 1988.
_____, 『여든 살 먹은 아이』, 웅진출판, 1990.
_____, 『그 얼마나 고마우냐』, 웅진출판, 1994.
_____, 『반갑구나 반가워』, 웅진출판, 1995.
_____, 『달 따러 가자』, 비룡소, 2006.

한국의 아동문학

이오덕, 『시정신과 유희정신 – 어린이문학의 여러 문제』, 신판 굴렁쇠, 2005.
이원수, 『아동문학입문』(개정판), 소년한길, 2001.
이재철, 『아동문학개론』(개정판), 서문당, 1983.
_____, 『한국현대아동문학 – 작가작품론』, 집문당, 1997.
이재복, 『우리 동요·동시이야기』, 우리교육, 2004.
김용희, 『동심의 숲에서 길 찾기』, 청동거울, 1999.
김제곤, 『아동문학의 현실과 꿈』, 창작과비평사, 2003.
김종헌, 『동심의 발견과 해방기 동시문학』, 청동거울, 2008.
최지훈, 『동시란 무엇인가』, 비룡소, 1992.
한용희, 『동요의 샘물에서 찾은 행복한 인생』, 한국음악연구회, 2001.
_____, 『창작동요 80년』, 한국음악연구회, 2004.
백창우, 『노래야, 너도 잠을 깨렴』, 보리출판사, 2003.

IV. 기타(저자 あいうえお 순)

대만

北原白秋, 『台湾紀行 華麗島風物誌』, 彌生書房, 1960.12.

竹中信子,『植民地台湾の日本女性生活史 昭和編(上)』, 田畑書店, 2001.10.

竹中りつ子,『わが青春の台湾 女の戰中戰後史』, 図書出版, 1983.5.

中島利郎, 「日本統治期台湾文學研究「台湾文芸家協會」の成立と『文芸台湾』-西川
　　　滿「南方の烽火」から」『岐阜聖德學園大學紀要〈外國語學部編〉』第45集(通
　　　巻第51号)岐阜聖德學園大學 外國語學部紀要委員會, 2006.2.28.

_____, 「日本統治期台湾文學研究-日本人作家の抬頭-西川滿と「台湾詩人
　　　協會」の成立」,『岐阜聖德學園大學紀要〈外國語學部編〉』第44集(通卷
　　　第51号)岐阜聖德學園大學 外國語學部紀要委員會, 2005.

_____, 「日本統治期台湾文學研究 西川滿論」,『岐阜聖德學園大學紀要』第46
　　　集(通卷第号)外國語學部編, 岐阜聖德學園大學 外國語學部紀要委員
　　　會, 2007.2.

橋本恭子, 「在台日本人の鄉土 主義-島田謹二と西川滿の目指したもの」,『日本
　　　台湾學會報』第9号, 日本台湾學會, 2007.5.

「座談會 文芸台湾 外地における日本文學」,『アンドロメダ』1974.9月号, 人間の
　　　星社, 1974.7.23.

언어 · 영화 · 기타

今泉容子,『映畵の文法-日本映畵のショット分析』, 彩流社, 2004.2

小栗康平,『見ること、在ること』, 平凡社, 1996.11.

_____,『NHK人間講座 映畵を見る眼』, 日本放送出版協會, 2003.6.

淺野鶴子・金田一春彦,『擬音語・擬態語辭典』, 角川書店, 1978.4.

小野正弘,『NHK カルチャーラジオ 詩歌を樂しむ オノマトペと詩歌のすてきな
　　　關係』NHK出版, 2013.7.

筧壽雄 / 田守育啓編,『オノマトピア 擬音・擬態語の樂園』, 勁草書房, 1993.9.

河合隼雄, 『大人になることのむずかしさ[新裝版]子どもと教育』, 岩波書店,
　　　1996.1.

小嶋孝三郎,『現代文學とオノマトペ』, 櫻楓社, 1972.10.

中井正一, 「映畵のもつ文法」,『中井正一全集 第三卷 現代芸術の空間』, 美術出
　　　版社, 1964.8.(初出『讀書春秋』1950.9)

三尾砂,『國語法文章論』, 三省堂, 1948.2.

吉本隆明,『定本 言語にとって美とはなにか I』, 角川學芸出版, 2001.9.

『チャイルド本社五十年史』, チャイルド本社, 1984.1.

인명 찾아보기

작품 찾아보기